KB134230

강준용소설집

승선에서

도서출판

이유

강준용 소설집

숭선에서

ⓒ 강준용, 2007

지은이 · 강준용
펴낸이 · 김래수

초판 인쇄 · 2007. 12. 20
초판 발행 · 2007. 12. 24

기획 / 편집 책임 · 정숙미

펴낸 곳 · 도서출판 **이유**

주소 · 서울특별시 동작구 상도1동 780-2 종현빌딩 3층
전화 · 02-812-7217   **팩스** · 02-812-7218
E-mail · eupub@hanafos.com
출판 등록 · 2000. 1. 4 제20-358호

디자인 · N.com (02-822-7123)
인쇄 · 청송문화인쇄사 (02-2676-4573)

ISBN · 978-89-89703-80-8 (03810)

값 · 10,000원

강준용소설집

승선에서

후회하지 않는 일이 있다. 후회할 핑계가 없다. 15살 때 결심한 문학가의 길이 철없는 사춘기를 지나 철든 고등학교에 들고부터 신념으로 굳혀졌다. 부자가 되거나 이름을 얻거나 유명인사가 되기 위한 절차라고는 전혀 판단하지 않았다. 오지 읍내인 내 고향 영양에서 보낸 시절 지천에 널려 있는 자연과 그 자연 속에 어울려져 지내는 내 고향사람들의 이야기를 글로 쓰고 싶었다. 음식 하나 해도 나눠 먹으며 가난한 자와 부자들이 격차 없이 어울려 지내는 순박한 현실을 고이 받아 간직하고 싶었다.

청년기에 들고부터 서울이라는 거대한 사회에 내 영혼이 담기자 이번에는 사람 형상을 한 쇳덩어리의 무리들을 보았고, 비정한 그들의 일상에 내 유년 시절에 본 순박한 고향사람들의 마음을 알려주기 위해 소설가가 되기로 마음을 굳혔다. 그 반면 나는 최하의 빈민으로 전락되어 서울이라는 인위적인 사람들의 전시장에서 누군가는 지켜야 할 빈민이 된 채 소설을 써왔다.

습작 6년 등단 22년, 소설을 써야 한다는 무지한 사고로 시작된 내 의식은 한번도 이탈하지 않았다. 30여 년 동안 방에 박혀 글을 읽고 쓰는 것이 내 전부의 과거이기에 색다른 과거 이야기를 남한테 할 수가 없다. 낭만과 순수함과 이슬같이 청순한 사람들이 있을 거라는 내 기대는 문단에 입문한 순간 사라지고 말았다. 세상 사람들이 쇳덩어리가 되어도 문학가는 스치는 바람에도 살갗을 다쳐 큰 아픔을 느낄 것이라 믿었다. 명예를 위해 치사한 수작을 벌리고도 아무렇지 않고, 비평가와 출판사 및 언론 분야 사람들에게 아부와 절삭된 자신을 드러내고도 분노 하나 느끼지 않는 이율배반적인 성향에 나의 실망은 혐오심마저 들게 했다. 수준 이하의 작품을 포장해 대는 적지 않은 평론가들의 작태와 유치한 글을 써서 문학작품이라고 자찬하는 수많은 문학가라는 사람들, 출판사의 사업성에 양산되어 베스트셀러로 둔갑된 작품들이 한국문학의 대표 작가와 작품으로 변질되는 것에 비애를 느꼈다. 한 개인이 의식으로 본 형상들이 작가의 혼을 담은 문자로 형성되어 자연과 융화된 채 움직이는 것이 문학예술이라고 여긴 내게 괴이한 광경이 펼쳐진 것이다.

판잣집 산동네에서 거지처럼 들어앉아 습작하는 내게 내 주위는 배신감으로 넘쳐났다. 등단 후 두 해를 넘긴 나는, 문단은 내가 있을 곳이 되지 못한다는 것을 인식하고 문단을 외면한다. 문학은 한 개인이 문자를 통해 존재 확인을 하는 사적인 일이다. 주위가 흥미로워 접근하고 그것을 자신의 위안으로 삼을 수 있다. 문학가는 창작뿐이지 그 이상 기대하거나 다가가서는 안될 일이라고 믿은 내게 문학의 근본은, 엉망이 되고 있었다. 문학예술은 나 혼자의 투쟁이며 독자를 기다려서는 안된다. 독자는 문학예술인의 일관된 사고를 이탈하게 하는 위험 요소이다. 독자는 만드는 게 아니라 작가 몰래 오는 것이다. 문학예술인은 독자를 위해 축배를 들거나 독자를 위해 잔치를 할 필요가 없다. 자신의 투쟁을 지켜봐 준 독자에게 감사할 뿐이다. 독자한테 빵을 얻어먹을 판단은 수치이며, 빵을 얻어먹고 찬사를 받는다고 문학예술의 진전이 이뤄진다고 믿지도 말아야 한다. 문학예술은 자신과의 투쟁이지 남에게 보여주려는 조망물이 아니다. 누구의 의도 없이 느끼고 판단하고 감동하여 자신의 삶의 척도를 몸소 느끼는 극히 보잘것없는 한 사람의 의식 노출이라고 볼 수가 있다. 뭐가 대단한가, 자신의 사고를 글로 썼다고 남한테 뭘 바라고 무슨 칭찬을 받기를 바라는가. 그리고 받아 뭘 하고 설령 큰 명예를 부여 받았다고 무슨 일이 나는가. 남이 나를 알아준다고 뭐가 좋은가. 좋은 일 하나 했다고 으스대고 우쭐

대는 졸속한 자와 다를 바 없다. 문학예술은 순수한 사람으로 존재하고 싶은 자의 방법론일 수가 있다. 남이 알아주든 말든 나는 내 작품을 쓰면 된다. 발표야 되든 말든 전혀 관심 없다. 필요하면 누군가 발표를 하라고 청탁이 올 것이다. 습작과 등단 후 끊임없이 지켜온 이러한 나의 문학관이 주위로 인해 엉망진창이 되어가는 때 나는 나의 문학예술의 사고를 안고 문단을 떠났다. 그리고 방에 들어 앉아 글을 쓰고 닥치는 대로 책을 읽었다. 숟가락 하나 냄비 하나가 전재산일지라도 나는 행복했다. 하루 라면 하나로 때우는 날이 허다했으나 내 생활이 깨어지지 않기를 참으로 희망하고 바랐다. 가난한 나한테 찾아오는 사람은 없다. 손님은 자신한테 이익이 되는 사람에게 손님이 되는 것이다. 남이야 뭐라던 나는 늘 행복했다. 내 글 속에 내가 들어가 그 글 줄기를 타고 나는 가고 싶은 곳과 가지 못한 자연 속을 배회했다. 그 모든 것은 아름다움뿐이었다. 라면집에 가서 라면에 튀김 한 접시를 시켜 먹는 것이 내 미래의 큰 기대였다. 라면과 튀김, 둘을 다 먹고 싶으나 소유할 능력은 단 하나뿐이었다. 라면값밖에 없는 내가 못마땅하였으나 바싹 튀긴 야채 튀김을 라면과 함께 사먹을 수 있는 날이 올 것인가가 내 생활고의 전부였다.

그러나 문학을 한 후 이날까지 남한테 구걸하거나 손을 벌린 적이 없다. 작품을 팔기 위해 부탁하거나 언론이나 방송에 이름을 내려고 수작을 부리지도 않았다. 내 작품을 포장하기 위해 평론가한테 아부를 떤 일은 더욱이 없다. 내가 아직도 무명으로 지내는 소설가인 것은 당연하다. 앞으로도 그럴 것이고 누구와도 타협을 하지 않는다. 절대로! 나는 강준용이다. 오지인 영양 읍내에서 태어난 촌놈이 소설가가 되리라는 유년의 꿈을 실현했으니 뭘 더 바라겠나. 90여 편의 작품을 발표했고, 작품마다 혼신을 다한 것에 만족한다. 누구들처럼 나도 내 작품을 사랑한다. 작품이 좋지 않으면 내 능력의 한계이다. 작품이 좋든 나쁘든 상관없다. 독자가 한 명도 없어도 된다. 내 삶에 내 좋아하는 내 작품이 잉태된 것에 만족한다. 내 작품을 좋아하는 분들도 몇 있는 걸로 안다. 저절로 작품을 좇아 다가온 그분들과의 친교에 나는 낭만을 지킨다. 문학은 순수한 사람들이 아직도 존재하고 있다는 보고서이기도 하다. 사람이 사람의 본질을 배타하면 사회는 존재하지 않는다. 사람들이 없다. 괴이한 동물과 첨단 로봇들이 있는 판타지아는 실지로 현실이 되었다. 사람들은 나를 가난하다고 하나, 나는 부자이다. 홀로 있는 가난한 나에게 다가와 친교를 맺어주는 사람다운 사람들이 몇 있는 한, 나는 자연을 가진 큰 부자이지 않은가.

사람 몇이 나를 두고 모임을 가졌다. 하얀 눈 속에서 피어나는 파란 풀을 보고 감탄하여 내 호를 초설(草雪)로 하였다. 사람들은 모임회를 초설이라고 불렀다. 내가 기대하고 상상할 수 없는 일이 문학생활 30여 년 만에 일어났다. '강준용 애독자 클럽'이라고 일명을 정한 회원들은 나를 위해 뭔가를 해주려고 했다. 마음만 먹으면 나는 그토록 먹고 싶어했던 라면에 야채 튀김을 함께 먹을 수도 있다. 회원들은 나를 위해 기꺼이 그 음식을 내게 줄 것이다. 누구와의 타협 없이 소설을 써온 내게 애독자들은 내게 작은 타협을 요구한다. 집필실과 기초 생활비를 후원하겠다는 말이다. 거절했다. 도움을 받아 부자유로운 문학의 삶 속에서 비열한 갈등을 하기가 싫었다. 나는 이대로가 좋고 이대로 지내고 싶다.

초설회의 여력으로 창작집이 발간된다. 2001년 《별나라를 지나는 소풍》을 발표했으나 창작집으로는 1994년 《오색줄무늬왕사탕》 후 14년만에 묶는다.

창작집을 낼 기회는 있었다. 출판사들의 조건에 거절했다. 작품이 있으면 출간은 언제든지 되는 일이다. 출간을 할 이유가 없다. 독자가 없는 문학가가 뭐가 필요하냐고 반문할 것이다. 독자가 있든 말건 나와는 전혀 무관하다. 문학에는 문학과 문학예술이 있다. 문학은 글 재간 있는 분이 직업적으로 남에게 재미난 이야기를 들려주기 위한 목적으로 글을 쓰고, 그 대가를 응당히 바란다. 문학예술은 남을 위한 이야기를 쓰는 것이 아니라 자신의 존재를 확인하기 위해 투쟁을 하는 것이다. 문학인은 독자가 필요하고 명예와 부를 원하나, 문학예술인이 원하는 것은 자아성취뿐이다. 독자를 찾는 것이 아니라 독자가 오는 것을 막지 않을 뿐이다. 나의 문학예술관은 두 가지로 나누며 나는 문학예술을 지향했다. 나는 소설을 쓰고 싶어 글을 썼을 뿐이다. 남한테 읽히려고 쓴 것은 아니다. 나를 위해 나만의 카타르시스를 혹은 나의 삶의 존재 확인을 위해 작품을 썼을 수도 있다. 독자와 작가에 대한 복잡한 개론적인 이론은 필요한 자들의 몫이다. 나는 소설가이고 소설을 쓴다. 그 외는 낯선 이야기이다. 나를 고집통이라고 판단하는 분들도 있었다. 고집은 원인으로 인해 다른 자가 손해를 입을 때 이뤄지는 적법어이다. 나의 고집으로 인해 손해를 입은 자는 없을 것이다. 손해 끼칠 능력도 기회도 없었다. 내 재주는 소설을 쓰고 책을 읽는 것이 전부이다. 사회활동을 할 재정적 능력이 없기에 무슨 놀이든 하지 않았고, 술과 담배를 끊었기에 기호적 즐거움도 모른다. 거지같은 나한테 찾아와 아집을 부리는 내 모습을 보아줄 멋있는 사람도 보기 힘들다.

수많은 핑계들이 난무한 숱한 시간 뒤에 책 한 권을 출간하게 되었다. 내 문학 삶의 후반작품으로 근간 작품으로 묶이게 됐다. 특히 평론가들의 비평을 함께 싣게 되므로 작품에 대한 설명이 좀 될 것 같다. 사실 지금까지 나의 독자는 거의 문학인들뿐이라고 해야 옳다. 일반독자보다 전문적인 자들이 내 작품을 보고 논하는 것이 좋다. 그들이 무슨 말을 하든 나와는 무관하다.

내 작품 전 편 모두가 소외된 자들의 인간 찾기 승리이다. 휴머니즘을 바탕에 깔았으나 읽는 분들의 판단은 어떨지 모르겠다. 나는 사람이 승리하는 모습을 감동으로 여긴다. 사람다운 사람, 나는 사람의 마음을 가진 사람이 좋다. 나는 그걸 찾아 30여 년을 혼자서 헤맸다. 아직도 나는 문학예술이 뭔지 알고 싶어한다. 내 전부를 바쳐도 다가갈 수 없는 경이로운 접경지일 수도 있다. 남은 시간도 나는 같은 방법으로 같은 곳으로 갈 것이다.

「핸드폰 핸드폰」은 첨단 사회에 점령당한 인간의 근원을 지키는 몸부림을 그렸고, 「숭선에서」는 삶의 투쟁선에서 갈등하는 양심적인 인간의 고뇌를 노출시켰다. 사람의 도리를 지키기 위해 노력하는 자가 몰락하는 현 사회의 물질문명의 폐단을 돌출시킨 「호떡 굽는 날」, 존재를 위해 위선을 일상식으로 도입해야 하는 오늘날 사람들의 보편성을 「붉은 색실로 지은 시간」에서 담아보았다. 물질보다 자연에 근속하려 드는 순수한 자가 몰락되어야 하는 근거를 「하일 히틀러」에서 보였고, 순수의 근원인 자연 속에서의 질서를 지키는 자가 퇴보당하는 현장을 「텔레비전 버리기」에서 나열해 봤다. 비정한 사회에 의해 순애성을 상실하며 물질사회에 침식되어가는 과정을 「편의점에서 긋는 곡선」으로 잡아 보았다. 물질의 노예로 전락되는 현장을 「금고기를 보내며」를 통해 부유시켰고, 나의 단편 중 대표 작이라고 할 수 있는 「바람바퀴를 단 기형물」에서는 나의 문학력을 실어보았다. 실존과 의식세계의 공존이 현실이라는 점을 그리고 싶었고 양심에 고민하는 사람의 갈등을 의식에 담아 현실로 나타내

보았다. 다소 난해한 작품이라는 소리를 들었으나 사람이 실생활은 의식의 움직임보다 적을 수 있고, 사실로 현실은 보는 것과 판단하는 것 둘을 공존치 않으면 안된다. 짐승처럼 지내는 것은 현실이고 사람답게 꾸미려는 것은 의식이다. 양심의 갈등을 두고 의식을 현실로 직시시킨 실험적인 작품으로 내 의식의 소통을 현실로 수긍시켰다.

전 편 모두 내 혼신을 다해 쓴 것이다. 이야기 중심의 현 소설들을 배타하고 싶었다. 살아있는 문체의 완벽성과 외적의 설화구조에 내적 인간중심의 철학적 미학과 그 여과기에 걸러져 내려와 쌓인 은닉된 인간 본질의 앙금이 조금씩 두고두고 노출되는 작품을 표현하려 했다. 「바람바퀴를 단 기형물」은 내 작품의 완숙된 분점이라고 할 수가 있다. 작품의 진실된 의미를 아는 분이 누구인지 궁금하기도 하다.

내 작품 비평에 임한 분 거의가 나와는 직접 안면이 없다. 그분들도 내가 생소할 수도 있다. 나의 작품으로 면식한 분도 있을 것이다. 서울대 방민호 교수만은 나와 친분이 있다. 방민호 평론가는 소외된 문학인으로 지내는 나를 발견하고 언론으로 끌어낸 비평가이다. 그때까지 나와 방민호 교수는 전혀 면식이 없었다. 《별나라를 지나는 소풍》에서 내 문학을 호찬했고, 내 문학 평생 처음으로 내 작품은 가장 그럴 듯한 빛을 받았다. 여기에서 방민호 평론가에게 고마움을 표한다. 유명한 출판사와 잘 팔리는 문학인을 위주로 비평을 해야 주가를 확인 받을 수 있다는 자세를 가진 비평가 분들에게 작품으로 비평해 보는 양심적인 문학 삶을 가져봐도 좋다는 말을 해주고 싶다. 국민들의 관심거리의 작가를 다뤄야 하는 편집 의도를 따라야겠으나 옳은 작품, 옳은 작가를 알리는 데에 할애하는 양심적인 기자 분들도 있었으면 한다.

　1993년 《스콜》 발표 당시 나는 각 언론과 매스컴에, "작가는 작품으로 말할 뿐이다"라는 구호를 내던졌다. 내 장편 《스콜》은 그 말을 대변할 듯이 문단에 나가 욕을 먹지 않은 작품으로 자리를 매겼다. 그 후부터 이 말은 지금까지 나의 분신어로 문단에 나돌았다. 내가 작품을 잘 쓴다고 한 말이 아니다. 문학가는 모름지기 작품이 있어야 하고 작품에 전신을 걸어야 한다는 뜻이다. 남을 사기 치거나 거간꾼이 될지언정 문학가라면 떳떳이 내놓을 작품 하나는 있어야 하지 않은가. 수백 권의 작품을 발표해도 하나같이 수준 이하면 도대체 무슨 낯으로 문학가 행세를 내는 것인가. 참으로 안타깝고 불쌍한 일이다. 나처럼 빈민이 불쌍한 것이 아니라 옳은 작품 한 편 없는 문학인이야말로 진실로 가련하고 측은한 분들이 아닌가. 문학가는 문학가답게 살면 되는 것이다. 그 이하도 이상도 없다. 오랫동안 빈민으로 지내왔으나 남한테 부끄럽거나 고개 숙인 일이 없다. 나는 문학가이고 내 생활이 개차반이라 해도 남한테 신세지지 않았고 괴롭히지 않았다. 가난이 무엇이며 뭐가 문제인가. 누가 뭐라든 말하고 싶다. 작가는 작품이 좋아야 한다. 작품으로 말해야 한다는 말이다.

　창작집 발간은 내게 중요한 일이다. 내 문학의 중년의 결산이라고 보기 때문이다. 지금부터 내 문학은 후반기가 될 것 같다. 소설이 뭔가가 보이고 문자의 움직임이 느껴지고 있다. 감수성과 감각성과 예민성과 기민성은 예전과 같지 않다. 하지만 넓게 보이는 가치관과 포용력이 작품의 약점을 보완시키고, 인위적인 탐욕성으로 굴절되는 구조를 세련되고 교화롭게 응축시켜 단단한 결실력을 이루게 한다. 장편도 써보고 단·중편도 혹은 짧은 단편도 창작했으나 역시 누가 뭐래도 단·중편에서 문학의 멋이 난다. 창작집의 매력이야말로 나를 사로잡는다.

참으로 긴 시간 동안 달려온 한 길이다. 권태롭고 짜증나고 싫증이 나지 않은 것은 글쟁이가 아니라 내 삶이 글쓰기에 융해되어 버린 탓이리라. 때때로 글자가 되어 떠도는 나를 느낀다. 글쓰기 시작부터 지금까지 지나온 공간은 수없이 변해도 그 공간 속에 있는 나와 내 주위의 물질은 변한 것이 없다. 아직도 나는 혼자이고 사글셋방 한 칸에서 밥 끓여먹을 그릇 나부랭이와 늘 변화 없는 옷가지 몇 개와 내가 즐겨보는 책뿐이다. 불편을 느끼지 못한다. 아무런 미련이 없고 그 어떤 시간이든 나는 훌쩍 같은 장소를 떠날 준비가 되었다.

2007년 9월 현재 내 몸의 모습이 그리 좋지 않다. 160센티 키에 43킬로의 몸이 나의 정신을 지탱시킨다. 사물의 가치를 확신할 수 있는 자신만만한 온전한 정신이 글쓰기에 닳아 낡은 것 같다. 좋은 소설을 쓸 수 있을까. 지금 내 전부의 고민은 이 판단뿐이다. 기대할 것도 바랄 것도 희망도 갈등도 없다. 나는 내가 감동하여 흡족한 웃음으로 세상을 버릴 수 있는 작품을 쓰고 싶다. 내가 사라져도 내가 그 글자 속에 스며들어 함께 흘러가는 내 영혼으로 쓴 작품을 말이다.

지금까지 내가 죽지 않고 존재한 것은 기적이라고 사람들은 말한다. 내가 견딜 수 있는 것은 남한테 나쁜 짓 하지 않고 누구한테 신세지지 않는 몸으로 내 좋아하는 글을 쓸 수 있는 자유가 있었기 때문이다. 그러나 내 문학의 탄생을 위해 몇 사람의 물질적이나 정신적인 도움이 있었고, 내 문학을 이해해 주고 그림자처럼 나를 지켜봐 준 내 곁의 분들 덕임을 나는 믿는다.

내 문학생활 반 세기 동안 내 주위에서 창작을 독려하고 내 문학을 아껴준

임병애 소설가한테 깊은 감사를 드린다. 내가 굶주릴 때 서슴없이 배고픔 이야기를 한 유일한 문학 후배이며 퍽이나 음식을 얻어먹었다. 허기진 몸에 임병애 소설가가 사준 음식을 먹은 날 또다시 배고픔이 시작될 때까지 몇 날 동안 글을 썼다. 내 문학작품 60프로의 잉태를 지켜봐 준 장본인이다. 참으로 고맙다.

나와 만난 지는 얼마 되지 않으나 내 문학 전반부를 돌출시켜 준 김혜숙 초설회 회장께도 창작집을 공유하고 싶다. 외적한 곳에서 외톨로 지내온 나의 문학을 나의 애독자 클럽『초설회』를 통해 알려주는 데 결정적인 역할을 한 분으로 그 고마움과 감사를 표할 기회를 작가의 말에 담아 본다. 내 작품을 통달한 애독자이기 전에 소외된 사람을 위해 베푸는 마음가짐에 감동하여 내게는 어색하고 난감한 초설회를 받아들였다. 앞으로 소외된 다른 문학인한테도 깊은 애정을 가져주기를 바란다. 내 문학에 큰 영향을 준 분이 될 수도 있다.

제자처럼 나를 따르며 지켜봐 주는 소설가 유민도 있다. 내 문학 삶을 이해하고 나를 알고 있는, 내가 기대하는 차세대 소설가이다. 작품집을 내는 데 애쓴 이유출판사 정숙미 기획실장께도 창작집을 드린다. 그래, KBS 금동수 국장도 있다. 나를 제법 아는 분으로 나를 이해 하는 데 누구보다 세밀하다.「모닥불」과「아 대한민국」같은 노랫말을 쓴 우리나라 최고의 작사가인 박건호 시인한테도 감사를 드린다. 나의 벗으로 초설회에 참가하여 내 문학을 좋아해 준 우정이 한없이 감동적이다. 서울시청 구본설 동무의 나의 문학 사랑도 잊지 못한다.

문학 출발 당시부터 나를 이끈 문단의 선배 정공채 시인, 형처럼 내가 따른 좋은 시인이지만 나의 무능력한 생활 탓에 늘 곁에서 보좌하지 못한 것이 죄스럽다. 나의 문학 생활의 큰 지도자였다. 내 문학의 입문을 알고 있는 구인환 문학인도 나에게는 중요한 분이다. 나의 스승이 될 수도 있는 구인환 작가에 의해 내 소설은 시작되었다.

한국보다 문단 친구가 많은 중국 연변의 문우들, 만주벌에 강준용 문학을 이해시켜 주는 데 앞장선 만주의 문학인들, 평론가 김성호와 소설가 우광훈, 시인 김학천, 소설가 손룡호, 소설가 리동렬, 시인 리상각 등의 문학인들께도 창작집 소식을 나누고 싶다. 거론할 분이 많으나 여기서 줄인다. 거론된 분들 모두가 시골 오두막에서 지내게 되면 내 큰 손님으로 다가올 분들이다.

나는 강준용이다. 소설가가 뭔지 모르나 촌사람으로 태어난 내가 유년의 희망대로 소설가가 되었다. 몸은 엉망진창이 되었으나 나를 보고 미소 짓는 내 분신의 작품 90여 편이 있는 한 나는 편하게 남은 삶을 보낼 것이다.

내 사랑하는 그대들이여!

나를 보기가 애처롭고 가련할 수 있으나 나 이대로 살다가 이대로 가게 그대로 놔두시기를 부탁해 본다.

가을이 들고 있다. 무서리 내린 들판을 밟고 싶다. 파란 풀들이 오롯이 흰서리를 맞고 있는 고즈넉한 들판을……. 무서리 내린 가을날마다 생기는 내 욕심이 작동한다. 내가 본 세상에는 참으로 좋은 집들이 많다. 첨단 공법으로 최고의 주거지를 잉태시켰다. 문학을 한 후로는 좋은 집에 살고 싶다는 판단을 한 적이 없는 것 같다. 소유할 수 없는 체념 견이 아니라 내 마음에는 늘 집 한 채가 있었기 때문이다. 서른 평 조금 넘는 흙담장이 있는 내가 내어난 초가집이었다. 창호지 발린 여닫이문 앞에 도란히 나 있는 작은 툇마루에 걸터앉아

14세가 될 때까지 초가집의 속삭임을 들었다. 한해도 빠짐없이 박넝쿨이 지붕을 덮었고, 일제시대의 기와 조각을 얹는 흙담장 한 쪽은 허물어져도 고쳐지지 않았다. 담장의 의미가 필요 없는 그 초가집 마당에 누구나 와서 먹을 수 있는 우물이 있었다. 허물어진 담장을 넘어 이웃집에 놀러가고 목마르면 두레박으로 물을 퍼 통째로 마신 그 집이 아직도 나를 놓아주지 않는다. 가장과 허욕과 증오와 술수와 욕심이 없는 햇살이 툇마루에 비추면 나는 동화책이나 만화를 보며 나중에 글을 쓸 것이라고 맹세했다. 처마를 따르며 돋아나는 긴 고드름이 가지런히 달리는 한겨울날 고드름 속에 박힌 초가 짚풀 자락을 보며 신비하고 낭만적인 내 의식을 키웠다. 두 쪽의 나무 부엌문의 삐걱거리는 소리는 고요한 초가집이 내는 가장 큰 기척이었고, 그 음성을 들으며 나는 외로움을 덜었다. 우물가 옆에 돌로 쌓아 있는 장독대에는 계절마다 꽃들이 피었다. 채송화와 맨드라미, 접시꽃이 주종이었고, 잔돌 틈새로 돋아나는 잡풀 사이로 나다니는 개미들도 내 유년의 장난감이었다. 내 삶 중에 사람 사는 숱한 이야기와 사람사는 모습을 보아왔으나 내가 보낸 유년의 초가 오두막 이야기보다 흥미 없었다. 나는 반드시 내 고향집으로 돌아가 그곳에서 내 좋아하는 소설을 쓰겠다는 희망으로 지나치는 생활고를 견뎠다. 최첨단 소재로 건축된 고품위적인 주택과 아파트는 내게는 흥미 없는 거처였다. 사람들은 수억씩 하는 집을 원하지 않는 나를 보고 위선자라고 할 수가 있다. 무슨 말로 나를 매도하는지는 그들의 뜻이다. 아파트가 좋든 수백 억 하는 주택이 좋든 나는 내가 보낸 유년의 초가집에서 살고 싶다. 고급 주택에 살면 나는 거처에 편리함을 느낄 것이다. 그러나 또다시 다른 곳에 이주하기를 원하고 그 고뇌와 갈등은 기어코 내 초가집으로 가야 끝날 것이다. 나의 안착의 갈구는 바로 나의 문학예술의 끝일지 모른다. 문학예술은 남이 이해하지 못하는 나만의 한없는 투쟁일 수 있다. 나는 초가집으로 가는 것으로 문학을 접을 수 있을지 모른다. 그곳에는 위선과 무모한 외면과 소외와 적이 없고 오직 누구나 평등한 우리들이 존재하고 있었다. 불행하게도 나의 생가의 초가는 서푼에 팔려 사라지고 블록 건물 하나가 비정한 모습으로 서 있다.

시골의 한적한 곳에 싸리담 울이 쳐친 작은 오두막에서 여생을 보내고 싶다. 집 앞에 흐르는 작은 개울에 햇살이 담기고, 집 뒤에 솔솔한 바람소리를 내는 얕은 숲이 있는 곳, 창호지 발린 미닫이문을 열어 놓고 흙마당에 노니는 닭들을 보며 글을 쓰고 싶다. 담장 아래로 잡풀이 돋아나도록 놔두고 앵두나무 한 그루를 심고 앵두가 익을 여름을 기다려 보고 싶다. 살구나무와 복숭아나무를 심고 도화, 행화가 만발하는 봄을 고대하며 남은 삶을 보냈으며 한다. 김소월의 '엄마야 누나야 강변 살자'를 읊조리며 싸리짝 대문으로 들어설 빈민일 적에 만난 벗들을 그리고 싶다. 내 꿈의 집에서 보낼 수 있을까.

나는 늘 오두막집으로 향한다. 거기에는 내가 그토록 찾던 그 문학예술이 나를 기다리고 있을지 모른다. 문학예술을 찾는 나의 일생의 고통을 초가집은 멈추게 할 수도 있을 것이다. 햇살 내리는 툇마루에 앉아 동화책을 보고 싶다. 무쇠솥 달린 부엌 아궁이에서 나무 지피는 소리가 들리고 밥 내음이 포실히 퍼져 나올 때, 나는 앞산 마루에 걸린 늦걸음 노을빛에 반해 책을 덮을 것이다. 두 번 다시 문학예술을 찾고 싶지 않다.

나는 평범해지고 싶다.

강준용소설집 숭선에서

차 례

핸드폰 핸드폰

비스킷 조각을 손가락으로 집고 비비자 가루가 흘러내렸다. 비스킷 입자를 탐지한 개미들은 뾰쪽하게 튀어나온 더듬이를 오물거리며 동료들을 데려왔다. 모여든 개미들은 분주하게 비스킷 입자들을 물고 쏜살같이 왔던 길로 달음박질쳤다. 개미 집 속의 무리들도 꾸역꾸역 몰려나왔다. 개미의 길이 점선들로 이어진 검은 선 한 줄이 될 때 내 쾌락의 유희는 시작되었다.

비스킷 가루가 널린 곳에 비스킷 하나를 통째로 놓아두고 길에 깔린 검은 선이 비스킷에 칭칭 둘러 매이는 절정을 기다린다. 대형 먹이를 발견한 놈들은 분말에 집중시킨 관심을 꺼 버리고 먹이의 대륙인 비스킷으로 올라가 신이 내린 선물을 가져갈 연구를 하느라 정신들이 없다. 바늘구멍만한 그네들의 집 대문으로 비스킷을 집어넣는 기적을 기대하지 않는다. 나는 옆에 둔 성냥 통에서 꺼내든 낱알 개피들로부터 유황을 탈착시켜 신문지에 비스킷보다 큰 적재장을 만드는 데 매료된다.

개미들이 비스킷에 콩고물처럼 달라붙어졌을 때 나는 흥미와 쾌락의 예고로 달구어진 감정을 분출시키며 비스킷 주위로 유황가루를 울을 치듯이 촘촘히 뿌려 쌓는다. 대륙 같은 먹이를 한 입 뜯어 문 것으로 만족한 모자란 녀석이 길을 따라 나가고, 갓 소식을 받고 부지런히 달려오는 성실한 녀석들로 인하여 만들어진 길에는 검은 줄이 지워지지 않았다. 그 줄이 지워질까를 염려하면서도 나는 비스킷으로 들어가는 대문을 만들었다. 유황가루를 뿌리지 않고 남겨두는 것이 대문이었고, 만드는 것이 아니라 비워 두어 그들의 자유로운 왕래를 허락하는 것으로 대문의 사실적인 의미를 부여했다. 그리고 대문을 왕래하는 녀석들을 유심히 관찰하면서 누가 하늘의 복을 타고 났는지를 가름했다.

애당초 녀석들은 유황 불길에 타 죽을 숙명으로 태어났다. 나는 삶의 자유를 내게 위탁한 놈을 식별하는 기회를 가지기 위해 숫자를 센다. 그들이 주어진 숙명을 역행하는 것을 원치 않았다. 나는 열이란 숫자를 삶의 기회를 복원시키는 여유로 제공했다. 그 셈 안으로 들어온 녀석은 삶을 포기하려고 자진 출두하는 것이고, 한 조각의 먹이에 만족하여 나가는 녀석들은 그야말로 나와는 영 연분이 없는 놈들이었다.

시커먼 재색 바탕을 칠하고 떠 있는 태양이 우울한 시선으로 내려다본다. 복잡하게 세워 놓은 건물들이 재색빛을 거르고 나온 태양빛에 버려 둔 그리스의 고건축물처럼 황폐하다. 꼼지락거리며 내 주위를 스치는 사람들의 물결이 음습하다. 중세 갑옷으로 무장한 개체의 눈이 일 자로 내놓은 투구의 눈구멍 사이로 번득거리며 살아 있는 것을 확인시킨다. 나는 그들의 생존을 믿지 않는다.

딸아이는 핸드폰을 바꿔 달라고 했다. 두 달 전부터 졸라 오는 아이의 핸드폰 구입 확인을 미루다가 확답을 주었다. 그러나 사주겠다는 약속에 내 자신 신비성을 느끼지 못한다. 아이는 그 불확실한 나의 약속에 확신을 하고 있을 게 분명하다. 분명한 것에 대해 내 스스로 인정할 수 있는 것은 단 한 가지뿐이다. 비스킷 둘레에 유황을 뿌리고 그 다음 한 내 행동에 대한 결말이다.

고등학교 일 학년인 아이가 왜 아비도 없는 핸드폰을 가져야 할까. 나는 이 물음에 대한 내 자신의 해답을 내리지 못했다. 아이의 엉덩이가 실하게 돋아나고, 앞가슴이 바람 든 풍선처럼 부풀어 오를 적에도 아이는 내게 남녀 구별이 불투명한 미성장한 영아였다. 아이가 초경이 시작되었다고 지 어미가 귀띔해 주었지만 내게는 실감이 나지 않았다. 그러나 고등학교 입학 기념물로 뭘 사주겠냐는 뚱딴지같은 질문에 영어 콘사이스 한 권을 사주겠다는 말을 하지 못하고 아이한테 그 대답을 맡겼다. 아이는 신이 나 단번에 핸드폰이라고 대답했다. 그 또한 뚱딴지같은 아이의 대답이었다. 나는 아이한테는 어색한 핸드폰이란 단어를 풀어보지도 않고 약속했다. 발상 자체가 어긋난 일이기에 이유를 알 필요가 없었다. 아이는 고등학교에 다니는 동시, 핸드폰을 몸에 업그레이드하는 최신형 로봇이 되었다.

유속이 강한 여울에 파리 낚시를 드리워 놓고 놈들이 입질하길 기다린다. 맑고 투명한 여울살을 가르고 물의 흐름에 역행하는 날렵한 피라미는 내 몸의 때가 절로 벗겨질 듯이 찬란하다. 놈들의 무리가 물살의 파문 아래 어른거리는 것을 식별할 수 있을 정도로 나는 놈들과 친숙하다. 구슬프게 흐느끼는 음파의 파장처럼 햇살이 일렁이는 수면을 투과하여 물속으로 녹아들 때 놈들은 물보라로 만든 실루엣의 커튼을 걷고 신비스러운 실체를 드러낸다. 굴절된 햇살이 놈들의 무리들을 슬쩍 비추면 은빛 찬란한 놈들의 몸체가 거울에 반사되는 빛처럼 번쩍거리며 나를 벅찬 감정으로 몰아넣는다. 놈들은 그 경쾌하고 신비한 은빛으로 내 미끼를 물고, 나는 은빛 하나를 낚아챈다. 밖으로 끌려 나온 놈은 신비하기 그지없다.

은빛 비늘에 가는 회색 줄무늬를 양쪽에 박은 날렵한 몸체가 백 미터 출발을 앞둔 주자의 유니폼처럼 금방이라도 바람을 가를 듯하다.

낯선 세상을 본 두려움에 파르르 몸을 떠는 놈의 경악에 애처로움보다 허공에 날리는 은빛 날개의 우아함에 황홀감을 느낀다. 그러나 나는 놈의 아가미에 손가락을 넣어 고정시킨 뒤 엄지로 아가미 밑 가슴을 눌러 그대로 배를 갈라 내장을 훑어 낸다. 인간 세상이 싫은지 뭍으로 나오면 금방 죽어 부패되는 놈을 위해 신비한 아름다움을 보존케 하는 의식이다. 놈은 배를 갈리고 나부라진 뒤에도 생전의 아름다움을 유지한다. 반듯한 돌 위에 진열되어 말라가는 놈들은 아직도 살아 있는 우아한 형태로 나를 유혹한다. 오염되지 않는 물에서만 존재할 능력을 얻은 피라미는 하급수에서는 생존하지 못한다. 오급수 이하인 인간 세상에 나와 물 속의 형태 그대로 박제가 된 놈을 보고 나는 경탄을 한다. 놈들은 죽어서도 자신의 몸체를 변질하지 않는 신비성을 지닌 것이다.

아이가 처음 갖고 와서 자랑하는 은색 핸드폰은 바로 내 유년의 돌 위에 말라 있는 피라미와 비슷했다. 날렵하게 생긴 은색 핸드폰에 감탄이 나온다. 오두막집의 굴뚝처럼 한쪽에 쭉 뽑아 올린 안테나의 멋과 뚜껑을 열면 나타나는 우주선 내부와 같은 글자와 계기판들, 시험 삼아 우리집 전화번호를 찍자 은색 피라미는 경쾌한 멜로디를 발음했다. 나는 급히 우리집 전화를 받고 수화기에다 대고 말했다.

"들리냐, 거기에도?"

아이의 은빛 피라미는 단단하고 윤기 나는 까만 줄에 아가미가 끼인 채 아이의 목에 걸려 달랑거렸다. 박제가 된 피라미는 자신의 처지를 알지 못하면서 시도 때도 없이 울었다. 아이는 화장실까지 갖고 들어가 핸드폰을 건 당사자한테 부재하지 않는 자신의 위용을 자랑했다. 아이는 항상 존재한다. 누가 아이를 찾으면 아이는 언제든지 나타난다. 숨바꼭질을 해도 술래가 못 찾는 아이를 핸드폰은 알려준다. 어느 때나 우리가 찾을 수 있는 선상에 아이가 놓인 것이 뿌듯하다. 아이는 오선지 위의 하나의 음표가 되어 누군가가 건드리면 음률을 흘려낼 것 같다. 약속대로 아이는 핸드폰으로 발신을 하지 않았기에 사용비는 기본에서 오르락거렸다. 아이가 발신하지 않고 오는 통화량은 꽤 당찼다. 아이가 먼저 걸지 않고 오는 전화는 아이가 필요하다는 뜻이다. 아이가 다른 사람들한테 필요한 것은 아이가 존재할 가치가 있다는 말이다. 고등학교 일 학년 아이가 왜 필요할까.

나는 전화가 올 때마다 아이가 절실하여 통화한 그 장본인들이 궁금했다. 말을 놓고 수다를 떠는 것은 친구들이 분명하다. 그러나 자기 방으로 들어가 혼자서 은밀하게 전화를 받을 때 궁금증이 밀린다. 아이는 어쩜 성냥알을 갖고 유황을 채집하는지 모른다. 나는 아이의 행동이 의심되면 수심에 잠긴다. 아이는 독서실 출입이 잦았다. 밤샘을 하고 새벽에 와서는 멀뚱한 눈으로 모래를 먹는 듯 밥을 삼키고 학교로 간다. 그러나 아이의 눈은 전화벨이 울리면 얼음을 뒤집어쓴 것처럼 생기가 인다. 아이는 어느 날부터 핸드폰을 바꿔 달라고 졸랐다. 텔레비전에 나오는 광고를 안 보면 큰일 날세라 나에게 주입시켜 저것이라고 확인시킨다. 멀쩡한 핸드폰을 왜 바꾸냐는 당연한 내 질문에 아이는 후진국사람 대하듯 한숨부터 쉬고는 사유를 설명한다. 이유는 간단하다. 지금 것은 구식이고 이걸 사용하면 창피하다는 거였다. 아이를 이해할 수가 없었으나 아이가 말한 제품의 광고가 나오면 그 모양을 익혀 두었다.

직사각형의 길쭉한 지금 것과는 달리 폴더라는 뚜껑이 달린 작고 매끈한 녀석이랬다. 광고 인물의 손바닥에 놓아도 작은 동전을 쥔 것 같이 깜찍하게 생긴 그놈은 치장한 피라미처럼 예쁘장했다. 아이를 타박하는 지 어미도 구태로 밀리는 딸이 될까 두려워 내 눈치를 살폈다. 사십만 원이나 되는 그놈을 덜컥 사지 못하는 내 자신이 증오스러웠다. 가입만 해도 공짜로 지급하던 그놈의 핸드폰을 제 값 주고 사게 만든 정부가 원망스러웠다. 20년 동안 잡지사를 전전했으나 안착하지 못한 내 자신의 무능함을 탓했다. 붙박이가 될 것 같으면 부도가 나서 문을 닫는 통에 안착할 겨를이 없었다.

초임 때 제대로 된 잡지사에 딱 한 번 근무한 것 외에 길바닥에 널린 돌처럼 아무렇게나 나뒹굴었다. 무능하거나 팔자소관으로 돌리지도 않았다. 한자리에 버티고 있어야 할 여력이 없는 것을 알았다. 내 자리를 지키게 할 상부에 대한 아부와 쫓겨나지 않도록 방패막을 쳐줄 후견인과 배경이 없다. 아니 그것들을 만들 수 있는 재력이 없는 거였다. 세 식구 생활하기에 빠한 박봉으로 다른 재주를 부릴 여유가 없었다. 내 위의 새로운 직속상관이 바뀌면 나는 한 달 내에 이삿짐을 싸거나 그 회사를 나와야 했다. 불혹의 나이도 기울고 있는 지금까지도 이리저리 연줄을 달아 번역이나 잡지기획을 봐주며 아주 위태로운 생활의 외줄을 타고 있다. 뭔가 일을 잡지 않으면 나는 아이와의 약속을 지키지 못할 것이다.

돈 많은 졸부의 자서전 대필을 할 일이 있다기에 방금 잡지사에 들렀다. 졸부는 내가 이름난 글쟁이가 아니기에 꺼림칙하다는 전갈을 보냈다. 유명한 문인들 중에 한 명을 쓰겠다는 데는 도리가 없다. 잡문은 문인들보다는 훨씬 유리하게 쓸 수가 있다. 잡지사에서 유사한 인물탐구를 신물이 나게 썼기에 졸부의 자서전이야 거저먹기다.

"선배님 미안합니다. 의뢰인이 그걸 원하니. 내 참 별것에 문학인을 찾는다니까요. 문학책 한 권 읽어보지 못한 자가 어디서 그런 것은 들었는지……."

잡지사 주간인 후배의 빈정거림을 뒤로 하고 밖으로 나왔다. 가진 자는 선택할 권리가 있다. 가을바람 소리에 바람처럼 한숨을 내쉬었다. 핸드폰을 구하지 못하는 안달의 한숨이다.

나는 유속 빠른 여울의 한 마리 피라미가 되어 물살을 가른다. 지나는 잡고기들은 바짝 몸을 붙이고 외체에 드러난 지느러미를 전부 사용하여 번개처럼 내 곁을 지나친다. 나는 내게 접력하는 유속이 만든 수압에 짓눌려 몸 한가운데가 찌그러지는 걸 느낀다. 나는 물고기에서 다시 내용물을 비운 알루미늄 맥주 캔이 되어 남의 손을 조심한다.

빈 캔을 손으로 쉽게 뭉그러뜨릴 수 있는 그들의 자유가 두렵다. 그들을 피하기 위해 내 쪽에서 신경을 쓴다. 전신에 산재해 있는 감각들을 외피로 모아들여 미세한 접촉에도 감지할 수 있는 예민한 감촉체를 임시로 부착한다.

아이의 핸드폰의 귀퉁이에 뾰족하게 솟아오른 안테나처럼 멋깔이 있어야 한다. 감촉부가 금방 반응을 보인다. 나는 신경포자로 만든 입자의 한쪽을 곤두세워 날아온 전파의 발신처를 찾아 두리번거린다. 아하 ―. 나는 그제야 내 곁을 스치는 물고기 떼들이 각자의 몸에 내게 보내는 음파의 주체를 지닌 것을 알았다. 핸드폰.

핸드폰은 사람의 방향을 잡아주는 키다. 사람들이 핸드폰의 음파가 미치는 그 주체 쪽으로 끌려가는 것 같았다. 누군가 그들을 끌어당긴다. 그들도 흡인력에 만족하여 그 자신들이 부당한 곳으로 가는 것을 거부하지 않는다. 이제 그들은 자신을 숨길 수가 없다. 어디서든 그 음파가 그들이 있는 곳을 지켜보고 발견하고 찾아낼 것이다. 숨을 곳이 없는 어항 속에 든 고기는 어항의 한쪽 구석에 머리를 대고 눈을 감고 자신을 숨긴다. 그 고기한테는 그 뒤에 붙은 몸체가 없다. 나는 내 몸을 숨기기를 원한다. 내가 드러내고 내 몸을 노출시키는 것을 즐겨야 할 그 어떤 이유가 없다. 졸부는 자서전으로 자신을 드러내려고 한다.

바람이 불었다. 나는 두터운 잠바가 필요한 것을 느낀다. 집에 가서 다음 외출 때에는 밤색 잠바를 입어야지. 남과의 충돌을 방지하기 위한 예민한 감각기관은 나에게 다른 감정을 전달시킨다. 날씨가 추워지는 것, 그 추위를 벗어나기 위한 것, 점심을 먹지 않은 것도 아까부터 부담으로 떠오른다. 주머니에 든 이만 원 가운데 설렁탕과 소주에 갈 차비를 빼면 남은 것에 대한 숫자를 그린다. 얼마가 더 있으면 아이의 핸드폰을 구입할까.

"여기 명동이야! 너 버거킹 알지, 왜 명동성당 가는 길 입구에 있는 곳! 응, 그쪽으로 나와. 이층에 있을께! 얼른 와!"

이십대의 여자가 도보 옆 건물 앞에 붙어서서 소리친다. 노란 줄무늬 한 줄을 넣어 염색한 머리 옆의 귓볼에 까만 핸드폰이 달렸다. 무릎이 터져 살이 나온 청바지를 신발 뒤축에 끼운 듯이 땅에 질질 끌고, 등에 진 파란 쌕을 허리까지 늘어지게 내려뜨린 여자는 방금 전쟁터에서 돌아온 패잔병 같았다. 병사는 전시 상황을 무전으로 보고를 하는 것이다.

삐삐삐—.

가미가제 폭격기는 잠자는 호랑이를 건드렸다. 진주만이 폭화에 휩싸이는 대신, 일본 열도는 히로시마에 버섯 뭉개구름을 피워 올렸다. 아시아 사람들은 태양이 경악하여 빚어내는 하얀 빛을 보았다. 아름다운 버섯구름을 본 자는 아무도 살아남지 못했다. 언제부터인가 나는 버섯구름의 회오리에 말려 내 의식을 점령당했다.

유황, 나치, 핵, 아인슈타인, 루즈벨트, 불발탄, B29, 히로시마, 버섯구름, 개미, 피라미-.

나는 버섯구름으로 인하여 떠오르는 연상 단어에 휩쓸려 한없이 중
얼거리기도 했다. 내가 지쳐 버린 이유를 알고 우울에 잠겼을 때 미친
듯이 버섯구름을 찾아 헤맸다. 우울은 자아를 옭아매어 내부 깊이 가
두어 놓는 것이다. 나는 내 자신을 숨겨두고서도 마음이 놓이지 않아
버섯구름을 은닉처로 여겼다. 구름 한 점 없이 맑고 푸른 날은 버섯구
름을 보기 좋은 날이었다. 내가 폭격할 진주만을 찾아 헤맸지만 진주
만을 발견할 수가 없었다. 그것은 실로 내겐 보옥과 같은 존재로 희귀
했다.

　나는 잡지사가 있는 덕수궁 근처에서 지금 명동으로 온 것을 알았
다. 나는 내 귀를 타고 오는 무전 교신을 받아 주위를 확인했다. 패잔
병이 말하는 교두보는 바로 내 옆에 있다. 나는 교신자보다 먼저 그
피신처로 들어갔다.

　일층 실내는 병아리가 채워진 부화장처럼 북적거렸다. 아무리 둘
러봐도 장닭은 나 혼자였다. 새벽에 홰를 치는 장닭마냥 목을 빼고 병
아리들이 몰리는 앞을 봤다. 판매대 안에는 해군병사의 외출모 같은
모자를 쓴 인형들이 똑같이 분홍 셔츠와 곤색 바지를 입고 먹이를 건
네 댄다. 나는 그들의 머리 위 벽에 부착된 먹이판을 둘러보다가 놀랐
다. 비행접시처럼 생긴 먹이들이 속에 야채와 치즈 같은 걸 끼우고 나
를 향해 발진했다. 원자탄을 탑재한 변형된 B29호들이 떼거지로 몰

려왔다.

"버섯구름이다!"

나는 판매대 앞에서 외쳤다.

"버섯버거는 없는데요, 손님!"

계산기 앞에서 정신없이 자판을 두드리는 여자 병사가 보지도 않고 소리쳤다.

따따따따따~.

여자는 기총 소사를 하느라 정신이 없다. 나는 방해를 하지 않으려고 얼른 콜라 하나와 감자튀김을 시켰다. 비행접시는 싫었다.

여자는 이천오백 원을 달라고 악을 썼고, 나는 얼른 만 원 권 한 장을 주었다.

타타타~.

거스름과 함께 주문권 한 장이 달랑 내 손에 들려졌다. 전쟁에서 살아남기 위해 얼른 표를 받아 병아리들이 욱적거리는 부화장을 탈출했다. 나를 이곳까지 인도한 여자가 들어와 곧장 이층으로 올라갔다. 그녀는 아무것도 시키지 않았다. 나는 실내의 귀퉁이에 달린 스피커를 쳐다보며 식권의 번호가 불려지길 기다렸다. 479, 나는 내 이름 대신 이 숫자로 통하는 곳에 있었다. 아직도 나는 살아 있었다.

웅성거리는 아래층에 비해 위층은 한가했다. 다급한 발길에 콜라가 넘칠 것을 신경 쓰지 않는 것에 만족하며 빈 자리에 앉았다. 바로 옆에 있는 밖에서 본 여자 병사를 정탐하러 온 것 같아 얼른 콜라를 마셨다. 그녀의 탁자 위로 눈길이 자주 간다. 까만 핸드폰은 딸아이 것보다 투박하고 멋깔이 없다. 그녀도 부모한테 핸드폰을 바꿔 달라고 투박 지웠는지 모른다. 나의 목울대는 콜라를 넘기는 데 쉬지 않고 부산을 떨지만 신경의 감각들은 온통 핸드폰에 대한 반응을 기다린다. 그것이 급작스럽게 울리면서 나를 바꿔 달라고 할 것 같다. 핸드폰으로 편중된 관념을 분산시키려고 애를 썼고 감자튀김의 맛을 느낄 정도로 시선을 완화시켰다. 그러나 무수한 전선들이 나를 향해 쏘아지는 것을 느꼈다. 이층 손님들 모두가 하나씩 소지하고 있는 핸드폰에서 나온 전선들은 일정하게 정리된 것이 아니라 너절하고 복잡하게 얽히고 설키어 나를 옭아매려 했다.

삐리릭-.

띵똥 띵똥 딩딩-.

띠리릭 띠리릭-.

뽀르르록-.

띤딘 띤딘 띤딘 띤딘-.

다양한 벨의 종류가 사방에서 콩 볶는 듯이 들려오고 꺼지고 신성댔다. 아무도 없는 텅 빈 공간을 보고 모두들 귀에 손을 대고 중얼거린다. 그것은 영혼의 소리처럼 오싹하다. 떼 지어 온 여고생인 듯한 아이들 중에 두 명이 귀에 손을 대고 헛소리를 한다. 햄버거처럼 넓적한 얼굴을 가진 아이는 자기 얼굴을 뜯어먹으면서도 누구한테인가 맛있는 것을 사달라고 애교를 떤다. 한쪽 모퉁이에 혼자 있는 여자는 뭔가를 속삭인다. 한 손으로 수화기를 감싸 오목한 울림판을 만들어 은밀한 대화를 보낸다. 브람스의 자장가를 듣고 있는지도 모른다. 무료하니 전화를 거는 척할 수도 있다. 우락하게 생긴 청년의 목소리가 제법 크다. 애인이 약속시간을 맞추지 못한 모양이다. 핸드폰이 없으면 영락없이 담배만 피며 울상을 지으며 기다려야 할 상황이 이젠 야단칠 수가 있다.

저 여자는 왜 그럴까. 앞에 멀쩡한 남자를 앉혀 두고 다른 남자와 다정하게 이야기한다. 간밤에 둘이 술을 마신 모양인데 잘 들어갔냐고 묻는 것 같다. 앞에 있는 샌님처럼 생긴 남자의 당혹감에도 다른 남자와 노닥인다. 남자를 일부로 떼어 버리기 위한 수단인지 모른다. 그것도 핸드폰이 있어 가능하다. 내 옆의 여자 병사는 쉴 새 없이 핸드폰을 만지작거린다. 무슨 작동을 하는지 계기판에는 내가 모를 숫자들이 가득하고, 해독을 하지 못한 나는 핸드폰을 주어도 도로 줄 것이 뻔하다. 여자 병사는 수시로 출입문을 본다. 나는 그쪽에 어떤 남자가 나타날지에 궁금증을 가진다.

모든 것은 허공 속에 사실로 인식된다. 나는 아마도 이 속에 없다. 그 보이지 않은 교류들이 현실이고, 나는 보이지 않는 무선이 되어 영혼으로 떠도는 착각을 느낀다. 그러나 나는 그 현실의 소리를 들을 수 있는 언어 변환기를 장착하지 않았다. 그래서 누군가 나를 이 세계에서 축출시키기 위해 내 주위에 유황가루를 뿌리고 있는 것을 느낄 때가 많다. 유황을 소유할 수 있는 자들이 그들의 사회를 보호하기 위해 불필요한 인물들을 사라지게 하는 것이다. 나는 누군가로부터도 유화되지 못한 내 자신을 건사할 여력이 없다. 나는 내 아이를 현실 세계로 확실히 안착시켜 주기 위해 아이의 핸드폰을 구입해 줘야 한다.

햄버거 집을 나왔다. 거리는 온통 핸드폰 투성이다. 안 가진 사람을 발견하기가 어렵다. 웬 사람들이 이렇게 많은지 모르겠다. 하나같이 똑같은 모습과 똑같은 얼굴에 똑같은 걸음질로 나다닌다. 이들의 무리에 휩쓸려 발 가는 대로 옮겼다.

즉시 개통.

누구나 갖고 있게 만드는 핸드폰 동산 앞에 서성거렸다. 윈도우에 진열된 핸드폰들이 박제된 피라미들처럼 날렵하다. 살아 있는 듯 황홀하지만 이미 누군가의 엄지손가락으로 배를 갈리고 내장을 뽑아낸 박제들이다. 아이가 말한 광고 속의 모형을 한 놈도 위풍당당히 누워 있다. 폴더를 열지 않아도 계기판을 볼 수 있게 내부를 드러낸 녀석은 은빛 니스를 칠한 작고 깜찍한 몸체를 반짝거리며 인간의 탐욕을 비웃는다. 아이가 탐낼 만한 매력이다. 파리 낚시로 낚아올려 내 손으로 만들어진 피라미들의 박제란 것을 의식하려 한다. 그러나 그것들은 피라미들보다 정교하고 값나가게 생겼다. 나의 소유물이란 관념에서 내가 소유하고 싶은 물건으로 바뀌진 의식으로 그것들을 본다.

보이지 않는 인물들과 대화할 수 있는 반열에 들기 위해 그것을 장착해야 한다면 나는 검은 색의 흑피라미를 잡을 것이다. 윈도우 앞에 선 채 그것의 한 귀퉁이에 달린 안테나를 맘껏 뽑아내어 내 귀에 대고 소리치는 나를 떠올리며 감격에 젖는다. 매끈한 몸체가 은줄에 끼여 내 목에서 나의 움직임 따라 달랑거리는 그 검은 색 피라미의 아름다운 몸짓에 반해 졸부가 자서전을 맡길 줄도 모른다.

011, 016, 017, 018, 019 -. 누군가에 의하여 만들어진 숫자놀이에 나도 번호 하나를 잡고 동참하지 않으면 안된다. 아이는 019를 선택했다. 아마 그럴 것이다. 1이란 숫자보다 9란 숫자가 높아 그 위신이 만득하기 때문인가. 나는 000이 좋다. 그러나 012, 013, 014, 015의 숫자처럼 이들의 반열에는 불필요한 숫자이다. 000은 내가 꼭 통화해야 할 숫자로 여겨진다. 내가 가진 그 은밀한 장난질에 나만이 풀 수 있는 부호가 필요하다. 외계인과 대화를 하려고 알파와 베타와 감마를 미분법으로 조열하는 따위의 난마 분석이 용납되는 것도 아니다. 바로 내 자신의 목소리가 언어 해독기이다.

"핸드폰 구입하시려구요?"

중년 한 명이 가게에서 나와 말을 건넨다. 내 대답은 '아니오' 였다. 남자는 윈도우 앞에 가로막은 내 몸을 치우라고 단번에 협박했다. 찰나의 시간 속에 지옥과 연옥이 분류되었다. '아니오' 라는 내 대답에 왜 큰 화가 났을까. 나는 남자의 압도적인 눈매에 떠밀려 내가 설 장소를 양보해야 했다.

거리는 온통 핸드폰 투성이다. 안 가진 사람을 발견하기란 어렵다.

느닷없이 전화가 걸고 싶었다. 핸드폰 탓으로 전화 부스는 늘 비어 있다. 카드를 넣고 아이의 핸드폰 번호를 찍었다.

"아빠야? 왜 전화했어?"

아이의 목소리는 늘 경쾌하다.

"보고 싶어서."

나는 아이한테 피라미에 대해 이야기해 주고 싶었다.

"치. 내가 어린앤가? 어디야, 아빠?"

어느 무인도에 와 있다는 말을 하려다가 명동이라고 밝혔다. 명동이란 말에 아이는 예상 외라는 반응을 보이며 왜 갔냐고 물었다. 나는 사실대로 말했다.

"뭐라고 아빠? 다시 말해 봐. 안 들려, 감이 멀어!"

"니가 사 달라고 하는 핸드폰 구경 좀 할려구!"

나도 아이의 음성을 따라 크게 말했다. 아이는 목소리에 먹구름을 달아 보냈다.

"무슨 말이야? 아빠, 나 핸드폰 바꿨잖아! 아빠, 돌이야? 보름이나 된 일인데. 아빠도 알잖아! 전화세 나가, 그만 끊어!"

아이의 목소리는 사라졌다. 나는 아이의 말을 되돌리며 내가 모르는 것이 무엇인지 알아보았다. 내가 모르는 것은 없었다. 아이는 보름 전에 그렇게 아비한테 조르던 핸드폰을 구입했다. 나는 아이의 목에 낯선 피라미가 달랑대는 것을 목격하고 물었다. 친구의 아빠가 핸드폰 가게를 하는데 가입비만 내고 그냥 바꿔줬다는 거였다. 용돈 모은 것으로 다 해결했다는 말에 나는 내 어깨가 걷어지는 것을 느꼈다. 이유야 어찌됐든 핸드폰이 생겼고, 지 어미 말처럼 친구의 아빠한테 감사말이라도 해야 할 일이었다. 아이가 별일 아니란 투로 말렸기에 구차한 소리까진 하지 않아도 됐다.

그래, 아이는 핸드폰을 바꿨다. 나는 그걸 봤고 그걸로 통화까지 했다. 아이가 지칭한 대로 내 머리가 돌인가 싶었다. 그러나 아이의 핸드폰이 바뀐 것에 대한 정답은 없다. 이틀 전까지 아이의 핸드폰은 바뀐 새 것이었다. 그러나 그날 아이의 핸드폰을 대신 받고부터 아이의 핸드폰은 바뀌지 않았다.

토요일 독서실에서 밤샘을 하고 다음 날 아침 열 시쯤 들어온 아이는 주눅 든 몸으로 샤워를 하러 갔다. 아이의 샤워 물소리가 요란하게 들리는 가운데 아이가 벗어놓은 핸드폰이 멜로디를 울렸다. 아이를 부르려다가 대신 은빛 피라미를 잡고 아이처럼 귀에 댔다. 나는 아이가 아니므로 그냥 있는데 저쪽에서 먼저 말을 해왔다. 한참 혼자 말을 한 상대는 아이가 말을 하지 않자 아이의 이름을 부르면서 대답을 하라고 다그쳤다. 나는 핸드폰을 놓았다.

목소리를 듣는 순간부터 나는 공허한 허공에 떠도는 나를 잡지 못했다. 유황이 떠올랐고, 버섯구름 속에 든 나를 보고 두려워했다. 핸드폰은 몇 차례나 성급하게 울렸지만 나는 받지 않았다. 아이한테 핸드폰을 사줘야 하는 사명감을 느꼈다. 누구한테도 내가 아이의 전화를 받았다는 것을 말하지 않았다.

부스를 나와 걸었다. 명동성당으로 간다는 큰길에 있는 은행 출입구 계단에 앉아 날카로운 신경에 잠식되어 늘어진 내 몸을 주저앉혔다. 이 자리에 그대로 앉아 사주나 관상을 보는 도인이 되고 싶었다. 즐겨 익힌 주역을 들쳐 밥벌이를 하자는 것이 아니라 사주나 관상을 보는 일을 하고 싶었다. 사주 한번 보는 데 얼마를 받을까. 현금이 들어오면 나도 등 뒤에 있는 출입문으로 들어가 적금을 부을 수도 있다.

은행은 내게 많은 소환장을 발급했다. 대출만기 때와 신용불량자로 찍혀 카드 결제 독촉을 받을 때가 가장 수위가 심했다. 카드 결제를 제대로 하지 못한 달이 많은 내게 은행은 불량거래자로 낙인찍었다. 나는 돈을 갚으면서도 굽실거리며 은행 직원들의 눈치를 봐야 했다. 이곳에 앉아 사주를 보는 나를 상상해 봤다. 수염을 길러 손님들한테 계룡산의 정기를 받아 도인이 된 것을 확인시켜야 한다. 나를 잃어버리지 않고는 적금을 부을 재간이 없다.

도로는 로봇의 행렬로 들어찼다. 몸체를 셈하기 어려워 머리를 보니 머리만 움직인다. 마징가 제트가 되고 싶다. 마징가의 주먹을 뻗쳐 들고 앞으로 내민다. 그러나 마른 장작처럼 앙상한 내 손아귀에 잡힌 담배에 불을 당겨 문다. 일회용 플라스틱 라이터의 파란 몸속에 든 액체가 포말을 띄운다. 가스는 기체인데 액체로 보인다. 용기가 투명하게 진실을 보일 때 그것이 나의 판단과 달리 기체가 아닌 액체란 것을 안다. 내부를 보여도 믿을 수 없는 불신들이 내 마음의 세포들을 세뇌시켜 정상적인 변위체를 형성해 버렸다.

가스 불을 켰다. 불꽃이 올라오다가 누름판을 놓자 사라졌다. 다시 톱니로 된 마찰바퀴를 회전하자 불꽃이 일었다. 불꽃을 보는 순간 우울한 감상들이 거울 깨지는 소리를 내면서 달려 나오는 기억의 편린들에 휩싸였다. 버섯구름.

담배에서 무슨 냄새가 났다. 살 태우는 냄새였다. 냄새의 원처를 찾아 거리를 둘러봤다. 물살처럼 강한 유수 속에 유영하는 수많은 고기 떼들이 보였다. 그들은 하나같이 핸드폰으로 만든 비스킷 가루를 달고서 쏜살같이 내뺐다. 나는 그들이 뛰쳐나온 유황가루가 둘러친 웅거지 속에 놓인 커다란 비스킷 덩이를 보았다. 거리의 건물들이 일시에 유황더미가 되어 나를 압박했다. 이곳을 벗어나야 한다는 걸 알았다. 그러나 버티어 선 유황을 벗어나지 못할 것 같다. 누군가 세는 숫자의 음성이 거친 호흡을 뺏을 듯이 들린다. 그것은 이미 마지막 열이란 숫자에 가까워지고 있다.

일곱 여덟 아홉-. 숫자 소리는 배를 가른 채 너른 바위 위에서 말라가는 나를 보게 한다. 아이가 이곳에 올지 모른다는 생각이 들었다. 나는 내 주위를 압박할 듯이 조여오는 유황불 속에서 내가 가지지 못한 자유를 느꼈다. 하지만 아직 그 자유로움의 웅대한 단맛을 알지 못하는 아이가 이곳에 오면 안 된다. 나의 숨소리를 따라 거물스럽게 다가붙는 숫자의 셈을 인지하면서 얼른 아이의 핸드폰 번호를 읊조리며 앞에 있는 전화 부스로 달려갔다. 아이는 내가 필요할 때 나타날 신의 전달체를 갖고 있었다. 수화기를 들자 카드도 꽂기 전에 중년 남자의 목소리가 기관총 소리처럼 울렸다. 아이의 핸드폰 속에서 내 의식을 혼란케 한 그 목소리였다.

"나 신림동 아저씨야. 나 몰라, 핸드폰 사준 아저씨? 오후에 드라이브나 하자. 왜 대답을 안해! 니 듣고 있는 것 알아. 갖고 싶은 것 다 사줄게. 여보세요 여보세요-!"

비스킷에 달라붙은 개미들은 그것을 옮겨가기 전에 자리를 뜨지 않았다. 나는 유황과 비스킷을 가진 자로서 그들에게 가진 자의 관용을 보여주기 위해 열 번의 기회를 주었다. 내 숫자가 열이라는 어미에 다다르는 동시, 그들이 간직한 자유를 걷어내고 그들의 운명을 내 손에 움켜쥐었다. 그나마 터 둔 대문을 유황알로 틀어막고 비스킷 위에 유황가루를 뿌렸다.

개미들이 놀라 비스킷으로부터 도피를 시작할 때 이미 유황가루는 콩고물처럼 비스킷에 묻혀졌다. 재치 있는 몇 마리의 개미가 유황 울을 넘어 탈출하는 것을 잡아 짓이겨 죽이고는 담뱃불을 유황에 붙였다. 팍- 일순간 불꽃이 일었다. 그것은 아름다운 하나의 멋진 버섯구름을 만들어 검은 연기를 피워 올렸다. 나는 스물아홉 된 젊은 시절의 유희에서 나를 찾고 있었다.

유황 속에 널브러져 있는 은빛 피라미 한 마리가 보였다.

편의점에서 긋는 곡선

그는 편의점 앞에 있는 파라솔 테이블에 앉아 정문 쪽을 보았다. 바라크 건물의 막사처럼 아파트 정문 입구에 엎드린 관리실의 미약한 불빛이 정문을 차단하고 늘어진 무쇠 고리를 밝혀낸다. 도둑 발걸음으로 얄금거리는 6월의 미세한 새벽안개가 차단줄을 무시하고 아파트 단지 내로 밀려와 여유로움을 확인시킨다. 그의 앞에 비어 있는 테이블 하나가 파라솔 끝 부분에 빙 둘러 달린 레이스 포렴을 쇠불알처럼 늘어뜨리고 소품으로 놓였다.

식탁 위에 누군가 다녀간 흔적이 빈 캔으로 널브러져 있고, 사발면 국물이 미색의 식탁 위를 얼룩으로 남긴다. 그는 컵라면 뚜껑 위에 젓가락을 눌러놓고 캔 맥주를 마셨다. 편의점 카운터에 앉아 있는 아르바이트 학생은 꽈배기처럼 꼬아 붙인 두 팔을 가슴에 대고 고개를 의자 뒤에 넘기고 있다. 오늘따라 유달리 손님이 없다. 김밥도 제법 남을 것 같다. 아침밥을 거르고 출근한 이층의 유치원 교사가 한두 개를 처리해 준다면 김밥의 잔고는 아내의 하루를 만족하게 할 것이다. 사실 그가 김밥의 재고에 신경을 쓰는 것은 그냥 겉치레일 뿐이다.

아파트 단지에 사람이 뜸해지고 움직임의 기색이 보이지 않으면 그의 마음은 공허한 침묵 속에 폭풍을 맞는다. 오늘처럼 안개라도 끼는 날 수수한 안개발을 헤치고 등장할 반가움을 기다린다. 그러나 경이로운 발자국 소리를 듣고 아파트 정문의 차단줄을 절단시킨 그는 없다. 컵라면여자는 오지 않을 것이다. 그는 이미 그걸 알고 있다. 작년 여름에 생긴 편의점은 그에게 많은 것을 변화시켰다.

편의점이 있는 3층 건물은 본래 사무실 용도로 건축됐다. 교회가 3층에 자리잡고 2층은 유치원이다. 아래층 사무실 용도의 3칸이 수시로 낯을 바꾸었다. 옆의 단지 내 상가를 고려하여 그곳에는 식품류를 판매하지 못하게 했다는 소문이 들렸다. 의류점과 수도 수리점, 털실 공예 학원이 근근이 건물의 체면을 살리더니 그것도 5개월을 넘기지 못하고 심심찮게 내려진 셔터에 임대 안내문을 붙였다. 덤핑 매장이 만들어져 옷들이 가게 안에 쓰레기처럼 쌓이기도 하고 주방 그릇류도 들어앉아 잠깐 동안 손님들을 불러 모았다. 여름에는 임시 과일가게와 신발 도산매 등 긴급하게 처리할 상품들이 셔터 내려진 삭막한 가게를 호들갑스럽게 밝혀 놓았다. 그러나 얼마 되지 않아 셔터가 내려지고 임대 안내문이 나붙었다.

해가 지면 건물은 상가 건물과 달리 웅크러들었다. 어둠에 든 건물 꼭대기에 붙어 있는 붉은 십자가가 묘지로 가는 이정표처럼 음산했다. 건물이 풍기는 음랭함에 가게를 낼 용의자가 좀처럼 나타나지 않았다. 가게터에 대한 중요성을 무시한 한 용감한 사람에 의해 그 중 한 칸이 문을 열게 되었다. 가게 문 앞에 세워진 맥주잔과 머리 없는 통닭 그림이 부착된 입간판이 꼬마전구 불을 명멸하며 건물을 화려하게 밝혔다. 켄터키 치킨점이 들어서고부터 건물은 외면당한 눈총에서 벗어났다. 셔터에 가리거나 임시매장으로 대여되는 나머지 두 개의 불협조에 건물은 한 칸만 도도한 기색을 띠웠다. 빈 두 가게가 벽을 허문 뒤 하나로 다려지자 건물은 아파트 단지 내의 가장 말끔한 모습으로 드러났다. 먼지가 꽤지레한 셔터는 탈착되고 대형 유리벽으로 조형시킨 가게는 실내에 정리된 물품들을 투명하게 비쳐냈다. 브랜드 업체의 위용답게 24시간 편의점은 도심의 그 어떤 가게와 다름없는 서구적인 인테리어의 구조로 건물을 단정시켰다.

고급스런 가게임에도 불구하고 한낮에는 그다지 손님이 많지 않았다. 아르바이트 여점원 혼자 우두커니 앉아 한낮을 보내고 야간에는 젊은 남자 직원이 졸음과 버티는 광경이 편의점의 풍경으로 나타났다. 아파트 단지에는 상가가 있고 아파트 후문 쪽 동네에는 대형 할인매장이 버텼다. 단지 안에 있는 일반 가게보다 20프로나 비싸고 대형 할인매장과는 30프로가 차이나는 편의점을 중하류 서민인 아파트 단지 주민들이 사용할 리가 없다. 그러나 밤이 되면 그런 대로 손님들로 바쁘다.

야간에는 출입구의 보도 위에 두 개의 비치파라솔 탁자를 폈다. 손님들은 철로 된 탁자 주위로 빙 둘러 놓인 플라스틱 의자에 앉아 라면이나 맥주 같은 음료를 먹었다. 그는 자정 무렵 의자에 앉아 컵라면을 자주 먹었다. 서른다섯의 왕성한 나이로 직장을 그만두고 나왔다는 것은 자랑할 일은 아니다. 햇볕을 밟지 못하고 관조자가 없는 별빛 아래 컵라면을 먹는 기분은 평상시에 느끼지 못하는 포만감을 주었다. 아내는 편의점에 대해 병적일 정도로 부정적이다.

"이런 가난한 동네에서 누가 비싼 편의점에 간다고. 칼 안 든 강도가 편의점이잖아."

가난에 익숙한 아내한테는 지출보다 무서운 게 없다. 절약 습성 탓에 아내는 남한테 검소한 사람으로 칭송받는다. 그러나 그는 억새풀 같은 처절한 삶의 고투를 아내한테 느낀다. 검소는 가진 자의 절약의 미학이다. 하루살이 빈곤에 분노하여 버는 대로 소비하는 것은 정상적인 생활기반을 포기했기 때문이다. 없을수록 아껴야 한다는 충고를 받는 자들은 말을 건넨 상대방을 죽이고 싶도록 증오한다. 싼 가게를 찾아다니는 아내가 싸게 산 물건을 자랑할 때 그가 집을 나와 헤매는 것은 괴로운 아내를 만든 죄책감 때문이다. 나이 서른에 억척이가 된 아내는 처절하게 가정이란 보금자리를 지키는 파수꾼이 됐다.

편의점 식탁에 사발면 하나를 올려놓고 숙성되기를 기다리는 그날 새벽, 아파트 단지에 깔린 안개를 뚫고 여자는 홀연히 나타났다. 편의점의 실내 불빛에 지독히 피곤한 표정을 비쳐낸 여자는 군살없이 단아한 몸체를 빨린 듯이 편의점으로 집어넣었다. 헤드 잭을 끼고 졸리는 눈으로 잡지를 보고 있는 아르바이트 직원도 여자를 바라봤다. 8월의 새벽안개가 뭉실거리며 편의점 불빛을 갉아먹고, 아파트들은 안개로 된 어둠 속에서 정적에 빠져 졸았다. 편의점을 나온 여자는 비어 있는 테이블 위에 컵라면을 놓고는 한 팔에 안길 듯한 좁은 어깨를 왼쪽으로 기울여 쌕을 벗어냈다. 그리고 재색 반바지와 하늘색 반팔 티셔츠의 의상마저 압착력을 느낀 듯 잉크색 운동화 신은 한 다리를 무릎에 올려놓고 캔 음료를 마셨다.

야심한 시각에 스물일곱, 여덟 살의 여자가 홀로 라면을 먹는 것은 외관상 좋지 못하다. 편의점 컵라면을 먹는 것을 타박하는 아내의 사고와 전혀 별개의 상황을 목격한 그는 그 흥미로운 소일거리에 관심이 갔다. 그는 라면 국물을 마시면서 힐끗 여자를 보았다. 한 뼘 되는 머리를 뒤로 묶은 여자의 얼굴에 실날같은 머리칼 몇 개가 빠져나와 평판한 둔지처럼 드러난 이마에 내렸다. 고개를 젖히지 않고 음료통을 기울여 마시기에 유독 가는 목의 미약한 구부림이 곡선의 미를 반감시켰다. 왜 그녀는 이 시간에 혼자 컵라면을 먹을까. 아내조차 하는 염색도, 남을 의식한 거추장스러운 피부의 덧칠도 하지 않았다. 어둠을 빨아들일 듯한 커다란 눈에는 사막을 건너온 나그네가 지친 모습 속에 담아둔 신기루가 남았다. 컵라면이 빨리 익기를 기다리는 모습에 가중되는 또 하나의 미스터리 같은 초췌한 기운이 컵라면을 먹지 않고 사는 방법을 바라는 간절한 기도로 보였다. 한 손에 잡힐 정도로 솟아오른 소담한 유방을 파격적인 원조교제를 제의한 남자한테 내줄 여자로는 여겨지지 않았다.

여자는 라면을 먹었다. 국물이 흐르지 않게 컵라면 몸통을 입에 닿을 정도로 붙여 들고 주위의 어둠을 젓가락으로 집었다. 여자는 이쪽을 전혀 신경 쓰지 않았다. 젓가락을 컵에 담그고는 손바닥으로 얼굴에 부채질을 해댔다. 윤이 나는 건반 위로 날아다니면 어울릴 것 같은 가늘고 긴 손가락들이 바람에 스치듯 살랑거렸다. 갈색을 띤 하얀 얼굴에 유독 큰 눈이 새벽이슬을 받는 수정그릇이 됐고, 아파트 앞쪽에 묻힌 어둠을 베어 버리기라도 할 듯한 코는 성형을 한 것처럼 오똑했다. 입을 열면 견고한 얼음이라도 쏟아 내릴 것 같은 차가운 입술이 입에 든 라면을 오물거렸다. 처음 본 여자였다.

그가 사발면을 비워 놓고 담배 한 대를 피울 무렵 여자는 라면통과 빈 캔을 편의점 안에 있는 쓰레기통에 버리고는 사라졌다. 그녀의 잔재는 안개 입자 속에서 다시 기어 나와 그를 휘감았다. 그가 한번도 하지 못한 자신이 만든 쓰레기 처리의 행실은 뜻밖의 흥미를 돋웠다.

늦잠을 자고 일어나도 여자의 모습이 지워지지 않았다. 라면을 먹었다며 아침밥을 거르는 그를 보고 아내는 기겁을 했다.

"편의점 라면을 먹었다구? 거긴 두 배란 말이야. 집에 라면 있는데 꼭두새벽에 무슨 기분 낸다고 그래. 누가 보면 홀아비인 줄 알겠어. 청승맞게."

아내가 할인매장에 가서 라면을 가득 사 놓았으나 그는 오밤에 편의점으로 나왔다. 그가 컵라면 여자를 두어 번 목격할 무렵 아내는 편의점 찬양자로 변했다. 두 여자는 그를 대칭점으로 두고 곡선 그래프를 그렸다.

그는 무엇 때문에 그녀를 기다리는 것일까. 추상적인 기다림인 베켓트의 고도를 연결해 본다. 그녀를 기다려야 할 명분을 만들 요지도 없는 그 막연한 기다림에 괜시리 슬픔을 느꼈다. 그녀를 기다리지 않는다는 명제에 대하여서는 그럴 수가 없다는 반발을 갖는다. 신은 이런 절대 필요성의 발췌를 허용하도록 인간들에게 특권을 부여한 것인지 모른다. 그는 자신이 지나친 이기주의적이라고는 여겨지지 않았다. 사발면의 은박뚜껑 틈새로 포연이 비쳐 나오는 김발이 공허한 마음을 만들어 놓고 빠져나간 그의 영혼이 된다. 편의점 속의 물건들이 인큐베이터 속의 신생아처럼 누워 있다. 음료들은 투명한 냉장고에, 손만두와 베지밀은 고온기 속에 자리했다. 과자는 평온 속에 진열되어 그들 물체의 중간을 지킨다. 평온을 갖고 관망해야 할 직원은 카운터에 앉아 회색 물들인 머리칼을 꾸벅거린다. 숙달된 야밤도 혈기왕성한 젊은이의 잠을 쫓아낼 수는 없는 모양이다. 모든 것이 얼핏 보면 제자리에 놓여 있다. 그러나 그것들은 인간들의 감각으로는 포착되지 않은 시간 속에서 무수히 변화를 한다.

정적인 직선들이 동적으로 움직일 때 곡선이 된다. 직선 끝에 서 보면 그가 보인다. 그러나 구부러져 끝이 은닉된 곡선 끝에 선 그는 없다. 편의점 풍경은 곡선의 선상 위에 뽀송이 앉아 있다. 움직임의 변화 과정은 삭제되고 결론을 보았으나 불평이 들지 않았다. 그는 편의점 내의 광경 중에 유독 한 곳을 외면했다. 호빵통 옆에 오롯하게 쌓아 놓은 은박지 도시락통 다섯 개가 면도칼날의 재료가 되어 번뜩이며 그의 불편한 신경을 잘라 버릴 것 같았다. 고흐의 해바라기의 주색을 한 홀 얻어 그린 듯한 노란 고무줄을 두른 도시락통에는 아내가 끼워 놓은 나무젓가락이 그의 이빨을 캐낼 형세로 붙어 있다. 은박 속에 든 검은 원형의 무리를 그는 안다. 사람의 마음처럼 검은 심보 속에 정열적인 붉은 색과 무순한 아이들의 사고 같은 푸른색, 그리고 분별을 잡지 못한 우둔한 사람의 마음 같은 노란 색과 청렴결백한 위선을 보이는 흰 색들이 어울려 흰 밥 속에 박혀 있다. 색의 조합을 이룬 꽃처럼 아름다운 김밥들은 그의 자존심을 포기시키는 각서의 낙인이 됐다.

늦여름 어느 날 오밤중에 출출한 시장기를 느낀 그는 라면을 찾았고 아내는 편의점을 다녀와야 했다. 부실거리는 비가 아니면 그가 나가 파라솔에 앉아 컵라면을 사먹었을 것이다. 라면값이 비싸다는 아내의 푸념을 기다리는 그에게 뜻밖의 환호가 들렸다. 비가 오는데도 파라솔 의자에 앉아 라면을 먹는 손님이 많은 것을 본 아내는 삶의 틈바구니에 김밥을 끼워 넣는 재간을 부렸다. 사장과 합의했으며 내일부터 물건을 넣는다고 했다. 은박지 도시락통 하나에 1500원에 납품하면 2500원에 판매한다는 것이다. 내일 제품이 나가면 확정된다고 아내는 사업이라도 벌린 양 신이 났다. 잘 돼야 서른너댓 된 그의 나이 또래의 젊은 사장과 결탁하는 아내의 모습이 라면 맛을 가시게 했다. 검은 머리칼 사이에 설익은 잔디마냥 돋아나 무스에 엉킨 노란 머리칼을 가진 남자, 서생처럼 얌전한 얼굴에 번들거리는 커피색 피부가 청동상을 만들어 번들거렸다. 강렬한 태양에 쬐인 듯한 목에는 은빛 목걸이가 걸렸다. 목장갑을 끼고 과자를 진열하고 있는 쪼그린 남자의 목을 따라 쌀알만한 귀고리가 빛을 튀겼다. 카운터 청년이 남자를 사장이라고 호칭할 적에 그는 재력과 욕정적인 몸을 가진 남자를 부러워했다. 그러나 아내가 끼어들자 사장의 선정적인 육체와 궁핍함 없는 그 거만한 품세가 증오스러웠다.

아내는 밤새 계산기를 놓고 뭔가를 쓰고 난리를 피운 뒤에도 아침 일찍 일어나 그 신나는 일을 하기 시작했다. 시장 볼 가게가 열리기를 기다리는 동안 아내는 나름대로의 계산을 그에게 나열했다. 김발 두 줄을 말아 썰면 도시락 하나가 생긴다. 도시락통을 포함 원가 500원 정도면 된다. 하루에 스무 개만 팔아도 2만 원을 번다. 짧은 시간에 그만한 고소득 부업이 없다. 아내의 계산에 그는 싸구려로 넘어가는 파장 물건이 되었다. 한술 더 떠서 아내는 여유분을 만들어 아예 아파트 주민들을 상대로 주문 배달할 예상도 잡았다. 아내는 사업 계획을 의논하는 것이 아니라 말을 들을 상대를 세워 놓고 혼자 위안받는 것과 같았다.

김, 시금치, 게맛살, 당근, 계란, 무, 오이, 갈은 소고기, 깨, 참기름, 나무젓가락, 은박 도시락통.

아내는 적은 것을 소리내어 읽고는 빠진 것이 없냐고 물었다. 그 또한 아내 자신한테 할 질문을 그에게 한 것이다. 아내가 만든 김밥을 먹은 기억이 있기에 그는 돈을 주고 그것을 사먹을 수 있을까를 판단했다. 김밥을 좋아하지 않는 그로서는 컵라면이 연상됐다. 밥을 올려 놓은 아내는 열 시가 넘자 시장바구니를 들고 나가 재료를 갖고 왔다. 야채는 노점을 이용한 것인지 흙이 묻은 그대로였고, 나머지는 할인 매장 계산서가 찍혔다.

거실 겸 부엌은 의자를 놓을 수 없을 정도로 좁았다. 싱크대가 있었으나 아내는 거실바닥에 재료들을 벌려 놓고 자벌레마냥 꼼지락거렸다. 미려한 혼색의 날개를 갖춘 나비의 유충이 아닌 투박한 나방의 애벌레였다. 도마 소리가 울리고 지지고 볶는 냄새가 그의 근간의 무료함을 불안으로 하락시켰다. 깔끔하게 다듬은 재료를 바닥에 가지런히 담아 놓고 지은 밥을 퍼서 참기름과 깨소금을 고르게 뿌려 섞은 뒤 새알만큼 뭉쳐 그에게 맛을 보라고 했다. 씹은 밥을 혀끝으로 돌려 목구멍 안 식감촉 부위까지 감응시키려는 자신을 알고 놀랐다.

아내는 대발 위에 김발을 펴고 밥을 얹은 후 형형색색의 재료를 정성스레 올려 놓고 검은 막대 하나를 뽑아냈다. 검은 꽃잎들이 아내의 칼끝에서 돋아나기 시작했다.

소풍은 어머니한테 잔칫날과 같았다. 닭찜을 하고 소고기는 물론 송이와 더덕을 구해 구워 반찬의 귀함을 내세웠다. 큰 찬합은 담임것이니 잊지 말거라. 어머니는 굵게 말은 김밥을 둥근 찬합에 차곡히 채워 넣으며 주의시켰다. 검은 테의 둥근 원 속에 든 다색의 재료들은 꽃술마냥 채색되어 쌀밥 속에 박혔다. 반찬 찬합 속에도 가운데에 계란찜을 넣고 둘레에 구절판처럼 놓아둔 반찬이 보석이 되었다. 소풍 김밥 재료를 장만키 위해 어머니는 시장 광주리를 든 가정부 음순이를 대동하고 읍내 시장 내 가장 좋은 어물전과 푸줏간과 식료 가게를 누볐다.

아내가 만드는 김밥과 어머니가 만든 김밥은 비슷했다. 그러나 두 개의 비교는 문득 화려한 법랑과 음전한 옹기로 연결하여 전혀 별개로 전환시켰다. 어머니의 김밥이 유독 크고 풍부한 것에 비해 아내의 김밥은 한입에 넣을 만큼 깜찍하고 금잔화 꽃처럼 깔끔했다. 어머니의 김밥에는 그 자신의 투정이 들어 있었고, 아내의 김밥에는 자신에 대한 증오가 외부에 바른 참기름처럼 섞여 반짝였다.

은박지 도시락에 김밥을 채운 아내는 한 티의 먼지가 드는 양 조심스레 뚜껑을 닫고는 가는 고무줄로 도시락 몸통을 두르고 나무젓가락 하나를 끼웠다. 주문대로 열 개를 확인한 아내는 남은 재료로 대충 김밥을 썰어 그에게 점심으로 내놓은 뒤 편의점으로 나갔다.

청바지를 입은 채 조막한 엉덩이를 흔들며 달려 나간 아내는 얼마 후 아이스크림 두 개를 갖고 어린 물살처럼 들어왔다. 상품 맛을 보느라 사장이 뜯은 김밥 대신 음료수를 주는 것을 사양한 아내는 마지못해 아이스크림 두 개를 집어왔다고 했다. 소의 혓바닥처럼 생긴 초코 아이스크림을 아내가 억지로 쥐어주는 것을 입에 넣고 빨았다. 편의점 사장과의 거래가 폐기되기를 기다린 그에게 아내는 턱밑에서 듣기 싫은 소리를 해댔다.

"사장이 김밥맛과 모양이 상품하기 아깝다고 한 걸 자기가 꼭 봐야 했는데. 입맛 들 단골확보는 시간문제래. 아, 하루 서른 개만 팔리면 좋겠다."

집안은 김밥으로 변했다. 따지고 보면 산다는 것보다 단순한 것이 없다. 아내는 김밥으로 삶을 발견하였고 그것이 유일한 삶의 근원이라고 여겼다. 무슨 조화인지 김밥은 잘 나갔다. 하루 열 개가 소원이던 아내는 스무 개가 나가자 재벌이 된 양 김밥에 전념했다. 익숙한 것은 숙달로만 되는 것이 아니라 영악한 인간의 지혜로도 도달한다. 아내는 점점 시각을 넓혔고, 그 반경에 든 사람들을 김밥의 단골로 여겼다.

오전 열 시에 공급하는 김밥은 다음 날 공급 때까지는 거의 매진되었다. 건물 속의 유치원 교사들이 아내의 김밥에 매료되자 김밥은 고정적으로 네 개가 소진되었다. 편의점 아르바이트 학생도 김밥으로 점심과 저녁을 때우고, 사장도 시장기를 김밥으로 달랬다. 김밥의 본격 판매는 한밤에 이루어진다.

자정이 가까워질 무렵 늦게 퇴근하는 주민들이 편의점에 들러 야식으로 김밥을 택했다. 초새벽의 술꾼이나 자동차 데이트 족들도 김밥을 축냈다. 어느 날 마흔 통을 만드는 도시락을 보고 그는 아내의 김밥장사가 부업이 아닌 주업이 되는 걸 느꼈다. 그러나 그는 남는 김밥을 입에 넣고 오물거리는 일은 없었다.

"김밥을 먹으면 되지 뭣 땜에 라면을 찾는지 몰라. 라면보다야 김밥이 훨씬 낫잖아."

냉장고 속에 넘치는 남은 김밥 찌꺼기를 보고도 라면을 끓이라는 그의 요구에 아내는 알 수 없는 표정을 지었다. 김밥이 나가고부터 간밤에 홀로 파라솔에 앉아 컵라면을 먹는 일이 늘었다. 아내에 대한 불만 속에 혹 가다 눈에 띄는 컵라면 여자는 은밀히 그의 마음으로 파고들었다. 여자는 언제나 2시경에 나타났고, 처음 볼 때와 마찬가지로 컵라면과 매실음료를 먹었다. 그 매실음료가 그녀와의 짧은 만남을 연결시켜 주리라고는 몰랐다.

신혼인 듯한 한 쌍이 승용차를 나와 편의점 문을 들어선다. 헤드 잭을 끼고 잡지를 뒤적이던 편의점 직원이 반바지 차림을 한 고객을 힐 끗거린다. 성깔깨나 우러나는 외씨 같은 얼굴에 노랗게 물든 파마한 머리를 묶은 여자는 엑스 자의 가는 선으로 된 슬리퍼를 끌고 진열대 를 누볐다. 몸에 착 붙게 입은 반바지에 돌출된 여자의 엉덩이가 직원 의 잠을 깨운다. 새벽 발기를 참지 못한 직원의 성기가 여자의 음부에 삽입하고 있을지 모른다고 왜 판단했을까. 그러나 그들이 김밥을 집 을까 봐 조마했다. 팔리는 것을 보지 못했으나 김밥이 수요자의 손으 로 넘어가는 것을 상상하고 두려워한 적은 많았다. 그때마다 아내한 테 굴종해야 하는 방법을 모색했고, 그가 살아온 방식의 채널을 교환 시키는 복잡한 작업에 질려 버렸다. 음료와 과자류를 갖고 나온 그들 이 하얀 자동차꾸러미 속에 잘 갈무리되어 사라지자 밤의 어둠이 보 였다.

아파트 건물들이 폐허의 잔재마냥 검은 하늘을 이고 저절로 삼켜 버린 사람들을 소화시키고 있다. 그곳 어디인가에 그의 아내도 김밥 으로 된 바위에 눌리어 신음하고 있을지 모른다. 그 신음 소리는 압박 의 고통에서 발생한 비명이 아니라 신이 준 삶의 굴레에 대한 저항의 아우성이다. 그랜저 승용차를 부러워하는 여자, 김밥이 하나만 더 주 문되어도 갖은 기쁨을 발산하는 여자가 밤의 냉혹한 음심에 가려 보 이지 않는다. 둥실, 달이 검은 구름을 꿰뚫고 나왔다가 시샘이라도 받는 듯 얼른 사라진다.

그는 캔 맥주 한 모금을 마셨다. 냉기와 김이 빠진 액체의 느낌이 밋

밋하게 체부를 교란시킨다. 김밥과 컵라면, 아내와 그 여자, 현실과 이상, 밤과 낮, 태양과 달, 편의점 직원의 성기와 반바지 여자의 음부 그리고 그 자신과……. 모든 것은 상징적인 대칭을 이룬다. 그러나 그와 교감할 상대는 없다. 그와 관계되는 모든 것이 음양법과 유사법의 결집을 부응하며 돌아앉아 버린다. 한순간 그와 일치된 감정을 돋보인 컵라면여자, 그녀와 보낸 한 번의 새벽이 그의 상대를 확인케 한 유일한 기회였다.

아파트 단지의 어둠을 부분적으로 짙게 칠한 나무가 거대한 물고기의 가시로 변해가는 늦가을날 밤 그의 기억으로 여섯 번째로 여자와 마주쳤다. 식탁 하나를 청년 네 명이 맥주파티 장소로 차지했기에 여자는 망설이다가 편리한 곳에 컵라면을 놓았다.

"실례합니다."

라면을 먹은 뒤 캔 맥주 하나를 마시는 참이라 그는 느긋하게 여자가 앉는 것을 보았다. 그는 편의점을 등지고 앉아 도로 건너편 하늘을 보고 있었고, 여자는 그의 옆에 빈 의자 하나를 두고 앉았다. 여자는 쌕을 다른 빈 의자에 내려놓고 컵라면의 뚜껑을 마르고 긴 손가락으로 눌렀다. 김이 새는 곳을 이리저리 찾는 것은 건성일 뿐, 정작 김이 새어도 그 어떤 조치를 하지 않을 것 같았다. 라면이 익는 것을 지켜보는 시간이 아까운 듯 젓가락을 쭉 갈라 몸체를 비벼 까끄라기를 훑었다. 네 명의 젊은이들은 성형수술에 대한 이야기를 하고 있었다.

그들이 아는 여자가 쌍꺼풀 수술을 했다 안했다에 대한 공방전을 컵라면여자가 오기 전까지 해댔다.

여자가 오자 그들은 여자를 쳐다봤으나 관심을 두지 않았다. 여자의 얼굴에 성형자국을 확인하려 잠깐 보았다는 느낌을 받았다. 그도여자의 눈과 코를 보았다. 갸름한 얼굴에 놓인 커다란 눈과 정교한 입을 비교할 적에 어색한 기가 없었다. 성형은 전체의 일부분이기에 시술을 한 뒤에는 골격이 부조화적일 것 같다는 게 그의 결론이다. 깔끔한 외태에 화려하지 않은 입성과 얇은 화장기를 봐서는 여자가 성형수술대에 누워 자신의 몸을 절개하는 것을 허락하지 않을 것 같았다. 그에게 각인된 여자의 분위기가 뭔가 어색한 것을 느낀 그는 여자가음료를 마시지 않는 것을 알았다. 그는 편의점으로 들어가 맥주 하나와 매실음료를 카운터 위에 올렸다.

"새로운 것을 드시네요. 미용에 좋다고 광고 나간 뒤 많이 나가요. 난 별로든데."

그의 메뉴를 아는 아르바이트 학생이 거스름을 꺼내면서 졸음을 쫓았다.

"김밥이 맛있게 생겼는데 잘 나가는 모양이지."

얼떨결에 눈에 들어온 남은 도시락이 거슬렸다.

"우리 가게에서 캡이에요. 저도 거의 저걸로 저녁 먹고 야참 먹죠. 한 번 맛 보세요. 라면만 잡수시지 마시구요."

"저것도 체인 공급품인가?"

"사장님 아시는 분이 납품하는데, 잘 팔려요. 맛도 환상적이에요."

점원은 아직 잠결을 떼지 못하고 하품을 했다.

"사장은 요즘 안 보이네."

"손님이 새벽에 오시니 그렇죠. 낮에는 항상 나와요. 얼마나 부지런하신데요. 편의점이 두 개니 바쁘죠."

김밥제공자에 대해 직원의 판단을 듣고 싶었다. 그러나 직원이 할 말이 두려워 입을 다물었다.

컵라면을 개봉하여 먹고 있는 여자는 그녀 앞에 놓이는 매실음료를 보고 젓가락을 입 앞에 고정시켰다. 이슬이 고인 옹달샘같은 커다란 두 눈이 금방이라도 별빛을 내리뿌릴 것 같았다.

"라면 드실 적마다 꼭 드셨잖아요. 라면반찬이잖아요."

"어머, 어떻게 아셨어요?"

적의가 없는 것을 안 여자는 오리입처럼 비쳐내려 뭉텅한 턱을 움츠리며 입에 든 라면을 오물거렸다. 살 없는 볼을 스쳐 번져나간 파문 하나가 눈꼬리를 치고는 웃음의 여운을 달았다.

"말은 하지 않았으나 우린 구면이잖아요. 새벽에 우리만큼 친한 사람은 없잖아요."

"사발면을 드셨죠? 서너 번 본 것 같은데요"

아내의 김밥이 몇 개 만들어지는지 셈의 숫자는 고루했으나 컵라면 여자가 갖고 있는 그와 연관된 숫자는 좋았다.

"오늘 여섯 번째입니다. 정확합니다."

"제가 이 음료를 다섯 캔이나 먹은 것을 알고 있겠네요. 여섯 번째 는 정확하게 기억하겠군요. 감사합니다. 음료 주셔서."

픽 소리와 함께 캔 뚜껑 고리가 열렸고, 여자는 보란 듯이 라면을 먹 는 중에 두어 모금 마셨다.

"근데 오늘은 왜 음료를 먹지 않았나요?"

맥주 한 모금을 마시고 그녀처럼 시원한 탁음을 토했다.

"살 돈이 없었어요. 라면을 살까 음료를 마실까를 여기 올 적부터 고민했죠. 결국 두 개를 다 먹게 됐군요. 고민한 것이 아깝네요. 이왕 사줄 것 맥주도 사주세요."

여자에 대해 어떤 격식이 필요할까를 고민한 그는 기대하지 않았던 해답을 얻었다. 점원한테 김밥공급자에 대해 묻지 못한 용기를 여자 가 가지고 있다는 것을 느꼈다. 그러나 처음 볼 적에 느낀 냉정한 여 자의 이미지가 고고한 방벽을 치고 그의 접근을 주저시켰다. 안개를 헤치며 홀연히 나타난 그녀답게 신비스러웠다. 10월의 새벽바람이 차갑게 몰아왔다. 여자는 두 줄기의 등나무가 꼬인 양 청바지 입은 한 다리를 한쪽 무릎에 올려놓고 맥주를 마셨다.

"일 생기는 것 아니에요?"

"맥주는 2000씨씨가 제 주량이니 염려 마세요."

5개의 캔을 비운 여자는 근심스럽게 바라보는 그에게 말짱한 음성 을 날렸다. 그러나 잠깐씩 넋이 나간 듯 맥주 캔을 바라보았다. 여자 는 아파트 후문 동네에 산다고 했다. 온 지 두 달쯤 된 신입자이고, 오래 머물지 못할 거라는 단정도 내렸다. 늦은 시간에 집으로 오는 이유를 묻자 여자는 일 때문이라고 했다. 무슨 일이냐는 물음에 그냥 일이라고 짧게 끊었다. 그것은 그녀의 신상노출에 대한 정보를 차단하는 암시였고, 완만해 보이는 그녀가 비정한 성격의 소유자인지도 모른다는 판단을 들게 했다. 야간업소에 출입할 여자로는 느껴지지 않아 그는 그녀의 일에 대해 흥미를 느꼈다.

"우리는 왜 새벽마다 여기서 하루를 마감할까요?"

여자가 인적없이 고적한 단지를 그 커다란 두 눈으로 보았다. 시작한다는 말을 하지 않고 마감이라고 한 부문이 인상적이었다. 언제나 아침을 기다리지 않았다는 말이다. 여자는 텅 빈 주위를 바라보며 낯선 시선을 보냈다. 편의점 직원은 이쪽을 가끔씩 보고 잠결을 좇았다. 성형에 대해 논란을 피운 젊은이들도 사라진 지 오래된 뒤라 둘의 공간은 허전하리만큼 넓었다.

"슬프도록 아름다운 밤이네요. 세상을 가지는 공간으로 가실래요. 따라와요."

여자는 비닐 봉지에 테이블 위의 쓰레기들을 담아 편의점 문 앞에 놓고 앞장섰다. 잡지를 보고 있는 점원의 눈치를 살피고는 여자의 뒤를 따랐다.

여자는 후문으로 가는 길목에 있는 놀이터로 들어가 원두막 지붕을 얹은 평상 위에 쌕을 내리고 앉았다. 나무만 둘러싸인 앞으로는 하늘만 보였다. 나무 사이로 비긋이 아파트 건물이 보였으나 나무들이 이룬 공간 안에 별들이 가득 담겼다. 모래 바닥 가운데에 든 미끄럼틀이 짓다 만 궁전처럼 드러났다. 그네의 두 줄이 수평을 이룬 채 늘어졌다. 여자는 쌕을 베고 누웠다. 이미 많이 해본 솜씨에 그는 약간 당황했다.

"가끔씩 여기 누워 하늘을 보죠. 별들 사이로 드나드는 나를 발견하죠. 노점 채소장사로 나 하나를 키우다가 지구를 뜬 울엄마가 거기에 있죠. 엄마가 있는 곳, 이곳이 가장 아름다운 나라예요."

여자의 엄마에 아내를 대입시켜 보았다. 김밥을 말고 있는 아내는 거기에 없었다. 아내는 어디에 있나. 피라미드처럼 서 있는 미끄럼틀 속에 아내가 숨은 것 같다. 먹지 못한 술을 대작하느라 취기가 들었다. 두 손을 깍지 지어 머리에 이고 누웠다. 하늘이 들어왔다. 나무들 사이로 자동차의 헤드라이트가 비쳐들었다. 그는 그제야 뭔가 진실로 그가 보는 세상을 보는 것 같았다. 별빛 사이에 앉아 김밥을 만드는 어머니가 보였다.

"모두가 사라지고 없을 적에 나는 존재하는 거죠. 엄마가 무보험 오토바이에 치기 직전에는 보도에 있었죠. 그들이 단속할 때 야채 함지를 들고 보도를 내려든 순간 당했죠. 야채 함지를 들고 있었다는 이유로 엄마는 그들한테 치료보상을 받지 못하고 지지리 못난 가난을 벗었죠. 그러나 가진 자들은 새벽을 보지 못하죠."

컵라면은 여자의 저녁이었고, 편의점은 에너지를 충전시키는 귀중한 장소였다. 아픈 기억에 메스를 대어 절개할 것은 없다.

"우리 편의점 털까요? 편의점 아르바이트 학생은 우리 둘이 몽둥이를 들고 나서면 우리 말을 들을까요?"

"재미 있겠네요, 우리 털어요! 근데 뭘 훔치죠?"

여자는 여전히 하늘을 봤다.

편의점에 인생을 걸 물건은 없었다. 컵라면이 그녀의 주식이라고 해도 그렇게 절실할 정도는 아니다. 그냥 편하게 부담 없는 물건들이 있다고 편의점이란 말을 한다고 그는 판단했다.

"나는 김밥, 아가씨는 컵라면."

여자는 웃었다. 호호와 하하의 중간음으로 깔깔이라는 표현을 써야 할 만큼 의미가 가득했다.

"아저씨도 세상을 소유할 자격이 있군요. 우스워요. 우리는 쫓기는 게 아니라 새벽을 가지는 거예요, 그리고는 날이 새면 우리는 잠시, 이 모든 것을 빌려줘요. 주인은 우리예요."

여자가 술이 취했다고 여겼다. 그도 덩달아 취기가 밀렸다. 온순한 시간을 배운 그는 불투명한 미래를 보았고, 컵라면을 먹는 새벽여자로 인해 두려운 아내를 느꼈다.

달이 차갑게 흘렀다. 참담한 기운 속에 무언가의 기운이 발광하며 그를 잠식시켰다. 여자는 강하게 각인된 자신의 어머니의 모습을 게워내고 있다. 어머니의 죽음은 그녀의 맑은 눈 속을 분노로 달구었다. 자신의 적을 분명하게 식별하는 능력을 받은 그녀는 그 분노의 표적을 새벽하늘에 띄워 놓고 처단의 방법을 연구한다. 편의점을 편리한 간이역으로 여기는 그녀와 달리, 그는 편의점에 의해 존재하고 삶을 영위하는 평범함 자체였다. 그는 아내가 김밥을 마는 것을 똑바로 바라봐야 한다. 무엇이 빠져나가면 무엇이 채운다. 그는 어머니의 김밥과 아내의 김밥을 같은 맥락으로 직시해야 하는 것을 느꼈다. 컵라면여자는 분노를 찾았다. 그러나 그는 김밥을 증오하는 대신 아내와 살아가는 조건을 제공받았다.

"우리가 가진 것을 놓아야 할 때가 가까워 왔네요. 가진 것을 도로 내놓아야지요."

여자는 쌕을 들고 일어나 홀연히 놀이터를 빠져나갔다. 그녀에 대해 아는 것은 없다. 그녀가 새벽을 소유한 부자란 것뿐이다. 그리고 새벽이 오는 한 언제나 그녀를 만날 수 있다는 막연한 기대였다. 미명이 놀이터에 깔릴 무렵, 그는 집으로 와 날이 밝을 때까지 아내를 범했다. 설잠 깬 아내는 음부에 삽입된 고리가 귀찮은 듯 멀뚱히 그를 보며 중얼거렸다.

"김밥 쌀 앉힐 시간 됐네!"

라면은 이미 불어 버린 것 같다. 그는 뚜껑을 열지 못한다. 그것을 열면 먹어야 하고, 그것은 그가 마냥 앉아 있을 구실을 버리게 만든다. 늦봄의 훈풍도, 재잘거리지 않은 조용한 공간도, 빈 공간을 가득 채울 듯이 다가올 컵라면여자의 기다림도, 거기다 어둠에 활기를 띠는 편의점이 있는 그윽한 세상도 자리를 뜬 동시에 사라진다. 그것들은 밝음 속에 신기루로 나타나 경쟁을 이겨낸 용감한 인간들에게 눈요기를 해줄 것이다. 아내는 그 현상을 재현해 주는 훌륭한 연극배우였다.

편의점을 부정한 아내는 가장 충실한 편의점 선호인이 됐다. 그녀의 머리는 온통 김밥뿐이고 모든 것을 김밥과 연관시켜 사물을 직시했다. 텔레비전에 음식들이 나오면 우리 김밥보다 맛없겠다고 빈정대고, 달력의 국화를 보고 김밥 속같이 예쁘다고 했다. 아내의 성의에 사장은 방학동의 다른 편의점에도 김밥을 대게 해줬다. 납품할 도시락의 숫자가 많아질수록 아내는 다림질한 듯이 기름을 묻힌 김발처럼 반지레해 갔다. 도시락을 가져가기 전에 화장대 앞에 앉은 아내는 루즈를 칠하는 시간에 넋두리를 놓았다.

"사장 봤죠? 꼴에 돈 있다고 얼마나 재는지 몰라. 안 그런 척하면서도 은근히 자랑하는데 정말 밥맛이야."

아내의 매상이 배로 올라가고 아내는 그만큼 바빠졌다. 형편이 나아졌는지 미장원도 다니고 목욕탕도 자주 갔다. 아내의 옷장이 아내가 외출할 적마다 모두 밖으로 나와 그는 그 옷을 정리하는 데 여가를 보낼 수가 있었다. 아내가 잠든 것으로 그의 뇌리는 번거롭게 작동하는 회오리의 파장에서 벗어나고 가끔씩 편의점 파라솔에 앉아 컵라면을 먹는 자유를 가졌다. 아내의 도시락은 하루 예순 개가 될 적도 있다. 그런 날은 아내는 두 번이나 집으로 와 편의점으로 도시락을 날랐다. 그러나 한번도 그에게 도움을 구하지 않았다.

"사장이 자기 차로 물건을 방학동 편의점까지 갖다 줬어. 검은 색 에쿠스인데, 그걸 자랑하고 싶어 얼마나 요란을 떠는지. 새 차든데. 좋긴 좋드라구. 김밥장사라도 하니 그런 차 타지 언제 한 번 타기나 할까."

사장 차를 타고 방학동에 갔다 온 날, 화장갑 속에 숨겨져 있는 모형 진주 목걸이가 아내의 가는 목에서 흔들거렸다. 염색하고 귀고리에 목걸이까지 한 것이 얼마나 부자유스럽다는 것을 아는 그 자신이 사장보다 현명하다고 판단했다.

긴 겨울은 춥고 외출을 막았다. 아내의 김밥 판매실적도 외온처럼 얼어붙었다. 컵라면여자가 궁금했으나 나가지 않았다. 파라솔 의자 가 사라졌기에 가끔씩 눈이 내린 빈 놀이터에 앉아 겨울 하늘을 보다 들어오는 게 고작이다. 새봄이 오자 아파트로 녹음이 밀려들었고 편 의점은 파라솔 식탁을 밤마다 보도에 내놓기 시작했다. 겨울바람이 잠깐씩 머무는 봄새벽에 옷깃을 세우며 뜨거운 컵라면을 먹었다.

그의 시야는 연신 어둠이 움켜잡은 정문쪽으로 갔으나 온몸을 환희 에 젖게 하는 반가운 일들은 일어나지 않았다. 5월쯤 그는 할인매장 이 있는 아파트 후문 동네로 이발을 하러 가다가 붉은 색 5층 고시원 건물을 휘장처럼 두른 현수막을 보았다. 꽤나 오랫동안 걸린 듯이 형 겊은 낡았으나 글자는 뚜렷했다. 사법고시에 박현주라는 고시원 출 신이 합격했다는 안내문이었다. 고객을 유인하기 위한 상술 탓인지 건물 입구 벽에도 사진이 박힌 벽보를 붙여 요란을 떨었다. 건물을 스치다가 벽보의 사진과 마주쳤다. 두 입을 다문 큰 눈망울을 가진 여자는 뚫어지게 그를 보았다.

"편의점을 털까요?"

새벽이 오고 있다. 우유배달부가 렉카를 끌고 새벽공기에 오한을 느낀다. 자전거에 신문을 담은 학생인 듯한 여자 한 명이 바쁘게 지나갔다. 아파트 경비원도 잠결에 든 이 시간, 바람이 비닐 봉지를 쓸고 지난다. 편의점 직원도 밝은 빛 속에 졸고 있다. 그는 컵라면에 젓가락을 댔다. 퉁퉁 불어 빠진 면발을 먹을 수 없었다. 김발처럼 펼쳐지는 검은 어둠이 그를 말아 씌웠다. 지금쯤 박현주는 깨어 있을까.

"박현주 씨요? 울 고시원에 석 달 있었으니 여기서 공부했다고도 봐야지요. 일류대 법대 나와 스물아홉에 합격한 것은 늦은 거죠. 울 고시원 생기고 처음 사법고시 패스한 분이에요. 가족없이 혼자서 살아가느라 무지 고생했죠. 거의 컵라면으로 때웠어요. 밤새 광고 전단지를 배포하고 새벽에 들어와서도 공부했죠."

무심코 고시원으로 빨려 들어가 묻는 그에게 총무라는 남자는 실내에도 부착된 박현주의 사진을 가리켜 댔다. 그녀로 인해 고시원이 빌 날 없다고 룸이 필요하면 연락처를 남겨놓고 가라고 했다. 그녀가 공부했다는 208호실이 특실이라고 자랑한 총무는 208호실 문 호수번호 옆에 부착된 그림을 보여주었다. 손바닥만한 우주선 캡슐 모양의 컵라면 그림이 수채화로 크로키 되어 있었다. 김이 모락거리는 컵라면 통 안에는 젓가락 두 개가 꽂혔다. 컵라면이라고 불려진 그녀의 별명에 대한 예의였다.

편의점 불빛이 미명에 진다. 굴곡 하나 없는 직선으로 이룬 아파트 건물이 생경한 도형을 만들고 둔덕처럼 솟아난다. 그 어느 때에 본 기억에 사라진 만화영화 속의 인조 로봇들이 모여사는 근거지로 다가든다. 컵라면여자를 발견할 수 있는 가능성의 확률은 그 속에서만 성립될 것 같다. 그는 그가 돌려주어야 할 모든 것들이 풍경을 바꾸고 있다고 여겼다.

밝음과 어둠이 직선과 곡선으로 변환되어 그의 시각에서 회오리를 일으켰다. 그 교차하는 중앙부에 앉아 폭풍의 핵이 움직임에 따라 유동하는 그가 보였다. 그가 나아갈 방향은 부정확했고, 단지 내를 그윽하게 밝히는 미명이 그의 진보를 교란시켰다. 그것은 편의점에 남은 김밥을 셈하게 충동질했다. 편의점 점원은 카운터에 얼굴을 묻고 시간의 경계를 긋는다. 미명을 따라나선 새가 아파트 단지의 풍치림 속 어딘가에 앉아 지저귄다. 모든 것이 낯설기 시작했다.

무의 셈본

어머니한테의 숫자는 아주 간단했다. 숫자의 개념에 대해 아는 것이라곤 하나, 둘, 다섯이 전부였다. 아무리 복잡하게 얽힌 계산이라도 이 숫자가 모든 것을 셈했다. 열 개의 사과가 있다 해도 어머니한테는 산술이 없었다. 하나 다음에 둘을 세고 곧바로 다섯이었다. 숫자의 순열인 셋과 넷이 없었다. 다섯 이후의 그 많은 숫자들도 존재하지 않았다. 하나, 둘 다음에 다섯이 나온 숫자는 도돌이표에 부딪친 음표처럼 다섯에서 하나로 돌아갔다. 이 세 가지 숫자야말로 어머니의 십진법의 조열이었고, 이 숫자로 닥치는 대로 셈을 했다. 어설프게나마 어머니의 숫자가 인식된 것은 그가 달력의 날짜를 세고부터이다.

그는 거실을 저회하다 응접의자에 앉았다. 서른일곱 평의 아파트 안은 적막했다. 넓적한 방 세 개와 충분한 거실을 갖춘 집, 적소에 있는 화장실 두 개가 불필요했다. 오후 두 시를 넘고 있는 벽시계도 권태로운 행보로 집이 비어야 할 시간을 제시한다. 코떼기만한 분식점에 박히기 위해 새벽부터 집을 비운 아내, 제 어미와 새벽밥 먹고 등교한 고등학교 2학년인 아들놈, 대학 3학년인 딸년은 그래도 느긋하게 뒷치닥거리를 하고 나갔다. 이들의 외출에는 뚜렷한 해명이 있다. 그러나 식구들이 어머니를 기피할 때처럼 언제나 그를 피해 일부러 집을 비운 것 같다.

베란다의 와일드 섀시 창으로 바깥이 들어왔다. 늦가을빛 조각구름이 떠 있는 하늘 한쪽에 건너편 아파트 건물이 솟아 있다. 창에 비친 모든 사물들이 대출창구의 은행 직원처럼 냉담했다. 하늘이 높아서인지 15층이란 층수의 개념이 모호하다. 바깥이 곧바로 땅이라면 어머니의 숫자는 계속 되었을 것이다. 전화기 옆에 서 있는 손바닥만한 달력에 눈길이 갔다. 깨알만한 일자로 가득 찬 화장품 홍보물 달력은 소인국의 게시판 같았다. 하루가 흐를 때마다 그가 찍어 넘긴 일자는 10월 말까지 온전하질 않았다. 밤이 오면 오늘 날짜에도 엑스 표를 할 것이다. 식구들의 노골적인 비난 행위에도 일 년 여 동안 달력에 매달려 나전무가 소식 줄 날짜를 기약했다. 그룹의 인사부장으로서 다시 출근하는 날, 무능과 무시의 철책에 갇힌 그도 자유롭게 해방하리라.

그룹에 정리해고의 바람이 불었다. 25프로의 해고, 감원 대상의 선별은 나전무가 전임했기에 인사부장인 그의 직책도 허풍선이었다. 나전무가 하달한 명단을 서류로 작성하여 기안하는 일이 그의 책무였다. 명단을 전달받는 날, 경악했다. 회사에 불필요한 소동자들이 예상대로 올려졌으나 기여한 부장급도 포함되어 있었다. 인사부장이 아니었다면 그도 벗어나지 못할 일이었다. 부당히 해고당하는 부장급들을 나전무가 어떻게 해명시킬 것인지가 궁금했다. 돌풍이 예상되었다.

"고생했네. 없어야 할 일이지만 회사가 무너지는 걸 어쩌겠나. 소를 위해 대를 희생시킬 수는 없잖는가. 이 명단이 발표되면 좀 시끄러울 걸세. 왜 그런지 알겠나?"

작성한 서류를 결재하던 나전무는 그를 쏘아봤다.

"몇몇 부장급이……."

망나니의 반월도에 잘리는 그의 목이 나전무의 안경알에 비쳤다.

"알고 있군그래! 그렇다고 자네를 해고할 수는 없잖는가."

그는 고개를 숙였다. 목이 윤활유가 발린 톱니처럼 부드럽게 꺾어졌고 마찰되는 톱니바퀴 옆에 아내와 아이들이 위험한 접근을 하고 있었다.

"서류는 잘 되었군. 헌데 하나가 빠졌군!"

"뭐가 잘못되었습니까?"

한 치의 오차 없는 전무의 성격에 따라 수십 번 확인한 서류였다. 잘못된 서류의 질책으로 그를 해고할 것 같았다.

"잘못된 것이 아니라 빠진 거네."

"그게 뭡니까?"

"명단의 첫머리에 자네 이름을 넣게."

게임은 시작되었다. 이튿날 그는 정리해고됐다. 그의 이름이 나붙자 회사는 발칵 뒤집어졌다. 해고를 담당한 인사부장이 해고되다니, 부당한 해고를 당한 타 부장의 일은 뒷전이었다. 해고에 이유를 달 직원들이 그를 위로했다.

"우리도 억울하지만 윤부장이 짤릴 줄이야! 더럽지만 어쩔 건가, 그룹이 어렵긴 어려운 모양일세."

회사의 정리해고 파란은 별 소동없이 잠들었다. 그도 남들처럼 퇴직 절차를 밟았다. 퇴직금을 정산하고 집에서 쉬었다. 별 싱거운 퇴직이었다. 퇴직 이유를 들은 아내도 집에서 최선의 서비스를 해댔다.

나전무가 소요의 완충을 만들기 위해 그를 위장해고시킬 것을 알려줄 때 하늘이 무너졌다. 그러나 육 개월 뒤 복직을 원칙으로 이사직까지 내비치는 나전무의 말에 신명이 났다. 격려금이란 명목으로 지불된 돈도 오 개월분 봉급보다 많았다. 이사로서 요직의 임무를 수행하는 그 자신의 모습은 생각만 해도 우쭐했다. 육 개월 뒤 나전무한테서는 연락이 오지 않았다. 회사 일이 마무리되지 않을 걸 느끼며 한 달을 보냈다. 느긋한 마음이 초조함으로 바뀔 때 아내의 성화에 못 이겨 나전무한테 전화를 했다.

"어떻게 지내나? 소식 주려 했는데, 회사 일이 그렇게 쉽지 않구먼. 기다려 봐! 좋은 일 있으면 연락 줄 테니."

기대와 달리 나전무의 반응은 냉담했다. 일이 비껴가는 느낌이 들었다. 객관적인 입장에서 바라보는 아내의 판단도 그를 혼란에 빠뜨렸다.

"뭔가 이상한 예감이 들지 않아요? 그저 기다려 보라……. 아예 당신을 잊어버린 것 같은데?"

"재수 없는 소리 맛!"

검은 폭우가 근접하는 느낌이 들었다. 달력의 보름일 앞선 곳에 영표를 하고 그때까지 기다리기로 했다. 하루하루 엑스 표를 하여 표시한 공간까지 날짜를 메웠다. 표시한 끝날이 되는 날, 전화를 넣었다.

"이 사람 성질 되게 급하네! 두고 보자고 했잖은가! 회사가 분해되느냐가 문제인데 그럴 여유가 없잖아!"

나전무는 그를 구속하는 어떤 내용도 발설하지 않았다. 담판을 벌리고 싶었다. 하지만 그는 다시 보름 뒤의 날짜에 표시를 했다. 부정의 결과가 초래하는 실망감보다 불분명한 환희를 바라는 게 좋았다. 마음이 이미 기울어진 아내는 방바닥을 쳐 댔다.

"이런 병신 같은 남자 봤나! 지 눈 뜨고 당하다니! 이사로 복직시킨 다고? 에그, 이 얼빠진 사람아, 당신 목 떨어졌어! 나전무란 놈한테 당한 거야, 이 일을 어쩔꼬!"

그는 나전무를 알고 있었다. 눈앞에 보이는 모든 사물들이 거대한 바위가 되어 덮쳤다. 이십 년 동안 그를 지탱해 준 짐받이가 삭아 내렸다. 보름 뒤 다시 연락을 했다.

"자네, 정말 웃기는군그래! 자리가 있으면 부르겠다고 했잖아. 말이야 바른말이지 자넨 퇴직했잖아. 퇴직금 받고 정리된 자가 뭐가 그리 탐탁해!"

"퇴직이라뇨? 해고자들의 소동을 막는 임시방편이었잖아요. 전무님이 시킨 명령을 따랐을 뿐입니다!"

"이제 와서 나를 잡아끌자는 건가? 물론 내가 종용은 했지. 그러나 자네 스스로 내린 결정이었어. 격려금까지 받아먹고도 인정하질 않아? 세상사람들한테 물어봐, 누구 잘못인지. 기다려 봐, 자리 나면 부를 테니. 하지만 다른 직장을 찾아 봐, 마냥 놀지 말구."

예상된 나전무의 시나리오였다. 다른 사람들한테 상의할 수 없다는 걸 나전무는 알았다. 해고당한 동료들한테 고백하고 그들과 합류하는 것이 최선의 방법이었다. 비열한 회사 방침에 그들도 분노할 것이다. 그러나 그 자신은 동료의 배신자로 낙인찍혀 성토 당할 것이 뻔했다. 법적 대응도 소용없었다. 그와 나전무와 은밀히 이루어진 거래였다. 증인이 없는 불리한 조건을 안고 사회적 직위와 금력이 있는 나전무와 싸웠다가는 그 결과가 뻔했다. 나전무가 기다리라는 말을 믿는 것이 유일한 희망이었다. 현실을 직시한 아내는 퇴직금을 두고 요리하기 시작했다. 두어 달 간 외출 끝에 대학가 앞에 분식점을 냈다.

"이렇게 벌이가 좋은 줄 몰랐어요. 진작 할 것인데! 당신 봉급 몇 배가 남잖아요!"

새벽같이 나간 아내는 밤늦게 들어와 지친 몸으로 하루 벌어들인 돈을 풀어헤쳤다. 꼬깃한 지폐들과 동전을 몇 번이고 세며 아내는 만족해 했다. 그렇게 신경 쓰던 마흔 끝줄에 든 그녀의 피부도 아랑곳하지 않았다. 남편의 존재도 남의 일이 되어 버렸다. 그의 복직의 집착은 그때부터 시작되었다. 아내와 아이들한테 실추된 그의 존재를 복원시키는 길은 그 일뿐이었다. 달력을 보며 버릇처럼 날짜를 헤아리며 나전무한테 연락 올 날을 기다렸다. 하루, 이틀, 닷새―.

"아직도 그 자의 소식을 기다려요? 멍청하긴! 당신 그렇게 숫자를 중얼거리는 걸 보니 어머니처럼 보여요. 하루 이틀 닷새, 하나 둘 다섯, 세는 발음만 다를 뿐이지 똑같잖아요. 노망들었어요?"

어느 날 가게에서 돌아온 아내가 돈을 세며 그의 버릇을 입풀이로 지적했다. 그제야 그의 셈이 이상하다는 걸 알았다. 자연스럽게 셈해 봤다. 하루 이틀 닷새, 이 숫자는 그의 입에 익어 있었다. 하루 이틀 사흘 나흘 닷새―. 순칙으로 셈했으나 어색했다. 하루 이틀 닷새에 보름을 잡고 그 다음 하루 이틀 닷새에 나머지 보름을 잡으므로 한 달을 내리 셈한 것이다.

풀기 어려웠던 어머니의 숫자의 비밀이 그를 얽어맸다. 어머니가 베란다로 걸어나간 이유도 거기에 있었다.

달력이 그를 주시했다. 하루 이틀 닷새, 그는 10월의 남은 일수를 헤아려 봤다. 닷새에 떨어졌다. 삼 일만 지나면 새로운 달이 시작된다. 달력을 넘겨 11월 15일에 영표를 했다. 베란다로 들어온 햇살에 눈이 시렸다. 어머니가 아직도 숫자를 세고 있는 것 같았다.

어머니의 방을 들여다봤다. 어머니의 낡은 옷장이 놓인 자리에는 아이놈의 책상과 컴퓨터가 당당히 들어앉았다. 어머니의 한복이 가지런히 걸린 벽에도 녀석의 청바지와 옷가지들이 줄줄이 널렸다. 어머니가 다소곳이 앉아 동전을 셈하던 방바닥에는 단출한 침대가 반을 먹었고, 한 평 남짓한 여백에는 민속장판 대신 비닐 카펫이 깔려 있었다. 어머니의 흔적을 없앤 아내의 수법이었다. 방에 들어가 바닥에 앉았다. 어머니가 그에게 그 마지막 숫자를 셈해 보인 장소였다.

어느 날 어머니는 동전을 세기 시작했다. 방바닥에 깔아 놓은 동전을 한 손가락으로 한쪽으로 밀어 놓았고, 한쪽으로 모아지면 다시 원위치로 이동시켰다. 어머니의 이런 행동은 변함없이 교차되는 밤낮의 순칙처럼 반복되었다. 하나 둘 다섯, 삼진법으로 이동되는 동전과 똑같은 수의 개념, 그제야 그는 어머니가 이상하다는 걸 알았다. 일흔두 살에 시작된 치매 현상이었다.

"늙으면 어린애가 된다는 말이 있잖습니까? 모친이 그렇게 된 것입니다. 숫자를 처음 배우는 어린아이들 시절로 돌아간 겁니다. 불행 중 다행입니다. 식구들을 괴롭히지는 않잖습니까?"

어머니를 진찰한 의사는 환자의 증세에 감탄을 보냈다. 비슷한 류의 환자들만 보아 온 의사한테 어머니는 경미한 증세의 환자였다. 환자를 보고 찬사를 보내는 의사를 이해하는 데는 오랜 시간이 걸리지 않았다. 약은 없었다. 어머니의 증세가 도지지 않게 돌보는 것이 치료법이었다.

어머니는 방안에 우두커니 앉아 동전을 세는 일 말고는 다른 행동을 하지 않았다. 어머니는 딸과 함께 방을 사용했다. 작지 않은 방이었으나 두 사람의 가구로 인해 노인네가 앉아 있을 공간은 넓지 않았다. 그러나 어린애처럼 옹크리고 동전을 세는 어머니의 모습에 방은 광야처럼 넓어 보였다. 어머니는 어린애가 되어갔다. 의사 말처럼 식구들을 괴롭히는 일은 없었다. 스스로 단장을 하지 않은 일과 사람들을 인식하지 못한다는 것이 흠이었다. 그의 입장으로서는 문제가 되지 않았다. 누군가 할 일을 시키면 고분했다. 식사를 하거나 옷을 갈아입는 것도, 세수를 하는 것조차 지시를 하면 실행했다. 집에는 손님들의 방문이 잦았다. 모임과 연회를 열기 좋아하는 아내의 취미 탓이었다. 한 주에 한 번쯤은 아내의 친구들이 모여들었으며 그 꼴을 배운 자식들도 제 어미를 따라 친구를 끌어들여 집은 항상 북적거렸다.

어머니는 손님이 모인 자리에 들어와서 서슴없이 제 할 일을 했다. 음식을 집어먹는 것이 고작이었으나 손님들의 입장으론 여간 거북

스러운 존재가 아니었다. 식구들한테도 거추장스러운 짐이었다. 군말 없이 시집살이를 해온 아내도 보름이 채 못되어 어머니의 증세에 푸념을 토했고, 두 아이도 제 어미 못지않은 불만을 노골적으로 털어놓았다. 특히 고등학생인 사내놈보다도 대학에 갓 입학한 딸년의 반응은 병적이었다.

"정말 미치겠어 그놈의 동전 소리! 엄마 어떻게 좀 해줘, 방 얻어 달란 말이야!"

제 할머니와 한방을 사용하는 딸은 밤낮없이 세어 대는 동전 소리에 노이로제 증세를 보였다. 딸의 히스테리적인 발작은 제 동생의 방을 차지하는 것으로 소진되었다. 덕분에 아들놈은 책상 하나를 달랑 들고 거실로 쫓겨났다. 제 누나 대신 할머니와 한방을 쓰라고 그들 부부가 타일러도 아들의 반응은 일관했다.

"냄새나서 싫어! 난 거실에 있어도 괜찮다니깐!"

아들놈의 고집을 꺾지 못한 아내는 시어머니를 둔 불편을 그에게 옴팍 뒤집어씌우며 거실에 아들의 이불을 깔았다. 무던하게 쌓아온 가정의 화목이 일시에 붕괴됐다. 불씨의 대상은 환자인 어머니였다. 적과 아군이 없는 전쟁의 틈 속에서 그는 중립을 지키다가 총을 맞았다. 쌍파울로로 이민 가버린 여동생이 부러웠다.

어머니가 환자란 이유를 내세워 아내의 울골질에 대응했다. 어머니가 사라지거나 쾌차되어 정상으로 돌아오는 길이 근본적인 해결 방법이었다. 바라는 것은 실행되지 않은 일에 대한 기대이다. 그 모두가 그에겐 악재였다. 시간이 갈수록 그에겐 불리한 일만 생겼다. 가족이 아침을 먹을 때 어머니는 손에 묻은 음식 찌꺼기를 옆에 있는 딸의 옷에 문질러 닦았다. 등교 차림을 한 딸의 자켓과 블라우스가 엉망이 됐다. 경악한 딸이 울부짖으며 할머니를 타박했다. 어머니는 게걸들린 사람처럼 두 손으로 음식을 집어먹었다. 발매놀이를 한 아이처럼 어머니의 얼굴은 음식으로 황칠댔다. 그간 그의 눈치만 보던 아들놈도 구역질 난다며 숟가락을 던져 버렸다.

이 일 이후 어머니는 가족들로부터 따돌림을 받았다. 아이들은 할머니와의 동석을 노골적으로 기피했고, 아내는 그만 보면 어머니의 험담을 해댔다. 집안을 난장질 친다는 것과 손님들이 오면 깽판을 부린다는 것이 대죄의 요인이었다. 어머니가 환자란 이유를 들어 아내와 맞섰다. 홀몸으로 남매를 위해 일생을 헌신한 어머니였다. 눈만 감으면 환하게 떠오르는 그 추억을 지우기는 어려웠다. 그의 내심을 읽고 있는 아내는 어디서 주워들은 정보로 절충을 꾀해왔다. 어머니를 유료 양로원으로 보내자는 건의였다. 서울 실버타운, 이미 상담까지 마친 아내는 그곳의 시설사정과 운영방침에 대해 자세히 설명했다. 비용이 들긴 해도 치매환자를 특별히 보호하는 곳이라는 점을 유독 강조시켰다. 내모는 것이 아니라 치유를 위해 입원시킨다는 명분도 있었다. 그는 단번에 거절했다. 전문의도 못 고치는 병을 양로원에서 고친다는 것이 납득되지 않았고, 무엇보다 어머니를 고려장에 버리는 것 같아 걸렸다. 날마다 이 조건을 갖고 그를 붙들어 댄 아내는 그의 무반응에 시들해져 입을 닫았다. 그러나 결국은 담판을 벌릴 기회를 잡아 휴화산의 용암을 분출시켰다. 어머니가 손님들의 신발을 변기에 넣고 씻었다는 빌미였다.

"그게 치매에요, 미쳤지! 회사 나가면 그만이지, 집에서 미친 것과 사는 고충을 알기나 햇! 지겨워! 이제 더 이상은 못참아, 내가 애들을 델꾸 나가든지 어머니를 보내든지 둘 중 하나를 택해욧!"

퇴근 가방을 놓기 무섭게 아내는 어머니 방을 가리키며 앙잘거렸다. 석양의 노을처럼 늙음이 깃들고 있는 아내의 얼굴이 짓이겨진 진흙처럼 찌그러졌고, 음전한 눈망울에는 분기의 열매가 달려 이글거렸다. 얄팍한 입술을 열고 튀어나오는 허연 침들이 낮에 생긴 일들을 담았다. 변기에 들어간 신들을 보고 당황해 하는 손님들이 상상됐다. 어머니는 방 한가운데에 다소곳이 앉아 동전을 셈하고 있었다. 셈의 방식은 똑같았고, 얼굴 표정 또한 천진했다.

"왜 그랬어요 낮에! 손님이 오면 그냥 방에 있으라고 했잖아요. 가만히 있어도 제 어미가 맛있는 것 줄 거라구요!"

어머니를 야단치는 것으로 아내의 성질이 융해되길 바랐다. 예상대로 어머니는 아랑곳 않고 동전만 세었다. 시간이 나면 어머니를 붙잡고 정상적인 셈 수를 가르쳤다. 어머니가 숫자를 바로 세면 정신이 든 것이고, 식구들로부터 구박을 받지 않아도 된다는 계산이었다. 그러나 어머니는 한번도 순칙적인 셈을 하지 않았다. 과오를 저지르고도 태연히 오수를 헤아리는 어머니를 보니 성질이 올랐다. 동전을 빼앗아 방바닥에 하나하나 박아 보였다.

"하나 둘 다섯이 아니라, 하나 둘 셋 넷 다섯 그리고 여섯 일곱 여덟……. 이렇게 세야 된다고 가르쳐 주었는데 그렇게 모르세욧!"

그를 보고 낯설은 인상을 짓던 어머니는 동전을 들고 셈을 했다. 하나, 둘, 다섯, 빌어먹을 것, 그제야 아내 말처럼 어머니가 미쳤다는 생각이 들었다. 아내와 아이들 보기가 민망했다.

그날 밤 아내는 양로원 이야기를 다시 꺼냈다. 치매도 치료하고 어머니의 말벗도 생기고 가정이 화목해지니 일석삼조라 했다. 어머니를 내몰아야 한다는 죄책감이 아내의 말에 동의할 수 없게 만들었다.

"당신도 보잖아요, 집구석이 이게 뭐예요? 한참 공부할 아이들이 집을 겉돌고, 우린 보기만 하면 싸우려 들고. 어머니를 그냥 버리자고 했어요? 환자를 치료차 요양원으로 보내는 거예요. 온 식구가 매달려 어머니를 볼 수는 없잖아요. 그래도 싫다면 우리가 나가겠어요. 당신이 어머니를 지키며 사세요!"

미적대는 그에게 아내는 승부수를 띄웠다. 이 정도의 담판이라면 어머니를 버릴 핑계가 되었다. 이런 막판까지 올 날을 기다렸는지 모른다. 일요일날 어머니를 서울 실버타운으로 모셨다. 적색 벽돌로 된 건물은 크고 깨끗했다. 넓은 뜰에는 꽃나무들이 우거졌고, 사월의 따스한 햇살 속에 노인들이 한가롭게 뜰을 거닐고 있었다. 뜰을 두르고 있는 적벽돌 담장에 눈길이 떼이지 않았다. 담장은 하늘을 찌를 듯이 높았고, 그 위에 쳐 있는 철조망이 허공을 갈랐다. 외부의 침투와 거주자의 출입을 통제하기 위해선지 담장에는 단절의 의미가 녹물처럼 스며 있었다. 어머니를 버리러 왔다는 착각이 들었다. 그러나 그는 건물 앞에 차를 세웠다.

건물 입구에는 직원 두 명이 휠체어를 대기하고 있었다. 물청색 가운을 입은 남녀가 어머니를 실으려 했다. 휠체어에 태우면 높은 담장이 어머니를 가두어 버릴 것 같아 어머니를 안았다. 솜처럼 가벼운 물체가 그의 어깨를 잡고 매달렸다. 한 키도 안 되는 땅을 내려다보는 어머니의 눈에는 두려움으로 가득 찼다. 기초 골조의 철각 위에 낡은 명주 천을 덮은 것 같은 피부가 균열 투성이의 주름을 이루며 연축했다. 흰 머리칼이 햇살에 눈부시게 빛났다.

그와 동생을 키우느라 어머니의 살점이 깎여 버린 것 같았다. 아내는 그의 뒤를 바짝 따르며 건물의 칭찬을 아끼지 않았다. 아내 자신도 늙으면 와야지 하는 소리는 그의 귀에 캥하게 들렸다.

"잘 오셨습니다. 집보다야 나을 겁니다. 전화에도 이야기했지만 한 달에 한 번 보호자 방문을 잊지 마십시오. 사람만 델다 놓고 오지 않는 수가 왕왕 있거든요. 난감할 일이지요."

입실수속을 마친 뒤 원장은 그들의 지체를 달가워하지 않았다. 삼개월 분 입실료를 선납할 조항을 들먹이며 다음 납기일을 주지시켰고, 노골적으로 입실자를 버리지 말라는 말을 연속했다. 앉아 있는 의자를 짓누르고 있는 마흔 대의 살찐 체구가 중국집 주방장을 연상시켰다. 늙은이들을 상대해서인지 그를 주시하는 눈빛에는 한 치의 동정이 없었다. 어머니를 맡긴다는 것이 껄끄러웠다. 그러나 지정된 방으로 데려가는 직원들의 손길을 제재하진 못했다. 그들의 조건을 수락하는 것이 어머니를 편안케 하는 방법이었다.

어머니의 방은 2인 1실의 특별실이었다. 서너 평 정도의 방 속에는 옷장 두 개가 있을 뿐 단조로웠다. 한 쪽에 정돈되어 있는 이불이 깨끗했고, 출입문 맞은편에 나있는 대형 윈도우가 뜰의 풍경을 담아 액자 구실을 했다. 방에 들어간 어머니는 방바닥에 앉아 동전을 셈했다. 창가에 놓여 있는 안락의자에 앉아 있는 한 노인이 물끄러미 낯선 동료를 쳐다봤다. 백발의 머리칼과 얼굴의 저승점이 칠십 후반의 나이를 먹였고, 베이지 색 블라우스와 하늘색 봄 스웨터 차림의 단정한 입성이 뼈대 있는 노부인의 품위를 풍겼다.

"선생님 모친께서 동전을 셈하는 것처럼 언제나 저렇게 의자에만 앉아 있지요. 한 열흘 됐죠. 의자의 본주인이 가고부터 저렇게 의자를 지킨답니다."

어머니의 옷들을 챙기며 전문주라고 소개한 여직원이 말했다.

"그분은 어디 갔습니까?"

노파의 행실이 괴팍하여 이실했다면 어머니도 거처에 문제가 있을 것이 염려됐다.

"아흔두 살이었지요. 말년에 생긴 당뇨가 불씨였어요. 정정한 분이었죠. 내가 이 방을 맡고 가장 오래 지낸 분이죠. 사 년 팔 개월, 그분이 한 일은 저렇게 의자에 앉아 있는 거였죠. 좀 더 살 수 있었는데……. 이제 저분이 그 자리를 차지하고 있죠. 걱정 마세요. 선녀처럼 착한 분이니까요. 사실 방의 책임자에 의해 입실자의 성격이 많이 개조돼죠."

전문주는 가운 소매 너머로 드러난 가냘픈 손목을 당차게 꺾으며 어머니의 옷을 포갰다. 손목처럼 마른 몸체와 유리알만 달아 만든 듯한 작은 안경알 속에 든 눈빛이 한 쌍인 양 어울렸다. 카랑한 목소리가 남긴 여운에는 실낱 같은 위압이 웅쳐 있었다. 그는 얼른 십만 원권 수표 석 장을 직원의 가운 주머니에 찔러넣어 주었다. 여자는 사양하는 시늉만 한 번 지을 뿐 별 반응을 보내지 않았다.

"모친께서 정말 방 배정을 잘 받으셨습니다. 아무 염려 마세요. 편안한 여생이 될 것입니다."

의자에 앉아 있는 노파는 신참을 아랑곳 않고 밖을 내다보고 있었다. 창에는 적색의 높은 담장이 반을 채웠고, 담장 아래로 피어난 개나리꽃들이 창 밑 부위를 노랗게 채색했다. 담장 위에 박힌 철 지주를 탄력점으로 삼아 올차게 걸어 놓은 철조망이 벽돌 담장보다 훨씬 차단력이 있었다. 탈출에 실패하여 철조망에 빨래처럼 걸려 있는 어머니가 연상됐다. 하나 둘 다섯, 어머니의 셈은 장소에 구애받지 않고 여전했다. 의자의 본주인이 생각났다. 지속적인 의자 차지를 하다가 의자를 비워 버렸다. 그녀는 뭔가를 기다렸고, 그것이 의자를 비울 날이란 걸 느꼈다. 지금 앉아 있는 노파도 그렇고, 어머니도 자신이 앉은 자리를 비워줄 날을 기원하고 있을 것 같았다. 서둘러 실버타운을 나왔다. 노파의 흔들의자에 앉아 있는 어머니가 보였다.

　방안을 둘러봤다. 어머니의 흔적은 없었다. 그리움의 빗자루를 꺼
내 산재해 있는 어머니의 소리를 모았다. 분쇄되어 허공에 부유하던
음성들이 오솔솔 귓가로 흘러들었다. 하나 둘 다섯, 교열되지 않는
어머니의 셈본에는 정이 담뿍 실려 있었다. 어머니의 음성은 강한 자
력이 되어 그를 소외된 공간으로부터 끌어내었다. 나전무와 가족을
비롯하여 모든 정든 사람들이 그를 외면한 곳이었다. 어머니의 음성
이 머무는 세상에는 그의 편만이 존재했다.

　하나, 둘, 다섯-.

　그도 모르게 셈을 시작했다. 번거롭고 저주스러운 주위가 주문에
풀리는 양 편안과 융합되었다. 어머니의 셈본, 이것은 수치의 양을
헤아리는 것이 아니라 바로 어머니가 푸는 한의 염원이었다. 백팔번
뇌의 소멸을 위해 정성껏 넘겨 대는 백팔염주의 알알처럼, 어머니는
그렇게 동전을 헤아린 것 같았다.

　"뭐하시는 거예요? 그렇게 셈하는 걸 보니 꼭 할머니같잖아요!"

　학교에서 돌아온 딸이 그를 다시 지구의 외진 비탈로 귀속시켰다.
셈을 그치고 담배를 피웠다. 딸은 방문 앞에서 그를 쳐다봤다. 청바
지와 파란 자켓에 파마한 노란 색 머리가 외계인 같았다. 머리에 난잡
하게 꽂은 핀들조차 해괴망측했다. 하프처럼 생긴 빗살 핀에는 다량
의 천체들이 박혀 반짝거렸다. 달과 별과 태양과 우주 정거장 같은 형

체였다. 랩이란 음악을 틀어놓고 소란을 피울 때 이미 멀어진 딸이었다. 실직 후 딸의 위상은 그를 앞섰다. 그를 세태의 뒤안길로 밀어 던져 버리고 저 혼자 시대의 저쪽으로 내뺐다. 제 할머니를 가장 먼저 고립시킨 이유도 여기에 있었다.

"할머니가 동전을 셈하는 것이 그렇게 싫었니?"

그는 조심스럽게 물었다. 딸의 성격을 북돋우어 구박을 자초 받기는 싫었다.

"아빠 아직도 정신 못 차렸어요? 할머니가 동전을 센 것이 무슨 큰일이라고 매달려 있으세요?"

"나는 니 할머니가 왜 셈을 했는지 니가 알려고 하지 않다는 것을 묻는 거다."

설명보다 이해 쪽으로 당사자가 접근하길 유도하는 것이 이해의 가장 빠른 길이다. 어딘가 믿음직스러운 딸이 그렇게 다가오길 바랐다. 딸은 아직도 그가 이해하지 못하는 랩을 좋아했다.

"그건 아빠의 변명이죠! 내가 이러고 있는 것을 왜 너는 이해하지 못하냐고는 직접 묻지 않으세요? 할머니를 빙자하여 아빠 자신을 보호하려는 거잖아요. 이젠 결단을 내리세요, 아빠는 휴직한 것이 아니라 쫓겨난 거예요. 사회의 경쟁에서 밀려난 거란 말이에요. 중요한 것은 할머니는 없고, 엄마가 분식을 팔아 그 코 묻은 돈으로 우리가 살아가고 있다는 거예요!"

딸은 가소롭다는 듯이 콧방귀를 뀌었다. 한 번만 소리치면 할머니처럼 요양원으로 쫓아내겠다는 기세였다.

"입 다물지 못해! 니 어미가 시켰어, 그딴 말버릇!"

자리를 박찼다. 증오를 씹고 있는 딸의 볼에 차마 손이 올라가지 않았다.

"엄마가 그럴 시간이 어딨어요! 분식점 한 번이라도 가봤어요? 왜 가서 일 거들어 줄 생각은 하지 않아요! 집일 놔두고 뭘 찾는 거예요, 자존심요? 그래요, 아빠가 달력을 보고 일자를 계산할 때마다 진저리가 쳐요. 할머니가 셈을 할 때처럼요. 칭얼대는 어린애 같아 볼 수가 없어요. 아빠도 생각해 봐욧!"

그를 팽개치고 자신의 방으로 유유히 걸어가는 외계인한테 어떤 제동도 걸 수가 없었다.

아이와 어른의 개념은 나이로 구별되는 것이 아니라 사고하는 능력에 달렸다. 그것은 보는 자에 의해 판명되며 계측되는 분급에 따라 노소의 단계가 그어진다. 그의 눈에 비친 딸과 어머니가 그랬다. 딸의 눈에 그는 어린아이였다. 그가 어머니를 취급할 때처럼. 그는 아이가 된 까닭을 생각해 봤다. 치매로 사고력을 상실한 어머니처럼 뚜렷한 이유가 없었다. 딸이 그를 평가절하한 데서 비롯된 발상인 걸 느꼈다. 내가 움츠리고 있는 것은 사고력이 저하한 것이 아니라 화산처럼 분출하는 내 분노의 마음을 사그리고 있기 때문이다. 너희들은 나를 아이 취급해도 나는 내 자신이 아이가 되지 않으면 그만이다. 그러나 식구들한테 어른으로 보일 날은 오지 않을 것 같았다. 담뱃재가 떨어지지 않게 손으로 받치며 거실로 나왔다. 바닥에 떨어진 담뱃재 흔적만 보아도 잔소리를 해대는 딸이었다. 소주를 꺼내 식탁에 앉아 마셨다. 알코올도 그의 몸에 산파되어 있는 울분의 찌끼를 걷어내지 못했다. 이것을 춘절의 해빙처럼 융해시켜 줄 것은 없었다.

반 병쯤 마셨을 때 아들놈이 돌아왔다. 교복차림에 가방을 등에 진 놈의 모습은 패잔병이었다. 바깥 세상의 온갖 고민거리를 묻혀 오기라도 한 듯, 어깨를 늘어뜨리고 들어오는 놈의 얼굴에는 깊은 어둠이 끼었다. 뭇사람들이 말하는 것처럼 그를 닮았다. 단출한 키와 허약한 어깨, 불길로 이글거리는 눈빛이 그랬다.

"전화 온 곳 없어!"

"이놈아 내가 니 비서니! 그리고 학교서 갓 돌아온 놈이 무슨 전화를 기다렷!"

"아이 참 있어 없어? 컴퓨터 프로그램 받아야 한단 말야!"

녀석은 이마에 주름살을 만들었다. 아비의 체면이야 상관없이 먼저 늙겠다는 거였다. 놈이 얼마나 위대한 인물이 될지 모르나 싹수가 노랬다. 놈을 불러 뭔가 교육을 시켜야 한다는 판단은 일었으나 놈의 물음에 고분히 답을 해주었다.

"없었다 이놈아!"

"괜히 신경질이야!"

그도 늘 학교에서 아들놈처럼 어깨를 늘어뜨리고 들어왔다. 제 앞 길을 위해 공부를 하느라 지쳐 있는 놈과는 사정이 달랐다. 밀린 등록

금과 각종 공과금 독촉에 시달린 학교생활과 늘상 굶어 있는 허기진 배가 그의 허리를 꺾었다. 들피한 몸으로 두 평 남짓한 돼지우리 같은 방으로 돌아오면, 그를 맞는 것은 방을 반이나 차지하고 있는 콩나물 시루와 거지처럼 허름한 몰골로 시루에 물을 주고 있는 어머니뿐이 었다.

"뭔 일 있어도 니는 공부해야 한다. 내가 죽지 않고 콩나물장사를 하는 것은 다 니 때문이야. 너 그 남매 남보다 많이 배우게 하는 일이 이 어미 소원이여."

어머니는 그가 대학을 졸업하여 취직을 해도 콩나물장사를 걷어내 지 못했다. 장가 밑천이나 마련하고 그만 둘란다 라는 말이 절로 붙었 고, 그가 결혼하자 집 한 칸 장만할 때까지란 구실로 콩나물시루를 놓 지 않았다. 집이 생기자 손주 녀석의 용돈이라도 챙겨야 한다며 시장 으로 나갔다. 어머니에 대해 식구들의 불만은 대단했다. 늙은 노모를 시장으로 내몬다는 주위의 눈치를 봐야 하는 그의 입장이나, 콩나물 장수를 시어머니로 둔 덕에 궁핍한 생활자로 취급될까 봐 두려워하 는 아내의 고민도 예사롭지 않았다. 친구들한테 할머니의 직업이 들 킬까 봐 조마해 하는 아이들의 몸 사리기도 적지 않은 난제였다. 그러 나 어머니는 콩나물을 길렀고, 심심풀이로 한다는 이유로 기력이 쇠 한 이순이 다된 나이에야 콩나물시루를 걷어냈다. 콩나물시루에 물 을 주던 어머니가 선했다. 치매가 들기 전까지를 제하고는 어머니 평 생 그에게 손해 끼친 적이 없었다. 한 푼의 용돈도 그가 준 적이 없었고, 그의 지갑에는 영문모를 돈이 채워진 날이 많았다.

아이들의 방문은 꼭 닫혀 있다. 그가 그들처럼 안방으로 들어가 문을 닫고 나오지 말라는 묵시의 시위였다. 안방으로 들어갔다. 그의 옷들로 가득 찬 장롱이 아내의 전용물로 여겨졌고, 텔레비전도 아내가 켤 때까지 작동되지 않을 것 같았다. 사물의 존재에 있어 그 실체는 관망자의 사고로부터 달라진다. 언제부터인가 안방은 아내의 점령지로 비쳤다. 이불을 펴고 누웠다. 화장대 위의 화장품과 그가 비교되었다. 아내한테 그의 존재가 화장품과 같았다. 그녀가 하루 한 번 화장을 할 때마다 화장품이 필요하듯이, 아내가 그를 보는 것도 그녀의 퇴근 후 뿐이다. 아내가 기다려지는 것은 왜일까.

열두 시가 되어서야 아내는 돌아왔다. 여느 때처럼 요란스럽게 안방에 핸드백을 던지고 씻으러 나갔다. 이부자리에 누운 채로 아내를 기다렸다. 핸드백이 방바닥에 떨어질 때 내었던 내용물에 대한 추측으로 시간을 보냈다. 둔탁한 소리를 봐서 제법 동전이 많았다. 아내가 그에게 정리하게 할 동전이었다. 샤워를 하고 온 아내는 물기도 채 닦기 전에 핸드백을 풀었다. 많은 동전과 지폐가 방바닥에 쏟아졌다.

"가게를 넓혀야겠어요. 좁아 터져 오는 손님을 다 받을 수 없으니 미치겠어요!"

아내는 익숙한 손놀림으로 지폐들을 모았다.

"당신은 내가 밥을 먹었는지, 뭣 했는지는 궁금치 않아!"

"이 양반 무슨 소리 하고 있어! 여편네가 밤늦게까지 무슨 고생하고 왔는지 묻진 못할망정 투정을 부려! 헛소리 말고 동전이나 챙겨요!"

아내는 금전 등록부를 갖고 와서 뭔가를 적어댔다. 무수한 숫자들로 꽉 찬 부위에 아내는 새로운 숫자를 쓸 것이다. 아내 몰래 훔쳐본 장부에는 숫자들 뿐이었다. 외계인처럼 나다니는 딸년과 컴퓨터에 붙어 사는 아들놈과 통하는, 그들의 언어로 보였다. 그는 일어나 동전을 모았다. 매일 하는 대로 우선 오백 원짜리를 서른 개씩 쌓아 나갔다. 하나, 둘, 다섯, 어머니의 숫자를 셈하여도 동전은 어김없이 서른 개가 되었다. 그날 어머니는 분명히 일련된 셈을 하였다. 외계인이 어머니의 몸속으로 들어가 대리 역할을 한 것인가. 나전무한테서 연락 올 날을 맞추는 것보다도 더 어려운 난제였다. 그의 가슴속에 은밀히 감추어져 있는 비밀 하나를 꺼내놓았다.

"어머니가 셈을 바르게 했다면 믿겠어?"

"셈을 하고 자시고가 어딨어, 다 끝났는데! 집에서 놀고 있더니 잡생각만 늘었어! 어머니처럼 되기 싫으면 정신 차려욧! 얼마예요, 오백 원짜리가? 아직도 멀었어요?"

아내한테 과거의 존재는 없었다. 동전의 탑이 몇 개인지가 더 중요했다.

일곱 개의 오백 원짜리 탑이 만들어지고 낱개가 몇 개 남았다. 백 원짜리 탑을 만들었다. 오십 개씩 쌓았다. 오십 원짜리와 십 원짜리 주화도 한쪽으로 챙겨놓았다. 종이로 한 묶음씩 둘둘 말아 완성시켰다.

"오늘처럼 장사되면 금방 재벌 되겠다!"

아내는 지폐와 동전을 몇 번이나 헤아려 댔다. 아내가 동전의 탑처럼 그를 맞아주길 바랐다. 그러나 계산을 끝낸 아내는 이불로 들어가 금방 코를 골았다. 아내는 그가 곯아떨어진 새벽에 나가 내일 이 때쯤 그와 마주하리라.

적막. 누군가와 마주 앉아보고 싶었다. 그 사람이 랩 음악 이야기를 해도 끝까지 들을 것 같았다. 등을 보이고 있어도 그의 숨소리를 헤아려 주는 사람만 있어도 좋았다. 거실로 나와 헛기침을 해댔다. 목울대를 우려 짜며 피 가래가 나오길 바랐다. 피를 토하면 아내와 아이들을 깨울 명목이 될 것이다. 그러나 밭은기침에 아이들이라도 나올 것 같은 기대는 오산이었다. 안방으로 들어가 이불 위에 앉았다. 입을 벌리고 누워 있는 아내가 애처로웠다. 아내는 피로에 지쳐 잠을 취하고 있다. 세월은 그런 휴식을 인정하지 않는다. 세월이란 놈은 냉정하게 아내의 세포를 멸점시키고, 노화의 포자를 분출시켜 어머니처럼 늙게 만들 것이다. 백발의 노인이 되어 기지개를 펴는 아내가 연상됐다. 아내는 동전을 갖고 셈을 하고 있었다. 셈, 그는 화장대 위에 놓인 동전말이를 하나 뜯었다. 백 원짜리 오십 개를 이불 위에 펼쳐 놓고 셈을 했다. 하나 둘 다섯-. 어머니.

토요일 오후였다. 느닷없이 어머니가 보고 싶었다. 퇴근 때 실버타운으로 향했다. 어머니를 입실시켜 놓고 두 달만에 처음 가는 방문이었다. 바쁜 회사 탓이 주요인이었으나 주말마다 들러 보살피고 보고 하는 아내가 있었기에 신경이 둔화되었다.

"돈이 좋긴 좋은가 봐요! 어머니가 아주 딴사람이 되었지 뭐에요. 깨끗하고 얼굴도 훨씬 나아졌어요. 내가 뭐랬어요, 진작 보내자고 했잖아요!"

다녀올 때마다 실버타운을 칭찬해 대는 아내의 말은 어머니가 잘 있다는 소리였다. 아내가 아름답고 고맙게 여겨졌다. 집안에 불만을 제거한 아내로서도 일 주일에 한 번 정도의 방문은 그리 성가실 일도 아닌 듯했다.

실버타운은 여름의 빛깔에 드리워져 있었다. 여전히 높은 붉은 색 벽돌담은 햇볕에 달았고, 뜰의 나무들도 짙은 녹음을 뿜어 냈다. 뜰을 거니는 노인들의 머리칼이 태양열에 감색된 양 회색으로 반짝댔다. 사무실을 지키는 여직원이 아는 체를 했다. 어머니를 입실시킬 때 본 여자였다.

"백육십이 호실 보호자죠? 한참 되었죠, 면회 오신지?"

"전 처음입니다. 시간이 좀 그래서……."

"그래도 자주 들르시는 게 좋은 건데……."

아내가 자주 다녔다는 말을 하려다가 그만두었다. 여직원도 뭔가 할 말을 씹어 넘겼다.

담당직원 전문주를 찾았다. 세탁실에 간 것 같다며 어딘가에 인터폰을 걸었다. 멀쩡히 서 있는 그를 보기 민망한지 직원은 먼저 방으로 가보라고 했다.

방 쪽으로 걸었다. 터널처럼 드러난 긴 복도의 양쪽에 많은 문들이 있었다. 방문 머리맡에 박혀 있는 눈에 익은 숫자를 발견하고 문을 열었다. 두 달 전 그의 뇌리에 새겨진 그림 한 조각이 일시에 드러났다. 그러나 피사체들의 현상이 달라져 있었다. 의자에 앉아 밖으로 시선을 보내고 있는 노인의 모습에는 변화가 없었다. 하지만 바닥에 앉아 동전을 세야 하는 어머니의 모습은 달라졌다. 방 한쪽에 앉은 어머니는 들어올린 양 손가락을 번갈아 쳐다보며 셈을 하고 있었다. 바닥에 놓고 옮겨야 하는 동전은 없었다. 어머니의 병이 호전된 증거였다. 어머니는 그를 한번 쳐다봤다. 무채색 같은 어머니의 표정도 변함이 없었다. 뼈대만 남은 앙상한 손가락이 일어서고 꺾어지는 것을 반복했다.

어머니의 손가락을 잡았다. 어머니는 잡힌 손을 빼어 위로 쳐들었다. 블라우스 소매가 걷어지며 팔뚝이 드러났다. 어머니의 양 팔뚝에는 검은 실타래로 된 팔찌를 낀 듯한 멍이 들어 있었다. 묶인 자국이 분명했다. 누가 그랬는지를 다그쳤다. 어머니는 손가락을 빼내어 숫자를 세느라 정신이 없었다.

전문주가 황급하게 달려와 숨을 헐떡였다. 호흡을 할 때마다 까딱거리는 그녀의 목에 어머니의 팔뚝에 난 실타래를 걸고 싶었다. 검은 팔찌의 원처를 자백 받기 전에 그는 새로운 광경에 넋을 놓았다. 전문주를 본 어머니는 셈하던 손을 품속으로 감추고 날쌔게 방구석으로 처박혔다. 전문주를 쏘아보는 어머니의 얼굴에는 두려움뿐이었다. 당황한 전문주의 몸이 어머니한테로 달라붙었다.

"할머니 왜 그러세요! 괜찮아요, 아드님이 오셨잖아요!"

전문주가 어머니를 구석에서 끌어내려 했다. 진드기처럼 벽에 달라붙어 있는 어머니의 저항은 완강했다. 사력을 다한 어머니의 방어에 전문주는 이마에 식은땀을 흘렸다. 단춧구멍마냥 찌부러진 어머니의 두 눈에는 울음을 참느라 애쓰는 어린아이 하나가 들어 있었다.

"할머니의 동전 세는 버릇을 고치려고 끈을 한 번 대보았는데⋯⋯. 살갗이 약해서 그런가 봐요."

팔뚝을 들이밀고 거칠게 항의하는 그에게 전문주는 대수롭지 않게 말했다.

"묶어요? 편히 모셔달라고 데려왔지, 버릇 고치랬어요!"

"뭔가 할려고 노력도 해봐야지요. 그냥 입실만 시킨다면 무슨 의미가 있겠어요. 보세요, 동전 세는 버릇이 없어졌잖아요!"

전문주는 자랑스럽게 어머니의 등을 어루만졌다.

어머니를 이리로 모신 건 어머니한테 자유를 주기 위해서였다. 동전을 세는 것은 어머니가 할 일이다. 그걸 막다니 미친 짓이다. 그는 정신없이 전문주를 질타했다. 옷을 챙겨 달라는 그의 명령에 전문주는 거절하며 눈을 부라렸다. 그는 직접 옷을 챙겼다. 전문주가 당황하여 그의 손길을 막았지만 가방을 꾸렸다. 가혹한 행위를 당한 어머니를 이들한테 맡기고 싶지 않았다. 하지만 식구들한테 어머니의 형편을 알려 집으로 모셔가는 구실을 마련하는 것이 문제였다. 멍을 보고도 귀가를 거절한다면 식구들을 용서하지 않을 생각이었다. 그의 계획을 알 리 없는 전문주는 그 도도한 기세를 꺾고 용서를 빌었다. 그녀의 잘못으로 알짜손님을 놓친 문책을 두려워하고 있었다. 그러나 그가 어머니를 안고 일어서자 표독스럽게 변했다.

"우린 입실자를 다루는 데 베테랑이에요! 당신들이야 돈 몇 푼으로 거추장스러운 짐을 내던지면 그만이지만 우린 사명감이 있어요! 그런데 몇 달만에 얼굴을 디밀어 놓고 뭐라고, 왜 묶냐구? 지 어미 버려 놓고 이제 와서 뭔 말이야!"

"버리다니, 일 주일마다 찾아와 확인하면 그만이지 뭘 바래요! 아예 이곳에 살란 말이오!"

전문주와 상대하지 않으려 했으나 버렸다는 말이 분기를 긁었다. 그러나 전문주가 발설하는 다음 말에 그는 한동안 한 발자국도 떼지 못했다.

"병신 오금 긁고 있네. 이곳에 올 자는 당신 어머니가 아니라 당신 아내야! 이곳에 보내 봐, 버릇 확 고쳐줄 테니!"

실버타운을 나올 때 전문주는 차의 뒤쪽에 가래침을 뱉었다. 그는 도망치듯 그곳을 나왔다. 배신과 분노와 서러움이 한꺼번에 밀렸다. 어머니는 뒷좌석에서 손가락을 꼽으며 셈을 했다.

실버타운을 나와 갈 곳이 없었다. 시내를 벗어난 들판 길에 차를 세워 놓고 들을 거닐었다. 눈앞에 펼쳐지는 투명한 미래를 알지 못하고 숫자만 헤아리는 어머니가 부러웠다. 십수 년 동안 한 이불 밑에서 지내온 아내의 처신이 이해되지 않았다. 전문주의 말이 그를 짓눌렀다.

"일 주일마다 찾아왔다구? 흥, 정직한 마누라 잘 둔 덕에 효자아들 났군그래! 그 효부 사모님 달포 전에 딱 한 번 들린 것밖에 없수. 이십만 원 찔러 주고 한다는 소리가 뭔지 아세요? 우리 남편 오면 일 주일마다 다녀갔다고 전해 달라는 거예요. 그래, 내가 그 돈 쳐 먹은 대가로 그렇게 전할 테니 잘 알고나 가슈!"

전문주의 말이 거짓일 수도 있었다. 그러나 충분히 그런 일을 저지르고도 남을 아내를 믿기란 어려웠다. 여름 기운이 감도는 푸른 들을 보자 어머니의 모습이 허수아비처럼 보였다. 아내가 들판에 꽂아 둔 허수아비를 그가 빼들고 서성이는 것 같았다. 어머니의 셈본이 정산법인지 모른다. 확실한 건 한 치의 오차가 없을 것이라 믿었던 아내의 계산법이 틀렸다는 것이다. 난데없이 날라온 어머니를 보자 식구들은 난리를 피웠다. 과감하게 아들방으로 어머니를 옮겨가며 가장으로서의 명령을 내렸다.

"이 방은 어머니 방이다! 함께 쓸 자가 없으니 내가 있겠다. 넌 당장 누나 방으로 짐을 옮겨! 그리고 넌 여자니 안방에서 엄마와 함께 써!"

그는 아들의 짐을 거실 밖으로 끄집어냈다. 아내는 흰자만 드러난 눈동자를 보이며 거품을 물었다. 그러나 어머니의 팔뚝을 보고 입을 다물었다. 전문주의 이야기를 꺼내 아내를 몰아치고 싶었으나 참았다. 드러난 모욕감으로 죽기를 각오하고 덤벼들 아내와 튀각거릴 때가 아니었다. 짐을 나르는 그를 따르며 아내는 볼멘소리를 흘려냈다.

"그래도 계획없이 델꾸 오면 어쩌란 말이에요!"

그의 법석에 방 정리는 쉽게 끝났다. 베란다에 처박아 놓았던 장농도 다시 들여 놨다. 어머니도 전에처럼 방 한가운데 앉아 손가락을 셈했다. 어머니 앞에 동전을 놓아주었다. 질겁하며 뒤로 도망치는 어머니를 보니 가슴이 아팠다.

"이젠 괜찮아요, 멋대로 동전을 가지세요. 이렇게 셈해 봐요. 하나 둘 셋 넷 다섯-!"

그는 동전을 세어 보였다. 어머니도 동전을 갖고 셈을 했다. 전문주를 금방 잊어버릴 만큼 저하된 사고력을 갖고 있는 어머니가 가여웠다. 손가락으로 옮겨 놓는 어머니의 동전 소리에 눈물이 나왔다. 하나 둘 다섯, 어머니의 숫자는 밤이 깊어도 쉴 줄 몰랐다. 이불을 펴놓고 자라고 해도 소용없었다. 어머니 옆에 펴놓은 이불에 누워 어머니를 바라봤다. 쪼그리고 앉아 있는 어머니가 허수아비 같았다. 동전소리를 견디다 못한 아내가 거실에 나와 발악을 했다.

"노망들면 죽어야지, 저렇게 살아 뭘햇! 나 같으면 혀를 깨물고 죽겠다!"

"무슨 소리야! 누구보고 죽으래!"

달려나가 아내의 입을 봉쇄했다.

"누군 누구야, 나보고 한 말이지! 노망들어 똥오줌 찍찍 갈겨 대면서도 살란 말이야?"

"목소리 낮춰, 어머니 듣겠어!"

"이 양반 봐, 듣고 성질이라도 낼 사람이면 내가 왜 이러겠어!"

아내가 들어가는 걸 보고 그도 방으로 왔다. 어머니는 셈을 하지 않고 멍하니 있었다. 아내의 말을 들은 것 같은 착각이 일었다. 그러나 눈빛에는 그 어떤 반응의 흔적도 없었다. 아내의 말을 듣고 욕질이라도 하길 바라는 그 자신이 처량했다. 그때 어머니가 동전을 잡았다.

여윈 손가락을 뽑아 내어 하나씩 옆으로 옮겨가며 셈을 했다. 동전은 방바닥의 표면에 압착된 채 어머니의 손가락 끝으로 밀려나온 장력에 의해 가볍게 수평 이동을 했다. 그와 동시에 어머니의 입에서는 하나라는 어미가 끝났고, 두 번째의 동전에 손가락이 닿자 둘이라는 음을 발했다. 그리고 두 번째의 동전이 처음 것의 귀퉁이에 부딪치어 금속음을 낼 때 어머니는 셋이란 단어를 뱉었다. 순간 온 몸 속에 있는 액체들이 강력한 흡인력에 의해 빨려갔다. 셋이란 음성이 성능 좋은 건조기가 되어 그를 말렸다. 어머니 앞으로 몸을 밀었다. 그 순간 또 다른 동전 하나가 옆으로 이동되며 넷이란 음성을 우려냈다. 그의 뇌리가 상황의 진실을 확인하기 전에 계속 음이 나왔다. 다섯 여섯 일곱 여덟 아홉 열 열하나 열둘~. 마지막 하나의 동전이 옮겨짐과 동시에 셈은 열여덟에 끝났고, 더 이상 이어지지 않았다.

그는 귀를 의심했다. 바닥에서 움차 오르는 숨소리를 죽여가며 셈의 재확인을 기대했지만 어머니는 다시는 동전을 세지 않았다. 어머니가 숫자를 바르게 세다니, 기적과 같은 일이었다. 셈을 다시 하라고 동전을 밀어주어도 어머니는 요동도 하지 않았다. 다만 그를 쳐다 봤다. 꺼져가는 촛불마냥 멍한 어머니의 평상시의 눈빛 대신 봄볕처럼 따사로운 온기가 주름진 눈꺼풀을 헤치고 나왔다. 그 빛은 어머니로부터 발생하여 그를 감싸고 있는 암울한 안개를 말려 버렸다. 치매에 걸려 가족들로부터 소외당하는 어머니는 없었다. 어머니는 부시시 이부자리에 들어가 죽은 듯이 눈을 감았다. 이 모든 것은 은밀하고 조용하게 아주 빠르게 지나가 버렸다. 어머니는 아기처럼 새근거렸다. 그는 이부자리에 들어도 셈을 잘못 들었다는 생각에 시달렸다. 오밤중에 울리는 인터폰 소리에 깼을 때 어머니는 그곳에 없었다.

그는 앞에 놓인 동전을 만졌다. 그날 어머니도 오밤중에 일어나 동전을 셈한 것 같다. 곯아떨어진 아들을 보며 뭔가의 이야기도 하고 싶었으리라. 만약 그가 일어났다면 어머니는 그가 알 수 있는 언어로 자신이 행할 일을 알려줬을지도 모른다. 셈은 어머니의 언어였고, 타인한테는 불규칙적인 순칙이었다. 어머니가 할 말의 뜻은 무엇일까. 거기에는 이해의 잣대가 필요 없었다. 자신이 정한 언어로 의사를 전달하는 어머니를 배척한 상대자가 문제였다. 아내한테 어머니를 이해하게 하고 싶었다. 그는 혼돈된 그의 목줄기 속에 깊이 숨겨 놓은 비밀을 실토하기로 했다. 아내를 흔들어 깨웠다.

"여보 어머니가 그날 숫자를 바로 센 것 알아? 믿지 않을까 봐 말 안한 거야. 하나부터 열여덟까지 셌다구. 내가 분명히 들었어!"

"아니, 이이가 무슨 소릴 하는 거얏!"

아내는 설뜬 눈으로 그의 팔을 털며 돌아누웠다.

"당신이 그곳에 가지 않았다는 것도 알고 있어. 실버타운 말이야! 전문주란 여자가 다 실토했어! 그러나 난 당신을 이해해!"

아내의 반응이 어떠하든 그는 이 말을 하고 싶었다.

"다 끝난 일 이제 와서 어쩌란 말요! 셈을 했건 하지 않았건 당신 멋대로 하고, 제발, 잠 좀 자게 해줘요 잠!"

그의 몸을 털어 버린 아내는 금방 코를 골았다. 아내의 코고는 소리가 빗장 잠그는 소리로 들렸다. 갑자기 불안했다. 그는 주위를 둘러봤다. 어디에도 그가 나갈 틈이 없었다. 실버타운의 붉은 벽돌 담장이 보였다. 손가락이 그도 모르게 동전을 하나씩 옆으로 밀었다. 어머니가 그날 베란다로 간 까닭이 이해되었다.

그날 인터폰 소리를 듣고 일어났을 때 어머니는 옆에 없었다. 어머니가 아래에서 인터폰 장난을 한다는 생각이 들었다. 요란한 인터폰 소리를 듣고 나온 아내가 선하품에 짜증을 달았다.

"할머니가 베란다에서 떨어지셨어요, 어서 내려오세요!"

수화기를 대자 들리는 음성은 다급했다. 그것은 낙차 큰 폭포가 되어 광렬하게 쏟아쳤다. 그 여운의 회돌이 속에 휩쓸려 어디론가로 낙하되었다. 경비원의 음성처럼 다급하거나 당황하지 않았다. 열려 있는 베란다 창으로 들어오는 밤바람이 커튼을 흔드는 걸 여유 있게 바라봤다. 문을 열어 놨다고 핀잔을 주며 베란다 문을 닫는 아내가 아래에서 웅성거리는 사람들의 소리에 신경 쓰지 않길 바랐다. 어머니의 즉사 소식을 들어도 담담했다. 결과의 승복보다는 사건 진행에 대한 의문을 푸는 것이 먼저였다. 어머니가 죽었다가 아니라 어머니가 왜 죽었는가가 중요했다. 어머니의 투신은 셈과 관련이 있어 보였고, 그 셈본은 엄청난 혼란만 야기시켰다.

상대를 이해하는 데 가장 완벽한 것은 단 한 가지뿐이다. 상대가 되어 상대의 처지를 몸소 체험하는 것이다. 그는 어머니가 되어 앉아 있는 자신을 느꼈다. 앞에 놓인 동전을 밀어 대며 셈을 했다. 하나 둘 셋 넷 다섯―. 열여덟까지 셈을 하자 동전을 세던 손이 멈추었다.

어디선가 무슨 소리가 들렸다. 바람 소리가 염불처럼 웅얼거리며 셈을 세는 어머니의 음성을 만들었다. 그는 이끌리듯이 베란다로 나가 문을 열었다. 어둠을 휘젓던 바람이 그를 향해 불어쳤다. 박하에 혼류된 냉물을 뒤집어 쓴 것처럼 정신이 맑아졌다. 온갖 고뇌와 갈등으로 오염된 그의 몸체가 그 바람에 녹는 것을 만끽하며 베란다의 난간에 올라섰다. 별이 든 밤하늘이 그를 향해 펼쳐졌다. 순간, 그는 몸속에 잔재해 있는 불규칙적인 사고가 다림질 받은 이불 홑청마냥 펴지는 걸 느꼈다. 하나 둘 다섯, 그는 우습잖게 헤어지는 셈을 하면서 어둠과 바람을 향해 몸을 띄웠다.

붉은 색실로 지은 시간

누나가 고향에 돌아온 날, 가을 들판에는 코스모스가 우거져 바람에 울었다. 나는 그 들판의 소로를 걸으며 코스모스의 꽃잎들을 관찰했다. 무명을 잘라 만든 듯한 하얀 꽃잎에는 하늘에 걸린 뭉게구름이 담겼고, 연분홍 꽃잎에는 자그마한 체구에 주름치마를 입고 오르간을 연주하는 음악 선생의 입술 빛깔이 흘렀다. 장작불의 불씨처럼 새빨갛게 타는 붉은 꽃잎에는 저녁 무렵의 하늘에 번지는 노을 빛깔이 서렸다. 대궁과 잎사귀의 파란 색깔과 대조

되어 영롱하리만치 선명한 그것들의 무리들은 가을 들판에 깔린 홑이불 위에 찍힌 꽃잎무늬가 되어 온 들을 메웠다. 그 중에 봄이 되면 온 산을 메우는 진달래 빛깔을 닮은 분홍 꽃잎에 유독 정이 갔다.

누나는 노을이 깃든 붉은 하늘을 머리에 두르고 코스모스 꽃들이 양쪽으로 우거져 내리퍼붓는 고샅길을 온순한 양처럼 얌전히 걸어왔다. 무릎까지 오는 감색치마에 앞섶 부위로 잔주름이 오졸거리는 잿빛 블라우스 차림의 누나는 가을바람에 실려온 하얀 꽃잎처럼 창백했다. 한 손에 쥔 네모진 두툼한 가방의 무게에 약간 기운 한쪽 어깨를 수시로 추켜올리는 누나의 발에는 교회 탑처럼 뾰족한 하이힐이 달렸다. 나는 들길을 달려 누나한테 다가가 가방을 받아 들었다. 누나는 말라빠진 코스모스 꽃잎처럼 하얀 얼굴에 반가운 미소를 지었다. 봉제 공장에 취직되어 서울 간 누나가 3년만에 돌아온 아름다운 하루였다.

먼 길을 걸어오다가 다시 돌아가는 삶의 굴레를 반복하고 있다. 싸구려 작곡가가 나의 삶에 되돌이표를 한 것처럼 나도 모르게 자꾸만 그 길을 간다. 작은 옹달샘에 빠지는 느낌들의 감각에 지배를 당하고, 그것들의 충동 지시는 정직한 사고의 관념들을 말살시키며 나를 사실의 직시로부터 이완시킨다. 그 반란적인 길의 끝에는 창백한 누나가 있다. 나는 누나의 환영을 지키기 위해 갖은 노력을 다한다.

아파트 밖으로 내다보이는 하늘에 깔린 붉은 노을, 나는 내 몸체의 한 부위로부터 칠해져 나가는 노을이 번지는 소리에 귀를 기울인다.

로자린 슈가가 준 사진이 몸의 한 곳을 옴파고 들어 나를 갉아먹는다. 사진의 로자린은 날카로운 조각칼로 내 살의 일 부분을 오려내며 그녀의 유년의 의식을 조각한다. 나는 누나와의 먼 추억을 그리워하는 아픔을 느낄 뿐, 그녀의 조형물로 변화되지 않는다.

일요일에도 불구하고 아내는 출근했다. 아내의 외출에 대해 무관심한 나는 아내를 기다리지 않는다. 아내가 돌아온다 해도 할 말이 없다. 아내를 볼 때마다 왜 아내와 함께 사는지를 먼저 느낀다. 아내와 다정한 이야기를 할 때는 내가 누나를 거론할 때이다. 감동적으로 들으려고 입가에 미소를 흘러내며 고개를 끄떡이는 아내의 이면적인 얼굴도 내가 이해하는 유일한 모습이다. 육상 선수처럼 날렵하고 강해 보이는 아내의 외모에서 누나를 대입해 본 적이 한번도 없다. 그러나 항상 아내한테서 누나의 체취를 느끼려고 했다.

대학 시절에 누나 같은 한 해 후배인 여자를 사랑했다. 그녀는 세 남자를 두고 저울질하다가 법대생의 저울판에 가뿐한 몸을 실었다. 그녀의 몸 속에 배인 나의 정액들이 그녀의 배신에 대해 반란을 일으켰지만 결국 그녀의 몸에 적응됐다. 나는 그녀가 받아들인 다른 남자의 정충들의 숫자에 밀려 내 정액들이 나를 배신하여 그들 편으로 유화된 것을 느꼈다. 그 정액들의 존재의 결합은 내가 사회생활을 하는 데 모두 적용되어 합법적인 배신으로 여겨졌다. 그것들은 내 누나가 그들처럼 되지 않는다는 걸 확인하는 결과를 가져왔다. 그때마다 붉은 노을 아래로 걸어오는 누나의 환상에 잠겼다. 그 무순하고 미려한 환상은 나를 32살로 이끌었고, 29살 된 화장술사인 지금의 아내를 중매하여 만난 지 한 달만에 결혼해 버렸다. 누나의 흔적보다 경제적인 적임자라는 것에 유화된 약은 내 마음의 작태는 이익을 챙기자 금방 누나의 동질인물을 그리게 했다.

아내와의 결혼 생활 3년, 아내가 마련한 아파트에 깃을 튼 순간 나와 아버지는 견고한 각질을 가진 조개껍질 속에 살점을 밀어 넣고 촉각 더듬이를 내민 채 아내의 거동을 살폈다. 그리고 아직도 아이를 가질 생각이 없다는 아내의 말에 나는 교접시마다 콘돔을 끼우는 번거로운 일을 하나 얻게 되었다. 아이를 가지지 못할 이유를 묻지 않았다. 시간이 날 때마다 거울 앞에서 군살 제거 체조를 하는 아내가 질겁하여 내뱉는 말에서 그 해답을 얻었다.

"어그, 뱃살 봐, 여기에 임신을 한다고! 에그 생각하기도 싫어!"

아내는 일이 많다. 강남의 한 피부관리실의 고정 화장사로 나가는 것이 내가 아는 확실한 직장이다. 방송국 분장사로서의 여가 일을 하는 것도 대략 안다. 아내는 외박이 심하다. 드라마 촬영의 야외 로케를 위해 따라간다는 말에 나는 그날 저녁과 아침을 손수 해결하며 누나가 해준 밥을 먹을 때의 추억에 잠긴다.

아내의 출근이 나보다 늦기에 나는 아내가 침대에 누워 있는 것을 보고 출근을 한다. 기계에 대한 거부감이 심한 나는 자동차 운전은 물론 자전거를 타는 것도 꺼린다. 직장 일이라 할 수 없어 컴퓨터를 사용하지만 그것조차 혐오스러울 때가 많다. 자기대로 작동하는 기계들의 움직임에 나는 내 몸의 일부가 하나의 칩이나 쇳조각으로 변해 가는 착각에 젖는다. 그것들은 쇳내음을 풍기며 내 몸의 전부를 점령하여 나를 로봇으로 만든다.

매일 아침 아파트를 나와 마을버스나 택시, 버스 등 보이는 대로 잡아타고 전철까지 가는 번거로움도 나와는 무관하다. 말단 여직원까지 자가용이 있는 회사 내에서도 나는 기름이 되어 물에 떠돈다. 아내의 검은색 중형 승용차가 아파트 구석에서 졸아도 난 그걸 깨우지 못한다. 그러므로 나는 길가에 나열된 사물을 보는 여유가 많다. 하늘과 땅과 계절의 움직임도 남보다 일찍 느낀다. 나는 내가 본 것에 대한 사물의 이야기를 남들과 공분하려 한다. 그러나 그것은 나의 일방적인 관조로 처리될 뿐이다.

"어젯밤 하늘 무척 맑았지! 별들이 그렇게 밝을 수가, 무지 아름다웠지?"

나는 내가 도취하여 저장해 둔 기억 장치를 풀어 제쳐 동료들에게 묻는다.

"별? 하늘? 어제 별이 떴어?"

나는 동감 대신 그들에게 설명을 해줘야 한다. 어느 땐 순환된 계절의 느낌까지 알리는 번거로운 일도 만든다. 내가 주위의 사물에 대해 이야기하는 대신 나는 그들에게서 유동된 변화의 뉴스를 듣고 생소해 한다. 그래서 나는 내 누나의 이야기를 해도 그들이 감동받지 않는 것을 서운해 하지 않는다. 아내도 같다.

누나는 언제나 가을 햇살이 내리는 툇마루에 앉아 수를 놓았다. 동그란 체 바퀴로 된 수예틀에 뽀얀 헝겊을 끼우고, 붉은 진달래 꽃술처럼 가는 색실이 달린 바늘로 꽃잎을 띄웠다. 간혹 햇살에 은빛을 번쩍거리는 바늘이 누나의 손을 찌를까 봐 조마조마해 하며 누나의 모습을 훔쳐보았다. 마루 밑에서 조는 강아지도 누나 아래를 떠나지 않았다. 나는 아내한테 누나의 수를 놓는 모습에 대해 이야기를 한다.

"그 시대 여자들 어떻게 살았는지 몰라! 그저 여자라는 사고에서 한 발도 물러나지 못하는 우둔한 존재였지. 자기는 그런 여자를 만나지 않은 것을 고맙게 여겨! 아마 밥도 못 먹고 살았을 거야. 나를 만난 것을 오감케 여겨! 근데 자기 날 그런 여자로 만들려고 그랬어?"

아내한테 누나는 한물간 시대의 여인밖에는 되지 않았다.

누나에 대한 동조자가 없을수록 나는 달팽이처럼 몸과 마음을 웅크리고 견고한 각질 속으로 깊이 들어가 앉았다. 그 암울한 기관 속에서 나와 마주 앉아 대화할 사람을 찾았다. 오직 누나뿐이었다. 나는 누나가 붉은 코스모스가 우거질 때 돌아와서 나를 끄집어내 줄 것이라고 믿었다. 붉은 코스모스가 피는 계절이 스물여섯 번이나 되돌아왔지만 누나는 좀처럼 나타나지 않았다. 로자린 슈가란 인물이 등장하여 나를 속절없는 기관 속에서 나오게 했다. 하지만 내가 나오고 비워둔 그 껍질 속에 이번에는 아버지가 기어들고 있다.

아버지는 누나에 대한 모든 기억들을 나와는 반대로 묻어 버리려고 발악하며 살아왔다. 아버지가 그렇게 거주를 고집한 고향 땅을 정리하여 우리집으로 들어온 것도 누나의 기억을 망각하려다가 지쳐 버린 신경이 만든 결과였다. 그런데 누나의 환상이 도피해 온 은밀한 곳을 방문하여 아버지를 다시 영혼의 방황길에 올렸다. 아버지는 붉은색에서 고뇌를 배웠고, 나는 그 색으로부터 미적 형질의 본체를 받아들였다. 동질의 사물에서 아버지와 나는 각자 다른 끝을 보고 판단하며 그것을 자신의 인생에 대입하여 삶을 영위해 나가는 것이다. 로자린 슈가가 누나의 기억을 풀어놓고 사라진 지도 일 주일이 되었지만 아버지는 오갈병 들린 벼처럼 몸을 움츠리고 안팎에서 술만 마신다. 달팽이 각질 속에 든 연질의 몸체가 각질 깊숙이 파고들며 나를 괴롭힌다.

"박석조 씨입니까?"

"그렇습니다."

"박석녀가 누님이십니까?"

회사로 불쑥 걸려온 한 통의 전화는 투박한 각질 속에 은신해 있는 내 본체의 몸을 입구로 내밀게 했다. 엄밀히 말하면 박석녀라는 단어가 내 무딘 촉각에 즉석 자양분으로 투입되어 절단된 내 사고를 정상으로 만들었다. 박석녀, 일간지 사회부 조기자라고 소개한 통화자는 나보다도 훨씬 많이 박석녀를 알고 있었다. 박석녀가 25년 전에 고아원에 맡긴 아이가 캐나다로 입양됐다가 생모를 찾으러 나왔다. 이름은 로자린 슈가, 그녀가 신문사에 호소하여 보호자 추적에 나선 조기자가 5명으로 압축된 비슷한 또래의 박석녀를 확인하는 중이었다.

아이를 맡아준 금동고아원의 책임자는 그 당시 65살 난 여자였다. 아이를 홀트에 보낸 그 원장만이 박석녀를 알았다. 평생 고아들을 돌보며 독신녀로 산 그녀가 15년 전 세상을 뜨자 지금은 카톨릭에서 운영한다는 거였다. 금동고아원 서류에 남긴 박석녀란 이름만이 로자린 슈가의 뿌리를 찾는 유일한 단서였다. 조기자는 이미 누나에 대해 많은 자료를 확보하고 있었다. 다른 박석녀는 모두 본인이 부정을 했고, 오직 을비의 박석녀만이 남았다는 거다.

나는 내 누나의 정신을 모독시키는 그런 제의에 분개했다. 지금도 고향에서 떠도는 누나의 험담물이 조기자한테까지 전염될지 몰랐다. 소문을 낸 누나의 친구 분선이 누나가 와전된 말이라고 해명을 했는데도 고향 을비에서는 아직도 떠돌았다. 그때 나이 22살 난 여자가 아이를 낳았다는 말도 수긍되지 않았다. 순한 양처럼 온순한 누나가 그런 못된 짓을 할 리가 없었다. 아버지가 이 일에 대해 알까 봐 조마했다. 다 잊고 제 자리를 찾아든 아버지에게 누나의 재등장은 아버지를 벼랑으로 몰아넣을 게 뻔했다. 그러나 누나의 이야기를 나눌 사람은 아버지밖에 없었다.

"박석녀가 누님은 맞지만, 아이는 없습니다."

나는 기자라는 상대의 직분에 다소 주눅 들어 누님을 모욕하는 데 발생한 분노를 가라앉혔다. 조기자는 3일 후 로자린과 함께 찾아오겠다고 했다.

"로자린한테 우리 신문사가 노력한 것을 보여주기 위해서라도 얼굴만 대면해 주길 바랍니다. 그래야 우리도 노력했다는 것을 그쪽에 보일 게 아닙니까. 그리고 먼 곳에서 온 로자린이 그냥 금동고아원만 방문하고 돌아간다는 것도 가련치 않습니까. 부탁합니다."

로자린의 생모가 누구든 박석녀를 놓고 대화한다는 것에 이끌렸다. 그날 밤 아버지한테 어릴 적 들어온 누나에 대한 소문들을 확인해 봤다. 아버지의 삶 전체를 동여매 온 모욕의 끈을 내어 놓은 것이다.

"무슨 말이야! 석녀가 그런 몰상식한 아인 줄 알아! 뭐, 애낳고 정신이 돌아서 집에 왔다고! 분선이 그년 말에 동네 년눔들이 할일없어 그 말 지어낸 걸 니눔도 알잖아! 니눔은 대체 누나를 뭘로 여겨! 그애 행실 니눔은 반이나 따라갈 줄 알아! 선녀가 따로 있나, 그애가 선녀였어 이눔아! 지아비, 시아비 팽개치고 뻔질나게 외박질하는 누구와 같은 줄 알아, 이눔아!"

아버지한테 신식 며느리는 못마땅한 불효였다. 급격히 변한 세대가 생성시킨 격차였지만 아버지는 문명과 윤리의 경계에 엄격히 금을 긋고 칼날 위를 걷는 양 조심스럽게 드나들고 있었다. 그러나 아내는 보이는 울타리를 닥치는 대로 허물어 버리는 용단이 있었고, 경계 없는 광장 속에 문명과 윤리를 함께 존속시켜 적당하게 활용하는 수완을 보였다.

아버지의 윤리적인 마당에 노는 데 익숙한 나로서는 아내를 이해하는 쪽으로 그칠 뿐 아버지 편으로 기울었다. 우리라는 단어를 사용할 만큼 동질세대인 내가 아내 자신한테 편중되지 못한 것에 대해 아내는 마뜩찮게 여겼다. 나는 아내가 누나를 이해하지 못한다는 반발로 대응하며 그녀의 날카로운 톱니바퀴에 엇갈린 이를 맞추었다. 불균형적인 두 톱니바퀴가 고장나지 않고 정상 작동되는 것은 부부 사이이기 때문에 가능하다. 갈라지면 남이지만 붙어 있는 한 동질로 융합되려고 잔혹한 응집력을 보이는 것이 부부이다.

누나로 발화된 아내에 대한 아버지의 불만의 불씨는 화마가 되었다. 그것은 아버지의 뇌리에 잠재해 있는 아내에 대한 부정적인 면들로 이루어진 고급성 인화물질을 흡입하여 무섭게 회돌이쳤다. 아버지의 화풀이는 누나가 그 나이에 남자의 성기를 자궁 속으로 넣었다는 것을 부정케 했다.

"로자린인지 뭔지 그 여자와, 그 기자란 자, 집에 얼씬도 못하게 해! 우릴 뭘로 보고 그래!"

방에 들어가 소주를 홀짝거리는 아버지의 인기척은 심상치 않은 공기로 변환되어 로자린과 누나와의 고리를 부정하는 내 마음의 한구석을 넘어 보았다. 자정이 넘어 들어온 아내한테 조기자의 이야기를 꺼냈다. 나와 아버지와는 달리 아내는 또 다른 견해를 갖고 있었다. 아내의 막말에 한동안 입씨름을 했으나, 그렇지 않겠냐 라는 막연한 긍정보다는 강한 부정이 말미를 장식했다. 누나에 대한 나의 편애성이 아내한테 질투를 심게 한 것이라고 받아들였다. 그러나 불확실하게 그어지는 선상 위에는 로자린과 누나가 올려져, 그것들이 연결되는 가능성을 배제시키느라 로자린이 나타날 때까지 아내가 한 말을 지우지 못했다.

"거 봐, 얌전한 개 부뚜막에 먼저 올라가! 로자린이 자기 외조카가 맞을지 몰라. 스물두 살이 섹스도 모를 나이라구? 웃겨, 자기는 대체 여자에 대해 얼마나 알아? 여자는 자신만 아는 비밀을 가진 비밀함이야. 안 그런 척하면서도 할 짓 다하는 것이 여자야. 봉제 공장 다녔다 했지. 아이 열둘 낳고도 남겠다!"

조기자는 직업의 습성답게 정확히 약속시간에 우리집 문의 벨을 눌렀다. 꼭 집에서 만나길 원한 것은 가족의 자료가 있고, 가족들과의 얼굴 모습 비교와 각자의 견해를 즉흥적으로 받아 사실의 근거에 도움을 받으려는 의도였다. 그러나 토요일 오후 5시임에도 아내는 귀가하지 않았다. 그 꼴의 근원을 제공해 줄 아버지는 날짜를 알면서도 노인정으로 나가 버렸다.

사십대의 안경 낀 마른 체구의 남자는 회색 버버리 코트에 찔러 넣은 손을 빼어 악수를 청했다. 나는 그 손을 잡으면서도 옆에 있는 여자한테 눈을 떼지 못했다. 청바지에 상형문자같은 무늬가 있는 올 굵은 실로 짠 붉은 색 스웨터 차림의 여자는 분가루를 쓴 양 하얀 얼굴에 말총마냥 묶은 흑발을 갖고 있었다. 연한 감색 가죽 쌕을 한쪽 어깨에 메고 운동화 차림으로 나를 경계할 듯 살펴 대는 여자의 눈은 요행을 바라는 간절함으로 빛났다. 처음 대면에서 인디언 여자를 본다는 느낌을 받았고, 그 뒤 곧바로 양처럼 순한 눈망울과 하얀 피부에 바짝 긴장했다. 우리 모두가 거실 의자에 안착할 때까지 로자린 슈가는 금방이라도 눈물이 나올 듯한 젖은 눈으로 나와 아파트의 내부를 살펴댔다. 그녀와의 뭔가와 연결 닿는 것을 찾는 눈치였으나, 티끌이라도 잡을 듯이 세세히 관찰하던 눈빛은 점차 의욕을 상실하고 시들어갔다. 나는 그녀의 눈길에서 등골을 타고 흘러내리는 오싹함을 느꼈다. 수를 놓을 때 실 달린 바늘 끝을 따르던 누나의 눈길이 되살아났다.

조일도라고 소개한 기자가 로자린을 내게 인사시키자, 로자린은 서툰 한국말로 자기의 이름과 반갑다는 말을 두어 번 했다. 한국인이란 걸 알고부터 한국어를 배웠다는 그녀는 25살의 나이답지 않게 어른스러웠다. 철들고부터 뭔가를 잃어버린 허전함에 방황하다가 한국을 찾았다는 그녀는 일 주일 간 박석녀란 인물들을 찾아본 결과를 대충 이야기했다. 그녀의 모자란 어휘는 영어가 메꾸었고, 조기자가 부언을 달아 대화에는 지장이 없었다.

그녀는 강원도와 경상도 그리고 부산에 이어 경기도의 박석녀를 방문했다. 그 중 성남에서 갈비집을 하는 박석녀와 가장 근접한 대화를 나누었는데, 그 박석녀도 다른 동명인과 마찬가지로 아이를 버린 적이 없다고 못 박았다. 우리 누나를 확인함으로써 박석녀란 이름을 생모에서 가명으로 여기고 지우는 일만 남았다. 캐나다 인을 친부모로 받아들이는 아주 복잡한 일만 남겨둔 그녀는 가급적 가장 단순한 나와 외삼촌 관계가 성립되길 바라는 눈치였다.

"나도 박석녀의 이름이 가명이라고는 생각됐으나 그게 단서이니

한번 시도를 해본 거죠. 로자린이 워낙 끈질기게 부탁하니 한번 나선 겁니다."

조기자도 박석녀란 이름을 믿지 않았다.

"누나는 결혼을 한 적도, 아이를 밴 적도 없습니다. 그때 누나의 나이가 스물둘이었죠. 남자를 모르는 아주 순진한 여자였죠."

나는 누나의 명예가 달린 문제란 것을 알렸다. 조기자는 누나를 미혼모로 매도한 것 같아 미안한지 내 말에 강한 호응을 해줬다. 그제야 우리집 방문을 조기자가 선택한 것이 아니라 로자린의 강한 부탁으로 마지못해 온 것을 확인했다.

"이제 확인했지, 로자린? 이분의 누님은 그때 스물둘이고, 한국 생활관습으로는 도저히 미혼녀가 될 수 없는 일이야."

주물린 파처럼 시들해진 로자린을 다독거리는 조기자의 행동은 사회면 일 면을 새롭게 장식할 기사를 놓쳐 버린 아쉬움보다는 얼른 로자린을 떼어 내고 싶어하는 눈치였다. 윗분의 명령으로 취재를 시작했으나 소득 없는 뻔한 결과에 목을 달 필요성을 못 느낀 것이다. 로자린은 모든 것을 잃어버린 허탈감을 우리집 거실에서 만들어 냈다. 그러나 나는 내 누나를 다시 찾은 안도감에 빠졌다.

누나가 돌아온 집은 그늘을 드리웠다. 나는 커다란 먹구름 하나가 해를 가리고 그 그늘이 우리집에 드리워졌다는 느낌을 받았다. 그러나 그것은 내 주위의 환경으로 느낀 것이고 개인적으로는 그와는 반대였다. 누나는 갈수록 밀가루를 쓴 것처럼 얼굴이 하얘졌다. 아버지는 누나를 보면 죽으라고 소릴 질렀고, 어머니는 그런 누나를 감싸느라 혼신을 다했다. 누나가 보내준 돈으로 집 주위 텃밭과 마을 앞 댓골밭을 구입한 아버지는 비루먹은 개처럼 항상 고개를 떨구고 동네 사람들이 시키는 대로 일을 하던 잡일꾼 노릇을 벗어났다. 동네 사람에게 품삯 일을 시키는 농주가 되자 아버지는 누나 자랑을 멋있게 해댔다. 그런 아버지가 왜 누나를 못살게 구는지 이해할 수가 없었다. 그러나 아버지의 저주 박힌 욕질도, 누나가 죽을 병이 들어 내려왔다는 것과 도시 사람의 애를 낳고 정신이 돌아 버렸다는 이웃 사람들의 소근거림도 누나의 아름다움을 걷질 못했다.

"저것들이 우릴 뭘로 보고 그랫! 지 년눔들이 봤냐, 석녀가 사내들과 놀아나는 것을! 망할 것들, 할 짓 없으면 오금이나 긁지 누굴 잡으려고 그랫!"

누나가 오고부터 자주 술에 취한 아버지는 동네 사람들한테 취기를 부렸다. 누나는 입을 열지 않고 코스모스 이파리처럼 하얀 얼굴로 항상 수를 놓았다. 나는 그것을 지켜보는 재미에 누나 곁을 떠나지 않았다. 그 해는 유달리 이르게 핀 코스모스 꽃들이 을비 마을을 아름답게 수놓았다.

"우리집 코스모스야. 겨울이 오고 꽃잎이 져도 우리집 코스모스는 항상 이렇게 있는 거야."

왜 코스모스 꽃잎만 수를 놓느냐는 나의 질문에 누나는 집 앞에 흐들거리는 코스모스들을 쳐다보며 빙긋이 웃었다. 밀랍 인형처럼 무표정한 누나의 얼굴에 그려지는 그 해맑은 미소는 열두 살의 내 여린 가슴을 부드럽게 훑고 지나갔다. 그러나 내가 좋아하는 분홍색의 코스모스를 수놓지 않고 장닭의 벼슬처럼 검붉은 꽃이파리를 만드는 것이 못마땅했다. 집 전체에 놓여 있는 누나의 붉은 코스모스 꽃잎으로 수놓인 수보를 볼 때마다 궁금했다. 베갯잇과 벽에 걸린 옷가리개, 밥상 보자기와 누나의 손수건과 내 손수건에도 그 붉은 코스모스가 폈다. 그것은 간간이 누나가 손수건에 입을 닦을 때마다 뱉어내는 붉은 피색과 같았기에 누나가 색실을 물들이기 위해 피를 뱉어낸다고 생각했다.

"노을빛이 아름답지? 저건 태양의 눈물이야. 내일 다시 찾아오지만 오늘 만난 세상과의 이별이 슬퍼 저렇게 우는 거야. 붉은 코스모스도 곧 헤어질 우리들과의 이별을 서러워하기에 저렇게 선홍빛을 띠우는 거야. 아름다움과의 이별을 서러워하는 것들은 모두 붉은 색이란다. 얼마나 아름다운 색이니."

누나를 따라 마을 앞 들길을 거닐 때 누나는 서산 위로 내리 물들이는 노을을 보며 말했다.

"그럼 누나는 다시 서울 가는 거야?"

나는 누나가 말한 노을과 붉은 색과 코스모스와 아름다움이란 말을 연결짓지 못하고 이별이란 말만 받아들였다. 사물을 두둔하는 형용법들은 내 어린 의식의 체에 의해 걸러지고, 내게 불리한 일을 초래할 근원만 거대한 암반이 되어 내 사고의 통로를 막아 버렸다.

"아니, 다시는 이곳 을비를 뜨지 않을 거다. 우리 석조랑 코스모스 랑 노을과 살 거다."

누나는 불처럼 타오르는 노을에 눈을 떼지 않고 내 어깨를 한 쪽 팔 로 힘껏 감싸 안았다. 바스라질 것 같은 내 몸 속에 누나가 좋아하는 검붉은 물감이 들어 있었다. 그 해 코스모스가 채 지기도 전에 누나가 한 말이 거짓말인 것을 알았다.

뭔가에 이끌렸는지 로자린이 캐나다로 가기 하루 전날 밤 우리집을 찾아왔다. 영화 로케이션에 분장사로 따라간 아내가 집을 비운 공간 에 나는 현관문을 열고 로자린을 맞았다. 연속극을 보시던 아버지는 로자린을 보는 순간 쏜살같이 방으로 들어가 문을 잠그었다.

"오고 싶었어요. 나도 몰라요."

다소 서먹한 얼굴로 나타난 인디언 처녀는 뭔가에 홀린 듯이 중얼 댔다. 그녀가 뭔가의 끈을 잡고 이곳으로 온 것 같아 긴장했다. 그러 나 그녀의 얼굴에 드리운 그늘이 나를 안심시켰다. 커피를 대접할 여 유를 가졌으나 로자린은 사양했다. 생모를 찾지 못하고 돌아가는 로 자린을 위로한 나는 그녀가 내 조카가 아닌 것을 다행으로 여겼다. 현 실 적응으로 더러워진 내 의식 속에 마지막으로 맑게 남은 누나의 추 억들을 파괴시키고 싶지 않았다. 로자린으로 인해 누나를 그리워하 고, 누나로 인해 내 아내가 어떤 사람인지를 구별하는 내게 누나는 아내의 현실적인 삶의 가치를 달 저울의 눈금이었다. 로자린이 누나의 딸이었다면 나와 아버지는 아내의 경박한 저울대에 올라 서푼어치의 가격대로 삶을 유린당했을 것이다.

로자린은 다시는 한국에 오지 않을 거라고 했다. 생모를 만날 수 있을 거란 희망을 좌절시킨 한국이 고울 리 없었을 것이다. 그런 반감적인 감정에도 그녀는 마지막까지 어머니를 놓아두지 않았다. 그녀는 쌕에서 사진 한 장을 꺼내 내게 건넸다. 그녀가 입양되기 전에 찍은 갓난아기 때의 그 사진은 생모의 영혼이 담긴 의미 있는 운명의 증표였다. 나는 내 영혼의 무게에 가중되어 옮겨지는 그 사진의 압박에 놀라 극구 거절했다. 로자린은 억지로 내게 맡기며 임의대로 처리하라고 했다.

"박석녀를 엄마로 알았어요. 그러나 가명으로 드러났죠. 하지만 박석녀는 내 엄마가 아닌 내 엄마가 된 거예요. 나의 어머니를 찾을 방법이 그것뿐이었으니까요. 내게 가장 근접한 박석녀한테 이 사진을 주는 거예요. 그러므로 나는 내 엄마를 찾은 거예요. 나는 편하게 박석녀와 이별하고 싶어요. 내 대신 이 사진을 처리해 주세요. 내 스스로 이것을 없애지 못하겠어요."

그녀의 간절한 바람은 나의 거부적인 분별력을 제거시켰다.

나는 포대기 속에 담긴 까까머리의 갓난애 사진을 보고 로자린과 대조해 봤다. 캐나다의 식생활 탓인지 내 앞의 여자는 서양인을 닮아 있었다. 색이 날린 컬러 사진은 오줌싼 기저귀의 바탕을 드러냈고,

아이를 감싼 원래의 흰 색인 듯한 포대기는 누런 빛을 띠었다. 선명한 원색 속에 아이를 싸준 애엄마도 퇴색된 사진 색만큼 변해 버린 자식을 알아보지 못할 것을 느꼈다. 그러나 내 누나는 아무리 변한다 해도 내가 그 근원을 발견하고 쉽게 알아차릴 수 있을 것 같았다.

생글거리며 나를 보고 있는 아이의 눈동자로 단숨에 빨려 갔다. 사진의 주인공이 보는 자의 눈과 마주치는 것은 촬영 당시 카메라를 직시했다는 뜻이다. 아이가 바라보는 눈빛에는 두려움이 없었다. 아이 쪽에서는 사진을 찍히는 것이 아니라 누군가 아이의 의식을 편안하게 하는 피사체를 보고 있는 것이 분명했다. 사진을 박기 위해 그녀의 생모가 젖가슴을 내놓고 아이를 어르고 있다는 판단이 들었다. 그 어처구니없는 사념에 사로잡힌 나는 아이의 눈동자에 찍혀 있을 그 피사체의 주인공을 확인하려고 살폈다. 당시의 로자린을 알고 있는 누군가가 눈동자에 박혀 있는 것은 사실이다. 눈동자는 과거의 현실을 담고 있고, 현실에서는 그것을 확인하지 못한다. 나는 내 어리석은 행동에 대한 자책감으로 로자린을 보고 미소를 띠워야 했다. 그러나 사진은 객관적인 물건으로부터 주관적인 의식으로 변해 내 사고를 침식시켰다.

빨리 보내라는 신호로 헛기침을 해대는 아버지의 기척을 알아차린 로자린은 자리에서 일어났다. 태양이 보고 싶어 안달이 난 아버지는 견고히 말라가는 더듬이를 곧추세우고 잠긴 문틈으로 나오려고 했다. 아버지가 밀어붙이는 문을 열어줘야 한다는 강박관념에 빠진 나는 로자린을 막지 못했다. 사진을 남방 주머니에 꽂고 현관 밖으로 로자린를 배웅했다. 그녀로 인해 그녀 생모를 인계받은 탓인지 거리감이 느껴지지 않았다. 인디언 후손으로 보이는 그녀한테서 한민족의 피가 흐르는 것을 인식하려고 분별력의 촉각을 최대한 긴장시켰다. 그러나 엘리베이터를 타려는 로자린을 안아주는 것으로 무의식과 타협했다. 가벼운 포옹을 서양 인사로 받아들이는 로자린의 태도는 무던했으나 내 가슴은 형형색깔로 변모되는 감정들로 꽉 찼다. 그러다가 그것들은 붉은 색으로 된 한 줄기의 선으로 변환되어 내 가슴속을 유성처럼 빠르게 그어 내렸다. 찰라의 사고는 감각을 채 감지하기도 전에 지나가서는 후회라는 감정을 잔재시킨다. 빠른 물체가 지나가면서 남기는 먼지 입자에 실린 본체의 흔적들은 역동적인 꼬임으로 사고력을 분란시켰다. 광범한 우주 속을 달리는 적색마가 질풍처럼 달려와 나를 이끌고 을비집 뒤뜰의 대추나무로 향했다. 로자린은 말을 타지 않았다.

"그 애는 왜 또 오고 난리야! 니 마누라가 없어 다행이지, 있었다면 우릴 뭘로 볼 거냐! 물론 관계는 없지만 석녀를 그런 사람으로 치부할 여자가 니 마누라 아니냐! 대가리에 뭐 좀 넣고 돈푼깨나 벌어들인다고 보이는 게 없어. 그런 여자를 어찌 우리 석녀와 비교할 수 있나. 니 눔도 정신 차렷, 눈 뜨고 병신되지 말고! 돌아다니며 뭔 짓 하는지 어찌 알아, 이눔아!"

로자린이 가자마자 아버지는 냉장고에 든 술을 꺼내 마셨다. 나는

그 뭔 짓이란 말에 아내의 남편으로 해명을 달아야 했으나 서재에 들
어가 로자린이 주고 간 사진을 보았다. 아버지의 그 뭔 짓이란 말에는
누나가 로자린과 관계 없음을 증명하는 신바람난 자유가 담겼다. 로
자린과 아내와 누나 그리고 붉은 노을과 검붉은 코스모스와 붉은 피,
그리고 아버지-. 나는 기차의 고삐와 같이 연결되는 단어들을 끼워
맞추며 사진의 눈동자로부터 나를 도피시키려고 했다. 그러나 외면
하면 그만인 그 쉬운 방법을 따르지 않고 보면서 안보려 하는 이중 직
시관에 빠졌다.

그날 밤 아내는 집에 들어오지 않았다. 로케이션이 계속되기에 날
밤을 새워야 한다고 투덜대는 핸드폰으로 들려온 음성에는 불만적
인 기색은 없었다. 아침에 야채생즙을 마시고 실내 자전거에 올라 싱
그럽게 페달을 밟으며 툭 던지는 아내의 가뿐한 몸체가 만든 그 음성
과 유사했다.

로자린이 가고 난 지금 내 주위는 달라진 것이 없다. 아버지는 노인
정으로 다녔고 밤이 되면 술에 취해 잠을 잤다. 아내도 마찬가지다.
별일 없는 한 새벽같이 일어나 생야채즙을 마신 그녀는 스트레칭을
한 뒤, 실내 자전거에 올라 반바지 차림에 드러난 탄력 있는 하얀 종
아리를 돌려 댔다. 그리고 우유나 주스에 빵 한 조각을 아침이라고 차
려 놓고는 다시 침대에 든다. 간밤의 숙취가 남아 있는 날 아버지는
라면 물을 렌지에 올리며 아내를 욕했다. 누나에 비유되어 불효부로

낙인찍힌다. 나는 아버지가 달팽이의 각질 속으로 기어들어가지 않고 습지진 늪이라도 양달 아래로 나온 것에 만족한다.

내가 끓인 김치찌개로 점심을 든 아버지는 아내를 욕하면서 나갔다. 지금쯤 누군가와 소주를 놓고 누나 이야기를 할지 모른다. 아버지는 며느리 욕을 하느라 일흔의 고비를 순하게 넘기고 있다. 누나와 아내가 없다면 아버지는 세월이란 열기에 녹아 버리는 육신 속의 세포들의 부족으로 치매라도 걸렸을지 모른다. 아직까지 아버지한테는 온전한 사고가 삶을 평행시키고 있다. 나는 로자린이 주고 간, 한으로 응집된 사진 한 장에 빠져 불균형적인 생활에 허우적거린다.

늦가을 석양이 서재의 창문 밖으로 드리우고 있다. 태양과의 이별이 슬퍼서 울고 있는 하늘이 커피색 빛깔을 게워낸다. 검붉은 바탕에 커피가 쏟아져 번진다. 하늘이 그려 놓은 인위적인 작용을 누나는 자연의 섭리로 받아들였다. 나는 누나가 노을 속에 스며들어 붉은 코스모스 꽃잎을 수놓는다는 사념에 잠긴다. 누나는 거기 있었고, 노을이 누나를 감춰 준다. 그동안 내 마음을 묶어 놓고 진실의 의식을 잡아먹은 헛된 사고를 정리할 노을이 만들어졌다.

을비 마을에 부는 바람이 늦가을 공기를 안고 코스모스들을 놀렸다. 누나가 온 지 달포가 지날 무렵 우리집에는 누나가 수놓은 노을빛의 코스모스가 깔렸다. 베갯잇에 박힌 코스모스를 보고 누나를 확인했고, 밥상 보자기를 걷어낼 때마다 코스모스 꽃잎을 확인했다. 누나가 준 손수건은 콧물이 발린 채 누렇게 변질됐어도 꽃잎만은 새빨갛게 드러났다.

 마을과 집 앞으로 피어난 코스모스가 이르게 내린 서리를 맞고 꽃잎을 무겁게 내리고 있는 어느 날 아침, 집 뒤 텃밭에 있는 대추나무에 누나가 빨래마냥 걸렸다. 잿빛치마에 붉은 스웨터를 입은 누나는 붉은 코스모스가 수놓인 보자기를 얼굴에 쓰고 붉게 타오르는 태양을 외면했다. 뒷산 숲에서 뿜어나온 하얀 이슬안개들이 마을을 휩싸고 있는 그날, 집 앞의 코스모스는 아직도 절반이나 남아 이슬을 먹었다. 누나가 가마니로 만든 들것에 실려 을비산 뒷계곡으로 갈 때 나는 누나가 거짓말을 한 것에 대한 분노로 눈물을 흘렸고, 거인처럼 키가 큰 대추나무에 누나가 어떻게 빨랫줄을 걸었는지 궁금해 했다.

 누나가 없자 코스모스도 얼마 되지 않아 져 버렸다. 집안 곳곳에 있던 코스모스도 보이지 않았다. 내 손수건도 흔적 없이 사라졌다. 누나가 혼자 가기 서러워 모든 것을 갖고 갔다고 믿었다. 누나는 하늘만큼 큰 노을은 갖고 가지 못했다.

 봉제 공장에서 직업병을 얻은 누나가 회사의 높은 사람의 아이를 낳아 빼앗기자 정신이 돌아 목을 매었다는 소문이 을비 하늘의 노을 속에 담겼다. 아버지는 누나의 순진함을 지켰고, 소문들은 사실의 근거도 없이 떠돌며 아버지를 괴롭혔다. 그 몇 해 뒤 소문의 진원지인 분선이 누나가 결혼할 남자를 달고 을비에 내려오자 아버지는 낫을 들고 분선이 누나 집으로 달려갔다. 아가리를 찢어 죽일 거라는 아버지의 광란에 분선이 누나는 겁에 질려 해명했다. 봉제 먼지를 먹어 병

걸린 석녀누나가 병원에 다니는 것을 말한 것이 와전되었다는 것이다. 그날 저녁 분선이 누나가 오줌을 질질 싸며 도망갔다는 소리가 들리는 가운데 아버지는 동네 사람들을 찾아다니며 분선이 누나가 한 말을 확인시켰다. 그러나 분선이 누나의 해명에도 그 소문은 끈덕지게 을비 땅에 매어 달렸다. 사라지는 소문을 아버지가 자꾸만 부추기는 바람에 소멸되다가도 다시 살아난 까닭이다. 동네 사람들은 아버지 앞에서는 수긍을 하고 진실은 아버지 뒤로 존재시켰다. 내가 그것들을 이해할 나이로 컸을 때 나는 그 진실을 밝히려고 하지 않았다. 내 곁에 코스모스처럼 함초로운 누나가 노을만 보고 있으면 그만이었다.

아버지는 이웃 사람들을 여전히 욕했다. 누나가 남긴 밭으로 명줄을 이은 아이들이 장성하여 누나를 잊고 고향을 떠나가도 아버지는 고향 을비를 지켰다. 어머니가 돌아가시자 아버지는 텃밭의 대추나무를 베어 버리고 우리집으로 들어앉았다. 아버지가 우리집에 온 것은 노후 신세를 지기 위해서가 아니라 아직도 을비 땅을 헛도는 누나의 소문을 잠재우지 못한 자신에 대한 도피였다.

노을이 어둠에 묻히고 있다. 검은 먹물에 희석되어 붉은 기운을 잃어버리는 것이지, 사라지는 것은 아니다. 보고 있는 로자린의 사진을 그 어둠 속에 넣어 두어야 하는 것을 느낀다. 포대기에 싸인 아이는 아직도 입을 약간 벌리고 웃고 있다. 사진 찍는 사람을 잡으려고 조막만한 손을 허공에 휘젓는다. 아이가 나오려고 하는 것이 아니라 바깥의 피사체를 안으로 끌어들이려는 유희이다. 아이가 나오면 바깥 인물에 적응하지 못한다. 아이는 자라지 않은 그 시각을 가져야 눈에 익은 사물을 분간할 수 있다. 나는 아이가 눈에 익은 사물로 인해 나를 알기를 원치 않는다. 아이가 나를 안 순간 나는 내 전신 속에 펼쳐온 무구한 아름다움의 근원인 누나를 잊어버린다.

나는 사진을 받을 때부터 나를 점령해 버린 포대기의 한쪽 귀퉁이에 새겨진 코스모스 꽃잎에 고개를 떨군다. 나는 양지바른 툇마루에 앉아 마치 붉은 색실로 수를 놓는 누나처럼 한 뜸 한 뜸 사진을 찢어 나간다.

바람바퀴를 단 기형물

내가 누구냐고 물었다. 누가. 내가. 아니, 다른 사람이. 그래서 나는 내가 나라고 대답했다. 나는 공허한 물질들이 신기루처럼 떠도는 방안에서 미립자의 찌기를 모아 한 인물을 만들어 냈다. 그 인물을 바라보며 히죽 웃었다. 소녀는 열여덟 살에 임신을 했다. 초등학교 미술 시간 때 그려본 아이일 거란 판단을 한다. 바닥에 앉아 담배를 피웠다. 소녀는 왜 담배를 피우냐고 물었다. 그러나 나는 낯선 사람을 보았다. 사내였다. 겨울인데도 런닝셔츠 차림으로 거리를 돌아다닌다. 쏘다니는 이유를 묻고 싶었다. 사내는 날씨가 굉장히 춥다고 한다. 나는 왜 춥지 않느냐고 반문한다. 나는 여름인 줄 알고 있었다. 나는 소녀가 묻는 질문에 답을 하지 않았다. 소녀는 없다.

목이 말랐다. 사이다가 생각나 슈퍼로 갔다. 슈퍼로 가는 길은 많았다. 아파트를 나서서 누군가가 만들어 놓은 보도를 따라가면 슈퍼가 나온다. 하지만 나는 보도를 벗어나 놀이터를 가로질러 보도를 회유한다. 다시 보도로 나온 나는 모래가 묻은 신발을 털기 위해 길 위에 탁탁 소리를 내며 걷는다. 회향목이 빽빽이 심어져 있는 울타리를 넘어가는 길도 그립다. 허리 키 정도의 울을 넘기엔 힘이 부친다. 나이 먹은 노인의 이빨처럼 엉성하게 빠져 있는 울의 개구멍을 지을 수는 없다. 그곳을 지나칠 때마다 나는 그 구멍에 내 몸의 치수를 눈대중으로 재었다. 나뭇가지들이 내 어깨 부위를 조일 것이 분명하다. 큰 숨을 몰아쉬고 숨을 참다가 그 구멍을 들어갈 때 토해 내면 어깨의 바람이 꺼져 옴츠러들 것이다. 아이의 집 앞에는 담배 가게가 있었다. 담배 집 딸은 단골 아이를 무척 귀여워했다. 아이는 탱자처럼 작은 몸체를 굴려가며 담배 심부름을 자주 다녔다.

아이는 어느 날 거스름을 받았다. 집으로 오면서 거스름을 세어 봤다. 천 원짜리 일곱 장의 정답에 오천 원짜리 한 장이 천 원짜리를 대신하고 있었다. 아이는 날쌔게 사천 원을 챙겼다. 며칠 동안 만화를 빌려보고 주머니에 먹을 것이 떨어지지 않았다. 하지만 아이는 그날부터 집 앞의 담배 집 앞을 지나지 못했다. 아이는 외출을 할 때마다 골목어귀에 붙어 서서 담배 집에 딸이 없으면 불칼같이 나와 달렸고, 뒤도 돌아보지 않았다. 딸이 있으면 골목의 반대쪽을 잡아 목적지에 이르기까지 다섯 배 이상의 길을 밟아야 했다. 아이는 길을 걸을 때 항상 다른 길을 찾았다. 이 길 말고 다른 길은 어디에 있나, 어른은 아 직도 아이였다.

사내는 허공에 떠 있었다. 원자폭탄은 원자의 운동량을 배가시키 는 방법이다. 소립자인 양자와 중성자로 구성된 핵이 가속적인 전환 작용으로 운동 에너지를 발생하여 폭발의 위력을 가미한다. 앞에 있 는 사내의 성기 끝에 기폭 장치가 되어 있다면 누가 그 스위치를 작동 하는 것이 옳을까. 나는 마주 앉아 있는 사람의 성기를 꺼내 살펴보았 다. 노인의 목주름처럼 늘어진 표피가 흐늘거렸다.

술래놀이를 할 때 동생은 커튼 뒤에 잘 숨었다. 낡은 커튼의 주름을 잡고 얼굴을 가린 동생은 잡힌 것을 인정하지 않았다. 얼굴에 가린 커 튼을 강제로 벗겨내고 동생의 눈을 마주하는 것으로 동생의 확인을 받았다. 동생한테는 육신의 존재는 그림자에 불과했다. 두 눈의 확인 만이 사실의 근거였다. 청포묵처럼 흐물한 표피를 조심스럽게 들추 자 장조림 같은 살점 한 덩이가 삐죽이 내민다. 소녀는 그 살덩어리의 배신으로 임신을 했다.

사이다를 달라고 했다. 슈퍼 주인은 냉장고를 가리켰다. 주는 것이 아니라 가지라는 것이다. 대신 가벼운 지폐만 노렸다. 만 원을 주었다. 캔 사이다 하나의 값은 거스름에 있었다. 오천 원 권 한 장에 천 원 권이 넉 장, 백 원짜리 동전이 두 잎이었다. 오천 원을 다른 주머니에 넣었다. 그건 내가 언제고 갚아야 할 빚이었다. 아이가 되어 집 앞의 담배 가게를 지나가고 싶었다. 골목길에서 조망하던 아이의 모습은 서러웠다. 슈퍼를 나와 집으로 향했다. 아파트 놀이터에는 아이들이 축구를 하고 있었다. 나는 보도를 벗어나 나무 울을 타 넘어 놀이터로 들어갔다. 한 쪽으로 밀어 나가던 공격 편들이 골 문 앞에서 나의 방해로 정지를 했다.

우쒸-. 아이들이 내는 입바람 소리가 내 발을 부동시켰다. 나는 어른이다. 아이들은 어른 때문에 제동 걸린 놀이에 대해 묵과한다. 나는 다람쥐처럼 양발을 요리조리 알랑거리며 축구공을 몰아 돌 두 개로 벌려 만들어 놓은 골 문에 차 넣었다. 공은 돌의 한쪽 옆을 가까스로 지나치며 골 안으로 들어가 나무 울타리에 처박혔다. 그러나 나는 함께 날아간 구두 한 짝을 신으려고 미끄럼틀 아래로 깨금발 쳤다. 모래는 한 발로 콩콩 뛰는 내 외다리를 개미귀신 집처럼 빨아들였다. 그 때마다 나는 맨발 된 한 발을 모래에 푹 담그곤 그 탄력으로 다시 신발 신은 발로 깨금발을 뛰었다. 한 발을 껑충 뛰고 내려올 땐 맨발로 착지하고, 그리고 신발 신은 성한 발로 다시 껑충 뛰고-. 나는 두 발로 평걸음을 하고 있었다. 한쪽 신을 꿰어 찼을 땐 나는 양말 속에 낀 모래를 처리하기 바빴다. 미끄럼틀 기둥에 기대서 양말을 벗고 모래를 털었다. 아이들은 축구공 대신 나를 보고 있었다. 나는 신을 신고 캔의 오픈 딱지를 떼어 내고 사이다를 마셨다. 모래가 버적거렸다.

성기의 살점을 드러내 놓고 형체를 보았다. 장조림 속에 든 고기 살은 찰졌다. 젓가락으로 휘저어 속에 든 마늘조림만 찾는 내가 보였다. 삐리릭-, 핸드폰이 울었다. 성기를 다시 포대에 밀어 둔 채 전화를 잡았다. 함께 사는 여자는 항상 그 속에서 살았다. 꼬마 집을 짓고 여자는 음파의 길을 따라 바쁘게 돌아다닌다. 여자는 늦는다고 미안해 했다. 배고프면 라면이라도 끓여 먹으란다. 들어와서는 꼭 밥을 해주겠다는 약속을 거듭한다. 여자는 약속을 지켰다. 그러나 나는 그 약속을 기대해 본 적이 거의 없다. 내겐 상관없는 일이었다. 여자가 하는 일에 알 필요도 없다.

내게 여자는 이방인으로 맴돌고, 나는 여자의 이미지를 잊어버린 지가 오래됐다. 여자가 왜 내 옆에 있는지를 몰랐다. 여자가 내 집에 온 지는 일 년이 된 것 같다. 새벽 세 시면 어김없이 우유배달부가 왔다. 육 개월 동안 나는 우유를 직접 받아먹었다. 그 시간까지 깨어 있는 내게 배달부는 친분 있는 얼굴이 됐다. 갈고리같이 굳어 버린 여자의 왼손도 혐오스럽지 않았다. 엄지는 꼬나 선 채 하늘로 뻗었고, 앞을 가리키는 검지는 작은 미동으로도 엄지에 닿게 할 수 있어 가장 양호한 상태였다. 나머지 세 손가락은 모두 손바닥에 구부려 붙어 칡덩굴처럼 뒤틀린 손목의 버팀목을 했다. 걸망처럼 앞에 걸친 가방에는 우유 곽을 담았다. 뒤틀린 팔로 고정시켜 성한 손으로 우유 곽을 건네주는 형상은 조간신문의 기사를 보는 것처럼 신선했다. 억수같이 쏟아지는 빗속에도 여자는 왔다. 몸을 울친 노란 비옷이 무색하리만큼 여자는 비에 젖었고, 우중의 부랑자처럼 오들거리는 여자의 비틀린 팔을 잡고 집안으로 당겼다. 수건으로 젖은 몸을 닦아주는 나에게 여자는 혼돈된 시간을 분간하려는 듯한 어눌한 표정으로 비틀린 팔을 감추며 말없이 몸을 맡겼다. 내 집을 나갈 때 여자는 우유배달부가 아니었다. 아이를 임신한 소녀가 보고 싶었다.

　나는 방바닥에서 일어나 집안을 서성거렸다. 거실 의자에서 안방의 문턱까지는 평걸음으로 열두 보가 된다. 어느 날 무심코 셈해 본 수치였다. 그 셈을 다시 할 때 나는 그 숫자에 맞추기 위해 걸음 폭을 넓히거나 좁히는 데 안간힘을 쓴다. 걸음은 평보에서 광보로 그리고 잰걸음이 된다. 숫자에 끼어 맞추려고 노력할 때 그것은 이미 제도상의 이동이 된다. 나는 내 삶의 날이 이렇게 이어지는 걸 증오한다. 나는 거실의 원위치로 돌아와 열두 걸음을 파괴하기 위해 걸음을 옮겼다. 여덟 걸음에 안방 문턱까지 도달해야겠다며 보폭을 넓게 옮긴다. 문턱을 두어 발 앞두고 잰걸음으로 열둘에 맞추고 안방 문턱의 문지방을 넘는다. 이것을 파괴하고 제도권을 무시해야 한다는 내 원리는 내 행동에 무분별하게 점령당한다. 안방의 한쪽을 차지하고 있는 침대가 언제부터 있었는지를 판단하는 것도 내 무의식적인 산술이다.

　가버린 여자는 침대가 있어야 등이 안 아프다고 했다. 바닥은 아무리 푹신한 요를 깔아도 탄력이 없다고 칭얼댔다. 두 개의 큼직한 유방을 가진 그녀가 왜 나처럼 약소한 남자의 몸무게를 견디지 못하는지 알 수 없다. 그녀는 성교 때마다 신음 소리를 낸다. 등이 아픈 것에 대한 고통의 비명인지 성적인 교성인지를 구별할 수가 없다. 며칠 후 침대를 넣은 여자는 그 위에서도 똑같은 신음을 냈다.

"이제 안 아프지, 등이."

내 말에 여자는 헛소리 말고 하던 짓이나 계속 하라고 재촉했다. 석 달 동안 살면서 여자는 많은 것을 사 날랐다. 평생 살 것 같았던 여자는 온갖 전자제품을 채워 놓고 가버렸다.

"아무래도 이렇게 무의미하게 계속 살 순 없어요."

여자의 옛 애인이 독일에서 돌아왔다는 소문이 있는 어느 날, 여자는 평상시대로 밥을 먹다가 주절거렸고, 입은 옷 그대로 나들이 가듯이 발로 아파트 문을 밀어 닫으며 나갔다.

침대에 앉았다. 가버린 여자의 말처럼 엉덩이가 바닥보단 푹신하다. 여자 말이 맞았다. 그래, 바닥은 등이 배기기에 여자는 침대를 산 것이야. 나는 두 손으로 침대를 눌러 보며 탄력을 이용해 내 몸을 흔들거렸다. 침대 속에는 스프링이 든 거야. 텔레비전에서 광고할 때 보았던 수많은 스프링을 생각했다. 누가 고안한 것일까. 모든 것은 원천으로 돌아가면 신기하다. 우리 눈에 보이는 색채의 의미도 야릇하다. 색의 존재는 뭔지, 왜 그것은 그렇게 보이는지. 색에 대한 설명이 필요할 땐 나는 항상 머뭇거렸다. 빨간 통을 갖고 오라고 할 때 나는 빨간 색이란 지칭을 적절하게 표현한 것인지 의아스러웠다. 빨간 색이 뭐니, 이게 빨간 색이야. 뭘 보고 그걸 가져왔어. 누가 그러든, 빨간 색이라고. 대답은 없다. 빨간 색은 빨간 색이다. 그러므로 나는 나라는 결론이 나온다. 누가 나한테 집 나간 여자는 누구였는지를 묻는다면 나는 대답을 하지 못한다. 그 여자가 누구였더라. 아, 그 여자는 침대를 산 장본인이야. 이것이 집 나간 여자에 대한 설명이다.

거리를 걸었다. 지하도를 보고 그쪽으로 건너갈까 하고 망설인다. 지하도는 계단이 많고, 오르내리기가 귀찮다. 눈앞에 보이는 건너편을 가기 위해 걸음을 허비하는 짓도 무안하다. 나는 길을 살폈다. 차도에 틀어박혀 질주하는 차들의 행렬이 사납다. 주위를 거니는 사람들의 움직임도 두렵다. 이성이 발화해 버리고 남은 육신의 찌끼가 마네킹이 되어 떠돈다. 누군가가 입력한 프로그램의 명령문을 수행하는 기계와 다름없다. 사람들의 숫자를 세어본다. 하루 이틀 삼일-. 나날의 숫자는 홈페이지의 방문록 카운터처럼 각열지고 정교하다. 내가 입장하면 달라져 찍히는 숫자, 그러므로 날짜는 나에 의해 존재한다.

태양력을 처음 사용한 로마사람들은 숫자를 보지 못한다. 그 숫자를 찍고 그들은 모두 어딘가로 사라졌다. 모래시계의 모래가 아래의 공기로 떨어져 내리는 것처럼, 내 영혼이 미세한 분진의 형태로 어디인가로 새어 나가고 있다. 시간은 가고 나는 거리를 걷는다. 길 건너로 가는 지름길은 눈앞에 있다. 지름길은 그냥 존재하지 않는다. 빠른 만큼 대가성도 많다. 나는 돌아가는 시간과 위험도의 차이를 판별

했다. 먼 거리를 돌아가서 얻는 안전함과 여유로움보다는 위험하지만 질러가서 내가 마지막으로 셈해야 하는 숫자를 늘어보는 것도 나쁘지 않았다. 생명을 담보로 건 한판 승부는 내가 직접 관련되어 좋다. 내가 느낄 수 있는 극도의 두려움의 공포 속에서 나는 내가 가진 모든 무의식의 잔재까지 불러내어 승부에 활용해야 한다. 내가 지면 내가 없어진다. 그것보다 진한 승부는 없다.

나는 차도를 살폈다. 길의 위쪽에 있는 신호등이 차들의 흐름을 간간이 제어했다. 그러나 이미 신호등을 통과한 몇 대가 트인 길을 부담 없이 질주하여 기회 포착의 시간은 짧다. 지하도에는 여름 날씨를 이기지 못한 마네킹들이 억센 인상을 지으며 들락거렸다. 나는 숫자를 셈했다. 거실에서 안방까지는 평걸음으로 열두 보이다. 도로 저쪽까지는 폭을 넓혀 서른다섯 보가 대중된다. 그 폭을 줄이려고 한다. 속도와 보폭의 관계는 거리의 도달 시간을 좌우한다. 나는 다리에 힘을 빼고 흔들며 준비 운동을 했다. 차의 행렬이 적어진 틈을 타서 쏜살같이 건너편을 보며 뛰었다. 그물코를 빠져나온 고기들이 미친 듯이 달려왔다. 건너편 목적지의 문턱에 발을 놓기 바쁘게 고기들은 지느러미에서 일으킨 바람을 밀어내며 내 옆을 아슬하게 스쳤다. 나는 벌어들인 시간을 어떻게 쓸까를 고민했다.

침대에 누웠다. 임신한 소녀와 처음 관계한 과수원 집에는 침대가 없었다. 노년을 위해 과수원을 만드신 아버지는 소원을 이루지 못하고 세월의 카운트다운을 마감 받았다. 어머니 역시 아버지의 병 수발로 여인의 일생을 만족해야 했다. 직장 생활은 내게 어울리지 않았다. 나는 혼자 판단하고 혼자 행동하는 그런 아이였다. 궁핍한 생활이 들 땐 상속재산이 줄었고, 과수원을 처분할 때 서른다섯 살을 먹었다. 과수원지기 황장윤 씨는 아버지가 은퇴하여 머물기 위해 지어 놓은 과수원 집에서 살았다. 양옥의 이층 방은 언제든지 아버지를 맞이할 준비로 비어 있었다.

어느 해인가 처음 방문에 그 집 둘째딸을 봤다. 코를 찔찔 흘리는 어린애였다. 아이는 간간이 들를 적마다 커 가고 있는 사과나무처럼 소녀티를 내었다. 그 해 겨울 과수원을 팔기 위해 평택으로 내려갔을 때 아이는 소녀가 되어 있었다. 구매자를 기다리며 과수원 방에서 겨울을 보냈다. 적적한 권태로움에서의 소일거리는 고등학교를 갓 졸업한 소녀와 노는 거였다.

눈 내리는 한낮이었다. 소녀의 부모가 친척의 결혼식에 참석키 위해 집을 비웠다. 나는 내 방에 온 소녀의 음부에 내 몸을 숨겼다. 어린아이의 속살처럼 보드랍고 맑은 그녀의 영혼을 망가트린 것에 대한 죄책감이 컸다. 그러나 그녀의 육신을 버릴 만큼 나는 강하지 않았다. 소녀의 음부에 내 몸을 밀어 넣을 때마다 나는 내 성욕을 짓밟으며 활화산처럼 분출하는 지탄의 소리에 함몰됐다. 황장윤 씨한테 과수원을 팔았다. 시가의 절반 가격으로 과수원을 손에 쥔 황장윤의 표정에는 하늘이 담겼다. 나는 내가 핏빛을 몰아내고 만든 소녀의 창백한 얼굴에 아버지가 심은 사과의 홍조가 배일 것을 바라며 과수원을 떴다. 그 해 봄 어느 날 서울의 내 아파트에 초인종이 울렸다. 인터폰 화면에 소녀가 찍혔다.

서점에 들렀다. 심심풀이로 볼 잡지와 내가 의문시했던 여러 가지의 사건에 관한 해답이 적힌 책을 찾았다. 함께 사는 여자한테도 책 읽는 시간을 주고 싶었다. 요리책을 몇 권 더듬거렸다. 깔끔한 그릇에 담긴 맛깔스런 음식이 박혀 있는 표지를 보며 여자가 이런 음식을 만들지 모른다는 생각을 했다. 나는 여성잡지 한 권을 뽑아들었다. 텔레비전 광고에서 낯익은 잡지였다. 나는 그 속에 든 부록편인 임신 예방법의 부제에 편중을 더 두었다.

월간 시사잡지 한 권을 추가로 넣었다. 시류대로 흘러가는 정치의 방향이 특집으로 나온 기사가 내 손을 끌게 했다. 섬뜩하게 현 사회를 몰아치는 권력의 흐름, 정직한 언론은 입을 갖고 할 말을 한다. 강자는 거짓으로 치장하여 요란케 하지만 약자는 진실의 소리로 강자를 대적한다. 강자의 소리는 사랑과 덕으로 충만된다. 강자가 가지는 여유의 독소요 음모의 결집이다. 속류 객관주의적인 발상은 이렇게 싹튼다. 인식론적으로는 불가지론의 입장을 취하는 현상주의와 인간의 실천은 어쩔 수 없다는 숙명론이다. 권력의 선점자가 수취하는 독아론의 틀이다. 나는 내 자신의 영혼이 든 함지를 고른다. 부르주아적인 함지에는 내가 없다. 프롤레타리아의 진열장 속에도 내가 발견되지 않는다. 나는 헤세와 절충을 하고 그의 에세이 한 권을 잡지 옆에 끼워 붙인다.

침대에 누워 팔다리를 벌려 큰 대자를 만들어 본다. 팔과 다리가 침대의 외곽으로 나가떨어지지만 불편함은 없다. 직선으로 곧게 뻗으면 충분한 넓이의 침대이다. 그러나 팔과 다리를 벌리는 통에 내 사지는 침대의 틀에 맞출 수가 없다. 가버린 여자는 자신의 큰 몸체를 겨냥하여 퀸 사이즈를 선택했다. 그러나 그녀가 가고 혼자 침대를 차지해도 넉넉하지 않았다. 나는 침대에 누워 있을 때마다 침대가 내 몸의 전부를 여유롭게 받아들일 수 있게 하기 위해서는 양 폭 한 자씩 늘어나야 한다는 것을 알았다. 침대에 몸을 맞추기 위해 나와 침대, 둘 중의 하나가 기형이 되어야 했다.

나는 나를 위해 기형을 만들어 버린 임신한 소녀를 연상하며 늘 나를 처단했다. 밖으로 나간 내 사지의 부분을 절단하고 누워 있는 내 자신을 보는 것은 평온스러웠다. 수시로 내 영혼을 발광시켜 우울의 늪으로 밀어 버리는 임신한 소녀의 얼굴엔 이때만큼은 사과의 홍조가 물들었다. 나는 침대가 내 몸에 맞게 된 것을 기뻐했다.

침대엔 가버린 여자와 함께 사는 여자, 그리고 임신한 소녀의 체취가 모두 담겨 있다. 그녀들과 침대에서 모호한 시간의 어울림을 겪었다. 나는 잘라진 내 몸으로 침대에 누워 내 인생의 카운트다운이 끝나길 바랐다. 곧장 내 마지막 숫자를 세고 싶을 땐 나는 침대의 뒷부분에 제트 엔진을 달았다. 로켓의 추진력은 강렬했다. 단번에 대기권을 뚫고 우주로 진입한다. 신밧드의 요술담요처럼 비행하는 그 속에서 나는 텔레비전에서 본 나사의 우주비행선의 실체를 인식한다. 하지만 지난 시간의 끝 정도는 쉽게 잡을 수 있는 비행체가 되길 바랐다. 삽시간에 내 자신을 전혀 다른 세계로 밀어넣어 주고, 그 괴이한 세상을 보고 떨떠름한 그런 기분을 느끼고 싶었다. 내 보폭은 많이 뛰어야 거실에서 안방까지 다섯 걸음 안으로 도달하지 못한다.

가버린 여자가 사는 집은 단독주택이었다. 재회한 옛 애인의 아버지가 물려준 삼백 평 규모의 저택이었다. 폭 좁은 판자로 꼼꼼이 층을 쌓아 만든 커다란 대문을 통해 가버린 여자의 안내를 받아 안으로 들어갔다. 여자는 여길 웬 일이냐며 어색한 미소를 지었다. 남편이 골프를 치러 간 덕에 나는 그 집의 뜰을 구경했다. 골프가 아니라, 그럼 뭐랄까, 유학 다녀온 박식가니 강의하러 갔다고 다시 고쳐본다. 이층 양옥의 나직한 집채는 느슨한 개의 낮잠처럼 권태로웠다. 응접실로 들어가 커피 한 잔을 얻어 마셨다. 뜨거운 커피 물이 내 체부로 퍼져나가기 전에 나는 가버린 여자가 어느 날 이 집을 느닷없이 떠나갈, 그런 이유가 될 부분을 찾아봤다. 넓은 거실에 꽉 찬 가구들이 작은 궁전을 보는 것처럼 요란했다. 장식대에 진열된 그릇과 장식품들이 전혀 오래된 느낌이 없는 신품이다. 무엇하고 지내냐는 내 질문에 여자는 하고 싶은 대로 산다고 했다. 여자의 얼굴은 피부 관리사의 손질에 다듬어지느라 겉보기엔 말끔했다. 여자의 어깨는 넓어졌다. 유방도 물이 찬 풍선 같다. 접착된 치마 위로 드러난 엉덩이의 탄력은 여전했다.

나는 내 집처럼 일어나 그녀의 안방을 찾아 문을 열었다. 역시 침대

가 있었다. 장미덩굴 조각이 머리맡에 새겨진 유럽풍의 재색 침대였
다. 우리집 것보다 훨씬 넓고 컸다. 나는 그 위에 누워 사지를 벌려보
았다. 그래도 내 몸의 일부가 침대의 바깥 부분을 삐쭉이 벗어났다.
삐쳐나간 손발의 부분들을 잘라 벌리고 침대에 몸을 맞추었다. 가버
린 여자는 탄력 있는 큼직한 몸으로 침대에 무게를 더했다. 침대의 쿠
션 소리가 부드럽게 일었다.

"쯔쯧, 요사이 통 못 사용하나 보죠. 곯아 빠진 오이소박이 같잖아
요. 소금 쳐요, 썩기 전에."

집나간 여자는 꺼내든 내 성기를 보며 혀끝을 차댔다. 나는 침대가
나를 이동해 주는 물체이기에 누웠다고 말하지 않았다. 여자도 침대
를 섹스하는 장소라고 하는 말을 잊었다. 여자는 썩은 오이소박이에
기어코 소금을 뿌려 재생시켰고, 그녀의 음부에 넣은 뒤 곧바로 썩은
오이소박이로 돌려주었다. 나는 내 성기의 한 부분이 만들어 내는 한
순간의 환란을 느끼며 찰나적인 이동을 하는 나를 보았다. 침대가 로
켓의 추진력을 발산시키며 어디론가 날아갔다. 전부를 점령당한 지
역에도 점령당하지 않은 작은 부분이 남아 있었고, 개미처럼 작아진
내 몸을 그 속에 숨겼다.

"하이, 반가워. 내가 왔어!"

미립자의 안개로 만든 사내가 돌아왔다. 그는 침대에 앉지도 않고
선 채로 나를 대했다. 나는 그가 어디에 갔다 온 지를 안다.

"반갑네, 친구."

나는 침대에 누운 채로 뱉어 냈다.

"친구? 그래, 아무러면 어때, 난 너를 알고 넌 나를 아니까. 그 어떤 관계이든 상관없지."

미립자로 만든 사내는 벙글 웃었다.

"그럼, 내가 널 만나기 싫은 때도 알겠군그래."

나는 누운 채로 한쪽 무릎을 다른 쪽에 올려놓았다.

"당연하지, 하지만 넌 나에게 가라는 명령을 내릴 권한이 없어. 넌 너를 포기하기 전에 그 엄차고 야릇한 명령을 내릴 수 없는 거야. 너 지금 임신한 소녀를 생각하지. 그 여자가 남기고 간 체취가 아직도 그 침대에 있어. 함께 사는 여자가 침대 요를 수없이 빨고 갈았지만 그 흔적을 지울 순 없는 거야. 그건 침대는 형식이고, 니가 진짜의 침대를 간직하고 있기 때문이야. 니가 그 침대를 버리지 않는 한 임신한 소녀의 체취도 지울 수 없는 거야."

미립자 사내는 가련한 듯이 나를 쳐다봤다. 나는 내 몸체 어디인가에 꼽혀 있을 임신한 소녀의 칩을 찾아 헤맸다.

"하하하—."

미립자의 사내가 크게 웃었다.

"넌 그걸 찾지 못해, 비록 니가 소립자의 부분을 수술할 수 있을 만한 첨단의 메스를 갖고, 그걸 볼 수 있는 날카로운 시각을 가졌다 해도 그건 불가능해. 니가 볼 수 있고 찾을 수 있는 영감을 갖고 있는 이상, 너는 니가 그리워하고 망각할 괴로움들을 떨쳐 버릴 수 없는 거야. 너는 그것을 달성하기 위해 그만큼 상대되는 것을 상실해야 하는 거야."

미립자 사내는 측은하게 나를 바라봤다. 나는 멀쑥하게 그 해답을 물었다.

"그건 간단하지. 하지만 힘든 판단이지. 니가 너를 포기하는 거야, 하하ー."

나도 크게 웃었다.

"멍청한 사람아, 나는 그런 용기가 없는 거야!"

웃음소리에 미립자의 사내가 공중분해되어 사라졌다.

눈을 뜨니 캄캄했다. 전등을 켜기 위해 침대에서 일어났다. 벽의 한 편을 따라 길을 잡고 장롱을 벗어난 그곳 어디인가에 있을 스위치를 찾아 벽을 더듬거렸다. 칠 년째 살아온 이곳은 늘 익숙하지 않았다. 그럴 거라는 그 부위에 있어야 할 것이 없는 것은 황당하다. 나는 전등을 켜기 위해 스위치를 찾아야 한다는 목적의식을 수정했다. 이번에는 스위치를 찾기 위해 전등이 필요했고, 전등을 찾기 위해 또 다른 전등이ー. 목적을 달성키 위한 필요한 방법은 끝없는 도미노식 원리 속에 갇혀 맴돈다.

나는 다시 어둡기 때문에 전등을 켜자는 기초 원칙으로 되돌아왔다. 육중한 어둠을 걷기 위해 벽을 더듬거렸다. 스위치가 손끝의 감각부를 통해 생김새를 인지시켰다. 그 순간 어둠도 걷혔다. 침대에 누워 있다가 한낮을 그냥 스쳐 보낸 거였다. 나는 내가 잠든 사이 비켜가 버린 한낮의 이동이 자못 섭섭했다. 아이스크림 녹듯이 사라져 가는 빛을 따라 포만한 자의 걸음처럼 느릿하게 다가오는 어둠의 빛깔을 못 본 것이 아쉬웠다.

함께 사는 여자는 돌아오지 않았다. 거실로 나가 불을 켰다. 정사각형으로 조열된 천장의 형광등들이 일시에 불을 내리퍼부었다. 보이지 않던 사물이 드러나는 것은 눈 깜짝할 사이다. 햇볕에 드러날 한낮의 형체가 고스란히 나타났다. 인위적인 힘이 신의 섭리를 거역하고 펼친 장난질이었다. 응접의자에 앉으려다가 바닥에 앉았다. 응접탁자에 놓인 담배를 집어 불을 붙였다. 시커먼 연기가 몸속의 빈 공간을 채웠다. 니코틴은 내 몸의 더러운 부위를 닦아 내는 세정제인 거야. 폐기물을 정화하고 나온 오물을 어떻게 처리할까를 고민했다. 다이옥신 파동 기사가 발생시킨 소치였다. 정자의 활동을 둔감케 한다는 소리에 여자들은 음핵의 예민한 부분이 파열된 듯 민감했다. 돼지와 소, 닭들의 육류가 팔리지 않고 넘친다. 고단백질의 양분을 수혈 받지 못한 정자들은 허기진 촉수를 오물거리며 기아로 자리를 비운 아프리카 난민의 아이들 틈새를 파고든다. 축산농가와 육류업자들의 정자는 오무라기처럼 말라 비틀어진 채 마른 논에 처박힌다. 함께 사는 여자의 아버지가 축산농가나 육류업체의 일을 한 것 같았다.

아파트 밖에서 발자국 소리가 났다. 미세한 소리에도 내 청각은 함정에 장치해 놓은 창끝들처럼 번쩍 섰다. 나는 세모창의 날 끝에 앉은 파리가 되어 청각을 모로 세웠다. 함께 사는 여자의 발걸음은 아니었다. 앞집 아기아빠의 퇴근 소리가 왕창거린다.

"잘 있었니, 아빠 왔다."

"여보, 고생 많았죠! 오늘."

언제나처럼 앞집 가족들의 대화는 아파트 문을 닫기 전까지 오간다. 그들의 식구가 만나는 현장은 항상 시끌하다.

임신한 소녀가 찾아온 날, 그녀는 문을 열어도 말을 않고 눈물만 흘렀다. 두 달만이면 몇 시간만에 재회하는 앞집보다 훨씬 반가워야 할 일이다. 그러나 우리집 문 앞에서의 재회는 눈물이 흐르는 침묵이 오래 됐다. 나는 현관문을 보았다. 영원한 침묵 속에 그 문이 폐쇄될지라도 그 문의 바깥에 임신한 소녀가 다시 서 있길 바랐다.

밀폐된 공간의 무기력감, 나는 비눗방울 속에 든 작은 아이를 본다. 아이는 밀폐된 투명한 수액판을 밀치며 밖으로 나오려고 시도한다. 수액판은 아이의 힘만큼 팽창하며 밖으로 불거질 뿐, 응집의 힘은 갈수록 강했다. 비눗방울은 절규하는 아이를 신고 하늘로 날아가 버렸다. 나는 지상으로 추락할 비눗방울의 낙하지점을 찾아 날마다 헤맨다. 아이와 함께 비눗방울에 갇혀 빠져나간 내 영혼을 찾아서. 빈 껍질이 된 나는 육신의 집이 허물어지지 않기를 기대하며 영혼이 다시 수납하길 바랐다. 그것은 바랄 뿐이다. 사물에 접목하여 느끼고 의식하는 내 신경은 이미 자율의 틀을 벗어났고, 피폐한 살점에 생기의 탄력을 수액하며 달리던 내 피는 영혼을 따라 비워진 뒤였다. 비눗방울에 든 아이를 찾지 못하고 빈손으로 돌아온 나는 금방이라도 재가 되어 소실될 것 같은 육신이 남아 있는 것에 감사했다. 그리고 그림자로 만든 내 몸을 준동시켜 살아 있다는 것을 자각했다. 임신한 소녀의 태아는 분명히 있었다.

나는 연기로 도넛을 만들어 냈다. 기선의 고동 소리가 울리고 굴뚝에서 도넛이 줄지어 나온다. 그걸 어디에 써야 할까. 동그라미가 흩어져 거실을 연기에 차게 했다. 배의 닻이 내려지고 승객이 하선했다. 우리집 현관 앞에 손님이 왔다. 바깥에서 작동시켜 반응하는 잠금키를 관찰했다. 보조키마저 순종하며 벌컥 입을 열었다. 함께 사는 여자가 불쑥 낯선 사람처럼 들어왔다. 여자는 비를 맞지 않았다. 손에는 우유도 없었다. 등나무넝쿨처럼 뒤틀려 있는 왼쪽 손만은 같았다. 함께 사는 여자는 어깨에 멘 가방을 한쪽 어깨를 기울여 벗겨 내린 뒤 손에 들고 있는 종이 팩을 부엌 냉장고 옆에 붙여놓았다.

"배고프죠, 미안해요. 늦었어."

함께 사는 여자는 입은 옷 채로 주방으로 들어가 그릇을 챙겼다. 뒤틀린 팔 한쪽은 여자의 외형만 기형으로 만든 것이 아니라 나를 정면으로 바라볼 수 있는 자유마저 빼앗았다. 습관처럼 그녀의 입에서 발음되어 나오는 미안하다는 입김은 내 가슴을 파고들어 미세한 세포의 이끼에 이슬을 맺게 한다. 나는 여자가 한쪽 팔로도 별 어려움 없이 이 집을 꾸려나가는 걸 알고 있다. 가버린 여자가 갖추어 놓은 가구들을 쓰는 걸 미안해 하는 여자한테 나는 어떤 충고도 하지 못한다.

그녀한테의 최고의 설득력은 무관심이었다. 우리 둘이 평생을 먹어도 남을 액수가 있었지만 여자는 동거한 지 한 달 만에 기어코 우유배달을 나갔다. 그녀한테 내 통장을 맡기고 멋대로 활용하라고 한 것도 소용없었다. 내 눈이 항상 자신의 왼팔을 관찰하고 있다고 판단한 여자는 무질서적인 착란에 빠져 버렸다. 언제나 여자는 미안해 했다. 섹스를 할 때 그녀는 한쪽 팔을 뒤틀고 흥분에 싸인다. 그것은 팔의 뒤틀림을 풀기 위해 애쓰는 절규로 보였다. 그러나 여자는 그 비명 속에 미안함을 채워 넣었다. 여자가 모멸감을 느낄까 봐 나는 잔뜩 신경을 써댔다. 여자가 아침 일찍 나가 밤늦게 돌아오는 것을 인정했다. 그것은 나의 자유가 아니라 여자의 뒤틀린 팔을 내가 고쳐주기 위함이었다. 여자는 결함이 있는 신체로 나를 만난 것을 복에 겨워하는 눈치였다. 의식주가 충분히 해결되고 자식 없는 마흔 초의 홀몸을 만나기는 쉬운 일은 아니다. 하지만 여자는 모르는 게 하나 있었다. 내가 그녀를 택한 것은 바로 그녀의 뒤틀린 팔 때문이란 것을.

"미안해요 정말. 일찍 오려는 데 소장이 노래방을 가자기에 따라갔어요."

여자는 음식을 만드는 칼질 소리에 자책감의 양념을 넣었다.

"그래 무슨 노래 불렀어?"

"동심초하구ㅡ."

여자는 초등학생처럼 말을 떨구었다.

"아니 그런 것 말구 유행가 안 불렀어?"

그녀가 미안하다고 할수록 난 내 가슴에 서릿발처럼 파고드는 한기를 겪어야 했다. 미안한 것은 내가 평생을 지고 가야 할 말이었다.

"초우를 불렀어요."

나는 여자가 뒤틀린 팔을 감추며 사람들 앞에서 노래를 부르는 분위기를 창출했다. 여자한테 우유배달을 못하게 할 말은 없었다. 그녀한테 평범한 자유를 주기 위해 서재로 들어와 여자와의 접속을 단절했다. 나는 내 삶의 끈 자락이 끊어지는 고통을 탈피하기 위해 컴퓨터의 전원을 컸다. 전기를 받아 먹은 모니터는 눈을 뜨려고 안간힘을 썼다. 눈을 뜨면 어른이 된다. 어른의 희망은 태어나지 않은 것이다. 전원을 꺼 버렸다. 그 속에 들어 있는 모든 어른들로부터 나도 자유를 얻고 싶었다. 의자에 앉아 멍하니 볼 책을 찾았다. 성경 옆에 있는 법구경을 잡았다. 무심코 넘겨보다 원적품의 한 장을 마주한다.

그것은 또한 오고 가는 데 있지 않나니
오고 가는 생멸을 끊으면
늙고 죽음도 번뇌도 없어지는 것
괴로움을 끊으면 원적을 얻으리

나는 이미 오고 가는 것 없어
가지도 않고 오지도 않나니
죽지도 않고 또한 나지도 않는 것

이러한 경지가 원적이다

나는 이 구절에서 오고 가는 의미에 고민하였다. 나는 나를 안주시키는 내 정신력의 지휘봉을 내 손으로 꺾어야 하는 걸 느꼈다. 임신한 소녀, 그녀는 나를 참 어려운 곳으로 몰아넣었다. 인생은 정말 복잡한 숙제를 푸는 연습장과 같다.

"미안해요 정말."

함께 사는 여자가 서재의 방문을 열고 말했다.

함께 사는 여자는 코를 골았다. 코를 고는 정도의 측정으로 그녀가 낮에 한 육체의 노동 수치를 짐작한다. 여자는 한 달에 한 번은 놀았다. 노는 날 그녀는 코를 골지 않았다. 여자의 팔을 보았다. 한 쪽이 평등하지 않다. 인간의 손은 아주 이상한 지시의 원칙을 갖고 있다. 주먹을 쥐고 하나씩 펴보면 각자가 다르다. 엄지를 힘껏 펴면 위로만 솟구친다. 그 상태에서 검지를 펴면 앞으로만 뻗친다. 그 다음 중지를 펴면 검지보다 조금 덜 펴진다. 그 다음 무명지를 펴면 중지보다 덜 펴진다. 그러나 마지막 새끼손가락을 펴면 모든 손은 정상대로 펴진다. 그 각 개체에는 사명이 있지만 전체적으로 평등이다.

함께 사는 여자의 왼쪽 손의 엄지와 검지는 항상 위와 앞으로 뻗쳐 있다. 나머지 세 손가락은 손바닥에 붙어 숨는다. 흉상을 한 채 지적하는 그 의미는 뭘까. 석가가 빼든 손가락에 가섭이 웃는다. 염화시중의 미소는 영원한 모순이다. 나는 내 손을 가만히 함께 사는 여자의 왼손과 닮게 한다. 손목의 관절과 근육에 통증이 온다. 여자는 삼십 년 이상이나 이런 고통에서 보냈다. 고통도 오래 받으면 숙달된다. 나는 내 손을 정상으로 하고 여자의 왼쪽 팔을 침대 밖으로 내밀어 놓았다. 아교로 고정된 듯한 팔목관절을 뻗어 침대의 틀 밖으로 내는 데는 힘이 들었다. 여자는 코만 골았다.

침대 테 밖으로 나온 여자의 몸을 침대에 맞추어 봤다. 팔이 잘려야 침대에 안정적이다. 한 팔이 없는 여자의 모습을 상상했다. 소슬바람에도 흔들거리는 왼쪽소매가 흉측스럽다. 함께 사는 여자의 소매가 비지 않길 바랐다. 비우는 것이 두렵다. 비우니 남는 것은 공허가 아니라 고통이 채워지는 절차였다. 비우기 위해 겪는 고통은 예민한 신경자락을 바늘로 찔러 대는 것처럼 처절했다. 채워지는 것도 환상적인 아름다움이 아니었다. 아름다움은 채워져 저장되는 것이 아니라 순간의 환희만 주고 만다. 고통은 빈 그릇에 채워져 영원히 남는다. 임신한 소녀의 자궁을 비웠다. 그 속에는 정자의 잉태가 없었고, 음산한 고통의 정액들이 썩고 있었다.

문 밖에 서서 울고 있는 임신한 소녀를 집안으로 당겨 놓았을 때 소녀의 얼굴엔 눈물뿐이었다. 소녀는 블라우스 소매 깃 언저리로 눈물을 닦았다. 등에 맨 쌕에는 재수학원의 교과서 대신 플레이보이와 허슬러 같은 잡지가 가득 차 있어 보였다. 소녀가 커갈 필요한 기초 지식이 든 교과서를 빼낸 것은 나였다. 소녀는 볼이 홀쭉했다. 학원을 빠지고 주소 한 장 달랑 들고 아파트를 찾아온 것이 대견했다. 소녀는 열여덟의 나이답지 않게 어른스러운 말을 했다.

"아저씨 나 애 뱄어."

처음 그 소리를 들을 때 나는 크게 웃었다. 소녀가 애를 뱄다는 것이 신기했고, 그 애가 내 애라는 것이 엉뚱했다. 나는 소녀의 말에 거짓말이란 확증을 잡을 수 없었다. 월경이 나오지 않아 약국에서 임신 테스트 약을 사서 확인했다는 말에 나는 소녀의 어른스러움에 경탄을 했다. 나는 소녀를 침대에 눕혔다. 치마를 벗기고 윗저고리마저 헤쳐 놓았다. 소녀의 배는 그냥 포식한 배처럼 아랫배가 약간 나왔을 뿐이다. 아이가 든 것 같은 생각은 전혀 없었다. 소녀는 산부인과 의사를 대하듯 안정적인 눈빛으로 나를 주시했다. 배를 문질러 봤다. 초음파 탐지기가 된 내 손에 한 줄기 뜨끈한 온기가 묻어 들었다. 이것에 대해 책임질 모든 것을 준비했다. 소녀의 눈물 속에 내 작은 진실을 확인시켰다. 그녀의 자궁에 내 진실의 정자를 보태 넣었다. 소녀의 알몸은 어른스러웠다. 아직 익지 않은 것은 어디에도 없었다.

임신 테스트 약을 달래자 약사는 거리낌없이 주었다. 나는 이것이 소녀한테 사용될 것을 인식했고, 약사는 나를 성인으로 보았을 뿐이다. 테스트 결과가 나왔다. 나는 설명서를 몇 번이나 읽었다. 임신한 소녀의 오줌에 묻은 테스트 용지는 변색됐다. 오후 다섯 시쯤 소녀와 산부인과를 찾았다. 나는 그녀의 외삼촌이 됐고, 대기실에서 간호원들의 이상한 눈짓을 네 시간이나 쪼여야 했다. 임신 이 개월 들어선 아이를 떼 놓고 나온 소녀는 허리를 잡고 부자연스럽게 절룩거렸다.

한 뭉치 약봉지를 건네준 간호원은 일 주일 동안 통원 치료를 강압했다. 집이 멀어 그럴 수 없다는 나의 반문에 간호원은 퉁명스럽게 근처 산부인과에 들러도 좋다고 허락했다.

마취에서 갓 깨어난 소녀는 병든 닭처럼 비실거렸다. 내 얼굴에서 눈을 떼지 않는 소녀의 눈동자는 갈피를 잃고 멍했다. 그러나 눈동자에는 그녀가 믿는 유일한 사람, 내가 들어 있었다. 소녀는 얼른 집에 가야 한다며 걱정을 했다. 소녀는 부모를 무서워하는 철없는 아이였다. 나는 평택으로 차를 몰았다. 도서실에 가면 열두 시에 귀가하는 것이 보통이라며 서두르는 나를 안심시켰다. 평택의 한적한 식당에 들어가 국물이 있는 곰탕을 시켰다. 미역국 대신 뭐라도 먹여볼 심사였다. 소녀는 두어 숟갈 뜨다가 말았다. 모세혈관으로 유류하는 내 피가 처절한 슬픔의 액이 되어 분노했다.

"메피스토펠레스, 니가 거기 있느냐."

소녀의 가슴에 얼굴을 묻고 단죄의 칼날을 받고 싶었다. 나는 갖고 있는 돈을 소녀한테 주었다. 소녀가 근처 산부인과에 다닐 만한 충분한 액수였다.

"난 니가 어서 지금의 나를 욕해 줄 수 있는 나이를 먹었음 좋겠다."

나는 소녀의 눈을 똑바로 보지 못했다.

"난 나이가 들어도 아저씰 욕하지 않아요."

소녀의 피곤한 얼굴에 꺼져가는 미소가 흘렸다. 나는 시려오는 내 가슴에 온기를 받아들일 수 없었다. 소녀가 절룩거리며 과수원으로 걸어갔다. 성한 몸으로 사과를 따는 소녀의 모습을 그렸다.

함께 있는 여자의 배가 규칙적으로 불룩거렸다. 소녀의 몸에서 떼어 낸 아이가 자라는 것 같았다. 함께 사는 여자의 얼굴이 유별나게 못 생긴 데는 없었다. 모든 것이 산만하고 한가롭고 느긋했다. 몸매도 대나무처럼 단출하고 허리도 짤록하다. 왼손이 성하다면 샐러리맨 한 명은 꿰어 찰 미모이다. 신은 완벽을 허락하지 않는다. 신은 그녀한테 왼팔의 약점을 주었지만 나는 그 불완전성으로부터 암울한 동굴로 추락하는 나를 건져 올렸다. 그것이 신이 내게 준 완벽성의 파괴였다. 함께 사는 여자는 성한 손으로 과수원의 사과를 따고 있었다. 침대를 나와 베란다로 갔다. 가랑비에 담긴 밤바람이 시원했다. 아파트의 무리도 어둠 속에 잠들었다. 앞 동에 불 든 구멍을 셈했다. 다섯 집은 왜 이 시간에 불을 켜 놓았을까. 누군가 우리집을 보고 같은 판단을 할 것이다.

비 때문에 헤드라이트가 밝지 않았다. 전조등을 높이 켠 채 달렸다. 지나치는 차들이 전조등을 하향하라고 라이트를 깜박거린다. 상대의 빛의 반사에 나도 그런 신호를 보낸 적이 많다. 그러나 하향 조절할 마음이 없다. 나의 과오를 처단하기 위해 그들이 차를 되돌려 따라올 상황은 아니다. U턴할 기점은 중앙선처럼 많지 않다. 그들은 사람들을 만나면 그들이 아찔했던 순간들을 떠벌릴 것이다. 내가 켜 놓은 상향 전조등은 그들에게는 안전운전 교육의 교재가 된다. 하지만 내겐 그 불빛은 임신한 소녀가 찾아올 등대불이었다. 아버지가 심은 사과나무는 어둠에도 빛을 낸다. 과수원 집 옆에 떨어져 있는 창고는 웅크린 늙은 노파처럼 음습했다. 나는 창고에 들어가야 한다. 내가 신의 가슴에 총을 쏠 용기를 가졌다 해도 나는 창고에 들어가지 않을 변명을 찾을 것이다.

비가 내리는 게 보였다. 땅이 내려다보이지 않으니 허공에 매달린 것 같다. 난간에 기대서서 담배 한 대를 피웠다. 앞 동의 구멍 하나가 소리 없이 메워져 버린다. 수험생은 컴퓨터 채점 답안지에 틀린 정답을 표시했다. 해답의 성격에 다항의 보기를 주는 것은 함정이고 유치한 수법이다. 문제에는 예와 아니오 두 개만이 존재한다. 나는 언제나 예를 찾는 것보다 아니오라는 것을 먼저 찾았다.

부정을 찾고 남는 것은 긍정이다. 긍정을 찾으면 부정에 대한 부정의 원인을 발견할 수가 없다. 하지만 부정을 먼저 찾으면 부정적인 위험의 내포성을 차단할 수가 있다. 실지로 긍정을 갖고 있는 착란적인 요소를 제거하는 데 도움도 얻었다. 나는 지금 아파트 안에 있는 것일까. 예와 아니오. 아니오를 먼저 찾아본다. 아파트 안에 있지 않은 명제는 무엇인가. 어디를 보아도 아파트가 아니라는 이유가 없다. 그러므로 나는 아파트 안에 있다. 임신한 소녀는 과수원에 있는가. 있다 없다. 부정적인 면을 먼저 판단한다. 여기서 부정은 있다이다. 문제의 사실론이 먼저인 것이 긍정이고 반대가 부정이다. 있다에 대한 그 어떤 논리를 내세워도 합당한 답은 나오지 않았다. 앞 동의 불이 또 하나 꺼진다. 누군가 그 물음에 해답을 제시한 것 같다. 부슬비가 내렸다. 새벽안개는 이렇게 만들어지는가.

아침밥을 먹고 함께 사는 여자는 일 나갈 채비를 서둘렀다. 우유배달을 새벽에 하지 않고 아침에 나가는 이유를 물은 적이 있다. 그녀는 배달부가 아니라 수금원이라 했다. 배달부가 미수한 수금을 가입자의 거주시간에 맞추어 방문하여 처리하는 것이 그녀의 할 일이었다. 신규 가입자와 제품의 보충요구를 대비하여 수레에 유제품을 담고 다닌다고 했다. 수금시간은 일정하지 않았다. 지정된 집들을 다 돌아야 하기에 걸음이 늦으면 그만큼 일일 근무가 길어진다. 집마다 순조롭게 풀리면 일찍 끝나기도 한다. 영업측은 그걸 알기에 하루 배당 가옥에 대해 잘 분배했다. 함께 사는 여자가 들어오는 시간은 통상 저녁 일곱 시였다. 하루에 그 시간만큼 나와 마주하지 않으니 함께 사는 여자의 괴로움도 그만큼 덜어지는 셈이다. 함께 사는 여자가 울적하거나 우울할 땐 수금을 더 다닐 때도 있을 것이다. 나는 나를 침대에 맞추는 것처럼 함께 사는 여자의 부담을 덜어주는 쪽으로 내 생활을 고정시켰다. 함께 사는 여자가 없다고 하더라도 내 생활에는 변화가 없을 것이다.

함께 사는 여자는 파란 비닐 비옷을 입었다. 여자의 왼손 팔은 소매에 가려 보이지 않았다.

"미안해요."

여자는 비옷의 깃을 만지작거리며 아파트 문을 닫았다. 나는 항상 침묵으로 여자의 반응에 수긍했다. 나는 여자가 얼마의 돈을 받는지 몰랐다. 알고 싶지 않았다. 일 나간 지 한 달만에 함께 사는 여자는 월급을 내게 내밀었다. 비틀린 손에 담긴 봉투에는 칠십만 원이 들어 있었다. 돈을 어떻게 처리해야 될지 몰랐다. 중요한 것은 그 돈이 나를 위해 일 푼이라도 쓰여진다면 내가 견딜 수 없는 것이다.

"이건 당신 자신을 위해 써라. 만약 이 돈으로 나에게 뭔가를 한다면 그건 바로 우리가 헤어지는 날이다."

나는 정말 오래간만에 명확한 지시를 내렸다. 여자는 자기 이름으로 통장을 만들어 봉급을 저축했다. 그리고 항상 통장과 도장을 내 서랍에 넣어두었다. 그것만은 내가 보지 않은 곳으로 치우라고 말을 하지 못했고 한번도 통장에 손을 대지 않았다. 나는 내 통장을 여자한테다 맡겼다.

"필요하면 절대 돈을 아끼지 마라."

임신한 소녀한테 하고 싶었던 말을 함께 사는 여자한테 했다. 함께 사는 여자가 오고 일 년이 지나도 내 돈은 축나지 않았다. 이자 소득으로 통장은 불어 나갔다.

아파트는 밖에서 보면 꼭 닭장 같다. 누군가 그랬기에 나도 그런 생각이 든 것이다. 아파트 안에 있지만 난 닭요리도 먹는다.

응접의자에 앉아 텔레비전을 켰다. 위성방송에서 한국의 시골모습을 방영하고 있었다. 아직도 보존되고 있는 초가집과 흙벽으로 만든 움막집들이 아름다운 자연배경에 펼쳐졌다. 외국 사람들한테 보여주는 한국의 미였다. 툇마루에 앉아 담배를 피우는 할머니 모습, 마루밑에 잠들어 있는 강아지, 진흙 인형처럼 타 버린 얼굴에 듬성한 이빨로 음식을 오물거리는 산골노인, 무쇠솥이 걸린 찌부러진 부엌−. 아름답고 순박하기 그지없다. 그러나 나는 내 가슴 밑바닥을 때려 치며 들려오는 슬픈 징소리를 들었다. 그것은 서서히 내 몸의 전부로 파문처럼 퍼져나가 나를 어린아이처럼 바닥에 앉아 울게 만들었다. 한국의 자연적인 미는 조화롭지만 모두 구차함으로 이루어진 순박함이다. 보는 이가 살고 싶은 곳이 아니라 보는 것으로 즐기는 곳이다. 유럽이나 서구의 농촌을 봤을 때 거주하고 싶은 충동을 느꼈다. 그들의 농촌은 어디에든 생활에 찌부러진 구차함이 없었다. 우리의 순수한 시골은 아름다움을 보존키 위해 만든 인위적인 관형물이 아니라 가난함으로써 지키지 못한 애물단지이다. 담장 위에 매달린 호박을 따는 여인을 보며 텔레비전을 꺼 버렸다. 함께 사는 여자는 부지런하고 억척같이 일을 한다. 두 팔의 몫을 한 팔로 하는 탓인지 모른다. 보는 사람마다 일 잘하고 착한 사람이라고 칭송한다. 그러나 함께 사는 여자와 평생 같이 살 자는 드물 것이다.

"어이 친구, 자네야말로 임신한 소녀를 만나지 않았다면 함께 사는 여자와 살았겠는가."

미립자의 사내가 나를 바라보며 능글거렸다.

"아마−."

나는 그랬을 거지라는 말을 잇지 못했다.

"넌 지금 그랬을 거지 라는 말을 안 하지. 니가 하는 말에 변명할 대책을 강구하지 말어. 니가 할 수 있는 가장 편안한 길은 니가 진실의 소리를 말하는 거야. 니 가슴에 새겨지는 그 활자를 그대로 발설하는 거야. 그걸 지우려 하지 마. 지우면 넌 그 순간부터 지운 것을 후회하면서 지운 것을 재생시키느라 고통을 받을 거야."

미립자의 사내는 아직도 땅에 발을 붙이고 있지 않았다. 그의 몸은 허공에 한 치 정도 떠 있었다. 그의 발바닥에 달린 작은 추진 로켓이 그를 부유시킨다고 생각했다.

"내가 땅에 발을 딛지 않고 있다는 것에 신경 쓰지 말어. 니가 보기에 내가 뜬 것으로 보일 뿐이야. 내가 보기에 너도 나처럼 떠 있어. 너는 발을 땅에 붙이고 있다고 판단하지만 그렇지 않아. 넌 떠 있는 거야. 그래서 넌 니가 하고 싶은 것을 얼마든지 할 수가 있지. 방법을 모르니 안타깝지. 그 해답을 알려줄 수가 없어. 나도 모르니. 하지만 본인 스스로 그 해답을 풀어야 한다는 거야."

나는 내 발을 보았다. 바닥에 밀착되어 있었다. 미립자의 사내의 말이 얼토당토하지 않았다.

"난 널 알어, 넌 아직도 임신한 소녀를 못잊어 하지. 하지만 사랑이 아니야. 그건 아직도 너한테 인간적인 본성이 남아 있기 때문이야."

나는 내가 임신한 소녀를 사랑한다고는 생각되지 않았다. 그래서 미립자의 말에 동의했다.

"넌 이젠 니가 살아가는 방법에 있어 수정이 필요할 때가 온 것 같

아. 넌 니가 혼자 살아간다고 판단하지 마. 너는 니 어깨에 무엇이 얹혀져 있는 것을 먼저 알아야 할 거야. 너는 혼자 간다고 판단하지. 그러나 너는 혼자 가질 않아. 임신한 소녀도 너의 어깨에 얹힌 거였어. 넌 왜 그런 것도 몰라. 멍청이냐."

미립자의 사내 말엔 나를 농락하고 무시하는 말들로 일색했다. 그가 믿지 않았다. 나는 나의 흉부를 도려내어 내 몸의 어디인가에 끼여 있을 내 마음을 찾아 슈퍼 하이타이로 말끔히 씻어 다시 넣어 버리고 싶었다. 설령 행복과 아름다움과 환희의 감격들이 내장되어 있다가 함께 지워진다 해도.

수술을 받고 헤어진 임신한 소녀는 소식이 없었다. 두어 달이 지나자 소녀가 궁금했다. 연약한 자궁을 휘저어 버린 내가 느끼는 한 가지 고통이었다. 나는 날마다 지워 버린 아이를 판단했다. 흡입구에 빨아들여 흐뭉그러진 아이에 대한 죄책감이었다. 나는 과수원을 들러보겠다는 핑계로 두 달만에 기어코 평택 과수원으로 갔다. 황장윤 씨는 나를 반겼다. 사과나무는 저마다 사과망울을 달았다. 작은 사과를 보며 임신한 소녀의 탯줄에 매달려 자라는 아이를 판단했다. 몽올진 사과가 탐스러운 성과가 되면 아이는 어른이 되어 나를 볼 것 같았다.

그날 늦게까지 있어도 소녀는 오지 않았다. 임신한 소녀가 공부를 잘 하냐고 물었다. 황장윤 부인은 눈물을 지었다. 집앞에 있는 사과창고를 보며 황장윤 씨는 담배연기를 날렸다. 임신한 소녀가 임신했다는 소문은 금방 퍼졌다. 근처 병원에 간 철없는 소녀는 간호사의 입을 심심찮게 했다. 황장윤 부부는 임신시킨 자의 이름을 물었다. 소녀는 입을 다물었다. 아무리 때리고 위압해도 소녀의 입은 열리지 않았다. 황장윤은 아이를 창고에 가둬 버렸다. 자식한테의 마지막 고문이었다.

"하하-. 넌 임신한 소녀가 니 어깨에 얹혀 있는 걸 몰랐던 거야. 이젠 넌 무엇이 니 어깨에 얹힌 것인지 찾으려 할 거야. 소녀는 너한테 그걸 알려준 거야. 너도 소녀처럼 될 때 누구한테 그 진리를 알려주는 거야. 넌 지금 억겁의 무게로 달려드는 가슴의 압축에 고통을 느낄 거야. 절개된 니 가슴에 임신한 소녀의 이름을 새겨봐. 하하-. 바깥을 나가봐. 절제할 수 없이 난동치는 너의 값싼 의식들의 변동을 좌시하지 말고. 실지로 신을 신고, 니 손에 헤세의 에세이와 사이다가 들리고, 축구하는 아이들의 모습을 보며 모래가 들어간 신발을 털어보게. 하하-."

미립자의 사내는 흔적 없이 사라졌다. 나는 처음으로 내가 그를 사라지게 한 것이라고 생각했다.

바깥은 이슬비가 내리고 있었다. 나는 사이다를 하나 사고 싶었다. 우산도 없이 보도를 따랐다. 회양목 울에 난 개구멍을 보고 그대로 스쳤다. 놀이터를 가로지르지 않았다. 나는 아파트 사이로 나 있는 도보를 계속 따랐다. 슈퍼가 보였다. 행인들이 우산을 기울이며 나를 쳐다봤다. 나는 유년에 각인된 담배 집 딸의 얼굴이 우산 속에 끼어 있길 바랐다. 내겐 사천 원이 있었다.

　슈퍼를 앞에 두고 낯익은 광경에 걸음을 멈췄다. 아파트 안쪽에서 걸어 나오는 물체를 봤다. 파란 우장을 입은 물체는 작은 수레를 끌고 있었다. 나는 슈퍼의 모퉁이에 몸을 숨겼다. 나와 마주치면 놀라워할 상대를 위해서였다. 비틀린 한 손을 여전히 가슴에 붙이고 수레를 끄는 함께 사는 여자의 모습이 측은했다. 여자는 아파트 사잇길을 가로질러 건너편 동으로 향했다. 길을 건넌 여자는 수레를 반대편 보도에 올리려고 했다. 바퀴가 둔덕에 걸려 얼른 올라가지 않았다. 여자는 보도에 올라서서 길에 있는 수레를 한 손으로 당겨 올렸다. 비닐에 덮인 물건들의 높이가 수레의 손잡이를 따라잡을 정도로 높았다. 함께 사는 여자는 손잡이에 비틀어진 왼쪽 팔마저 걸었다. 여자의 자세는 땅으로 향해 낮아졌다. 비탈진 기슭을 쟁기질하는 소처럼 여자는 온몸의 체중을 바닥으로 눕히며 수레를 당겼다. 수레의 바퀴가 둔덕을 올랐다. 순간 여자는 튕겨 오른 수레의 여력에 의해 바닥에 처박혔고, 수레는 거꾸러지면서 물건들을 바닥에 내리쏟았다. 여자는 헤엄이라도 치는 듯 바닥에서 허우적거렸다. 한 팔만이 비오는 허공을 찔러 댔다. 여자는 신통하게도 일어나 황급히 주위를 살폈다. 비틀어진 팔이 저질러 놓은 것을 누가 볼까 두려워했다. 주위는 아무도 없었다. 여자는 황급히 우유통을 한 팔로 하나씩 주워 수레에 올려놓았다. 우유를 주워 수레에 얹어 놓고, 우유, 수레, 우유, 수레―. 절지의 원형 속에서 시계추처럼 왕복하는 여자를 보며 나는 벽시계의 숫자를 판단했다. 여자는 몇 시를 가리키고 싶은 것일까. 그녀가 백 년을 지난 시간을 찾아도 수레에 놓인 우유는 원상태가 되지 않는 것을 느꼈다.

나도 재빨리 주위를 둘러봤다. 부슬비가 안개처럼 주위를 감쌌다. 나는 몸을 숨기며 집으로 향해 걸음을 옮겼다. 그러나 내 시야엔 집의 입구 대신 떨어져 있는 우유 곽이 가까워졌다.

"미안해요. 얼른 저리 가요."

함께 사는 여자는 울음을 낼 것 같은 얼굴로 주위를 살피며 나를 떠밀어 냈다. 여자는 남들한테 들키는 압박감보다 내가 그녀와 함께 있다는 것에 염려했다. 나는 활화산처럼 터져 나오는 분노를 억제하며 차분히 우유통을 주웠다. 우유 곽은 비에 젖어 찢어져 우유를 쏟아내는 것이 많았다. 그녀가 벌려 놓은 난장판을 쓰레기통으로 버려야 마땅했다. 하지만 원상태로 해주고 싶었다. 함께 사는 여자는 비틀린 팔까지 흔들면서 나를 쫓으려 했다. 나는 우유 곽들을 수레에 싣고 비닐을 덮어 비를 맞지 않게 했다. 이미 비에 젖어 폐품 처리될 물건이지만 떨어지지 않게 끈으로 묶었다. 일을 마무리한 나는 찔끔거리고 훌쩍이는 함께 사는 여자의 등을 밀어 앞세우며 수레를 끌었다. 수레는 바퀴 소리를 내면서 나를 따랐다.

드르륵―. 황장윤 씨가 창고에 갔을 때 임신한 소녀는 엎드려 있었다. 황장윤 씨는 창고 안에 농약을 둔 것을 후회했다. 임신한 소녀의 머리맡에 있는 농약병은 비어 있었다. 나는 수레에 농약병을 주워 담았다. 우유는 없다. 갑자기 내 몸이 가벼워졌다. 발이 구름을 딛는 듯 푹푹 꺼져 들었다. 허공의 땅을 지나는 수레바퀴도 바람으로 만들어졌다.

"미안해요, 미안해요."

함께 사는 여자는 옆을 따르며 비틀어진 손을 떨었다. 아이를 지워버리고 절뚝거리며 과수원으로 들어가던 임신한 소녀가 내 옆에 있었다. 나는 발목이 없는 나의 기형을 함께 사는 여자한테 설명하지 않았다. 나는 그저 분산된 내 영혼에 자유를 주고 싶었다.

호떡 굽는 날

그릇이 깨어지면 어머니는 흙담 아래 한쪽 구석자리에 갖다 두었다. 사기와 유리로 된 그릇들은 성한 데 하나 없이 상처 난 채로 무너진 탑처럼 소복이 쌓여 갔다. 그것들은 햇살이 들지 않은 응달에 놓여 음습한 빛을 제각기 모양에 따라 비쳐 냈다. 외형이 그럴 듯한 사기그릇들도 눈곱만한 이빨이 빠져나갔고, 눈의 결정체 무늬가 있는 두툼한 유리잔도 한 입 베어 먹은 사과처럼 한쪽을 잃고 들어앉았다. 비닐을 씌운 듯이 갈색 윤깔을 내는 약항아리도 손잡이가 떨어진 죄로 아깝게 무더기의 일부가 되었다. 갖은 색 무늬를 가진 사기그릇은 원형의 무늬를 파괴시키고도 아름다움의 잔기를 흘러냈다. 노래기와 그림자벌레 그리고 지렁이가 곰팡이 포자로 덮인 습지 진 그릇 무지 주위로 기어 대는 달밤에 온전치 못한 그릇 무리들은 제각기 발악의 미를 발했다.

파괴된 그릇들은 어머니나 주위 사람들로부터는 귀찮은 쓰레기였으나 내게는 보옥과 같았다. 어머니가 걱정하는 대로 사기 날에 손을 다치지 않으면 내가 가져도 되는 소유물이다. 깨어진 부위에 햇살을 흘려 넣으면 어느새 생긴 무지개 빛깔이 투명한 유리체를 감싸고 흐들거린다. 시골생활에 외롭게 자라온 내게 그 빛깔은 동화 속 나라로 가는 통로처럼 신비로웠다. 그릇 무더기를 볼 때마다 포만감과 함께 행복함을 느꼈다. 그러기에 그릇이 깨어질 때마다 안타까움에 간드러지는 어머니와 달리, 나는 코스모스 꽃잎이 박힌 젖빛 사기그릇이 깨어지지 않은 것을 아쉬워했다. 그것이 깨어지면 옆집 민자의 소꿉놀이용으로 주려 했다. 머리를 두 가닥 옹골지게 땋은 민자는 그릇 무지에 올려져 있는 손가락만한 살색 화장품 병만큼 깜찍했다. 이런 관상적인 만족감을 부여하는 그릇 무지에서 나는 실용적인 용도를 발견하기에 이르렀다.

나는 간혹 새로운 그릇들이 나온 게 있는지 그릇 무지를 뒤적거렸다. 어느 날 그릇의 아랫부분까지 들추게 되었을 때 기겁을 했다. 늘 습지로 눅눅한 응달진 담장 아래 놓인 그릇들은 오랫동안 방치해 온

탓에 온갖 벌레들의 근거지로 전락했다. 땅과 접지된 아랫부분에 놓인 오래된 사기그릇들을 들어내자 지렁이와 노래기가 바글거렸다. 징그러움과 두려움으로 범벅된 혐오감은 나어린 자의 호기심을 곧 추세웠다. 깨진 유리에 그을음을 먹여 들여다보는 태양이 붉은 반점으로 보일 때처럼 또 다른 나만의 일거리를 발견한 것이다.

사기그릇 조각으로 벌레들을 짓이겨 댔다. 무른 땅에 밀착된 놈들은 사기그릇의 압력에 무력화되어 땅에 고물 박힌 듯이 압착되어 살육을 당했다. 그들을 물리치는 재미에 살육방법을 연구했고, 급기야는 조각 날을 이용하여 압사에서 절단으로 선회했다. 놈들은 갑자기 들이친 밝음에 갈피 몰라 허둥대며 말라가는 몸을 보호하기 위해 몸을 웅크리고 움틀댔다. 절지의 몸을 원형으로 만든 노래기는 무수한 갈자색의 반지가 되어 나뒹굴었다. 나는 서슴없이 내가 고른 사기 날로 반지를 절단하여 반 꼴로 만든다. 절단된 몸으로도 쌍방을 찾아 저마다 꼼지락대는 놈들을 보고 닥치는 대로 그어댔다. 제 자리에서 몸을 꼬는 지렁이도 날에 그어 잘라진 채로 몸을 흔들며 말라갔다. 절단된 놈들이 잘라진 몸을 찾으려 발광하는 것에 오묘한 흥미를 느낀 나는 움직이는 모든 것을 수 토막으로 내었다. 날이 날카로운 조각일수록 놈들의 몸을 단칼에 절단 낼 수 있다는 지극히 당연한 법을 터득한 나는 날카로운 날을 만드느라 여러 날 고생했다. 우리집 생선구이가 올라올 적마다 놓이는 잉크색 쟁반이 이빨 빠진 죄로 날의 자료가 되었다. 여러 번 조각내어 얻어낸 어른 발톱 정도 크기의 절묘하게 잘라져 나온 날을 소지함으로 만족했다. 해빙기의 봄 개울가에 녹아들어 가는 얼음처럼 원체로부터 떨어져 나갈수록 얇아져 날이 된 사기조 각이었다.

고르지 않은 톱 이빨을 가진 날은 무엇이든 내 마음에 들게 단번에 절단시켰다. 그 날을 소유한 날부터 그 조각을 엄지와 검지로 꼭 잡고 날마다 그릇 무지를 들추고 밤새 모여든 놈들을 소탕하는 데 전력을 다했다. 열두어 살 나이의 두려움이 그렇게 물리쳐졌다. 그 사기조각 을 주머니에 넣고 다니며 뭔가를 절단하는 데 사용했다. 고무줄을 끊 을 적에도 옆에 가위나 칼이 있어도 사기조각으로 끊어 댔고, 절단되 지 않으면 그때야 비로소 가위나 칼을 사용했다. 어머니가 버린 폐물 더미에서 유용한 것을 발견한 나의 승리의 표현이었다. 그 증거로 나 는 한밤중에도 가끔씩 그릇더미들에서 뿜어 나오는 아름다움을 만 끽했다. 어설픈 달이라도 검은 하늘에 걸리기만 하면 달빛은 마당구 석에 놓인 반사경을 찾아 주위에 달빛을 흘렸다. 작은 티처럼 비쳐둔 빛을 먹더라도 조각난 유리는 땅에 떨어진 별이 되어 반짝거렸다. 나 는 그 빛을 하늘에 떠 있는 별빛보다 사랑했다.

음습한 공터에 내리는 달빛이 싸늘하다. 동네를 감싸는 아파트의 무리를 비껴 앉아 나직이 고립하고 있는 주택들이 을씨년스럽다. 주 택의 뒤꼍에 빼끔하게 나 있는 공터는 쓰레기로 가득 찼다.

봉제 공장으로 알려진 가건물이 헐려진 뒤 연립주택을 지을 거라는 소문으로 3년째나 방치된 공터였다. 자동차 몇 대가 폐철처럼 웅크리고 앉아 달빛에 녹슬고, 나머지 공간에는 쓰레기 투기꾼들이 버려놓은 비양심들로 가득 찼다. 동네의 황금상권인 은행과 마을버스 정류장이 있는 빈 공간에서 밀려난 나의 호떡수레도 쓰레기가 되어 공터에 앉았다. 사람의 발길이 뜸한 이 공간을 차지한 나는 우리 식구의 몸을 회류하는 혈을 받기 위해 가게의 불을 켠다. 음습한 공간에 버려진 나의 삶의 터전, 나는 나 홀로 여기에 앉아 손님을 기다린다. 그러나 호떡을 사러 오는 사람이 없다.

어딘가로 나다니던 아내가 허리 디스크로 자리에 눕자 나는 할 일을 찾기 시작했다. 회사가 망한 김에 따라 망한 내가 구직을 위해 두해나 노력했으나 지쳐 버린 것 외에는 없다. 마흔 대의 어정쩡한 나이가 취업을 무디게 했고, 기껏 한다는 게 회사 경비원이나 주차장 관리 일 같은 단순 직업이라 오래 끌지 못하고 제풀에 주저앉아 버렸다. 보다 못한 아내가 팔을 걷어붙이고 나 대신 나간 덕에 나는 나를 무시하는 사회의 일자리를 외면으로 대응했다.

불문과를 나온 아내를 사회가 대접해줄 줄 알고 나와 일곱 살배기 아이놈은 17평 아파트 안에서 꼬물거렸다. 아내의 직업이 임시매장 판매원이나 파출부란 걸 알았을 때 나는 밥상 위에 차려진 음식들을 내 몸에 자유롭게 넣지 못했다. 돈을 번다는 것은 삶과 결부된다. 나는 돈과 삶을 연관시키는 내 의식을 저주하면서도 그걸 갖기 위해 노력했다. 돈은 바로 장사였다. 그쪽으로 나의 도망갈 구멍을 찾아다녔다. 우선 장사 밑천을 가늠 잡았다. 주택 할부금과 생활비로 지내온 내 뒤안길에는 모인 돈이 없다. 밑천 안 드는 장사거리를 찾아다닌 내게 희한한 관심물이 나왔다. 박광조와 연관되는 호떡장사였다.

중학교 시절 동급생 하나가 가난에 찌들어 학교를 관둘 정도가 됐다. 망나니로 나돌아다니는 그 애 아버지는 도박에 미쳐 개평꾼이 되어 빌빌거렸다. 나약한 그의 어머니는 행상을 하는 건지 함지에 뭐든지 이고 다녔다. 그의 두 여동생과 할머니를 둔 가장은 여섯 식구를 보살피지 못하는 무능한 인재가 되었다.

그 아이는 아침에 신문을 배달하며 집안을 거들었다. 공부는 못하나 마른 나뭇잎처럼 깔끔하고 얌전한 아이는 우리들의 친구모임에 착한 친구로 불려졌다. 그 아이는 항상 돈이 없었다. 우리는 먹거리를 할 때 그 애한테만은 추렴을 하지 않고 거저 붙였다. 그 아이는 가정이 어려운 탓인지 자신의 의견을 남들한테 다 맡겼다. 그 친구가 어느 날 우리들의 관심물로 부상됐다.

가을 안개가 햇살을 기다리며 마을을 꽉 채운 날 새벽, 그 애 아버지는 뺑소니 자동차 사고로 즉사했다. 개평 뜯은 돈푼과 술안주인 오징어포 두 마리가 다리를 뜯긴 채 피범벅이 된 육신의 주머니에서 삐쳐 나왔다. 밤새 뜬눈으로 노름꾼들의 잔심부름을 한 그 애 아버지가 꼬기어 놓은 오징어포는 누구의 입에 들어갈 것인지 보는 이들은 다 알았다. 갑자기 아버지를 여읜 그 애 집 식구들은 급락적인 길로 내달았다. 외아들을 잃은 할머니는 시름거리고 앓다가 이듬해 아들을 따랐고, 나약한 모습으로 나돌던 그 애 어머니도 빙판에 미끄러져 한 쪽 다리에 관절염을 달았다. 할머니가 비워둔 방에 그 애의 어머니가 집 지키는 개처럼 박혀 밭은기침을 뽑아낼 때 그 애는 심심찮게 결석을 했다. 중3학년 때였다. 우리는 의리를 지키느라 친구 돕기를 시작했 다. 각 반에 돌아다니며 호소를 하고 교사들까지 모금에 참가하게 했 다. 그러나 기울대로 기울어진 그 애의 집을 일으켜 세우기에는 역부 족이었다. 그 애 어머니의 병원비로도 부족했다. 그 애는 초등학생인 두 동생과 병고에 시달린 어머니를 모시는 가장이 되었다.

호떡집에 모여 그 친구 돕기를 의논하던 우리는 나의 괴이한 발언 에 따라 학교 안에서 호떡을 구워 팔기로 했다. 얼렁뚱땅한 내 의견이 담임한테 건의되고 신세대 교사로 통하는 총각선생인 괴짜 담임은 교장을 구슬려 교정 한 곁에 호떡을 굽는 허락을 받았다. 방과후 하교 시간에 내는 것과 불조심해야 한다는 학칙을 지키기는 쉬웠다. 호떡 을 굽는 일이 문제였다. 나는 내가 제안한 죄로 호떡을 굽는 법을 배 워 기술자가 되어야 했다. 선생님들의 협조금과 반 성금 그리고 각자 가 부금한 돈으로 낡은 호떡틀을 구입한 우리는 일과가 끝나기 무섭 게 호떡장사를 가동했다. 학교 정문 앞 분식점에 부탁한 연탄불을 갖 고 와 철판을 달구었다. 나는 손에 기름을 바르고 반죽을 떼어 설탕을 넣고 마가린을 바른 철판에 올려 그놈을 구워냈다. 호떡 모양보다 알 맞게 굽는 것에 신경을 썼기에 외형보다 맛이 제법이었다. 허가 난 학 교에서 허가 난 군것질거리에 흥미를 가진 아이들은 호떡판으로 달라붙었다. 선생님들까지도 집에 사 갖고 갈 정도로 호떡은 불티나게 팔렸다. 예상 외로 수입이 늘어갔다. 그러나 반대로 또 다른 불화가 다가왔다. 그 수입을 가져갈 박광조가 등교를 하지 않은 것이다. 박광조의 결석이 일 주일째가 되는 날, 우리는 담임의 엄명 아래 그 사유를 살피기 위해 그의 집을 찾았다.

저문 가을날은 스산하다. 바람이 빈터를 스쳐 지나가면서 비닐 봉지를 한 곳으로 처박는다. 작은 건전지 전구에 비친 먼지가 안개처럼 공간을 채운다. 사각의 본체를 잃고 비틀려 응고된 마가린 덩이를 철판에 발랐다. 번철이 자지러지는 비명을 지르며 마가린 증기를 날린다. 가스 불을 낮추고 마가린의 고갈을 막아본다. 미끈한 액체를 뒤집어쓴 번철은 아직도 넣어 주지 않는 반려자를 기다리며 숨죽인 흐느낌을 발한다. 흑설탕으로 된 소를 넣은 반죽을 번철에 접착시키는 것은 내가 망설인 일이다. 호떡장수가 호떡을 굽는 것에 고민해야 하는 것은 모순이다. 신부를 태우는 가마처럼 앙증맞은 호떡수레에 식구들을 다 실으려는 것이 무리인 줄 모른다. 그러나 나는 수레를 포기할 수는 없다. 은행이 있는 번화로에서 여기로 온 것을 전화로 알리자 아내는 오래간만에 찌푸린 음성을 보냈다.

"제발 그만둬요, 어떻게 그곳에 손님이 와요! 미쳤어요!"

아내는 공터에 호떡수레가 놓인 것을 거부한다. 나는 영원히가 아니라 임시로 머무는 장소란 것을 알려주지 않는다. 임시는 정착지를 가진 자가 자리 선별을 두고 머무는 시간이다. 나에게는 분별되지 못한 내 사고처럼 정착지가 없다. 임시가 정착지로 될 소지를 충분히 가진 상황에 거짓말을 할 수가 없다. 나는 우리의 전 재산으로 시작된 사업이 망한 것을 인정하고 우리 식구의 혈류를 지탱시킬 혈을 공급하지 못하는 책임을 져야 한다. 그 뻔한 현실을 받아들이지 못한 내 자신이 왜 이렇게 된 것인지 나도 모른다. 나를 압박할 듯이 들어오는 저 어둠들, 나를 빗나가 꽂히는 헤드라이트 불빛이 거인처럼 우뚝 선 아파트의 외체를 내게 무너뜨린다.

목이 접지될 한계까지 꺾어 붙이고서야 나는 건물의 끝을 본다. 위에는 검은 하늘이 걸렸다. 외형을 제외하고 골격 속의 내용물을 공상해 본다. 사각으로 얽어 놓은 골대 속에 바닥도 없이 앉아 있는 사람들이 보인다. 그들이 허공을 영역에 둔 테두리 속에 안정되게 앉아 있거나 거주하는 것은 공간 소유의 법칙 탓이다. 그들이 그 공간을 사유하지 못할 때 그들은 그대로 아래로 추락할 것이다. 우리집은 14층이다. 이 시간 아내는 넋 잃은 사람처럼 안방에 앉아 저녁을 기다리는 아이를 낳은 것에 후회할지도 모른다. 그러나 아내와 아이는 추락하지 않는다. 전세의 소유로 그 허공의 공간을 가졌기 때문이다.

번철 옆에 놓인 양은통에 솟아오른 반죽이 부풀기를 했다. 어제 남은 것에 다시 이스트와 밀가루를 넣고 반죽을 할 때 아내의 볼이 반죽처럼 불룩 댔다. 아내는 그 바람으로 음성을 만들지는 않았다. 대신 잔잔한 파문을 내고 부유하는 나뭇잎처럼 미세한 떨림이 이는 물기

밴 눈동자에 나를 담았다.

"손님은 오지 않으나 자유롭게 장사하잖아. 손님이야 언제고 찾아오겠지."

수레를 엎어 버리고 아내와 아이가 없는 곳으로 도망치고 싶었다.

"손님이 오면 뭐해요. 장사 되면 또 누군가가 쫓아낼 게 아니에요! 그만큼 당해도 몰라요?"

"그럼 또 갈 곳이 있겠지."

"내가 식당일 할게요. 몸도 나았어요."

아내는 끝내 먼저 전화를 놓았다. 포크레인처럼 꺾어진 채 아내의 허리를 지탱시키는 손 하나가 나를 전율시켰다.

누군가가 쫓아낼 것이라는 아내의 말을 음미한다. 누군가가 또 나타날 것이라는 말이다. 이번에는 그들이 누구인지 내가 궁금하다. 내가 쫓겨온 동네의 가장 요충지인 은행이 있는 장소, 아파트의 군락지들을 곳곳에 두고 생겨난 동네의 간선도로는 토사물로 인해 하구에 생겨난 삼각주처럼 동네의 요지가 되었다. 크고 작은 주택로가 부챗살 모양으로 갈라지는 번화로에는 마을버스 정류장이 동민들을 운집시키고, 그 정류장을 바라보고 동네의 유일한 은행 하나가 큼직이 자리를 잡았다. 은행건물은 눈앞에 공지를 만들어 주차장으로 사용했다. 그걸 중심으로 발원하여 온갖 가게들이 늘어섰다. 그 중 은행 주차장 자투리 공간을 따라 들어선 온갖 잡상인들의 좌판은 동네 상권의 요충지를 이뤘다.

파란 천막 천으로 갓 모양의 지붕을 얹은 수레는 장난감처럼 작고 앙증맞다. 수레 아래에 놓인 충전 배터리에서 피고 올라와 수레의 지붕 기둥을 따라 나팔꽃 줄기마냥 감겨 있는 전선줄은 갓 지붕 아래에 작은 전구 하나를 댈롱하게 매달았다. 가운데 놓인 번철이 옹달샘처럼 둥근 원형을 하고, 반죽을 둔 왼쪽에는 물통과 컵을 비치하여 목마른 자의 갈증을 도왔다. 오른편에는 완성된 호떡을 넣고 뚜껑을 닫아 온기를 다스리는 알루미늄으로 된 원형 반합을 놓았다. 굽는 데 필요한 마가린과 누름판 그리고 속에 넣을 흑설탕 그릇이 합 옆에 쪼그리고 앉았다. 플라스틱 그릇으로 돈 통도 준비했다. 호떡을 싸줄 비닐은 갓 지붕을 버팀해 주는 기둥에 한 묶음을 걸었다. 남들이 그러하니 따라 한 것이다. 동전과 거스름을 준비한 내가 수레를 끌고 나갈 때 아내가 따라나섰다. 그러나 아내는 나의 강력한 거부에 따라 베란다에서 나를 마중했다. 낡아 버린 방충망 덧문을 붙잡고 널린 빨래처럼 기대 있는 아내는 미운 사람이 됐다. 나는 나와 상관이 없어 보이는 그 물체가 치마를 뒤집어 쓰고 아래로 뛰어내리기를 바랐다. 그러면 나는 달려오는 화물차에 수레를 끌고 들어갈 용기를 얻을 것 같았다. 그럼 내 아이는─. 나는 우리의 존재에 아이를 빼 버린 것에 미안해 했다. 아이는 우리들처럼 이성적인 사고를 오판할 지력을 지니지 못한 것을 알았다.

늦가을 바람이 내 등을 밀었다. 수레의 갓 지붕이 순풍을 받는 돛이 되어 내가 미리 정해둔 은행 앞 마을버스 정류장이 있는 곳으로 끌고 나갔다. 마을버스를 타는 정류장을 가까이에 두고, 은행의 자투리땅에 내 삶의 터전을 밀어 넣었다. 군고구마를 파는 젊은 학생이 나의 수레를 훔쳐보았다. 호떡장사의 출현으로 고구마가 팔리지 않는 것을 대비하리라. 고구마와 밀가루로 만든 호떡은 먹거리의 분류가 다르다. 짧은 시간에 깊은 사고로 판단을 굳혔는지 학생은 귀밑까지 내려온 머리를 툭툭 턴다. 땅에 앉아 곡식류를 파는 아낙네는 낯선 자의 출현을 동료의식으로 여기고 자리까지 지정해 준다. 쌀과 보리, 조, 콩, 팥들로 이룬 가전판에는 두부와 생된장까지 대야만한 플라스틱 용기에 담겨 아낙네의 짙게 그을린 흑갈색 얼굴 피부를 배색시켰다. 협소한 가도를 따라 펼쳐 놓은 잡동사니 의류의 주인 얼굴에도 호떡상의 출현을 반기는 미소가 스민다. 빨아 놓은 듯한 의류 소품들이 바람불어 먼지 날리는 가도에 쓰레기더미처럼 보였다. 너절한 양말과 팬티와 브래지어, 거의가 여성의류로 구색된 제품들은 구호물자를 주워온 듯 너절했다. 그러나 은행 바로 옆의 빵집 가게가 왠지 거슬렸다. 전면 유리로 내부를 비추는 빵 가게는 정교하게 만들어진 각양의 빵들을 온실 속의 화초마냥 길러 내고 있었다. 일몰을 비켜가는 해가 대형 유리창의 한 면을 스산하게 부셔 낼 적에 그 속에 든 빵집 주인여자의 그림자가 나의 호떡가게를 바라봤다. 혹 가다 아이놈 빵 두어 개를 살 때 보아온 그 여자의 토실한 얼굴에 배인 미소는 그림자 되어 사라진 듯했다. 평범하게 지나친 그 가게가 내가 호떡수레를 끌자마자 가파르게 변했다. 그것은 불투명한 나의 미래를 비아냥거리며 거드름을 피웠다.

나는 솜씨 좋게 집에서 연습한 대로 번철을 달구고 반죽을 끊어 빵을 구웠다. 여긴 주차장인데-. 은행 경비원이 제복 차림으로 다가와 은행 주차장을 다소 먹은 나의 자리를 위협했다. 아내로부터 느리고 고리타분하다는 평을 듣고 있는 나의 머리는 내가 판단하기에도 시원할 정도로 작동을 했다. 개시도 하기 전에 구운 것을 그에게 맛보라며 건넸다. 그가 한 입 베어 물고 줄줄 흘러내리는 설탕물을 고개를 쭉 내민 채 혓바닥으로 받아 먹을 적에 나는 내가 잡은 자리에 대해 안심했다. 꼬마전구를 켜고 번철에 일어나는 마가린 증기를 피워 올렸다. 첫날이라 그런지 장사는 잘 되었다. 호떡을 굽기가 바쁘게 동이 났다. 플라스틱 통에 돈이 늘어나자 반죽은 비워져 갔다. 베이킹파우더를 가득 넣은 반죽이 화학 작용에 부풀기를 할 때부터 나는 이익을 느꼈다.

"반죽을 좀 더 해야겠어."

첫 개시를 마치고 집에 온 날 밤, 나는 돈이 든 비닐 봉지를 아내한테 건넸다. 동전과 천 원짜리로 가득 든 봉지를 본 아내는 말없이 내가 만지는 밀가루 그릇을 건네 들어 반죽을 도왔다. 헤겔과 사르트르와 바흐와 고흐가 미래의 삶을 밝게 한 대학 시절, 내가 사랑한 여자는 버지니아 울프와 보봐리의 관념에 젖어 나와 함께 낙엽이 떨어지는 이유보다 아름다움을 논했다. 가을날의 계절은 변함없고 사람도 그대로이나 지금 우리가 말하는 의미는 전혀 달랐다. 우리는 응당히 현실적인 말이 오고가야 한다. 그러나 아내는 내가 벌어온 돈에 대한 관심을 무시함으로써 대학 시절의 우리의 본연을 지키려 애쓴다. 나는 반죽을 조금 더 하는 것으로 밤을 보내고 다음 날 잔뜩 부풀어 오른 반죽을 보고 반죽이 잘 된 것을 중얼거렸다.

낯선 사람 하나가 내 수레의 불을 보고 기웃댄다. 경란한 입으로 먹물 같은 어둠이 한 모금 넘어가며 긴장을 몰아친다. 나는 동네가 끝나는 산 아래를 본다. 어둠에 묻힌 산은 반딧불이 같은 불을 달고 웅크리고 있다. 사내의 입에서 내가 우려하는 말 한 마디가 나오면 나는 수레를 끌고 그곳으로 가야 한다. 그는 방금 저녁을 먹고 나온 듯 두 팔을 벌려 날갯짓하며 수레 불빛을 따라 다가온다. 블록 조각으로 다 듬어진 바닥이 불편한지 그는 간혹 몸을 기우뚱거린다. 조심성 있게 보폭을 옮기는 사내의 걸음질에 융털이 일어나 부풀어 놓은 내 몸이 정상으로 돌아간다. 나를 쫓아낼 공터의 주인이라면 그의 걸음이 그렇게 조용하지 않았을 것이다. 30대 후반이라고 생각한 그의 얼굴이 신기하게 그 정도로 보였다. 운동화에 점퍼 하나를 걸친 사내는 가을 밤 우수를 한 몸에 뒤집어쓴 것 같았다. 신기스러움이 결론 날 때 사내가 신기스러움을 토했다.

"호떡 팔아요?"

사내의 물음에 나는 "네". 라고 대답했다. 무언가 감상을 불러일으키고는 스쳐가는 가을바람과 도시가 흘린 불빛에 드러나 웅성거리는 한 은행잎 가로수의 밀어들, 워즈워드를 읊조리며 밤새 걸어다닌 유년의 추억들을 그 사내는 묻어 놓고 있었다.

"드실래요?"

나는 마가린 뭉치를 번철에 비벼 댔다. 손님한테 신뢰감을 주기 위해 나는 반죽에 흑설탕의 소를 넣고 번철에 익숙하게 내리쳐 붙여야 한다. 마가린 유액에 달라붙는 느낌이 들 정도로 접착 소리가 나게 번철에 내리쳐야 나는 유능한 기술자가 되는 것이다. 그러나 내 고객을 위해 호떡을 구웠으나 손님은 구매할 의사를 보이지 않는다.

"저기 은행 앞으로 가지, 왜 여기서 해요?"

사내의 위에는 방금 그의 가족들과 단란하게 먹은 저녁이 위액에 의해 잘 숙성되고 있다. 사내는 지금 그 소화가 필요하다. 은행 앞에서 못할 이유를 제공해야 그는 소화액을 왕성히 분비시키고 만족한 산보를 가질 것이다.

"여기서 해야 해요."

"여기서요?"

사내는 그곳으로 가라 한다. 나도 그곳으로 가고 싶다. 그러나 나는 그곳으로 가지 못할 이유를 말하기가 싫다. 아니 나도 모른다.

"팔려요, 여기서도?"

"몰라요, 지금 시작했어요."

나는 주위를 살펴봤다. 콘크리트 벽 잔재를 부셔 깔아놓은 바닥에 내리그은 어둠이 요철을 이루고 그 사이에 끼인 비닐 조각들이 깃발처럼 땅에서 펄럭댔다. 그것은 번철에 달아오른 마가린처럼 튀어 올랐다. 그러자 주위의 모든 것들이 일시에 숨겨진 무대 소품처럼 나타나 작동했다.

"은행 쪽으로 가세요, 여기 있어 봐야 손님 없어요."

사내는 가을 벌판에 이어져 있는 목재 전신주가 되어 입구를 벗어났다. 사람이 온 흔적은 없다. 주택으로 들어오는 자동차 한 대가 폐허의 공간을 스치고 지나가며 공터의 한구석에 놓인 폐품된 옷장 한짝을 드러냈다. 자동차는 내가 머무는 곳으로 오지 않는다.

번철에 둔 반죽이 다 익었다. 누름판 자국이 없는 상품이 되었다. 바람이 든 듯하면서도 꼬당하게 익어 버린 그 걸작품에 나는 그제야 호떡이란 말을 붙여 본다. 다섯 개가 국화빵처럼 나란히 번철 위에서 지글거린다. 알루미늄 합 통을 열어 그걸 속에 넣고 뚜껑을 닫았다. 나는 그걸 닫을 적마다 안정감을 느꼈다. 내 아이의 위장과 아내의 위장에 호떡이 들어가 포만감을 줄 것이라는 기이한 사념이다. 가스 불을 끄고 담배 한 대를 문다. 엉덩이만 올려 놓을 정도의 덩그레한 플라스틱 의자에 몸을 놓자 목욕탕에 온 것 같다. 늘어진 어미돼지의 뱃가죽에 달려 있는 젖꼭지 무리들처럼 나를 향해 돋아난 좌식용 샤워기를 보고 앉는 내 엉덩이에는 욕탕의자가 접착되어 있다. 나는 실오라기 하나 걸치지 않은 벌거숭이가 된다.

"때를 벗기자. 그래, 나는 때를 밀러 온 거야. 호떡장사는 은행 앞에서 하는 거야."

나는 손으로 땅바닥을 더듬거렸다. 벽돌 틈 사이에 만져지는 그 촉감, 나는 언젠가 내 몸에 감지되어 있는 그 물체의 촉감을 느끼려 한다. 쨍그랑, 그릇이 깨어지고 어머니는 에그머니 하고 소리를 질렀다. 나는 사기 날을 찾지 못했다. 그 날은 그들이 갖고 있다. 그들.

개장한 다음 날 아침, 점심을 먹고 일 나갈 준비를 했다. 아내는 말 없이 식수통을 들고 따른다. 나는 플라스틱 양동이에 반죽을 담아들고 앞장서 걸었다. 나는 아내가 내 일터에 나오지 않기를 바랐다. 아내가 들고 있는 물건을 가지러 다시 집으로 오고 싶지도 않았다. 아내를 언제 집으로 돌려보내야 하는가를 마음에 넣고 걷다가 수레 있는 곳까지 왔다.

"얼른 들어가 누워 있어."

수레의 비닐을 걷으면서 내가 말했다.

"다 나았다니깐요."

아내는 혼자보다 둘이 하는 일이 수월한 줄 알면서도 허리에 한 손을 붙이고 내게 등을 보이고 걸었다. 구차한 나를 보는 괴로움을 떨쳤고, 나의 일자리에서 멀어짐으로써 나에게 실망하지 않는 일을 한 것이다. 아내까지 나를 위해 비워준 나의 공간에 장사준비를 마치자말자 다른 해액이 다가왔다.

"주차 공간을 뺏겼다고 위에서 시키니 어떡해요, 얼른 빼주시오."

은행 고객 주차장이라지만 내가 벌린 곳은 주차도 할 수 없는 자투리땅이었다. 내가 그 이유를 말했으나 곤색 유니폼을 입은 경비원은 어제의 호떡 맛을 감쪽같이 잊고 매정하게 잘랐다. 견고한 봉을 넣은 듯이 널찍한 어깨까지 들썩이며 수레를 밀어냈다. 머릿속에 가두어 둔 헤겔이나 사르트르의 사상을 버리고 무식으로 변환시켰다. 그리고 걸인의 비굴한 미소를 채워 넣었으나 상대는 나보다 더한 무지를 갖추고 있었다.

"저기 저 골목 뒤에 빈터 있잖아!"

나보다 10살이나 적어 보인 경비원은 비루먹은 개처럼 마른 나를 발견했다. 불독처럼 발달된 어깨근육을 반죽마냥 한번 부풀려 올린 그는 입마저 험악하게 벌리고 으르릉거렸다. 나는 꼬리를 말아 내리고 불독이 가리키는 골목으로 기어들었다. 그리고 골목어귀에 수레를 밀어넣어 정류장 쪽으로 삐쭉 내밀고 호떡집 여기 있소 하고 장사를 시작했다. 은행 옆에 붙은 빵집가게 주인이 은빛이 비추는 유리 속에 어른거리며 후딱 사라졌다.

몸을 숨겨도 손님은 있었다. 바람이 골목을 굴뚝으로 만들어 냄새를 거리로 날려 보냈다. 호떡은 굽기가 바쁘게 팔렸다. 배터리의 불을 붙여 밤 준비를 했다. 은행 문을 닫자 주차장은 자동차 판매상점이 점령해 버렸다. 자동차에 장착된 장작구이 통닭, 귤 판매 자동차, 멍게팔이 자동차ー. 어디서 날아온 것인지 금방 주차장을 차지했다. 그들은 이미 단골로 이 시간을 정확하게 알고 달려온 것이다. 나는 수레를 큰길로 슬쩍 빼는 재간을 보였다.

배터리에 불을 켜고 퇴근손님들을 받아들였다. 그때 젊은이 셋이 다가와 텃세를 하기 시작했다. 누구 허락 받고 여기서 장사를 하냐고 묻는다. 무스를 바르고 눈을 치켜뜬 그들은 20대 후반으로 보였다. 우람하게 발달된 근육질을 가진 그들은 로마의 전사처럼 위협적으로 담배연기를 내 앞으로 밀어 붙였다. 그 연기는 나의 거부에도 불구하고 내 몸으로 들어와 송이처럼 숨어 자라는 내 자존심을 괴멸시켰다. 그들 중 하나는 수레의 밑부분을 일열적으로 차 댔다. 나는 반말을 찍찍 해대는 그들한테 경어를 쓰며 수레가 다치지 않기를 바랐다.

그리고 돈 통에 든 만 원짜리를 보이는 대로 집어주며 술이나 한 잔 하라고 했다. 전사들은 돈이 필요없었다. 그들은 당장 때려 치우거나 여기를 떠나라고 협박했다. 조직폭력배들로부터 보호받기 위해 상납하는 것을 익혀온 나는 잔머리가 굴려졌다. 나날이 보호비를 낼 테니 호떡가게를 지켜달라는 내 제안도 통하지 않았다. 때려 부수기 전에 다른 곳에 가라는 부동의 원칙을 내세웠다.

"때려 부실 일이 어딨냐! 영창 갈 일 있냐? 우리가 하루종일 사먹어주면 그만인데."

내가 호락하지 않자 그들은 엄포를 놓기 시작했다. 금방이라도 수레를 때려 엎을 기세가 서린 곳에 손님이 올 리 없다. 배터리의 불빛도 황소 같은 덩치들에 차단되어 손님을 부르지 못했다. 나에게는 그 빛을 자유롭게 방광되게 할 그 어떤 조건도 없었다. 아직도 내가 삭제하지 못하고 남겨둔 내 마지막 희망의 잔재인 사르트르의 실존론도 소용없음을 알았다. 나는 뭔가를 비워야 한다는 것을 느꼈다. 내가 실존하는 것이 아니라 나를 방해하는 그들을 실존시켜 나를 없애 버리는 것이다. 내가 사라지면 모든 것이 쉽게 해결된다. 두 명의 여학생들이 호떡수레로 달라붙다가 험악한 손님들을 보고 슬쩍 비켜났다. 돈 천 원을 내어 놓고 호떡을 손으로 집어들고 우적거려 씹는 칼날처럼 생긴 젊은이의 위세는 주위를 조아리며 다가오는 어둠보다도 험악했다.

"이봐, 아저씨. 우린 당신 물주는 필요 없어. 그냥 쉽게 여기서 사라지면 돼. 간단한 거야."

청색의 LA다저스 운동모를 쓴 젊은이가 기어코 가장 쉬운 말로 해결을 바랐다. 나는 이유를 묻고 싶었다. 그러나 이런 사회에 대한 적응력을 갖지 못한 죄로 입을 다물어야 했다.

"어디로 가면 되나요. 그 위치는."

나어린 자들의 하대에 경어를 놓지 않은 내가 비굴해 보였다. 나는 이미 세상을 잃어버리고 있었다. 그들이 나보다 먼저 이런 공간을 살아왔고 그곳을 선점한 것이라고 여겼다.

"이곳에서 사라지슈. 다시 또 이곳에 수레를 대면 그땐 사람이나 수레나 박살날 줄 아슈."

고분한 내 읊조림에 그들은 마지막 반경어를 쓰는 여유를 부렸다. 법에 호소해 보았자 이미 도로 불법무단점유를 한 내게 다른 이유는 없었다. 사자는 초원에 동물들이 노는 걸 인정한다. 쫓아 버리면 자신이 굶주려 죽는다. 그런데 이들은 나의 상납도 거부했다. 내가 그 어떤 조건을 달지라도 그들은 나의 업무를 거부한다. 난 그들이 보는 가운데 수레를 끌었다. 어디로 가야 할지 몰라 무작정 그들이 원하는 대로 그 근방에서 멀어지려고 했다. 뒤따르는 인기척을 느껴 슬쩍 돌아본 내 시야에 번쩍거리는 빛 한 줄기처럼 제과점으로 사라지는 무적의 젊은이들이 보였다. 그들이 시야가 넓은 투시경으로 나를 보기 위해 관문대로 들어가는 것 같아 달음박질쳤다. 호떡을 팔기에 적당한 마을버스 정류장을 벗어나 집과의 반대편으로 향했다. 사람들이 밀집하는 아파트 무리를 지나 잡풀처럼 돋아난 주택들 사이로 왔다. 집들이 뜸한 한쪽에 허물없이 놓여 있는 허공을 발견한 나는 주저없이 그곳으로 들어갔다. 공터였다.

사위의 어두운 정도와 달의 흐름으로 시간을 재본다. 전구 밑에 들이댄 내 왼쪽팔뚝에 걸린 시계는 어림 계산의 25분 여를 초과했다. 10시가 넘었다. 등 뒤에 솟아 있는 아파트는 한참 불을 밝힌다. 인체 외의 투시력으로 그 속을 본다. 허공에 떠 있는 칸칸의 사람들이 자유롭다. 허공에 앉아도 그들은 추락하지 않는다. 그들은 모두 보이지 않는 끈에 의해 견고하게 묶여져 있다. 그 끈의 힘은 물리적인 그 어떤 자료에도 잘리지 않는 무절단물이다. 나는 담배를 꺼낸다. 내 손은 주머니에 들어가지 않고 땅을 헤맨다. 부서진 콘크리트 사이를 드나들며 무언가를 찾는다. 내 손에 걸리는 것은 무딘 돌조각이다. 나는 날카로운 물체가 바람처럼 내 손을 베어 버리는 감각을 느끼고 싶다. 아픔을 동반하기 전에 느끼는 그 고고한 쾌락은 바람이 간지르는 것처럼 예민하게 나를 즐기게 한다. 그 물체를 간직하고 싶다. 그것이라면 나는 방황없이 허우적거리는 이곳에서 내가 갈 수 있는 곳으로 이동하여 호떡을 구울 수 있을 것 같았다.

"정말 너 용감하다! 죽여 죽여 죽여!"

사기 날로 노래기들을 절단시키는 것을 보여줄 때 민자는 탄성을 질렀다. 벌레들을 잔인하게 처단하는 것을 보고 기겁할 줄 알았던 민자는 주먹을 불끈 쥐고 광란했다. 나팔꽃처럼 개화된 민자의 얄망스러운 얼굴에 신들린 듯이 나오는 그 에너지를 받아들인 나는 사기 날을 꼭 쥐고 미친 듯이 휘둘러 댔다.

'땡강땡강 썩썩 뭉텅뭉텅-. 잘리고 잘리고 꿈틀꿈틀-.'

그날 사기 무지 아래에 살아 남은 놈들은 하나도 없었다. 민자가 무서웠다. 그날부터 나는 사기 무지 근처로 가지 않았다. 은밀히 내 주머니에 들어 나를 지켜주는 그 사기 날도 중요하지 않았다. 그 날이 어디로 갔는지 알 수가 없다. 민자가 그 사기 날을 들고 나의 몸을 동강 내는 착각에 자주 휩싸이는 유년을 흘러 냈다.

사내는 왜 이곳에 와서 호떡을 굽느냐 했다. 굽는 게 아니라 내가 존재할 수 있는 장소로의 이동을 위해 잠시 머문다고 말하지 않았다. 아직 그 장소를 찾지 못했다. 그 장소를 물색하기 전에 사기 날이 연상되어 나는 잠시 혼돈한다. 장소와 사기 날, 그것이 연관된 의미는 모호하다. 그러나 내가 호떡 통을 놓는 순간 아내와 내 아이가 보호받지 못한 끈으로 인해 아파트 아래로 떨어질 것을 안다.

박광조를 돕기 위한 호떡장사는 잘 되었다. 우리는 금방 제법 큰 돈을 모을 수 있었다. 우린 그 돈을 갖고 담임이 지시한 대로 일 주일째 결석을 하는 이유를 알기 위해 산등성에 있는 셋방을 찾아갔다. 허름한 슬레이트집 한 쪽에 달린 베니어 문을 바라보고 내뱉는 주인여자의 웅얼거림은 우리를 조막만한 툇마루에 내려앉게 했다.

"이틀 전에 이사갔다. 부산 외삼촌 집에 간다든데, 없으니 집이 다 빈 것 같다."

우리는 볕이 들지 않는 툇마루에 앉아 녀석을 욕했다. 그제야 우리는 호떡장사를 하겠다는 우리의 작당에 고개를 떨구고 따라다니든 녀석을 기억했다. 호떡이야기만 나오면 다 닳은 운동화 끝으로 땅을 차 대던 녀석을 소홀하게 대한 것이 후회됐다.

"나의 소원은 너희들로부터 도망가는 것이다. 엄마가 그 소원을 들어줬다."

녀석이 남긴 쪽지 하나가 우리들의 마음을 괴롭게 했으나 녀석의 도피를 정당화시키는 데 도움을 주었다. 우리의 불우학우돕기 호떡장사는 그렇게 막을 내렸다. 녀석의 운동화 한 켤레부터 사주겠다는 그 이익금은 소년 가장한테 전해졌다. 그로부터 20여 년 후 우리는 부산에서 해양 운송업으로 성공한 녀석의 소식을 들었다. 녀석의 배는 세계 어디든 정확하게 화물을 실어 날렸다.

호떡, 내가 호떡을 삶의 수단으로 결정한 것은 어쩜 여기에 있다. 나는 내 속에 차곡히 쌓여 있는 막스나 엥겔의 논리를 거론하지 못한다. 붉은 띠를 두르며 거리를 물결치는 학우들을 볼 적마다 나와 아내는 톨스토이의 인생론을 거론하며 막스와 엥겔을 비웃었다. 우리는 변질적인 미래의 삶을 모를 정도로 낭만을 추구했다. 나의 사회가 내가 존재할 수 없을 정도로 급변화된단 것을 몰랐다. 내 시야에 존재하는 그 모든 것이 물질로 이루어지고 그 물질을 소유하지 못할 적에 인본 자체가 무의미해진다는 것을 알았다. 그래서 나는 늘 새로운 해답을 추구하지 않으면 안 된다. 아이는 왜 자가용이 없냐고 물었다. 아이가 자가용을 갖고 싶은 게 아니라 우리집만 없는 것에 대한 신기함의 질문이다. 나는 없는 게 아니라 필요하지 않기에 안 산다고 했다. 아이는 왜 자기는 게임기를 못 사냐고 조른다. 게임기보다 재미난 그림책이 있기에 필요 없다고 대답한다. 밖에서 돌아온 아이는 우리는 왜 통닭을 사먹지 않느냐고 질문한다. 통닭을 먹으면 살이 찌기에 몸에 안 좋다고 나무란다. 아이는 아빠의 말에 수긍하며 자신의 뼈만 남은 손목을 힐끗거린다.

교육은 인성교육이라고 배웠다. 나와 아내는 정직하게 사는 법을 알기 위해 대학까지 다녔다. 그러나 나는 거짓말을 하고 아내는 방조자가 되었다. 그 모든 것이 진실을 말할 수 있는 에너지가 고갈된 것이다. 나는 그 에너지를 충전 받기 위해 몸소 나섰다. 호떡을 구우면 나도 박광조의 행운이 따를 것 같았다. 주문한 수레가 도착하는 날 아이는 자동차냐고 물었다. 바퀴가 있으니 자동차라고 선정하는 녀석의 말에 제동을 걸고 싶지 않았다. 내가 자동차를 샀다는 말에 아이는 왜 바퀴가 둘이냐고 따졌다. 두 개 이상 필요하지 않으니 두 개라는 해명에 아이는 네 개짜리 자동차를 갖고 싶다고 보챘다. 그날 밤 호떡 굽는 연습을 하는 지 아비를 신기하게 바라봤다. 구워진 호떡을 보이며 수많은 바퀴를 만들 수 있다는 것을 알리자 녀석은 잠결에 늘어지는 눈으로 호떡을 베어 물고는 호떡을 젓가락에 끼워 돌려 댔다. 이 장사가 망하면 녀석의 입에 풀칠을 해줄 수 없다는 공포감에 젖어 열심히 호떡 만드는 것을 연습했다. 그 비법에는 나와 내 아내의 뇌리에 채워진 그 어떤 학식도 필요없었다. 내게 필요한 것은 바로 내가 유년에 간직한 그 사기 날이다. 내가 사용하기 위해서가 아니라 그 날을 다른 사람이 갖고 내게 내밀 것을 방지하기 위해서였다.

사람들이 모두 그 사기 날을 갖고 있다. 그 사기 날이 공기와 접촉하면 임신을 하고 달빛을 흡입하면 무수한 새끼를 낳는다. 엥겔 계수가 마이너스로 떨어지고부터 나는 사기 날의 법칙을 잉태시켰다. 빈민일수록 높아지는 식비의 율은 대용비가 있을 적에 가능하다. 그러나 식비로부터 생활 보호비를 할애해야 하는 우리에게는 엥겔 계수도 무의미하다. 유물론적 생산을 지향하는 마르크스도 말년에 휴양지에서 부르주아가 됐다. 사는 것에 결코 법도가 있는 것이 아니다. 나는 내가 가진 호떡수레에 대한 법칙을 생산해 내야 한다. 그러나 나 혼자 앉아 있는 공터가 두렵다.

수레의 전구가 아물거린다. 달과 별이 그 빛을 삭였다. 거물거리며 드러나는 쓰레기들 틈 속에 내 수레가 놓여 있다. 나는 벽돌 무더기가 드러난 곳에 등을 붙이고 앉아 편안하게 하늘을 보았다. 사람 하나 없는 하늘에 별과 달이 내 것인 양 놓였다. 그 어느 곳이든 내가 원하는 곳에 수레를 놓을 수 있는 자유의 자리가 마련된 그 장소가 좋았다. 구름으로 반죽을 만들어 은하수 가루로 된 소를 넣고 빚었다. 달무리로 된 마가린을 달빛 든 하늘로 만든 번철에 발라 굽자 호떡은 달이 되어 뜬다. 호떡을 한 입 베어 문다. 금빛 입자로 분해된 가루가 입 안에 들자말자 녹아내린다. 형용할 수 없는 향기로운 맛으로 된 입자는 두려움과 긴장과 불안으로 채워진 내 몸을 반듯하게 펴냈다. 나는 정말로 오랜만에 두 다리를 쭉 뻗고 앉았다.

그러나 나는 곧 다리를 꼬부리고 긴 그림자를 끌고 오는 낯선 물체를 경계했다. 수레 전기불빛에 반사되는 물체는 허울거리며 나를 향해 왔다. 먼 거리이나 분명히 민자를 보았다. 순간 나는 활처럼 몸을 안으로 휘며 손에 잡히는 돌을 집었다. 그리고 사기더미 아래에 서식하는 노래기처럼 원형으로 몸을 말았다. 서늘한 바람 한 점이 내 몸을 관통하는 감촉과 함께 내 몸뚱이가 두 동강으로 절단되는 것을 느꼈다. 나는 음부가 달린 채 절단된 내 아랫부분을 찾으려고 머리를 흔들어 댔다. 잘라진 내 윗부분의 머리를 안고 허우적거리는 아내가 보였다. 나는 손에 든 사기 날을 꼭 잡았다. 별빛으로 된 비수 하나가 하늘에 걸렸다.

하일 히틀러

하일 히틀러는 사람이다. 찌그러진 캔이나 휴지나 돌도 먼지도 아니다. 나치의 휘장도 안 차고, 독일 제복과 장화도 착용치 않았다. 굵은 허리와 엉덩이의 경계가 없는 세련되지 못한 일자형 몸매에는 서른예닐곱 해를 견뎌온 흔적이 배었다. 단아한 키에 뒤뚱거리는 굼뜬 걸음질로 식당거리를 거니는 히틀러는 바람에 날리는 검불과 같았다. 귀밑까지 드러난 짧은 흑발과 덜 구운 토스트 빛깔의 얼굴 피부는 결코 아리아족이 될 수 없었다. 불거진 광대뼈와 죽어도 침묵을 지킬 듯한 푹 꺼진 눈을 가진 뚜렷한 윤곽의 게르만 혈통과는 달랐다. 타원형의 얼굴을 돌출하는 두툼한 양 볼에는 내뱉지 못한 언어가 가득 물려 있었다. 그러나 늘 잃어버린 물건을 찾는 듯한 아둔한 눈에는 아우슈비츠는 알 것 같은 모호한 빛이 흘렀다.

전철은 눈 덮인 동토를 가로질러 아우슈비츠로 가는 열차로 바뀌었다. 그는 가슴에 큼직한 별을 단 사람들을 확인키 위해 주위를 두리번거렸다. 오후 4시쯤의 가을 해거름 때의 전철은 한가했다. 한쪽 문 앞에 자리를 잡지 못하고 서 있는 그 자신과 같은 분류의 승객은 너댓 명뿐이다. 별들은 보이지 않았다. 전철의 문 머리에 부착된 노선표를 보았다. 충무로에서 환승한 지하철은 불광역을 지났다. 주황색 막대가 각지게 꺾여져 가는 노선의 끝부분에 대화역이 맺혔다. 주엽역은 바로 대화역 앞 역이다. 나는 친구와의 저녁식사 약속을 지키기 위해 5시까지 스완 무역 사무실로 간다. 보름 전에 나흘 동안 친구의 부탁으로 수출할 제품을 정리해 준 보답이다. 그는 일산행을 애써 주입시켰다. 그 회사의 빌딩 뒤에 있는 식당거리에서 보름 전에 마지막 본 하일 히틀러를 지우지 못했다. 추행사건 이후 악랄한 살기를 부추세우는 발광을 하일 히틀러로 인해 제어할 수 있었다.

그는 왼쪽 문의 귀퉁이에 붙어서서 의자의 보호 철대에 등을 기댄다. 지하를 빠져나온 전철 창에 가끔씩 비치는 햇살이 두서없이 직시하는 관조물을 과거로 회유시킨다. 의자 보호 철대에 기대고 앉아 철대의 경계를 확인하는 여자의 눈길에는 혐오의 빛이 핀다. 칠 부 길이로 된 바지 속에 든 여자의 다리는 무릎 아래에서 꼬여 자주 발바꿈을 했고, 그의 몸이 철주 사이로 넘어가 초록잎새 같은 가냘픈 몸에 상처를 낼까 봐 그녀의 눈은 긴장한다. 연초록에 크고 작은 잿빛 물방울이 은은하게 박혀 있는 블라우스가 연록색 바지와 배색되어 버드나무 가지 하나가 됐다. 서른 초반의 삶의 이력을 푸릇한 버들잎 내음으로 내뿜는 여자는 온실의 화초처럼 귀티나고 나약해 보였다.

그는 여자가 그와 관련해 두 가지의 두려움을 가지고 있는 것을 안다. 어깨에 비켜 걸고 앞무릎에 놓은 미색 루이비통 핸드백이 강탈당하는 불안감과 그의 몸이 그녀의 몸 어딘가에 닿을까 봐 살펴 대는 긴장감이다. 헐렁한 면바지에 꾸겨진 점퍼 차림으로 철대에 기대고 있는 그의 천덕스러운 모습에 여자는 분노할지 모른다. 그러나 그는 윤깔나는 구찌 구두를 다시 신고 장농에 걸려 있는 기라로시 정장에 버버리를 걸칠 필요성을 느끼지 못했다. 초록여자의 쉬지 않는 경계심이 분노를 부추겼다. 움직이는 모든 것들이 증오의 대상이 됐고, 자제력은 겁을 먹고 밀물처럼 그의 몸을 빠져나갔다. 칼, 총, 전기의자, 밧줄, 가스실……. 부하 여직원 곽소애가 입력시킨 분란의 수식들이 껍질뿐인 몸속을 채웠다.

비오는 날 버스를 기다리는 곽소애를 발견하고 혼자 퇴근할 수 없었다. 그녀의 집 방향으로 차를 몰지 않고 저녁을 먹기 위해 식당을 찾은 것도 문제의 발단이었다. 미사리 쪽 한강 둔치의 밤 야경이 아름답다는 곽소애의 말을 듣고 차가 그쪽으로 가버렸다. 둔치 주차장에 주차하고 내리지 않은 것은 4월의 차가운 밤 날씨 탓이 아니다. 여자는 짙은 어둠에 담겨 미동하는 도시 불빛이 담긴 강물을 바라보며 손으로 머리를 빗겨 올렸다. 쌍꺼풀 수술을 하고 콧대를 세워 특징 없는 오뚝한 얼굴을 한 미웠던 부하 여직원은 어둠과 자연 속에 여자가 됐다. 둔치를 걷는 연인들이 가로등 불빛에 긴 그림자를 늘어뜨리고 별들과 교차했다.

"팀장님 왜 이러세요."

그녀의 손을 쓰다듬자 여자는 마지못해 몸을 사렸다. 부끄러움과 반항의 차이를 분간한 그는 탄력 있게 몰랑거리는 스물세 해나 익은 유방의 감촉을 느꼈다. 몸을 빼려고 꿈틀대는 여자의 몸은 거부할수록 역진 작용을 하는 보리 까끄라기처럼 그를 파고들었다. 교만하게 은거해 온 자궁이 열리는 소리가 들렸다. 그의 손이 그녀의 바지 지퍼를 내렸다.

"안돼요, 팀장님!"

여자의 강한 억양이 그를 꿈에서 깨게 했다.

'내가 왜 이러지, 이게 무슨 꼴이야.'

그는 이번에는 여자를 달래기 시작했다.

"정말 아무 뜻이 없어요. 소애 씨의 모습에 그만 홀린 것 같았어요. 미안해요. 없는 일로 해요. 우린 만나지 않았어요."

사실 그는 여자에게 욕정을 느낄 이유가 없었다.

"그럴 수 있죠, 뭐."

그의 설득에 여자는 그날 밤 편히 잠을 자게 해주었다. 그 잠은 그가 일생을 살아갈 날 중에 잊지 못할 편안한 잠이 되어 버렸다.

그 자신도 모르게 발아한 분노는 움직이는 모든 것에 적용되었다. 증오와 분노의 근원을 저지하는 해결책은 누군가 만든 규칙이란 올가미를 걷어내는 일이다. 그것은 사냥을 위해 불법으로 설치한 올무를 걷어내는 것처럼 간단하지가 않았다. 하일 히틀러를 알고부터 분노를 자제할 요령이 생겼다. 옆에 앉은 초록여자는 침묵하는 분노를 일깨우려고 한다. 전철은 일산이 아니라 아우슈비츠로 향한다.

추행사건이 있고부터 직장을 나와 집에서 움츠렸다. 마흔 살이 겪는 관재구설치고는 치명적이었다. 중학교 교사인 아내는 창피스러워 학교를 못가겠다고 헤어질 빌미를 잡았고, 짐을 싸 초등학교 1학년인 딸을 승용차에 태워 친정으로 가버렸다. 그가 판단해도 치사한 사건에 계류됐다. 모래웅덩이의 미적 외경에 매료된 그를 노리는 개미귀신이 된 곽소애가 보였다. 몸속에 도사린 칼날 같은 감성을 안정시키는 방법은 없었다. 그의 눈은 성능 좋은 센서가 되어 적을 찾는 데 광혈됐고, 감지된 모든 것을 파괴하지 못해 안달나 했다. 육 개월이나 함정에 빠져 허우적거릴 쯤 도움을 청해온 친구가 있다는 것이 고마웠다. 무역회사를 운영하는 친구가 필요한 것은 그의 단순노동이었다. 유능한 능력가로 인정되어 그룹의 팀장을 지닌 그가 고작 활동 에너지의 원동력이란 것이 비참했다. 러시아로 수출한 플라스틱 백이 수량 미달로 클레임이 걸렸다. 공장에서 적재시킨 박스에 든 물량이 몇 장씩 모자란다는 것이다. 재발시 거래를 끊겠다는 통보에 회사는 긴장했다. 이미 창고에 적재된 두 컨테이너 분량의 물품을 확인하는 일이 급선무였다. 직원 2명을 쓰는 소규모 업체라 전 직원이 매달릴 수 없었다. 몸이라도 풀라는 친구의 말에 사나흘 정도의 근로를 봉사하기로 했다. 이튿날 스완 사무실로 나갔다.

스완 무역 창고는 빌딩의 지하 2층 주차장의 한 편에 있었다. 분노의 목재로 짙게 훈연된 그의 속처럼 음침한 주차장은 작은 소리에도 천장이 쩌렁거렸다. 천장에 마구잡이로 엉키듯이 달려 있는 통나무 크기의 파이프들이 거대한 딱정벌레의 장기로 보였다. 부연 조광 속에 앉아 있는 자동차들이 거인 딱정벌레가 삼켜 버린 날파리 같았다. 그와 함께 일을 배정받고 그를 안내하는 여직원 우남숙은 그를 점점 깊은 곳으로 끌고 갔다. 창고 문을 열자 빼곡히 쌓여 있는 드럼통 반만한 크기의 누런 종이박스들이 그를 노려봤다.

우남숙은 화장기가 거의 없는 반질한 얼굴로 은 입술을 문풍지처럼 움직이며 일의 방법과 요령을 알렸다. 박스는 너댓 개씩 절개한 후 수량을 확인하고 복개하여 다른 곳에 옮겨 쌓아 표시를 했다. 절개부터 전부한 뒤 복개하자는 그의 제의는 공간의 협소로 어려웠다. 청바지에 면 티셔츠 차림으로 팔을 걷어붙인 그녀는 커트 칼로 상자의 배를 따기 시작했다. 가로 세로로 플라스틱 띠박이 끈까지 두른 상자도 그녀가 그어 대는 커트 날에 절단되어 복개에 순응했다. 짤록한 허리를 유연하게 움직이는 그녀는 우글거리는 구더기를 집어도 변하지 않을 눈빛을 도토리 같은 당돌한 얼굴에 박았다. 플라스틱 백이 고기의 창자처럼 쏟아져 나와 형광불빛을 받아 피를 뿌렸다. 그녀처럼 그 빛을 정확히 셈하고 절개된 배를 다시 테이프로 봉하는 것이 그가 할 일이다. 한 박스에 200개들이 상품이 한 개만 모자라도 헛품을 팔지 않은 일이다.

우남숙의 시범을 따라 조심스럽게 커트 날을 상자에 들이댄 그는 띠박이 끈을 절단하고 상자의 가운데 부분에 부착된 밀폐용 접착 테이프를 절반으로 내리그었다. 박스의 밀폐용 날개가 맞붙은 곳에 커트 날이 들어갈 틈이 있었고, 그 틈은 날이 테이프를 절단하는 데 박스를 다치지 않고 일직선으로 내리그을 수 있는 자의 역할을 했다. 상자를 덮는 네 개의 날개 중 다른 두 쪽 부분 바탕이 잘릴 수가 있으나 커트 날을 종이 박스의 두께보다 조금 작게 뽑으면 아래 바탕이 다칠 일이 없었다. 스승과 제자의 차이는 지식의 차이를 얼마나 빠르게 응용하냐에 달렸다. 지식의 습득은 시간이 문제이지 누구든 가질 수 있다. 같은 방법이나 우남숙은 박스의 배를 순간적으로 갈랐고 그는 칼날이 염려되어 조심스럽게 베어 냈다. 그러나 열 개쯤의 박스를 절개하자 우남숙의 속도를 따라잡았다. 그녀는 커트 날이 아무것도 다치지 않고 그대로 테이프만 원하는 대로 잘라 낸다는 믿음이 있었고, 그는 그것이 잘못될까 봐 불신임한 것을 알았다. 그러나 의심하지 않았던 곽소애는 그 믿음을 깨어 버려 문제를 초래했다. 박스를 가를 적마다 검객의 빠른 칼질에 베어지는 바람소리처럼 내는 칼날 소리에 매료됐다. 커트 날이 테이프를 가르는 찰라 밀폐된 박스의 공기가 밖으로 나오며 흘러내는 공명음은 마음속에 가득 찬 모든 분노를 잘라 버렸다. 그러나 우남숙이란 제어장치로 인해 연속적으로 커트질을 할 수가 없었다.

"잘 하시네요. 저보다 낫네요. 근데 셈을 하시지 않고 박스만 잘라 뭐해요. 숫자놀이도 잘 하셔야지요."

12개째 박스를 확인 후 복개한 오후 2시쯤 친구의 건장한 몸이 창고 문을 막았다. 점심이란 말에 시장기 도는 입맛을 다시며 친구를 따라 나왔다.

"일꾼은 잘 먹어야지. 그래야 힘을 쓸 게 아닌가. 그런데 우리 여직원한테 힘쓰면 안 돼. 걘 1억을 달랄 거다."

친구는 두툼한 입술을 슬쩍 흘리며 그의 어깨를 툭 쳤다.

"너 여직원 있냐? 안 보이든데, 나와 일한 남자보고 한 말 아니겠지. 점심 뭘 사줄 꺼야?"

추행사건을 이해하는 유일한 동정자의 농담에도 그는 듣기조차 싫었다.

"회나 먹고 그 좁은 속 회쳐 버렷! 그년이 앙큼한 게 아니고 니가 순진한 거야 임마. 세상은 전쟁터야. 넌 총맞은 거야. 그년이 빨리 쏜 거지. 정정당당 좋아하네. 돼지는데 도리 찾아 뭘해. 저기 지나는 사람들 모두 총 가졌어. 빵- 빵- 빵-. 내가 쏘지 않으면 내가 죽어 임마!"

친구는 검지와 엄지를 뽑아내고 지나는 사람들을 향해 겨누며 총소리를 냈다. 친구의 총에 맞아 쓰러질 사람은 없었다. 그들은 친구보다도 값나 보이는 방탄복을 입고 있었다. 그날 점심을 먹고 나오다가 히틀러를 보았다. 광어회와 참치회를 매운탕과 먹은 만복의 기쁨이 그 사내로 인해 분산되어 버렸다.

초록여자와 화해할 방법을 찾았으나 고리가 억세게 엮였다. 초록여자는 결코 그 고리를 끊지 않을 것이다. 사린 가스가 퍼지는 도쿄전철에 초록여자가 앉아 있고, 그녀는 사회의 불특정다수가 아니었다. 그의 옆을 스치는 바람 한 조각에 무취의 독소가 섞인 것을 느꼈다. 그 독소를 제조할 방법과 그걸 풀어 버리는 장소를 물색했다. 일본의 사이비 교단 진리교처럼 허술하면 그가 당한다는 것을 안다.

곽소애와의 한강 둔치 사건이 있는 이튿날 여자는 회사에 나오지 않고 휴대폰으로 피해 보상을 요구했다. 오천만 원이란 말에 그는 필리핀 여행이라도 다녀오라고 3백만 원을 제시했다.

"오천만 원도 작아요. 내가 받은 그 충격과 정신적 손해를 돈으로 된다고 보세요?"

여자는 협상을 깨고 그녀가 제의한 대로 여성 노조측에 알려 검찰에 제출할 고소장을 작성했다. 팀장의 권력으로 여사원을 협박하여 성폭력을 시도했다는 진술이었다. 그에 대해 정신적 손해 배상 오천만 원을 요구했다. 그는 꿈속을 헤맸다.

그의 시야에는 움직이는 무엇이든지 그를 공격하기 위한 제스처로 여겨졌다. 살아있는 모든 것에 대한 분노, 공격자들로부터의 적응은 먼저 공격하는 것이다. 초록여자의 행동에 그는 물리적으로 가해할 모든 것들을 준동했다. 자신이 사명에 대한 엄숙한 숙제를 풀기 위해 나열한 방법론에 가스실이란 사고가 달렸고, 골목의 전사 히틀러가 연결됐다. 주엽역을 내리며 히틀러를 볼 것 같은 예감이 들었다.

18층의 키를 가진 거인의 옆주머니에는 수시로 철로 된 벌레들이 드나들었다. 그 스완 무역 빌딩 주차장 입구에는 소로가 있고 건물에 든 차량들은 그곳을 통하여 대로로 나간다. 그 대로 쪽의 반대편인 안쪽으로 들어가면 다른 블록의 경계점인 도로를 접한다. 소로가 그 블록 도로와 합지되는 지점으로 나가면 유흥건물들이 나온다. 알파벳 티자의 줄기 부분으로 되어 있는 소로 앞을 기점 삼아 양쪽을 합해 백여 미터의 도로에 식당건물이 몰려 있다. 편의점과 노래방과 주점과 사우나가 맛배기로 자리했다. 늘 샤워하는 깨끗한 외모의 사람들이 사는 고급 중산층 거주 지역답게 가게들은 깔끔한 자태로 위용을 뽐냈다.

창고 일을 하는 첫날 친구는 식당거리라는 이곳에서 점심을 사주었다. 식당거리에는 가을빛이 내리고 있었다. 광채나는 중형차들이 식당앞 주차장에 얌전히 앉아 주인이 나오기를 기다렸다. 식사를 마친 손님들이 차를 빼는 것도 품위 있게 보였다. 거리의 티는 금방 눈에 띠었다. 차가 뜸한 도로를 따라 사방을 두리번거리며 걷는 사내는 기형적인 모습을 보였다. 잉크색 제복에 은색의 월계수관 로고가 붙은 곤색 모자가 사내를 방범대원으로 여기게 했다. 그러나 허리 한 쪽을 돌고도 사타구니 아래 부위까지 흘러내려 흔들거리는 가죽혁대가 온전치 못한 정신을 알렸다. 고정적이지 못한 멀건 눈동자, 허리와 엉덩이의 경계가 없는 펑키를 웃도는 살이 오른 몸이 다운증후군을 앓는 병자를 연상시켰다. 사내는 주머니에 손을 넣고 비루먹은 개처럼 어정거리다가 불쑥 지나는 중년 남자를 마주 보며 소리를 질렀다.

"하일 히틀러!"

사내는 번데기 주름처럼 엉덩이 속에 말아둔 허리를 죽 뽑아 올리며 오른손을 하늘 향해 비스듬히 뻗어 냈다. 그와 동시에 한쪽 발이 절구를 찧는 양 번쩍 들려 다른 발축에 소리나게 갖다 붙였다. 사막에 나뒹구는 낙타의 두개골처럼 곧추세워진 턱이 상대를 바라봤다. 당사자 남자는 민망한 표시를 남기며 자리를 떴다. 상대가 사라져도 사내는 그 자세로 동상처럼 서 있었다. 조금 전에 느낀 비정상적인 사내는 없었다. 각진 칼날 같은 나치스의 마크가 괴이한 사내의 옆으로 빛이 되어 날았다. 프랑스 요리 전문식당을 나온 네 명의 중년 남자들 중에 한 명이 약간 삐뚤어진 사내의 모자 챙을 쳐댔다.

"오늘 모자가 삐뚤하구만 그래, 계속 근무할 것!"

사내는 동상처럼 한 손을 뽑아들고 가을빛에 움틀거리는 새털구름을 비껴보고 있었다.

"이 동네의 명물이지. 방금 본 그 행동 짓으로 히틀러라 불리지. 평상시는 멀쩡한 것 같은데, 눈에 뭔가 보이면 저렇게 돌아 버리지. 나도 두 번 당했는데, 기분 나쁘지는 않더군. 그 진지한 얼굴과 예식 자세 봤지. 내가 진짜 히틀러가 된 듯한 착각이 들 정도야."

사내가 굳은 듯한 몸을 해체하고 아무런 일도 없다는 듯이 이 길을 내려가자 친구가 씁쓸하게 웃었다.

이튿날 점심시간에 식당거리에서 히틀러를 발견했다. 히틀러는 초록색 수실이 달린 대가 긴 빗자루를 들고 담배점이 있는 슈퍼 앞을 청소하고 있었다. 병과 캔들을 슈퍼의 한쪽 구석에 쌓고 도로가에 널린 쓰레기를 빗자루 끝으로 몰아가고 있었다. 친구는 히틀러에 대해 부정적이지는 않았다.

"늘 저렇게 청소하지, 누가 시킨 것도 아닌데 그냥 하는 거야. 식당 도로가 깨끗한 것도 히틀러 탓이지. 그러다가 발작이 나면 그 소리를 지르는 거야. 청소를 하기에 여기 사람들은 그가 들어오면 언제든지 식사를 제공한다는 거야. 재밌는 일이지."

굴곡 없이 설계된 도로와 건물이 있는 반듯한 공간에 등을 꾸부리고 비질을 하는 허름한 히틀러의 모습은 부조화적인 조화로 식당거리와 아우러졌다. 그러나 쓰레기 속에 히틀러의 너절한 모습도 포함되었다. 콘크리트는 견고했고, 캔과 병과 합성수지의 비닐들은 도처에 넘쳐났다.

유대인 학살만 거둔다면 아돌프 히틀러는 영웅이 분명했다. 전쟁으로 세계를 쟁취하려 든 것은 나폴레옹이나 알렉산더나 징기스칸이나 다를 바 없다. 생물계에 의지가 있고 생물계에 보편적으로 적응된다고 본 아돌프 히틀러의 인생관을 궁굴리게 여겼다. 아리아족을 우월계로 두둔한 고비노의 학설과 튜튼족의 혈통을 우대하는 체임벌린의 연구에 불신을 갖는 그였으나 아돌프가 신봉한 나치즘은 이해를 했다. 아돌프 히틀러가 그 관념을 실행에 옮겼기 때문이다. 그러나 6백만의 유대인이 희생된 부분에는 영웅은 광자가 되었다. 그에게 아돌프 히틀러는 유대인과 결부되고 아우슈비츠로 연결됐다.

《쉰들러 리스트》에서 독일장교 아몬 퀴테로 분한 랄프 파인즈의 비정한 눈빛이 그를 매료한 것도 아돌프 히틀러가 근거됐다. 유대인 막사가 내려다보이는 그의 처소 베란다에서 그는 권태로운 하품을 하다가 라이플의 가늠자에 눈에 띠는 유대인을 올려놓고 방아쇠를 당긴다. 두어 명을 사살하고야 기지개를 펴고 몸이 풀린 것을 느낀다. 가벼운 운동이라도 한 듯한 그 여유로운 모습은 소름이 돋는 이유를 알게 해주었다. 아돌프 히틀러와 히틀러의 사내는 결코 연관될 수 있는 합일점이 없었다. 히틀러란 사내의 무의식 속에 존재하는 아돌프 히틀러의 실체는 무엇인지가 궁금했다. 친구도 그 이상의 사내에 대한 정보를 가지고 있지 않았다. 그날 퇴근 때 전철이 있는 대로에 나와 우두커니 서 있는 히틀러를 발견했다. 상념의 중압감에 머리가 무거운지 채 들지 못한 고개를 살짝 쳐들고 하늘을 비껴보고 있었다. 이르게 뜬 별들이 히틀러가 겨냥한 과녁에 걸렸다. 그는 히틀러의 옆을 천천히 스쳐갔으나 기대한 의식을 보이지 않았다.

며칠 사이 히틀러는 조금씩 노출되었다. 히틀러는 시간이 나면 백여 미터의 식당거리를 오가며 청소를 했다. 휴지를 발견하고 줍는 그 유연한 자세는 전직 환경미화원을 만들었다. 식당주인들은 거리의 청소부인 히틀러를 유용하게 이용했다.

"히틀러 씨, 이 박스 저쪽 구석으로 좀 치워 줘요. 웬 자가 남의 집 앞에 버렸나!"

통닭구이집 여자가 가는 허리를 한쪽 손에 붙이고 지나가는 히틀러를 불러 지시하자 히틀러는 고개를 꾸벅이고 박스들을 챙겼다.

"히틀러, 병 좀 치워 줘, 빌어먹을 놈, 딴 데서 쳐먹고 버리긴 여기에 버려! 사람 심보들이란."

순대국집 남자가 황소 같은 눈을 희번덕거리며 내리깔자 히틀러는 단번에 달려갔다.

저녁 무렵 한식 식당 앞 전용주차장 구석 바닥에 앉아 순대국을 먹는 히틀러를 보기도 했다. 알루미늄 오븐에 놓인 순대국 뚝배기를 한 손으로 잡고 주위를 두리번거리며 시름없이 먹었다. 그리고 생각난 듯이 단 한 가지 반찬인 깍뚜기를 손으로 집어 입에 넣었다. 황혼이 퍼지는 저문 하늘이 히틀러를 배경 담아 칠해져 있었다. 밥을 먹다가도 히틀러는 주차장 가운데 자동차의 바퀴 사이로 날아다니는 비닐봉지에 눈길을 주었다. 친구가 사준 갈비를 먹고 나오던 그는 히틀러가 바라보는 비닐 봉지를 주워 쓰레기통에 버렸다.

"맛있겠다. 히틀러가 제일 분위기 좋은 식당에 온 거다."

친구의 말에도 히틀러는 음식을 씹으며 그를 바라봤다. 히틀러가 자신의 재산을 훔친 것으로 오판하여 병이라도 깨어 들고 달려들까 두려웠다.

초록여자는 꼬아 대는 다리의 움직임을 일률적으로 교차시키며 그의 움직임에 센서를 작동시켰다. 유난히 길어 보이는 하얀 손이 수시로 옆으로 떨어지는 핸드백을 앙칼지게 무릎으로 올려놓았다. 그녀의 옆에 앉은 청년의 몸이 신문을 펼칠 적마다 여자의 몸을 건드렸으나 여자는 신경 쓰지 않았다. 그녀는 오직 그에게 관심을 보였다. 그는 여자를 피해야 할 그 어떤 이유를 발견할 수가 없었다. 전철이 하늘과 푸른기 도는 가을풍경을 거두고 지하로 달렸다. 그는 볼 것을 잃었다. 그러나 보이는 게 있었다.

곽소애의 소장대로 성추행은 분명했다. 팀장의 직위로 협박했다는 행위에는 순응할 수가 없었다. 추악하고 치사한 자의 낙인이 찍힌 이상 그도 법적 대응이 필요했다. 회사는 상무이사를 내세워 단호한 중재를 제시했다.

"회사가 언론에 오르내려 직원들의 사기를 하등시킬 일이 분명하오, 합의금을 낼 수 없다니 회사가 반을 대납할 것입니다. 이 일을 빨리 무마시켜 주시오."

회사의 여성노조는 사과문과 함께 그의 징계를 원했다. 차후의 유사한 추행이 재발하지 않을 방법과 대책을 제시, 회사가 소홀한 여직원의 위치상승을 끌어냈다. 중재자의 말처럼 소장이 접수되면 언론과 민간단체와 검·경찰의 경멸을 벗어날 방법이 없었다. 모든 사람이 돌아앉으면 그 사람은 그때야 비로소 진정한 혼자가 된다. 혼자는 태어날 때의 순간처럼 적이 없고 무리 속에서 묻은 때가 지워진 상태이다. 그러기에 죽음은 가장 신선한 것이고 선택된 자의 축복일 수가 있다. 그는 혼자가 되었다. 경멸과 파괴와 분노가 이글거리는 증오란 터전에서 다시 태어났다. 10년 동안 정든 터전을 스스로 떠나는 대신에 회사의 조건을 받아들였다. 회사에서는 그가 먹고 살 악의 근원이 없었다.

벽에 부착된 전철노선도를 다시 본다. 도착할 주엽역은 대화역 전이고, 6개의 역이 남았다. 20여 분 후면 그는 초록여자의 두려움을 제거해 준다. 왜 그녀가 종착역까지 간다고 판단한 것인지 모른다.

보철에 기댄 그의 몸을 피해 대는 여자의 인기척을 감지하며 바닥을 보았다. 조금 긴 듯한 바지의 단을 비집고 나온 운동화 등이 보인다. 리본으로 맨 신 끈 한쪽이 작은 원형을 틀고 바닥을 스치고 있다. 2개월 전 노점에서 처음 만났다. 이만 원이라고 쓴 글귀가 그쪽으로 끌어들였고, 막 신을 운동화가 필요한 참에 미색에 명품 마크가 새겨진 그것과 인연을 맺었다.

"보세 몰라요? 작은 문제로 클레임되어 온 것인데 왜 가짜예요!"

조깅화처럼 날렵하게 생긴 사내는 앞에 찬 전대에 돈을 쑤셔 넣으며 횡재한 것을 주입시켰다. 한 달 정도 신은 후 가죽이라는 앞부분이 균열을 이루고 터지는 것으로 신발장수의 얼굴도 인조가죽이 깔린 것을 알았다. 숱한 장애물로부터 그의 발을 보호한 신발에 만족했다.

미색 신발의 색깔이 누른 빛을 발한다. 신 등에 난 설키고 할킨 상처들, 그의 발에 날 상처들 대신 생긴 생채기였다. 힐끗 스쳐가는 암흑이 박힌 창엔 아무것도 없다. 마지막 본 히틀러의 모습이 나타났다.

창고일을 마치는 날, 바이어와 미팅이 있는 친구는 우남숙에게 그의 점심을 부탁했다. 사장이 맛있는 것을 대접하라고 했다며 우남숙은 식당거리에서 머무적거렸다. 점심 종류 따위에 관심 없는 그는 주위를 살폈다. 일식집의 한 모퉁이에 앉아 있는 히틀러를 발견했다.

"저 집 정식 맛있어요. 그걸 먹을까요."

여직원이 히틀러가 앉아 있는 일식 식당을 두 칸이나 못미처 있는 몽블랑이란 양식 레스토랑을 가리켰다. 그녀의 눈에 그의 시선이 그쯤에 멈춘 줄 아는 모양이었다. 그는 히틀러 쪽으로 갔다.

그을린 원목나무로 외장 장식을 한 일식집 앞에는 30여 센티의 넓이로 된 미니 화단이 있다. 흙바닥에는 개쑥부쟁이를 비롯 팬지 종류와 유사한 꽃들이 자랐고, 대나무가 심긴 화분이 적소에 배치되어 대나무 숲을 이뤘다. 바위처럼 놓인 맷돌과 이끼 낀 수석이 자연의 운치를 살렸다. 원목틀 곽 속에 박힌 대형 유리로 나무탁자가 차분히 놓여진 실내가 보였다.

"이 집 새우요리 일품이에요."

우남숙은 히틀러를 보지 않았다.

검은 천으로 만든 파초 잎마냥 넓은 포렴을 들치고 안으로 들기 전에 그는 히틀러를 보았다. 컵라면 젓가락인 듯한 나무로 조심스럽게 흙을 찌르고 있었다.

"이것도 먹어 보세요. 데친 건데 이 집의 별식이에요."

자신의 얼굴 같은 뾰족한 새우머리를 베어 물고 여자는 이빨 사이로 미소를 흘렸다.

그는 나무판 접시에 누워 있는 새우를 젓가락으로 찌르며 창에 박히는 히틀러를 보았다. 개미나 벌레를 잡느라 화단에 붙어 있는 히틀러의 젓가락에 새우가 집히기를 바랐다.

"히틀러, 다른 곳에 가라고. 하필 점심 때에 흙장난이야. 늘 손님 없을 적에 오더니."

그와 두어 번 눈이 마주친 카운터의 남자가 히틀러를 보며 말했다.

"아까 손님 없을 적에 오라고 쫓았는데 어느새 왔네요."

솜털이 가시지 않은 얼굴을 창 밖으로 돌린 젊은 웨이터는 나비 넥타이를 당겨 목을 까닥이며 밖으로 나갔다. 스펀지가 물을 빨아들인 양 푸석한 몸체가 유리창 밖에서 사라져 갔다. 정신이상자에 의해 유발되는 반항 없는 그 유순한 명령수행에 그는 히틀러가 이 거리에 타박의 대상이 되지 않고 존재하는 이유를 알았다. 이들한테 히틀러는 청소하는 첨단 지능 로봇이었다. 이들은 히틀러에게 사고하는 것을 필요하지 않았다. 돈들이지 않고 자기 가게의 앞거리가 깨끗하면 그만이었다. 공존의 기반은 이미 금력의 마력으로 상실되어 버리고, 그도 누군가에 의해 도구로 전락되어 있는 그 자신을 보았다. 우남숙은 새로 나온 구운 새우에 양념을 찍어 먹으며 맛의 느낌을 말로 발산했다. 그는 된장국물에 밥을 말아 훌훌 마셔 댔다. 히틀러가 무엇을 하고 있는지를 확인하고 싶었다. 창고의 일도 마무리만 남아 구태여 들어갈 필요가 없었다. 새우의 잔재가 널브러진 식탁을 두고 우남숙이 계산을 할 적에 히틀러가 이 동네에 사냐고 카운터 남자한테 물었다.

"히틀러, 그 사람 집 화전이라고 하는데 모르겠어요. 문국아, 히틀러 집 어디야? 쟤가 주워들어 잘 알죠."

카운터 남자는 카드 복사증을 우남숙이한테 내밀었다.

"히틀러요? 집이 화전이라든데 나도 잘 몰라요. 그쪽에서 고등학교 교사였다는데, 그럴 거예요."

웨이터가 그릇을 들고 가다가 말했다.

"교사라구요? 히틀러가요? 어쩜?"

복사지에 사인을 날리던 우남숙도 새로운 사실에 놀랐다. 그러나 그녀의 머리는 주판알처럼 계산서의 숫자를 따라 까닥댔다.

그는 뭔가의 한 줄기가 그의 몸을 투과하여 밖으로 퍼져 나가는 걸 느꼈다. 신선한 풀의 새순을 보는 것처럼 소중하고 아까웠다.

"선생이라고? 무슨 선생?"

카운터의 남자는 제초제를 뿌린 듯이 몇 올만 있는 앞이마를 모로

처들었다.

"독어 선생이었대요."

"니가 어찌 알아?"

"히틀러 독일어 잘해요. 모르세요? 전에 내가 식당 앞에 내놓은 쓰레기 좀 치워 달라니 독일어로 뭐라고 지껄였어요, 그것도 오랫동안. 아마 버린 사람을 보고 욕질을 하는 것 같았는데 무척 유창했어요."

"임마 니가 어떻게 독일말인지 알아들어. 저런 사람들은 그냥 막 씨부리는 걸 니가 잘못 안 거지."

믿기지 않은 듯이 카운터 남자가 웃어넘기자 웨이터가 그 웃음을 지워 버렸다.

"2학년 휴학할 때까지 제2외국어 선택이 독일어였어요. 지금은 알바 처지지만 저도 한소리 한다구요."

노랗게 물든 머리칼을 무스로 쭈뼛 세우고 있는 웨이터는 들고 있는 그릇을 던져 버리고 일식집 문을 나설 기세를 보였다.

"아, 그랬구나. 히틀러 아까운 사람이네. 어쩐지 뭔가 달라 보이드라. 야 그래 서 있지 말고 얼른 치워."

카운터 남자의 재촉에 웨이터는 심퉁하게 한 마디 뱉어 냈다. 웨이터가 던진 말에 누구도 관여하지 않았다. 그는 그런 중요한 정보를 소홀히 하는 이들이 못마땅했다. 그는 잃어버린 귀중한 물건을 찾아 나섰다. 가을 햇살에 비친 도로에는 히틀러의 그림자가 보이지 않았다. 우남숙이 뭔가를 그에게 말했다. 그러나 조금 후에야 알아들었다. 계산서를 살피며 창고로 걸어가는 우남숙을 본 뒤였다.

"맛은 있는데, 가격은 비싸네!"

물체는 일식집이 있는 정반대 쪽 도로의 끝분부에 쓰레기통처럼 꾸부리고 있었다. 산보걸음으로 히틀러가 있는 곳으로 다가갔다. 히틀러는 보쌈식당에서 내놓은 화분나무의 잎새를 관찰하고 있었다.

"뭐하세요?"

그는 히틀러의 옆에 붙으며 두툼한 고무나무 잎을 보았다. 검푸른 잎새에 먹을 흐린 듯한 검은 점들이 군데군데 번져 있었다.

"포도 따야 해요. 새가 와서 다 먹으면 우린 망해요. 새 쫓아야 돼."

히틀러는 나무에게라도 속삭일 듯이 쳐다보지도 않고 말했다. 묻는 자가 누구든 물음에 대한 답을 해주는 것 같았다.

"포도와 새?"

"비둘기보다 까치가 심해요."

히틀러는 고무나무를 두 손으로 감싸안고 외부의 침입을 막았다. 히틀러가 경어를 빼지 않고 있는 것에 그는 놀랐다.

"날이 지니 새는 집으로 갔어요. 저기 봐요, 해가 지고 있잖아요."

히틀러는 화분을 감싼 손을 풀지 않고 한참 따사로운 한낮의 하늘을 보았다. 그는 애써 노을빛을 발견하려 했다. 그때 푸른 하늘에 눈살을 찡그리던 히틀러가 덥썩 그의 손을 잡고 도로의 중앙쪽으로 이끌기 시작했다. 무척 강한 손아귀였다.

"빨리 벼 베러 가요. 참새가 다 까먹는다. 훠이 훠이―."

히틀러는 그의 손을 잡고 춤을 추듯 한 손을 허공에 저어 댔다. 지나는 행인들이 그들을 주시했으나 도로에 즐비한 식당에서는 관심을 보이지 않았다. 이미 그런 풍경은 이 동네의 사람들에게는 익어 버린 시시한 히틀러의 유희일 뿐이다.

히틀러는 그의 손을 놓고 혼자 너울거렸다. 그는 오랫동안 히틀러를 바라보았다. 더 이상 히틀러가 가지는 자유를 빼앗을 수가 없었다. 바람과 햇살과 구름과 파란 하늘에 융화되는 히틀러를 떠나 전철로 향했다. 일산 신도시에 머물 이유가 없었다. 일식점의 웨이터가 한 말이 들렸다.

"히틀러의 집이 이 동네였고, 개발하기 전에 여기는 온통 논밭이었대요. 땅 팔아 부자 됐는데 히틀러는 돌아 버렸대요."

아우슈비츠로 가는 열차가 목적지에 다 왔다. 초록여자는 중도에서 내리지 않았다. 그는 《쉰들러 리스트》의 영화를 보고 있다. 전철이 어디로 가는지 승객은 모른다. 종착역을 한 정거장 앞두고 주엽역이 있다는 것이 행운이었다. 그의 내릴 채비에 초록여자는 이맛살을 찡그리며 살아온 억압성을 와해시킨다. 그녀의 눈이 그의 몸을 훑으며 결별의 인사를 건넨다. 가스실로 들어가는 그녀를 위한 묵념과 혐오스러운 분위기를 낸 장본인에게 보내는 멸시의 시선이 맞물리어 스쳤다.

'잘 가거라, 이 시원한 놈아. 잘 가거라, 이 여자야.'

히틀러는 식당거리에 있었다. 도로의 한쪽 부위에 붙어선 채 양쪽 가게들을 살펴 대며 걸어 올라왔다. 감성 있는 디자인들이 솜씨를 보인 고급 인테리어로 황칠된 거리에 히틀러는 찌그러진 캔이 된다. 식사와 유흥을 위해 찾아오는 이곳 이용자들의 전용공간에 히틀러는 부합되지 않았다. 그는 거리의 건축물이 히틀러에게 어울리지 않다고 판단했다. 식당거리의 모든 풍경은 히틀러가 있는 바탕에 누군가 덧칠한 그림이다. 이들은 모조품을 찾아오고 히틀러는 원바탕에 그대로 있을 뿐이다. 주위를 두리번거리는 히틀러의 행동에 그는 히틀러가 잠시 잊어버린 그 원바탕의 그림들을 찾고 있다고 여겨졌다. 식당거리의 주인들은 히틀러가 이곳에 온다고 했다. 오는 것은 히틀러가 아니라 바로 그들이다. 히틀러는 이곳에 존재해 왔고 아무 곳으로도 떠나지 않았다. 기우는 가을햇살을 쓸고 가는 바람이 식당거리를 훑는다. 가게에서 내놓은 화분나무들이 온실 효과를 무시하고 단풍을 달았다.

그는 도로의 한쪽에 멈춰선 채 히틀러를 보았다. 그에게 히틀러는 구면이나 상대는 그걸 인식하지 못할 것 같았다. 히틀러의 눈에 그가 띄었으나 반응을 보이지 않았다. 곤색 제복과 꼬질하게 때가 낀 운동화가 낯익을 뿐, 넋 잃은 듯한 몸체의 주인은 낯설었다. 히틀러의 입술 주위에 묻은 물질이 김밥 부스러기란 것을 확인한 순간 히틀러의 몸이 감전된 듯이 빠듯해졌다. 그와 동시 히틀러는 한 쪽 발을 번쩍 들어 다른 발의 뒷굽에 소리나게 갖다 붙이고는 그를 향해 한 손을 쑥 뽑아 올렸다. 그리고 도로가 떠나갈 듯한 음성을 뽑았다.

"하일 히틀러!"

넋 어린 얼굴을 허공에 던지고 그에게 경배를 보내는 히틀러의 눈에는 광채가 났다. 그는 히틀러의 눈동자 속에 흘러내리는 슬라이드의 환상을 보았다. 영글어가는 벼들이 가득 찬 논들이 이어지고 허수아비가 서 있는 논을 향해 새를 쫓는 한 아이가 있었다. 그는 감전된 듯이 움츠려지는 몸을 느꼈고, 그의 몸 한구석에 은닉된 씨앗 하나가 움트는 것을 느꼈다. 그 발아력은 긴장과 두려움과 분노로부터 시작되는 그의 몸 전체를 내동댕이칠 정도로 강렬했다. 음전한 우레가 발생한 격량의 음진들은 그의 몸에 투여된 전력을 한 곳으로 밀쳐 냈다. 강력한 전류는 수분으로 웅쳐진 그의 몸을 전도하여 몸의 일 부분으로 빠져나갔다. 두 발끝이 모여지고 한 손이 앞으로 쭉 나갔다. 그러자 천둥 같은 음성이 그의 입을 통해 허공을 갈랐다.

"하일 히틀러!"

그는 거짓말 해도 웃어주던 어머니가 있는 어린 시절을 보았다. 그는 아직 철들지 않은 어린애였다. 한 손을 번쩍 쳐든 두 개의 그림자가 길 위에 떠 있었다. 식당거리는 없었다.

금고기를 보내며

금고기를 잡았다. 금고기는 눈물을 흘렸다. 어부는 금고기를 놓아주었다. 금고기는 어부한테 소원을 물었다. 어부는 음식이 풍부하길 바랐다. 금고기는 집에 가보라고 했다. 소원이 있으면 언제라도 이곳에 와서 자기를 부르라는 것도 알려주었다. 집에 오니 아내는 음식 속에 싸여 있었다. 까닭을 안 아내는 세상에서 가장 큰 부자가 되게 해달라며 어부를 다그쳤다. 아내의 등살에 쫓긴 어부는 다시 바다로 나가 금고기를 불렀다.

"금고기야! 금고기야!"

주위는 언제나 퍼런 바다로 넘실댔다. 바다는 깊고 험악했으며 높은 파도와 격노한 풍랑이 한 시도 쉬지 않고 일었다. 한 척의 배도 띄울 수 없는 그런 바다를 향해, 그는 눈만 뜨면 바다로 나가 금고기를 불렀다. 직장 생활 십팔 년 동안 하루도 거른 날이 없었다. 푸르다 못해 검게 보이는 거친 격랑 위로 신의 입김처럼 눈부신 금빛 등지느러미를 보이며 금방이라도 금고기가 부상할 것 같았다. 금고기는 나타나지 않았다. 바다는 지친 그를 보면 발악이라도 하듯 무섭게 수면을 튀겨 올렸다. 하지만 빈손으로 들어오는 그를 기다리는 아내의 괴형보다는 겁나지 않았다.

차를 주차장에 박고 옆 좌석을 보았다. 그의 빈 주머니처럼 얄팍한 서류가방이 그의 분신처럼 놓여 있었다. 가방을 들고 차 문을 잠근 뒤 열쇠고리를 손가락에 끼고 아파트 입구로 들어가는 수순만 남았다. 그러나 그 절차를 밟고 싶지 않았다. 핸들에 몸을 기댄 채 아파트를 살폈다. 이십육 층의 거대한 성냥 곽 하나가 무섭도록 땅에 박혀 있었다. 파란 블라인드를 한쪽으로 밀쳐 놓은 십오 층에 눈길이 꽂혔다. 베란다의 와이드 섀시 유리가 시월 오후의 햇살을 받아 눈부신 광채를 튀겼다. 햇살이 투명한 얼음을 만들어 베란다의 외장을 얼리자 온실을 만든다고 날라 댄 아내의 화분에서 나오는 녹색 빛깔이 유리로 번져 나왔다. 아내가 그 속에 있다는 것은 생각만 해도 아찔했다.

마흔일곱 살의 고릴라는 비계질의 살점을 출렁대며 서른세 평의 우리 속에서 그가 나타나길 기다렸다. 그는 그녀의 욕구 분출의 배출구였고 그녀는 그걸 적절히 활용했다. 그가 그녀의 지시에 고분고분하는 데는 세 살이 어리다는 나이 차이 말고도 다른 이유가 있었다. 그의 체격이 그녀의 몸에 비해 반밖에 되지 않는다는 것이 한 가지이고 제 어미보다 아비를 따르는 두 마리의 어린 새끼들 때문이 두 번째였다. 중, 고등학교 각각 1학년인 사내놈들이 제 어미를 닮지 않아 여간 다행스럽지 않았다. 체격조차 대살처럼 단아하며 단정한 녀석들은 독단적이고 억압적인 지 어미의 처신을 눈치껏 배타하고 지 아비의 설움을 나잇살에 어울리지 않게 읽었다. 언제나 집을 도망쳐야 한다는 생각을 먹었으나 실행하지는 못한 것은 아내로부터의 자유를 얻는 대신 자식을 팽개친 것에 대한 고통을 감수해야 했기 때문이다. 씨앗을 만든다는 것은 바로 자신을 잃어버리는 단계이다. 자신의 분신을 만드는 축복 대신 그 자신을 버려야 하는 단점이 수반된다. 엄밀히 논하면 아내는 남이지만 자식은 남이 될 수가 없다. 신의 섭리에 의해 타의든 자의든 족쇄의 고리가 되어 영원히 결합된다. 분신을 위해 그 자신을 포기하는 고통은 무척이나 컸다.

아내는 대학 동창이었다. 삼수의 경력을 걸치고 들어온 아내는 그들보다 세 살이나 많은 나이답게 퍽이나 조숙했다. 그녀는 꽉 끼인 청바지 차림으로 드러난 늘씬한 몸체를 야들거리며 문리대 캠퍼스를 흥분시켰다. 그도 다른 학생들처럼 누나라고 부르며 그녀를 쫓아다녔다. 다행히 그녀는 미래를 설계할 줄 알 정도로 조숙했기에 미남들과 부잣집 아이들보다는 장래가 투명한 남자들을 좋아했다. 누나뻘의 여자를 그의 품속에 넣을 수 있었던 것은 오직 그가 문리대 수석 자리를 내어 주지 않았던 때문이었다. 결혼 후 아내의 예측대로 그는 일류 그룹에 들어갔고, 결혼조건의 맹약에 따라 아내를 위해 가정을 꾸려 나갔다. 인생이 세월이 되어 흐른다는 걸 모를 한참 좋은 나이였다. 아내가 원하는 일은 무엇이든지 했다. 아내의 요구도 그가 할 수 있는 범위에 국한되었다. 소비도 그의 봉급 한도를 이탈하지 않았고, 그를 남편으로 구속하는 일 외에는 별다른 투정이 없었다. 하지만 시간은 그런 부부의 평행선을 유지시켜 주지 않았다.

첫아이가 다섯 살이 되어 유치원 문 앞을 기웃거릴 때 아내는 다른 사람이 되어 버렸다. 그를 매혹시킨 그 가냘픈 몸이 육중한 거구로 변하고 똥돼지 같은 몸의 형질에 따라 성질도 더럽게 변했다. 추물로 변한 것이 그의 잘못이라도 되는 양 그를 보면 못 괴롭혀 안달이 났다. 그리고 밤낮없이 뭐든지 먹어 댔으며, 갖고 싶은 것이 있으면 단번에 들여 놓았다.

"무슨 놈의 냉장고가 얼음도 못 만들어 내!"

한겨울날 냉면을 만든다고 설쳐 댄 아내는 냉동고에 얼린 얼음을 꺼내면서 멀쩡한 냉장고를 바꾸었다. 그의 목을 죄는 간접적인 목표물을 발견한 거였다.

덜 된 아내와는 달리 그는 그룹에서 인정받는 자로서 나날이 진보되어 갔다. 덕택에 아내의 과욕을 충족시켜 줄 다소의 비자금도 생겼다. 하지만 아내의 물욕은 그의 수입의 한계를 앞장서 버렸다. 아내는 한 번 맛본 물욕의 미감을 잊지 않았다. 온전한 찬장을 바꾸는 것을 필두로 집안에 있는 가구를 완전히 교환했다. 가제도구로 이전되어 작업복까지 메이커로 구입하는 수완을 보인 아내는 살찐 몸을 응접의자에 떨어뜨리고 교환할 물건을 찾아 눈을 반짝였다. 그녀의 군림을 제거하고 싶었다. 그러나 그의 몸체의 배나 되어 보이는 아내의 위세에 눌려 엄두도 내지 못했다. 두 번 다시 응접 세트 사건 때를 재현하고 싶지도 않았다. 아내의 비위를 맞추기 위해 돈이 필요했다. 직책의 권리를 이용하여 판공비 및 공금 횡령을 권한이 닿는 한 우려냈다. 그것도 부족할 땐 부하 직원들을 으름쳐서 상납을 받았다. 직원의 카드까지 빌려 긁어 댔다.

"부장님, 이번 달 카드 결제일이……."

"전 번에 빌려준 돈……."

"대출금 독촉장이……."

"집사람 친구의 돈이라서 이번엔 꼭 좀……. 하긴 다음에 갚죠, 뭐!"

"담보된 집을 공매하겠다는데……. 그게 뭐 몇 푼 된다고!"

월말만 되면 부하 직원들은 그에게 밀려왔다. 그러나 입을 다물고 좌시하는 그의 행동을 보면 말을 채우지 못하고 물러났다. 이것이 영원한 도망이 아니라 언젠가 그들과 부딪쳐 해결할 일이란 것도 알고 있었다. 아내보다 힘이 세어 그녀를 완전 굴복시키는 일 외에는 다른 방도가 없었다.

차에서 내리기가 싫었다. 의자의 등받이에 머리를 기대고 누웠다. 계기판의 시계가 두 시 삼십 분을 깔쭉거렸다. 세 시까지 오라는 아내의 명령을 수행하는 데에는 지장이 없었다. 토요일 오후는 회사의 단결모임이 있는 날이다. 집행자인 총무부장인 그가 주선만 해놓고 도망치기가 일쑤였다. 오늘도 안방에 놓을 자개문갑을 보러 가자는 아내의 명령을 거역할 수가 없었다. 가는 거야 어렵지 않다. 문제는 아내가 점지한 이상 문갑이 집안에 자리를 잡는다는 것이다. 돈을 마련할 일이 태산이었다. 현금 지급기에 매달려 여태까지 있었다. 현금 지급기는 그의 카드 일곱 매를 다 뱉어 냈다.

'끼르륵 끼륵 -. 사용 중지, 지급 중지.'

지급기는 정확하게 카드의 정체를 밝혔다. 현금 지급기를 훔치는 방법을 구사해 봤다. 돈을 담고 길거리에 함부로 내동댕이쳐 있지만 누군가 훔쳐가지 않는 이유가 있을 것 같았다. 텔레비전 뉴스에서 나온 한 건의 현금 지급기 절도 사건을 보고 웃은 적이 있었다. 미련하게 무거운 걸 끌고 가다가 덜미를 잡혔다. 절도의 행각을 보면서 웃음이 나오는 장면을 연출한 절도자의 모습이 불쌍했다.

'나는 그런 멍청이는 되지 말아야지, 폐쇄회로의 카메라를 찾아 렌즈를 껌으로 붙여 바보를 만들자.'

그러나 어디론가 끌고 가서 파괴를 하기 전에는 금전 보관통이 드러날 것 같지가 않았다. 으슥한 곳으로 옮기는 것을 연구하다가 배를 째어 말린 금고기 같은 카드를 뽑아 물러났다.

뒷주머니에 손이 절로 들어갔다. 밤색 지갑이 허리를 꺾인 채 나왔다. 두 손으로 지갑을 감싸 잡았다. 여느 때처럼 눈을 감고 백 억짜리 수표 한 장이 생기길 금고기한테 빌었다. 시야에는 푸른 바다가 펼쳐졌다. 바다는 거칠었고, 그를 향해 돌진했다. 그는 바다를 향해 넋없이 지껄였다.

"금고기야, 금고기야!"

생선 비린내가 풍겼다.

아내한테는 무슨 냄새가 났다. 몸이 불자 아내는 물욕 말고 또 다른 욕구 하나가 생겼다. 밤만 되면 겹겹이 겹쳐진 살점을 출렁거리며 그를 짓눌러 댔다. 아이놈 둘 다 사춘기의 눈을 뜰 초등학생이 되어도 아내의 성욕은 줄지 않았다. 그의 아랫도리는 늘 힘이 없었다. 아내는 욕정을 식히기 위해 그의 헌신을 원했다. 그는 늙은이의 목살처럼 늘어져 흐물거리는 아랫도리를 대신하여 혀로써 아내의 전신을 애무했고, 아내는 수음질로 비육한 몸을 틀어 대며 만족을 취했다. 포식한 돼지처럼 늘어져 버리는 아내를 보며 구토를 느꼈다. 피둥피둥한 살점에서 뿜어 나오는 냄새 때문이었다. 정사 뒤의 아내의 몸은 정액과 땀과 침으로 흥건했다. 냄새의 주 요인이 그 탓으로 여겼다. 그러나 그녀가 샤워를 하고 비누냄새를 풍겨도 냄새는 소진되질 않았다. 무언가 썩는 듯한 착각을 일으킬 정도로 고약했다. 아내가 가까이 오는 것조차 혐오스러웠다. 하지만 아내는 알몸으로 냄새를 피웠고, 밤마다 냄새에 시달려야 했다. 아내가 그 냄새를 지우기 위해서는 그의 정액이 필요하다는 괴이한 판단이 들었다. 정말로 아내는 그의 정액을 원했다. 그가 사정을 할 수 없을 정도로 피곤에 지쳐도 그의 사정을 확인하고야 놓아 주었다. 그녀의 둔부는 항문이 보이지 않을 정도로 엉덩이가 붙어 버렸다. 음부도 지렛대를 사용하여야 열릴 정도로 옹골찼다. 그런 살점으로 보아 그녀의 신경은 아주 둔감해야 했다. 그러나 작은 티끌 하나가 끼여도 판별할 정도로 그녀의 성감대는 예민했다.

그녀의 등살에 거짓으로 정액을 유출하는 시늉을 낸 적이 있었다. 삽입된 아랫도리를 그녀한테로 깊게 밀착시키며 쾌락의 신음을 질러 댔다.

"연극하지 말어! 난 당신을 느낄 수 있어, 당신 정액의 온도도 알 정도야. 그건 당신이 내 속으로 들어온다는 뜻이야. 난 그걸 받아들이는 거야. 우린 사랑하잖아."

어린아이 달래듯이 주입하는 그녀의 말에 소름이 끼쳤다. 그는 얼른 정액을 뽑아 주었다. 정액이 고갈이 나서 다시는 그 물건이 발기하지 않길 바랐다. 그때부터 일이 시작되면 정액을 쏟는 데 전력을 다했다. 아내의 몸이 비대한 것은 그의 체액을 흡입했기 때문이라는 엉뚱한 생각이 들었다. 멀지않아 정액이 고갈이 나고 그는 오갈병 걸린 식물처럼 시들해 버릴 것 같았다. 기아 속에 말라 비틀어져 빠진 아프리카 난민이 떠올랐다.

금고기는 나타나지 않았다. 격한 바다물결을 헤치고 다가오는 무수한 군상들이 보였다. 직장동료, 친구들, 회사 거래처는 물론 은행 직원 및 신용카드 담당 직원들이었다. 아내를 위해 금고기 노릇을 대신 해준 그들은 온갖 험한 인상을 지으며 손을 뻗쳐 그를 낚아채려 했다. 그렇게 정 많고 친절한 얼굴들이 그런 험한 얼굴을 하다니, 그들의 손에 걸릴까봐 얼른 눈을 떴다.

지갑이 보였다. 만 원 권 몇 장이 누워 있는 주머니 바깥에 단맛을 탈취 당한 채 층층이 꽂혀 있는 일곱 장의 카드가 불쌍했다. 화려한 명성을 날리던 흔적은 어디에도 없었다.

"선생님이야말로 골드의 주인입니다."

카드는 세 종류가 있다고 직원은 말했다. 팜플렛에 박힌 카드의 분류를 보여주며 상세히 설명했다. 일반 카드는 푸르띵띵한 색깔로 촌티를 띄웠다. 신용대출 한도도 적고 특별 보너스도 없었다. 소지하고 싶은 생각보다 거부감을 느끼게 했다. 실버 카드는 그래도 은박을 입혀 빛을 살렸다. 신용대출 한도가 일반 카드보다는 우위이지만 도토리 키재기였다. 골드 카드는 소유욕을 일으킬 정도로 품위가 있었다. 금박에 찍힌 글자들도 숙련된 연금술사가 세공한 양 격조가 높았다. 제반 사용여건도 다른 카드에 비해 월등히 좋았다. 최고의 레스토랑과 호텔의 할인 혜택은 물론 신용 한도도 거의 무제한이었다. 신용등급이 A급 이상이어야 소지할 자격이 있다는 말에 그는 영문으로 된 사인을 약정서에 휘갈겼다. 며칠 후 골드는 그의 손에 들어왔다. 금빛 몸체를 번뜩이며 그의 지갑에 안착할 때 금고기가 돌아와 그의 하달을 기다리는 걸 느꼈다. 금고기는 기적을 일으켰다. 아내의 입이 떨어지기 무섭게 그 어떤 물건이든 아내 앞에 대령시켰다. 지갑을 나와 그의 영어 사인을 받으면 신들린 듯이 사명을 완수했다. 그러나 금빛 몸체가 빛을 잃고 시들시들 말라 버렸다.

그를 카드처럼 주눅들게 만든 아내를 대응할 방법은 없었다. 주머니에 지갑을 넣었다. 그가 할 가장 쉬운 방법이었다. 시계는 거침없이 세 시에 접지했다. 아내의 부름 시간이 절망의 시간으로 흘렀다. 그가 존재할 단 일 초의 여유도 아내는 허락하지 않았다.

차창으로 가을바람과 함께 아이들의 음성이 밀려들었다. 아파트 앞에 있는 놀이터가 바깥 백미러에 박혔다. 그네와 미끄럼틀과 철봉을 비롯한 미로놀이 기구가 소인국의 건물처럼 소담했다. 놀고 있는 열댓 명의 아이들조차 소인들 같았다. 아이들은 대부분 유아원을 다니는 또래였다. 바닥에 퍼질러 앉아 놀고 있는 아이들은 모래 장난질을 했다. 미로 타기에는 다섯 명이 붙었다. 복잡하게 얽어 놓은 통나무들 사이로 아이들은 날렵하게 나다녔다. 술래가 된 한 아이가 그들을 쫓고 나머지는 잡히지 않으려고 비명을 지르며 도망 다녔다. 철없는 아이들, 그도 그때가 있었다. 놀이터의 공간이 부러웠다. 그곳은 아이들의 전용지였고, 놀이 외에는 그 어떤 압력도 존재하지를 않았다. 하지만 아이들은 그 터전을 떠나고, 언젠가 어른이 되어 놀이터의 추억을 부러워하리라.

백미러 속에 든 놀이터는 아이들을 담고 동화 같은 이야기를 전개시켰다. 그 속으로 들어가고 싶었다. 거기에는 아내가 없을 것이다. 남자한테 여자의 의미는 어떤 상황이든 이성으로 존재한다. 아내가 여자로 여겨지지 않은 지가 오래됐다. 그녀를 정신없이 사랑하고 결혼하게 된 그 아름다운 과거가 백미러 속의 동화가 되어 버렸다. 백미러 속에 젊은 그들이 보였다. 응접 세트 사건이 그들의 젊음을 무용지물로 만들어 버렸다.

응접 세트는 멀쩡했다. 감색 가죽 커버도 알맞게 닳아 윤이 났고, 쿠션도 적당하게 길들어져 푹신했다. 목재 부위에 음각된 넝쿨 조각이 조잡했지만 견고하고 실용적이었다. 하지만 투박하고 구태난다는 핑계로 아내로부터 밉상을 받아온 어느 날 느닷없이 수난의 날을 맞았다. 아내의 교환 품목에 든 이상 그냥 넘어갈 리 없었다.

"내일 일찍 들어와, 이놈의 응접 세트를 처리해야 하니까. 이게 있으니 십구 세기에 사는 것 같아 지겨워."

저녁 식사 후 의자에 앉아 신문을 보고 있는 그를 보고 아내는 투정을 했다. 한참 질이 나서 정이 든 의자를 바꾸겠다니, 도무지 이해가 가지 않았다.

"십구 세기는 당신이야! 현명하다면 가꾸어 나갈 거 아니야! 이건 무슨 고상한 눈을 가졌다고 보기만 하면 바꾸려 햇! 눈이 있는 거야! 있다면 당신 몸이나 관리 잘해, 괜히 애꿎은 응접 세트만 고물로 보지 말구! 돼지 눈에 보이는 게 있어!"

응접 세트를 바꾸겠다는 아내의 생떼를 나무라는 의도로 약점을 들추었다. 그러나 되레 아내한테 독재의 권리를 보장하는 데 일조를 하게 했다.

"뭐라고 돼지 눈? 그래 니놈 눈엔 내가 돼지로 보여! 내가 왜 이래 됐는지 알아? 니놈 씨 낳고 니놈 뒷바라지하느라 이래 됐다, 알어 이 눔아!"

아내는 후식으로 먹던 아이스크림이 든 그릇을 던졌다.

"무슨 쌍말이야! 정말 돼지야? 뭐가 잘났다고 소리를 질럿!"

그도 신문을 팽개치며 나섰다.

"아니, 이 자식, 먹을 걸 몇 개 물어준다고 봐줬더니 뵈는 게 없어!"

"이게 정말 형편없군, 그동안 정을 봐서 참아주고 살았더니 못된 짓만 늘었군. 좋아, 응접 세트를 갈든지 엿 바꾸어 먹든지 니 멋대로 해! 나한테 손 내밀지 말앗!"

그동안 그녀를 동조한 일에 대한 제동을 걸었다. 한 번은 거쳐야 할 문제였다.

"뭐라고 이 새끼! 내가 니놈의 하인이야!"

아내가 방석을 날렸다. 방석은 정확하게 그의 얼굴을 강타했다. 그는 성질 난 몸을 튕겨 아내의 뺨을 올려부쳤다. 탄력 있는 살점이 손바닥에 느껴진 순간, 그는 그의 창창한 미래가 아내한테 볼모로 바치게 될 것을 느꼈다. 불 맞은 산돼지는 이성을 잃었다. 눈앞에 보인 포수를 향해 일격을 가했다. 그는 단번에 바닥에 처박혔다. 순간적인 일이라 정신을 수습할 틈이 없었다. 멍하니 앞을 봤다.

괴물 하나가 있었다. 허옇게 까뒤집혀진 눈에는 불이 흘렀고, 이빨이 보이도록 벌린 함지 입에선 쌍소리가 튀어나왔다. 쭈그러진 냄비 같은 얼굴이 고릴라와 비슷했다. 그 순간 괴물이 그를 덮쳤다. 그는 자신도 모르게 주먹을 내질렀다. 괴물의 턱주발이 둔탁한 소리를 냈다. 그러나 괴물의 공격을 막지 못했다. 괴물의 육중한 몸이 그의 몸에 폭탄처럼 터졌다.

"날 좋다고 데려온 게 니놈이야! 날 위해 니놈의 인생을 버리겠다며 애걸복걸했지. 니놈은 이제 그 약속을 지켜야 할 거야! 니놈은 니놈의 인생을 위해 날 택했고, 난 내 인생을 위해 니놈을 따른 거야! 니놈인생을 위해 날 이용할 생각 말어! 니놈은 나를 업고 가는 거야, 뒈질 때까지. 날 원망 말어, 니놈이 선택한 거니까!"

아내는 씩씩대며 승자의 포고령을 내렸다. 짚북데기처럼 헝클어진 머리칼이 서릿발을 뻗쳤고, 찢어져 흐늘거리는 블라우스 사이로 보름달 같은 젖퉁이 둥실거렸다. 위압적으로 쳐다보는 얼굴에는 엄포를 내포한 채 뻘겋게 충혈된 두 눈이 있었다. 터진 입술에서 흘러나온 피를 루비로 된 훈장을 자랑하는 것처럼 손등으로 훔쳐낼 때 아내는 이미 여자가 아니었다.

"내가 개야? 사람을 개 패듯 하면 어쩌자는 거야."

전신이 멍든 듯한 몸을 억지로 가누며 푸념했다. 아내의 몸이 더욱 커 보였다. 표시 없이 불러진 그녀의 뱃속에는 둘째가 있었다. 녀석은 엑스레이 눈으로 아비를 투시했다. 얼굴이 엉망으로 짓이겨진 아비의 모습을 태반으로 전송 받아 지금의 광경을 입력했다.

비명 소리가 들렸다. 백미러 속에 든 놀이터에서 사내아이 둘이 싸움을 하고 있었다. 다른 아이들은 제 놀이에서 손을 떼고 구경만 했다. 두 아이의 몸집의 차이는 컸다. 덩치가 큰 아이가 정신없이 뒤로 밀리고 있었다. 궤젓하게 달라붙는 작은 몸집의 아이는 아예 혼이 나간 듯했다. 두 팔을 팔랑개비처럼 휘두르며 정신없이 덤벼들었다. 엉엉거리며 우는 것이 먼저 맞은 것 같았다. 그 반면에 때린 듯이 보이는 큰 놈은 가관이었다. 맹렬한 상대의 주먹질에 대응도 못하고 뒷걸음치기 바빴다. 구경하는 아이들은 튀겨 오르는 모래를 피해 조금씩 자세를 고쳐 앉을 뿐 싸움을 말리려고 하지 않았다. 신통히도 두 싸움꾼은 모래 밖을 나가지 않았다. 공격적인 기세로 보아 곧 끝날 싸움도 아니었다. 가격하는 주먹에 큰 놈이 맞지 않자 꼬마의 주먹질은 분노를 담았다. 먼저 맞은 설움을 토해 내며 큰 놈을 쫓았다. 감당하지 못할 싸움을 건 것이 후회라도 되는 듯 큰 놈의 기세는 말이 아니었다. 완전 상실된 전의를 얼굴에 잔뜩 담고 물러서기 바빴다. 두 놈의 싸움 형태를 보자 힘이 솟았다. 공격하는 꼬마가 둘째로 보였다. 그는 핸들을 힘있게 잡았다. 둘째는 이빨을 깨물며 큰 녀석한테 덤벼들었다. 그 사이에 지쳐 쓰러진 그가 있었다.

언제나 침착하고 차분한 형과 달리 녀석은 반항적인 기질이 있었다. 두 살 터울인 형이지만 녀석은 잘못을 하면 가차없이 형을 질타했다. 갈색 비닐이 얇게 덮인 것 같은 녀석의 피부는 작은 몸집에 어울리게 탄력이 있었고, 먹을 찍은 듯한 눈동자는 초롱거리며 성질을 발산할 비겁한 것을 찾았다. 반의 선두를 질주하는 형의 성적에 비해 녀석은 늘 가운데를 지켰다. 그러나 형을 부러워하거나 공부 못한 것에 대한 어떤 열등감도 없었다.

"형이니까 공부 잘하지, 동생이 어떻게 형보다 잘 할 수 있어!"

형을 닮으라며 야단치는 제 어미의 면전에 녀석은 그럴 듯한 교훈까지 내놓았다. 나이 많은 자가 뭐든 우선을 한다는 것이 녀석의 방침이었고, 말처럼 행동 또한 그렇게 실행했다. 제 형을 싸고도는 어미를 이해하는 것도 녀석의 그런 견해 때문이었다. 녀석의 행동거지를 보면 닮은 데가 없었다. 내성적이고 소극적인 그의 성질도 아니었다. 과격하고 화끈한 제 어미의 성깔도 유전 받지 않았다. 돌연변이로 웃기는 녀석이 생겼다. 녀석이 좋았다. 그를 아비로 예우하는 단 하나의 가족이었다. 제 어미한테 멱살을 잡힌 채 낭패를 당할 때가 있었다. 제 형이란 놈은 응당히 그럴 거라는 판단으로 난리가 나도 제 방에서 공부만 해댔다. 그러나 녀석은 그 까만 눈동자로 그들 주위를 어슬렁거리며 상황을 살폈다. 제 어미가 그를 응접의자에 처박아 놓고 짓눌러 댈 때 성난 늑대처럼 달려드는 녀석을 보았다. 그 순간 제 어미가 비명을 지르며 거실을 맴돌았다.

"요런 개같은 새끼, 누굴 물엇!"

한 손으로 자신의 한쪽 어깨를 감싸쥔 채 녀석을 쳐 죽일 듯이 꼬나보는 제 어미는 별다른 반격을 가하지 못했다.

"힘만 세면 최곤가!"

녀석은 눈에 불을 켜고 제 어미를 째려봤다. 여차하면 덤벼들어 최후의 일전을 가할 기세였다. 불 맞은 산돼지를 몰아 대는 사냥개 같았다. 소름이 끼쳤다. 아내 말처럼 녀석이 개일지도 모른다는 착각마저 들었다. 부모의 누구도 닮지 않은 이유를 알 것 같았다. 초등학교 사학년인 녀석이 어른처럼 의젓했다.

이때부터 녀석한테 정이 갔다. 그러나 제 어미는 녀석한테 겁을 먹었다. 언제 녀석이 그 날카로운 이빨로 물어뜯을지 불안해 했다. 그를 타박할 때도 녀석이 있으면 강도를 낮추었다. 그냥 욕지거리로 넘기는 날도 있었다. 그날 이후로 놈한테는 이상한 습관이 생겼다. 학교에서 싸움꾼이 되어 버린 것이다. 일 주일이 멀다 하고 담임한테서 연락이 왔다. 피해자의 부모로부터 들어오는 항의를 무마하기 위해 제 어미는 뻔질나게 학교를 들락거렸다.

"애새끼가 누구 닮아 싸움질만 하는지! 무슨 놈의 사내자식이 꼭 힘 없는 계집애만 때린대야!"

아내는 피해자의 부모한테 쏟지 못한 분노를 그에게 풀었다. 힘없는 계집애란 말이 거슬렸다.

"남도야 너는 남자야, 남자는 여자를 돌봐줘야 해. 남자가 약한 여자와 싸우는 것은 비겁한 일이야. 한 주먹도 안되는 여자를 때리다니, 이제부터 넌 그런 여자를 골리는 아이들을 때려주도록 해라, 알겠니?"

어느 날 녀석과 단둘이 있는 시간을 이용하여 타일렀다. 그러나 녀석의 답변에 녀석보기가 민망했다.

"난 여자한테 얻어맞지 않아! 그 가시나가 덤벼서 맛을 보여준 거야. 아빠, 그 가시나 얼마만큼 큰지 알아? 나보다 이만큼 더 커, 한 뼘만큼. 아빠와 엄마같이 차이나, 정말이야!"

녀석은 당당했다. 제 어미의 태 속에서부터 이런 날을 고대했다는 판단이 일었다. 그는 언제나 아내의 압박을 당했고, 녀석은 꼿꼿하게 또 다른 여자를 상해 입혀 제 어미를 골려 주었다.

꼬마는 당찼다. 발발이처럼 돋움질을 해대며 큰 놈의 얼굴을 향해 주먹을 날렸다. 제 어미를 노려보며 경멸의 불길을 지피던 둘째와 다를 바 없었다. 큰 놈으로 봐서는 한 주먹거리도 되지 않는 꼬마였다. 그러나 큰 놈은 도망치기에 바빴다. 꼬마의 주먹을 피하는 뒷걸음질이 자못 서툴기 짝이 없다. 기어코 큰 놈은 뒤로 넘어지는 수모보다 굴욕을 택했다. 돌아서 아파트 쪽으로 내뺐다. 놀이터를 벗어나 싸움의 소지를 말소한 거다. 하지만 꼬마는 장외를 인정하지 않았다. 끈

질기게 큰 놈을 쫓았다.

그는 창 밖으로 고개를 내밀어 녀석들을 보았다. 추격하는 꼬마를 보자 힘이 솟구쳤다. 꼬마가 발산하는 괴력이 그를 당기는 것 같았다. 두 녀석은 금시 어디론가로 모습을 감췄다. 놀이터는 평온이 왔고, 아이들은 다시 제 놀이를 하며 놀이터를 지켰다. 가을 햇살이 아이들과 어울렸다. 티없이 맑은 아이들의 모습이 좋았다. 비어 있는 빈 그네에 여유로움이 흘렀다. 그네에 앉아 아이들에게 금고기의 동화를 들려주고 싶었다.

어부의 아내는 부자가 되었다. 그러나 그것으로 한이 차지 않은 어부의 아내는 어부한테 명했다. 모든 소원을 들어주는 금고기를 다스리는 여왕이 되게 해달라고. 아내의 생떼에 못이긴 어부는 바다로 나갔다. 금고기는 어부의 부름 소리를 듣고 나타났다. 어부의 아내의 말을 전해들은 금고기는 아무런 말을 하지 않고 파도가 발악하는 바다로 슬픈 얼굴을 감췄다.

어부의 아내한테 주어진 복록들이 연기처럼 사라지고, 그녀는 다시 가난한 움막집 아낙으로 돌아갔다.

"금고기야, 금고기야!"

느닷없이 바다가 그리웠다. 너른 바다를 향해 나가고 싶었다. 그때였다. 그의 앞에 검푸른 노도가 달려들었다. 항상 그를 덮치려고 위협한 격랑의 파도였다. 차를 몰아 바다를 향해 나아갔다. 세상의 소음을 소멸시키기 위해 파도 소리가 크다는 생각이 들었다. 정말로 파도 소리 외에 아무것도 들리지 않았다. 그를 찾는 아내의 음성도 그를 부르는 아이들의 목청도, 그리고 월말마다 그를 기다리며 애걸해 대는 뭇사람들의 발성도 먼 시절에 지나간 바람소리로 남아 흘렀다. 그는 등지느러미를 바짝 세우고 파도를 향해 유형의 몸짓을 띄웠다. 윤활유가 발린 통로를 지나듯이 그의 몸이 날쌔게 파도를 갈랐다. 둘째 놈은 아직도 제 어미의 뱃속에서 그를 투시하며 있었다.

승선에서

비오는 날, 비가 오지 않은 경계선을 보고
싶어했다. 일기예보가 일정 지역의 비 소식을 알리는 날에는 그 지역
어디인가에 비가 내리지 않는 경계선이 있을 거라 여겼다. 그때마다
나는 내 몸을 경계선에 맞추고 반은 비를 맞고, 반은 햇볕에 쬐이는
상상을 했다. 일정한 근역을 방경에 두고 내리는 소낙비나 멀건 하늘
에 느닷없이 여우비가 내리는 날에는 비가 내리지 않는 경계선을 찾
아 무턱대고 달려보기도 했다. 사물에 대한 어린 나이의 막연한 호기

심 때문이 아니었다. 운층에 의해 비의 종류가 형성된다는 과학적 해석을 습취한 마흔 초반의 나이에도 비의 경계선은 나를 유아로 돌려 놓았다.

비가 올 때마다 내 몸의 절반에 햇볕이 내리는 상상으로 기쁨을 만끽했다. 경계선의 양쪽을 번갈아 넘나드는 특정 권한을 부여받는 것과 우산을 쓰지 않고도 비를 맞지 않는 방법을 홀로 터득한다는 것은 신나는 일이었다. 그것은 눈속임으로 경탄을 자아내게 하는 마술이 아니라 과학적인 근거로 은닉된 자연의 경이로운 비밀물이기에 신비감은 더했다. 그 경계선의 위치는 삶과 죽음의 중간쯤일지 모른다. 그곳에 서고 싶다는 호기심은 삶에 지친 사람이 죽음의 의미를 분별하기 위한 충동심일 수도 있고, 두려움이 없는 한쪽으로 삶을 의지하고 싶은 일이기도 하다.

어느 날 그 경계를 처음 보았다. 위험한 사랑병을 앓던 스무 살의 젊은 날이었다. 그렇게 처음은 시작되었고, 처음이란 신비감을 내게서 영원히 앗아갔다. 그리고 변명의 때가 모래무지의 비늘처럼 끼어 버린 지금까지 세 번의 경계선을 맛보았다. 그 모두 다 자동차로 통과한 것이다.

비 오는 땅과 오지 않는 땅을 지나는 차 속에 든 나는 비와 햇살을 맞지 않았다. 그러나 분명 비가 오지 않은 마른 땅을 지나는 나를 보았다. 비 오는 곳에서의 나의 반쪽이 마른 지역을 통과함으로써 나는 몸에 든 수분을 말리는 건조기를 지나는 기묘한 기분을 느꼈다. 젊은 시기의 경계선 통과는 신비적인 흥분으로 내 몸을 들뜨게 했다. 무심코 통과한 30대에는 찬사를 받을 정도로 사회생활에 만족했기에 관심 없이 스쳤다. 세 번째 통과한 사십대는 빗속과 마른 선에 대한 분역 지구에 깊은 회의를 느꼈다. 빈곤에 젖은 나에게 마지막 통과한 경계선의 의미는 무의미했고, 마른 옷이나 진 옷이나 내게는 그걸 고를 여유가 없었다. 지금 두만강을 따라 상류를 오르며 비에 젖은 땅과 마른 지역의 경계선에 대해 숙고하고 있다.

층쌘구름이 떠도는 강 건너 북한 땅 민둥산 위에 해가 들락거린다. 운충을 회절시킨 11월의 햇살이 숭선으로 가는 비포장 황톳길에 광관으로 빚은 보자기가 되어 펴고 접기를 반복한다. 산굽이를 따라 흐르는 두만강 줄기는 여울처럼 폭을 좁히고, 강 이쪽의 강변을 따라 밭들을 내지른다. 길은 밭을 사이에 두고 뻗었다가는 골로 들어갈수록 강변과 가까워졌다. 강 이편의 중국 땅에는 작은 야산이 등을 늘어뜨린 채 길을 따라 이어지고, 약간 좁혀진 협곡쯤에 이르는 곳에는 삭풍에 잎을 턴 앙상한 만주자작나무가 숲을 이뤘다.

"봇나무라 함다. 장백산 줄기를 따라 저 나무가 우거짐다."

온몸에 회칠한 듯이 들어찬 산의 나무를 보고 방우달이 입을 열었다. 봇나무라고 발음하는 입술이 두툼하게 살찐 얼굴에 곱창조각이 되어 오물작거렸다. 학술문화교류차 한국에 온 중국 화룡사람 조선족 방우달은 그해 8월 안동으로 가는 중앙선 기차에서 내 옆자리의 승객으로 인연을 맺었다. 고향 가는 나와는 달리 그는 안동에 사는 고모의 자식을 만나러 가는 길이었다. 상경한 후 약속대로 나의 핸드폰을 울린 그 투박한 함경도 사투리는 그가 귀국할 보름동안 나와 정을 쌓았다. 고등학교 교사라기보다는 농사꾼같이 소탈했다.

"자작나무인 것 같은데……, 만주자작나무."

서까래 굵기의 흰색 표피를 지닌 나무들은 동강난 흰 실을 뿌린 듯이 온 산에 꽂혀 있었다. 방우달이 만주자작나무가 아니라 봇나무라고 지칭해도 자작나무 우거진 눈 덮인 러시아 시골 숲길을 마차로 지나는《닥터 지바고》의 영화 속 장면이 떠나지 않았다. 우수리 강가로 빼곡히 나 있는 화면 속의 자작나무는 비척한 사회에 응고된 낭만을 풀어주는 촉진제였다. 봇나무가 자라는 환경과 함께 43년을 지낸 방우달의 주장을 번복시킬 대안은 없었다. 승선으로 안내하는 성심을 참작하여 만주자작나무와 봇나무가 동목이명이라고 제안했으나 방우달은 그마저 무시했다.

"자작나무는 저도 압다. 저건 봇나무란 것임다. 한국에도 있슴까? 나는 못 본 것 같슴다. 만주에 난다고 만주자작나무인 모양인데, 그건 아님다. 자작나무 아님다."

러시아 횡단열차에 대한 다큐멘터리를 본 적이 있는 나는 산과 들마다 도열한 자작나무에 매료됐었다. 자료를 찾아본 결과 너덧 가지의 자작나무 분류가 있는 걸 알았고, 중국 북방쪽에 산재되어 있는 만주자작나무를 익혔었다. 만주라는 우리와 연관된 지명이 색달라 각인케 됐다. 화룡시내를 떠나 10여 분을 달리자 지천으로 나타난 나무를 본 순간 만주자작나무란 걸 알았다. 내 예감이 분명하다면 봇나무는 만주자작나무가 틀림없다. 방우달은 봇나무란 명칭을 지킴으로써 자신의 토착성을 확인시켰다. 나는 애써 그것에 대한 설명을 할 필요성을 느끼지 못했다. 봇나무건, 만주자작나무건 나를 매료시킨 나무들이 군락을 이룬 채 앙상한 초겨울 산야를 암울성에서 탈피시키고 있다는 것이 중요했다. 그러나 지역적인 기호를 존중하는 의미로 나도 봇나무로 부르기로 했다. 파스테르나크가 자작나무 숲에 그려넣은 지바고와 라라의 모습은 내 마음의 서정물이 되어 흘렀다.

멀리 봇나무가 들어찬 산들이 두만강 건너의 민둥산을 마주 보며 나란히 달렸고, 두 산 사이를 두고 투명하게 깔려 있는 강은 완연한 굴곡을 이루며 늘어져 있었다. 6인승 지프는 이름 모를 가로수가 듬성듬성 심어진 비포장길을 별 요란없이 달렸다. 외씨 같은 얼굴을 한 운전사는 간혹 가다 뒤에 탄 방우달과 한어로 주고받을 뿐, 두어 대가 지나가기 힘들 정도로 협소한 길의 앞쪽을 살피며 맞은편에서 나타날 자동차에 대해 긴장하고 있었다.

강 이쪽 중국지역의 산 아래에 간간이 나타나는 두어 가구의 인가가 적막 속에 스쳐갔다. 색깔 든 기와를 얹거나 슬레이트 지붕을 한 집들은 초가를 닮았고, 그 모두가 판자를 세워 만든 담을 두르고 고즈넉이 앉아 있었다. 척박한 땅과 기후에 건조되어 색을 칠하지 않았는데도 판자들은 창 앞으로 밀려드는 구름 색깔처럼 짙은 회색을 띠었다. 계곡의 넓은 부위가 만들어 낸 강변에 뜸뜸이 보이는 몇 마리 소가 말라 버린 초근을 뜯으며 한가롭게 노닐었다. 그것은 강 저편의 북한 땅 산등에 올망졸망 모여 있는 가옥들과 유관되어 처연한 광경을 흘려 냈다. 가파른 비탈에 일구어져 있는 밭이 산의 모습을 상실시켰고, 사람의 모습은 보이지 않았다.

"한여름 되면 강에 온통 천렵꾼들이 덮힌다. 와, 무시게도 많으오. 사람들이 꽉 찬다."

방우달은 겨울바람이 이는 강줄기를 보았다. 그는 뭔가의 변화와 감동에 젖을 손님의 반응을 기대라도 하는 듯 저 홀로 감격에 찼다.

중국 연변주 화룡에서 한국사람들이 가장 많이 찾는 지역은 청산리 마을이고, 그 다음 숭선과 남평, 발해의 정효공주의 묘가 있는 평강벌이라고 했다. 내가 이곳 화룡에 온 이유를 모르는 방우달은 그 모든 곳을 구경시켜 줄 계획이었다. 나는 평강벌이 있는 투도와 철광이 있는 북한 무산을 볼 수 있는 남평 마을까지 정도는 그의 호의에 응했다. 그 외 다른 곳은 가고 싶지 않았다. 두만강의 최상류 마을 중 마지막 마을은 숭선이라는 말을 듣고 도리어 내가 그쪽을 택했다. 마지막에는 분명 무언가의 경계가 있고, 그것은 내가 서울이란 거대한 철로 된 상자 속을 빠져나갈 수 있는 구멍일 수도 있다는 판단이 들었다. 붉은여우가 재주를 넘어대는 그 경계선이 있는 서울, 무료로 서커스 곡예술을 관람시켜 준다 해도 입장치 말아야 할 곳이었다. 신비스러움이 벗겨지며 시시한 권태가 따른다.

붉은여우가 사람으로 보이자 나는 분노의 괴로움보다 가로등이 멀겋게 비치는 동네 도로의 담벼락을 붙잡고 구토를 하는 여자를 지우는 데 괴로워했다. 눈발이라도 쏟을 듯한 묵직한 운층이 떠 있는 자정 무렵에 만난 여자는 비의 경계점을 찾아 헤매는 나의 사고를 변절시켰다. 청바지 자락을 긴 부츠에 끼워 넣고 붉은 가죽 무스탕을 입은 여자는 손에 든 서류 가방을 떨구고는 담을 더듬었다. 뒤에 찌른 핀을 벗어나 눈을 가리는 웨이브한 머리칼을 걷어내는 그녀의 손길을 따라 찡그러진 타원형의 얼굴이 드러났고, 온몸에는 술 냄새가 진동했다. 무스탕의 칼라와 소매를 두르고 있는 붉은 털들이 갈기처럼 푹신한 털을 부풀렸다. 외롭게 황야를 살아가는 붉은여우가 스쳤다. 쥐약을 먹은 듯이 비칠대는 붉은여우를 발견한 자는 나 혼자뿐이었다.

참견을 거부하는 현시대의 사회를 이룬 첨단 인간들은 비정한 가슴을 만드는 데 그리 많은 시간이 걸리지 않았다. 남에 대한 호의와 배려를 무시하는 데 익숙한 내가 붉은여우를 동정한 것은 날씨 때문이었다. 붉은여우가 혼을 떼이고 쓰러지기를 기다리는 밤의 혹한이 붉은여우의 붉은 피를 얼게 하기 위해 살벌한 냉기를 풍기며 골목길에 도사렸다. 삶과 죽음의 경계선을 헤매는 붉은여우를 보았고, 그 중간에 서 있는 나를 발견했다. 내가 느끼는 감각은 찬란한 빛을 뿜지 않고 사람이란 이성을 돌출시켜 나를 사람으로 만들었다. 붉은여우를 부축한 것은 그 때문이었다.

"집은 어디요. 아가씨? 아주머니?"

"개나리 주택 원룸 23호. 이 동네에서 제일 큰 건물 모르세요. 내가 거기 산다니까요. 혼자 사니 원룸에 살지. 집까지 좀 데려다 줘요. 가지 말아요. 근데 아저씬 누구죠. 절 데려다 준 분이라구요? 나 보험 설계사에요. 아저씨도 혼자 살아요? 에그, 불쌍하네. 전 35살. 한 번 이혼했죠. 남자가 능력이 없어 차 버렸죠. 보험, 보험. 살아가려니 할 수 없죠. 아저씬 실업자니 내 고객이 될 수 없네요, 날 만족시키지 못하면 당신을 쫓아낼 거예요."

여자를 원룸까지 데려가는 동안 나는 여자가 이어가는 말을 따라 변해갔다. 여자한테 내 말은 안중에 없었다. 횡설수설 해대는 여자가 내 말을 가끔씩 듣고 있다는 것이 신기했다. 나는 여자의 낱말 하나하나를 징검다리마냥 밟으며 앞으로 나갔다. 여자와의 추억을 위해서는 내 말은 중요하지 않았다. 모든 추억들은 내가 이루는 것이 아니라 여자로 인해 얌전하게 녹화되었다. 그러므로 붉은여우와의 추억은 누군가 작동시키지 않으면 재생되지 못한 수동적인 과거로 엮였다.

세상은 나로 인해 존재하나 나 혼자로 인해 기억되는 것이 아니다. 올바른 세상이 기억되도록 누군가의 직접적인 연구가 필요하고, 첨단 로봇과 인간복제로 인간의 삶을 향상시키는 일보다 더 중요할 수도 있다. 그러나 살다 보면 별일이 다 생긴다. 할머니는 꼬리 아홉 개 달린 구미호가 뒤로 한 번 잔재비를 넘으면 아름다운 처녀가 된다고 했다. 사람을 홀려 잡아먹는 불여우였다. 그날 여자는 기어코 분홍 이불이 깔린 침대 위에 그녀의 혼을 빼앗아 버린 김빠진 알코올의 잔재를 게워냈고, 아직 덜 분쇄된 푸른 상추와 붉은 당근 조각들로 곤죽된 구토물들이 생선 비린내를 풍겼다. 그녀의 희고 보드라운 피부와 탄력 있는 살점, 만취하고서도 야심한 밤에 홀로 취중을 부리는 배짱을 가지게 할 자양분들이 이온 변화를 하지 못한 채 추하게 널렸다. 냉혹한 바깥 기온과 급격한 차이가 나는 온후한 실내 기온에 적응조절을 못한 대취한 여자의 신경이 일으키는 일련의 육체의 반항일 수도 있었다.

팥죽빛 루즈가 칠해진 입구로 게워낸 구토물은 침대에 늘어진 여자의 얼굴을 침대보에 풀처럼 접착시켰다. 속에 든 것과 바깥에 나온 것이 차이에 대한 정의를 여실히 보여주는 사례였다. 탈 혼의 원인물을 세척하고도 여자는 정신을 제대로 차리지 못했다. 오물에 처박혀 뭔가를 상상하고 찡그려 대는 여자의 고통스런 얼굴을 그대로 묵과할 정도로 내 의지는 모질지 않았다.

윤택나는 미색 욕조와 우주선의 조정좌석처럼 복잡한 장치가 장착된 비데 변기가 있는 화장실을 들락거리며 곱게 쌓여 있는 수건과 화장지로 토사물과 그 흔적을 지우는 데 노력했다. 구토물에 뭉그러진 머리칼과 침대보 그리고 우아함을 상징하는 붉은여우 털을 원형으로 재생시킬 수는 없었다. 가죽 무스탕에 묻은 밥알의 잔해가 풀을 칠한 듯이 번쩍거렸고, 붉은여우는 쥐약을 먹은 양 간이 취태를 부렸다. 붉은 가죽과 청바지로 된 허물을 벗어 팽개친 여자는 속에 입은 블라우스 앞섶을 벌렸다. 콩알만한 하얀 단추가 물방울마냥 튕겨나며 레이스 있는 미색 브래지어를 드러냈다.

붉은여우에 홀린 나는 이성의 상식을 무시하며 황홀하면서도 은밀스러운, 두렵기조차 한 일련의 광경에 함몰되었다. 누구에게 이야기를 해도 작위적으로 들릴 수밖에 없는 광경들이 내 앞에서 일어났다. 그 수위는 그것으로 끝나지 않았다. 온 몸에 감긴 옷가지에 크나큰 무게를 느낀 듯이 여자는 블라우스의 나머지 단추마저 탈착시키고 배꼽과 손바닥만한 팬티를 드러낸 채 괴로워했다. 목이 타는지 연신 두 손으로 지각변동이라도 일으킬 듯이 움찔되는 목울대를 쓸어내렸다. 자동차의 와이퍼처럼 입술을 훔쳐대는 마른 혀를 밀쳐 내고 정수기에서 따라온 물을 부었다. 한 컵을 마시고도 여자는 가냘픈 혼을 수습치 못했다. 신통하게도 주변의 인기척을 느낀 듯 입을 주절거렸다.

"갈 테면 가. 당신 없다고 내가 주저앉을 것 같아? 이리와, 얼른요."

여자는 물에 빠진 양 한 손을 휘둘러 허공을 끌어들이려 안달했다. 나에게는 허상으로만 여겨지는 물체에 대해 여자는 매우 신중하고 애련하게 면대하고 있었다. 여자가 환상 속을 헤맨다는 것을 알았으나 굳이 그 허상에 대해 심각하게 판단하지를 않았다. 무의식적으로 보이는 일련의 애정표시에 대해 그 어떤 질투를 느낄 이유가 없었다. 그러나 아무도 없는 천지 공간 속에서 나는 붉은여우한테 홀린 것을 억지로 인정했다. 시답지 않은 나날 속에 갇혀 있는 나의 사고 속에 어딘가로 통하는 문 하나가 열린 것을 느꼈다.

그 손짓을 따라 여자 옆에 누웠다. 물체의 감촉에 안정된 듯 여자는 내 몸을 껴안고 편안한 잠 속으로 떨어졌다. 평상시의 공허한 마음을 이성으로 절제한 그녀는 무의식 속에 자신이 지키는 자존심을 파괴하고 은밀히 남겨둔 사랑하는 남자에 대한 애정을 움틔우고 있었다. 껴안아야 비로소 여자의 안정된 잠을 가지게 하는 남자를 대역할 수 있는 기회는 전적으로 내게 있었다. 그것은 유치하고 자존심 상하고 신사답지 못한 구질구질한 두겁을 쓰는 일이었고, 갓 입학한 초등학생이 열을 맞추기 위해 앞으로 나란히를 배우는 것처럼 신나는 모험이었다. 그날 밤 불화산처럼 뿜어 대는 욕정의 유혹을 이기지 못하고 발정난 개로 변해 버렸다. 여자는 내 성기의 삽입에 약간 몸을 떨었을 뿐, 분노를 깨우지 못했다.

외줄기 길은 끝없이 이어졌다. 봇나무가 우거진 중국 쪽 산등에 재색 구름이 밀려들었다. 산 뒤에 은거했던 구름은 우리가 숭선 가까이 가자 시샘 난 듯이 홀연히 다가왔다. 구름을 급히 옮겨오느라 기동한 바람은 속력을 주저하지 못하고 우리가 가는 황톳길에 흙을 날리며 강 아래로 내리쳤다. 우두커니 겨울 햇살을 쬐고 있던 새들이 바람에 털을 고르지 못해 맞바람을 맞으며 봇나무 숲으로 날아갔다. 저 멀리 강가에 성에 낀 듯 널려 있는 희멀건 얼음이 물길을 외면하며 바람에 얼었다. 방우달이 창 밖을 내다보며 심상찮은 날씨를 나무랐다.

"눈이 올 모양임다. 날씨 한번 쌩함다. 장백산 근간이라 날씨가 퍽이나 괴팍스럽슴다. 눈오는 숭선도 볼 만함다. 건너편이 모두 북조선임다. 유형한테는 매우 낯선 풍경일 겝다. 지루하지 않습둥?"

북조선, 강 건너는 산이었고, 나무 하나 없는 된비알에도 추수 끝난 빈 밭이 누워 있었다. 밭들 사이의 군데군데 모여 있는 집들이 원두막 같았다. 한겨울인데도 집에는 연기가 나지 않았다. 이쪽 강가에 앙상한 잔가지를 빗자루처럼 옹구고 서 있는 포플러의 우듬지에 까마귀 너덧 마리가 검정 고무신처럼 걸려 있었다. 까마귀를 보기는 퍽이나 오랜만이다. 한국에서는 추억 속으로 잠입해 버린 새였다. 내가 철없는 시간 속에서 지순한 시각으로 바라다본 그 세상, 그것은 이미 세월의 이끼 속에 덮여 아득히 지하층으로 침식되고, 나는 새로운 것으로 변절되는 세상을 보는 데 익숙해져 버렸다. 내가 상실해 버린 그 세상, 까마귀를 쉽게 볼 수 있었던 그 시절일 수도 있다.

까마귀는 한국에서 사라진 것이 아니라 그들이 적응할 지역을 따라 이동한 것뿐이다. 오염된 지역과 청정지역의 경계선을 넘은 것이 분명했다. 한국에서 까마귀를 볼 수 있는 조건은 간단하다. 까마귀들에게 두만강가의 포플러에 앉아 눈구름과 그것들을 실어 나르는 바람을 천연스럽게 바라보는 눈을 가지게 해주는 것과, 접은 깃털을 자유롭게 펴고 정처 없이 흘러가는 두만강을 마음대로 건너도 되는 환경을 조성하는 것이다. 그것들을 인공 부화하여 비만이 되도록 먹이를 주어 강제로 한강에 살게 할 수는 없다. 고급 음식쓰레기가 넘치는 풍부한 먹잇감이 있는 그곳일지라도 그들의 고유색인 검록색 깃 색깔을 사그라지게 하는 오염된 공간이 마련될 때는 불확실한 저쪽으로 미련 없이 날아갈 것이다. 그곳이 어쩜 강 하나로 거대한 경계선을 두른 두만강가일 수도 있다.

붉은여우의 원룸의 경계를 넘은 순간, 내 생활도 경계선 밖과는 전혀 다르게 변했다. 내게 경계란 의미는 두 개의 다른 세상이 혼합되지 않게 신이 쳐 놓은 방벽과 같았다. 사람들의 사고의 경계는 상극적인 의식 세계로 존재한다. 음양의 법칙과도 유관하며, 삶과 죽음의 세계도 경계로 그어졌다. 비를 맞거나 맞지 않은 조건도 그 경계선으로부터 시작되었다. 그러므로 비오는 경계선은 교묘히 위장한 채 토종꿀보다 달콤한 향기로 나를 유혹했다. 이런 나의 감정은 그 어떤 초자연을 해부할 줄 아는 천재적인 과학자나 전장에서 구사일생으로 살아온 전사도 완벽한 해석을 내릴 수 없다. 세상의 온갖 아름다운 언어로 율을 내는 문학인이나 성악가도 내가 고대하는 경계에 대해 찬미하지는 못할 것이다.

우리 인간들에게 각자 다른 지문이 있는 것처럼 나는 그 누구도 매만지거나 흉내낼 수 없는 소유물을 가졌다. 그 느낌의 표현을 하기 위해 나대로 많은 고민과 연구를 했다. 날카로운 칼날이 번개처럼 목을 절단하고 지나갔는데도 분리되지 않았다고 마치 아무 일도 없는 것처럼 두 눈을 뜨고 세상을 보는 닭의 머리처럼 나의 느낌에도 수많은 착각들로 이뤄졌다. 머리가 곧 떨어지고 그제야 자신의 위치를 인정하고 눈꺼풀을 내리는 닭의 눈을 보는 것처럼 섬뜩한 스릴에 도착되기도 했다. 고독한 개 모양 온갖 천연을 떨고 지내던 내게 붉은여우는 서커스의 곡예 단원처럼 재주넘기로 나를 위로했다.

"사실 당신을 자주 보았어요. 라면봉지나 파를 담은 봉지를 들고 가는 모습이 인상적이었죠. 내가 당신을 기억한 것은 당신도 나처럼 혼자 산다는 것을 예감했기 때문이죠. 생긴 것은 멀쩡한데 홀아비처럼 보였으니까요. 나도 이혼녀니까. 이렇게 살라는 팔자이니 우리 잘 지내요."

붉은여우의 서커스는 매우 단조로웠다. 아침에 일어난 여자는 식빵과 과일 몇 개로 아침을 때운 뒤 샤워를 하고 브래지어와 팬티 차림으로 화장대에 앉는다. 나는 침대에 누워 반 타원형의 거울 속에 있는 여자와 함께 모두 두 명의 여자를 본다. 그들은 모두 똑같이 화장대 위의 온갖 기구와 화장품으로 얼굴에 발라 댄다. 광대뼈가 살짝 돌출된 뺨에 묵화필 같은 굵은 붓으로 화가마냥 유연스럽고 기품 있는 붓질을 하기도 하고, 입술에 힘을 넣고 벌려 세필로 가볍게 터치를 한다. 털이 뭉쳐 굳은 듯한 뭉텅한 마스카라 붓으로 거울에 바짝 대고 윙크한 눈을 윤곽나게 그린다. 얇은 입술이 팥죽색 루즈에 중압감을 풍기고, 눈웃음을 요염하게 짓는 끝을 올린 아이라인과 반달로 가볍게 내리는 눈썹을 한 거울 속의 그녀가 나를 볼 때에 나는 붉은여우를 본다.

세상을 갈갈이 찢을 듯한 매몰찬 눈을 만든 여자는 자신의 굴 속에 잡아둔 먹이를 노려본다. 그리고 옷장 속의 옷을 다 꺼내 들고 갖가지

변신을 한다. 이때 나는 백 년을 기다리다 여인 모습을 한 여우가 사람의 행색에 싫증난 듯한 짜증스러운 모습을 본다. 여자는 결국 자신의 기호품을 포기하고 나에게 의뢰해 자신의 껍질에 만족한다. 곧바른 다리와 가는 허리는 치마보다 바지가 어울렸다. 여자는 바지 차림의 정장을 하고 피겨 스케이트를 신은 사람처럼 방안을 휘돈다. 허리와 둔부가 강한 굴곡을 이루는 율동적인 맵시에 홀린 나는 간혹 그녀를 침대에 눕혀 욕정을 쏟아낸다. 붉은여우한테 홀린 날이었다.

낡은 연립과 허름한 단독들이 밀집한 주택지역에 들어선 4층 건물은 붉은여우의 굴처럼 붉은 벽돌로 되어 있었다. 빛이 들지 않는 2층 복도에는 원형으로 된 형광등이 켜 있고, 복도의 양쪽으로 나 있는 여섯 개의 회색 철문 중 하나가 여우굴의 입구였다. 붉은여우는 굽 높은 부츠로 소리내어 복도 바닥을 밟으며 아침, 저녁 굴 속을 드나들었다. 이 여우굴을 나와 주택로를 따르면 주택들이 끝나는 곳에 사람이 사는 반지하방이 있다. 빛이 들지 않는 정작 여우굴 같은 방이었으나 내게는 낯익은 것들로 채워진 공간이다. 불과 오 분 거리의 그 공간으로 이동하지 못하고 붉은여우 굴에서 여우가 돌아오기를 기다렸다.

"가 봐야 냉기가 찬 그곳에 왜 가요. 여기가 그곳으로 생각하고 지내요. 가고 싶으면 가요. 말리지 않을 테니."

여자는 자신 있게 나의 회귀를 허락했다. 그것은 완벽한 방면이 아니었다. 여자는 놀고 먹고 마시고 쾌락을 즐기는 데 익숙한 나를 알았다. 나는 풍요 속의 프롤레타리아가 될 용기가 없었다. 룸펜에게는 늘 부르주아 사고가 따르기 마련이다. 그것의 맛은 잘 양념된 바비큐처럼 한번 맛들이면 잊지 못할 것이다.

불을 때지 않아 습기에 찬 텅 빈 반지하방으로 들어가기가 싫었고, 모든 사물들이 안정적으로 배치해 있는 낯익어 버린 원룸을 벗어나기도 싫었다. 어머니의 명령을 하달 받은 여동생이 반찬을 싸들고 찾아와도 붉은여우 굴에서 만났다. 비슷한 연배인 두 여자는 당장에 죽이 맞았다.

"오빠 더 잘 됐다. 저 언니 만나려고 올케 바람난 거야. 수민언니 백번 더 나아. 인물을 보나 능력을 보나. 하긴 전문대학 나온 것이 뭐가 흠돼. 오빠는 횡재한 거야."

붉은여우에 이끌려 쇼핑을 다녀온 여동생은 선물들을 바리바리 싣고 갔다. 붉은여우는 여동생한테 전해들은 나의 과거 파일을 열고 측은한 듯이 질타했다.

"잘 나가는 회사에서 당신이 나올 일이 뭐가 있어요. 보란 듯이 견뎌야지. 아내와 바람난 동료를 보면서 악다구니를 배워야지, 그래야 복수할 수 있는 거예요. 일류대학 나온 자가 그런 것도 몰라요! 그렇게 쪼그려 있지 말고 언제 시간 내 아는 사람 다 모아요. 내가 한턱 쏠테니. 분위기 전환을 해야겠어요."

붉은여우는 저돌적으로 사회를 공략함으로써 비열스러운 사회를 점령했다. 나는 날마다 사회에 적응하기 위해 재주를 넘는 붉은여우의 투쟁을 관찰하며 그녀가 살아가는 사회에 대해 약간의 호기심을 느꼈다.

"내가 왜 아침마다 화장하고 옷 입는 데 난리 피우는지 궁금하죠? 간단해요. 사람들은 내 마음을 믿는 게 아니라 내 외모를 믿고 신용하거든요. 내가 제안하는 보험을 거절할 수 없게 만드는 것이 바로 내 얼굴이죠. 요즘 여자들이 성형수술에 미친 이유죠. 예뻐야 살기 편리하니까요. 나도 칼 댔다고 오해 마세요. 오리지널 자연산이니까."

출근하기 전에 난리를 피우는 자신을 바라보는 관객에게 여자는 관객과 배우의 경계를 무너뜨렸다. 언젠가는 여자로부터 추방될 것이 예견됐다. 위증스러운 사회를 품위 있게 살아가려는 여자의 비위를 맞추지 못할 것 같았다. 아내의 간통을 알았을 때에 나는 조금도 회개하지 않은 뻔뻔스러운 두 정인들을 고소했고, 실형을 살리기 위해 그 어떤 협상도 받아들이지 않았다. 그러나 실형을 살고 나온 그들이 보란 듯이 살림을 차리고 잘 사는 것에 나는 염세주의자가 됐다. 나와 붉은여우가 다른 점이었다.

"이왕 한턱내는데 다 불러요. 그동안 당신이 기피한 동창과 가족, 회사동료까지 다 부르세요. 한국 최고의 일류 식당에서 가장 화려한 회식을 마련할 테니까요."

그 해 봄 붉은여우의 담금질 같은 명령으로 고급 식당을 빌려 그간 내가 피해온 모든 사람들을 불렀다. 사회를 기피하는 내 옹졸한 성격을 고치게 한다는 붉은여우의 의도를 마지못해 따랐으나 미모와 능력을 겸비한 여자를 만나 잘 살고 있다는 것을 보여주기 위한 과시성도 없지는 않았다. 사회에 중임을 다하는 각 분야의 선후배와 동창들이 내 소식을 알 겸 몰렸다. 봄날처럼 남실거리는 연녹색의 치마와 블라우스를 걸친 붉은여우는 초청 인사들과 일일이 인사를 나눴다. 그녀의 활달한 사교성이 그날의 회식을 주도하는 데 모자람이 없었다. 그녀는 핸드백에 둔 명함을 아주 자연스럽게 건넸고, 초청인들도 정중하게 명함을 주고받았다.

"당신 친구들 보니 모두 쟁쟁한데 이제 당신도 뭔가를 해야지. 친구보다 못한 게 뭐 있어요."

귀찮고 번거로운 회식을 커피 한 잔 마시듯이 지내 버린 여자는 그날 밤 취한 몸으로 나를 껴안았다. 사람들이 부러워하는 여자에게 홀린 것도 나쁘지 않았다. 그러나 내가 버린 한쪽의 경계선 밖을 잊어버린 잘못을 하고 있었다. 내가 미련없이 버리고 건너 버린 그 경계선 저쪽, 이쪽을 경험하기 위해서는 상실치 말아야 할 지역이었다. 친구의 전화가 오지 않았다면 나는 다른 쪽을 완전히 잊어버렸을 것이다.

주택집 담장 너머로 나온 목련이 지고 초여름이 올 무렵 핸드폰이 울렸다. 핸드폰을 집어든 순간 나는 경계선을 잘못 넘은 것을 알았다. 대학 부교수로 있는 친구는 나를 위해 자신의 인격을 폄훼시켰다. 논리적인 설명으로 결론까지 지어 나의 문제를 충고했다. 순간 홀연히 주위가 사라지고 혼자 황야에 서 있는 나를 발견했다. 고급품으로 진열된 모든 가구와 실내 물건들이 전부 낯설었다. 밖으로 나와 온 동네를 헤맨 나는 여자가 퇴근할 무렵 동네 호프집에 들어가 맥주를 마셨다.

"우습네. 혼자 무슨 재미로 그곳에 있어요. 알았어요. 그쪽으로 갈
께요. 촌스럽게 혼자서 맥주는."

붉은여우를 여우굴에서 볼 수는 없었다. 여자가 오기까지 나는 붉
은여우에게 할 말이 무엇인지를 연구했다. 친구의 논리에 내가 해법
을 달지 않을 수가 없었다.

숭선에는 군함산이 있다고 했다. 바다와 전혀 관계 없는 곳에 군함
산이 있다는 것은 전설에 의한 유래보다 산의 형태에 의한 지명이란
것을 느꼈다. 지프가 굽어진 야산을 굽이 틀자 앞에 저 홀로 솟아 있
는 바위산 하나가 나타났다. 약간 마름모꼴로 솟아난 외딴 산은 아까
부터 내리는 눈발 속에 정좌한 채 아래로 흐르는 강과 북한 땅을 굽어
보고 있었다.

"군함바윔다. 그리고 맞은편 작은 산 있죠? 그건 제2군함산임다."

소개해 줄 것을 기다리기라도 한 듯 방우달은 살찐 얼굴을 창 가까
이 대며 손으로 가리켰다. 불투명한 사물의 판별은 지정자에 의해 분
명해진다. 그냥 바위로 본 산을 군함으로 보니 거대한 군함 한 척이
출항을 위해 서서히 몸을 트는 것 같았다. 가운데 돌출된 부위가 함교
로 보이고 우리가 가는 앞쪽이 선두인 양 몸체가 곡선을 이뤘다. 맞은
편의 제2의 군함산은 군함으로 보이지 않았다.

군함산 허리로 난 언덕을 넘자 산 아래로 마을이 나타났다. 세 갈래

로 갈라지는 물길을 감고 마을은 소박한 아이들처럼 눈발 속에 앉아 있었다. 지금까지 보였던 전형적인 시골집들과 달리 문명의 흔적이 묻은 세련된 집들로 제법 큰 무리를 이뤘다. 불확실한 경계로 이분된 마을은 눈발 속에 드러났다가 사라지고를 반복했다.

"숭선임다. 저기 보이는 강 건너 마을이 북조선 삼장마을임다."

언덕을 내려가 마을에 진입하자 경계선은 작은 개울로 나타났다. 마을 앞을 흐르는 개울앞에 섰다. 물길 폭이 4미터가 되지 않았다. 무릎을 밑도는 물살 아래로 강이 생길 적부터 깔린 듯한 굵은 돌들이 얇은 청태를 끼고 누웠다. 물살의 속력에 채 얼다만 얼음이 양쪽 가장자리의 일부분에 눈을 내려앉게 허락했다. 물은 투명했고, 할 말이 무엇이 그리 많아 속이 상한지 물밑에 깔린 거무튀튀한 돌들이 내는 빛을 반사 받아 약간 검은 색을 띠고 흘렀다. 나약한 강과 달리 미사일을 맞아도 건재할 정도의 철골과 시멘트로 축조된 다리가 육중하게 걸려 있었다. 다리 양쪽의 군인 막사는 이 마을에 가장 우람한 건물로 강을 지켰다. 다리 밑으로 지나는 물길은 곧바로 너른 강 폭을 안고 두만강의 이름을 얻을 정도로 변모했다. 북한 삼장에서 흘러나온 물이 두만강 원천과 합수되어 만들어 낸 결과였다.

중국 쪽 군인 숙소 옆에 커다란 목재소가 운동장만큼 빈 공간을 드러낸 채 앉아 있었다. 목재로 건물 지붕만 얹은 제재장에는 톱과 핏대들이 말라빠진 미역처럼 걸려 있고, 커다 만 원목과 피쪽들이 톱밥과 함께 널려 있었다. 목재소는 강둑과 경계를 이루며 바로 앞에 합류되는 지류를 지켜보고 있었다. 북한에서 나온 물길은 두만강 원류보다 넓고 보드라웠다. 북한 쪽 개울에는 목재 다리가 놓였고, 올망졸망 앉아 있는 집들도 연기를 뿜었다. 눈발 속에 나다니는 사람들의 움직임이 편안하게 보였다. 강을 따라 위장시켜 둔 경계호를 드나드는 북한 군인들의 모습만이 살벌한 풍경이었다. 주체사상 독려 구호가 붉은 글자로 매달린 선전 철탑이 높이 선 채 숭선을 보고 서 있었다.

갈수록 날씨가 매서웠다. 강을 타고 온 바람이 예사롭지 않았다. 숭선마을 사람들은 모두 집안에 있는지 길에는 나와 방우달뿐이었다. 운전사는 차안에서 성에 낀 유리창을 통해 우리를 지켜봤다.

"워디 감가! 이보 동무들, 거 눈이 많이 왔습가!"

방우달이 강 건너에 있는 중년 여자들을 보고 소리쳤다. 가마니 같은 포대를 옆집으로 나르는 세 여인네는 전혀 관심을 보이지 않았다. 강둑길을 어슬렁거리던 군인이 힐끗 이쪽을 바라봤다. 나는 제재소 앞 강둑에 쪼그려 앉아 강 저쪽을 보았다. 넘고 싶어도 갈 수 없는 경계선이 뚜렷이 보였다. 첨단 문명과 교활한 문화로 물든 사람들이 사는 곳에서부터 온 나란 관조자가 그 어떤 술수로든 넘지 못할 경계선을 보고 있었다. 경계선 저쪽에는 나를 홀리는 붉은여우가 없을 것 같았다. 나는 내가 바라는 희망들이 내 곁이 아닌 다른 곳에 존재한다고 여겼다. 늘 경계선을 넘으려고 한 것도 그것 때문일 것이다. 내가 본 그리고 내가 겪는 현재에서는 희망을 발견할 수 없다고 판단한 것은 왠지 모른다. 풍부한 물질과 첨단 문명 속에 존재하는 나를 발견키 위해 나는 붉은여우가 거주하는 경계선을 넘었다. 그러나 나는 이 사회가 내세우는 그 문명으로 인해 근거지를 찾지 못하고 헤맨다. 부교수 친구는 내 앞에 얼굴을 보이지 않고도 할 말을 다 할 수 있는 문명의 혜택을 받았다.

"우리 친구 안 든 사람 없다. 우리가 너보고 보험 든 거지 니 여자보고 든 거야? 우리 사정 맞게 요구하라고 해라. 무조건 몇 억대를 들라고 하니 마지못해 들었으나 내가 좀 벅차다. 좀 낮은 금액으로 해달라고 해줘. 니가 새롭게 출발하기 위해 자금마련을 한다고 비밀로 해달라고 했으나 내가 좀 살아야겠다. 차라리 얼마씩 갹출하는 것이 좋을 것 같다. 친구들 모두 생각이다. 정말 복잡하다."

그날 나는 첨단 기계로 들려온 음질처럼 세련되지 못한 원시적인 마음으로 그 소리를 들었다. 그 어떤 첨단 기계도 나의 참담한 괴로움을 해갈시켜 주지 못할 일이었다.

"당신은 사람이 많은 사회가 싫은 게 아니라 남에게 진 것이에요. 졌기에 당신은 소유할 것이 없죠. 자신이 소유하는 것이 없는 장소에서의 자신의 존재는 불필요한 것이죠. 당신 친구들은 내 고객이고 그들은 나의 생활을 향상시켜 주는 귀중한 자양분일 뿐이에요. 당신이 내게 관여할 일이 아니죠, 교수 그 사람 더럽게 비열하네."

나의 심각한 질타에도 여자는 생맥주를 마시며 안주 대신 내 처신을 씹었다. 나는 프라이드 치킨의 다리를 뜯으며 분필 같은 살점을 억지로 넘겼다. 일 년을 익혀온 부담없는 마네킹을 여자는 포기할 줄 알았다. 내가 남에게 진 것은 여자가 정립시켜 준 타인에 의한 몰락이 아니라 타인으로 돌변한 그 여자의 타매로 인해 축출된 것이다. 여자가 생맥주와 닭값을 지불할 때 나는 주머니에 든 돈을 꺼내지 못했다. 잘못 건너간 경계를 넘어 다시 이쪽으로 돌아올 때에도 여자는 붉은 여우로 둔갑하여 나를 홀리지 않았다. 붉은여우의 집과 붉은여우는 사라졌다.

일 년만에 나는 습기 찬 음습한 반지하방에서 벌레처럼 서식하는 나를 보았다. 욱죄이는 듯이 압착해 오는 서울이란 지역이 싫었다. 비가 오는 경계선으로 가고 싶었다. 나를 반쯤 적신 다음에야 내가 가야 할 곳이 어딘지를 알 것 같았다. 비는 구름을 연상시키고 구름은 하늘을 펼쳤다. 비행기는 하늘을 난다. 나의 방문을 수차 요청하는 중국 연변의 화룡에 거주하는 방우달이 이어졌다. 서둘러 비자를 받아 비행기를 탔다. 비는 오지 않았다.

"숭선에 왔으니 매운탕은 먹고 가야 된다. 이걸 안 먹으면 숭선 온 맛 안남다. 여름이라면 직접 잡을 텐데. 버들치, 모래무지, 피라미가 지천임다."

머리에 앉는 눈발을 털어 대던 방우달이 손목시계를 보아 댔다. 같이 강을 보고 마을을 보았으나 우리의 관조는 전혀 달랐다. 방우달이 보는 강에는 매운탕이 될 고기들이 노닐었고, 나에게 강은 내 삶의 마지막 경계선이 되어 나를 다그쳤다. 매운탕을 주문시켜 놓겠다고 마을 앞에 있는 식당 쪽으로 가는 방우달의 모습이 폭설을 피해 내려온 곰 같았다. 강에는 고기가 많다 했다. 고기들이 포획되지 않고 강을 따라 가길 바랐다. 온갖 양념으로 버무린 뒤 매운탕 솥에 삶겨 사람의 희생물이 되는 것이 고기들의 운명이 아닐 것 같았다. 그러나 어떤 고기는 내가 바라지 않아도 이곳 여울의 한계에 권태를 느껴 천리 물길을 거슬러 두만강이 끝나는 훈춘 방천에서 생을 끝낼지 모른다. 비록 인간들이 사는 세상에 그 당당한 삶이 알려지지 않아도 그 고기의 투쟁은 자연히 역사에 기록될 것이다. 우리는 그런 미물들이 소리없이 살다 가는 세상을 반석삼아 그것들로부터 추출한 자양분으로 문명을 이루고 산다.

강 건너에 무엇이 있는지를 알지 못한다. 눈발 속에 든 나직한 집들과 여유롭게 구부러져 있는 고샅이 살갑게 보일 뿐이다. 집 앞의 텃밭과 집을 둘러 쳐 놓은 판자 담장에는 그 어떤 단절의 기미가 없다. 집 앞을 흐르는 개울이 화려한 유람선이 지나가는 한강이 아니라도 참 아름답다. 비허구성으로 드러난 외경에서 경계선에 대한 해답이 있을까. 포플러 우듬지를 날아오른 까마귀 두 마리가 두만강을 건넌다. 까마귀는 강 저쪽에 대한 정보를 알 것이 분명하다. 기류에 따라 비행하는 그 까마귀의 유연한 날갯짓과 이동의 속도 그리고 눈발과 대조된 검록색의 조화로움 같은 것들로부터 답을 찾을 수 있을지 모른다. 그때쯤 나는 경계선 저쪽에 대한 사정을 거짓말로 들려줄 줄 아는 지혜도 가지리라.

텔레비전 버리기

"**고**장 난 텔레비전, 전축 삽니다. 비디오 삽니다. 냉장고, 컴퓨터 삽니다. 에어컨 삽니다. 세탁기 삽니다!"

의사소통을 위한 언어는 괴성일 수도 있다. 고물장수가 분명한 어조로 말한다고 고물 제품을 더 살 수 있거나, 팔 자가 판매 의욕이 생겨 가전제품을 내놓지는 않을 것이다. 그의 동네뿐 아니라 가전제품 고물장수가 다니는 주택단지 어디에도 그 불확실한 언어는 통용되리라. 그가 고물장수의 스피커 호객 소리에 적응된 것은 환경과 물질적인 조건이 절충됐기 때문이다. 그는 지금 방에 앉아 이 소리가 날 때를 기다리고 있다.

그는 방안을 둘러봤다. 큰 대자로 누워도 그의 공간을 두 배로 갖지 못할 방이기에 두 평으로 규정짓지 못한다. 책과 책상을 놓고 옷을 넣을 큼직한 가방도 넣고 그도 수납시켰다. 세상을 볼 수 있는 작은 창이 두 뼘 남짓한 유리를 달고 가을 아침 햇살을 밀어 넣었다. 그는 그 유리를 통해 보이는 주택을 보는 데 싫증을 느꼈다. 그러나 때때로 교묘하게 얼굴을 유리에 비벼대며 일순간 나타났다가 사라지는 하늘을 보기도 한다. 그 공간을 보기 위해서는 본다 라는 의식과 볼 것이라는 맹세를 수 번이나 반복하는 절차를 거쳤다. 그리고 왜 하늘을 보기 위해 이런 짓거리를 할까 라는 복잡한 논리를 발원시켰다. 그 뒤 반드시 유리를 비비지 않고도 바깥을 보는 신기한 방법을 터득했고, 유리에 얼굴을 비비다가도 얼른 다른 출구로 세상을 보았다.

방글거리는 아기를 저격용 라이플의 가늠쇠 위에 올려도 눈 하나 까딱하지 않는 비정한 암살자의 눈빛을 가지지 않으면 안된다. 세상을 보기 위한 관조물인 가늠쇠 구멍을 통해 보이는 가늠자 위에는 늘 세 명의 사람이 있었다. 그들은 모두 차디찬 눈빛으로 그를 주시했고, 눈빛은 남극의 냉기로 결빙된 푸른 빛의 얼음처럼 아름다웠다. 이성적인 분별력으로 결집된 그들이 상상할 수 없을 정도로 지극히 간단하게 자신들의 세상으로 스스로 뛰어들어 버린 그 해명을 듣고 싶었다. 그가 간신히 찾아낸 그 어떤 환희의 빛이 있다 해도 그는 이들이 본 세상을 보지 못할 것 같았다. 용기와 결단은 이성적으로는 내릴 수 없다. 인간의 사고가 비정상적으로 작용하여 계산할 수 없을 정도의 분별력을 상실했을 적에 절로 나온다. 천재와 바보, 용기는 이 두 분류의 인간이 가지는 특권이다. 헤밍웨이와 로맹가리와 고흐-.

방에는 또 다른 두 개의 출구가 검은 눈으로 방안을 내려다본다. 모든 눈이 갯수가 두 개란 것을 인식시키듯이 두 개의 눈은 17인치라는 치수를 갖고 검회색 눈동자로 좁은 방안을 조망한다. 그것은 방안의 분위기에 일정한 간격으로 놓여 있는 것이 아니라 불평형적인 배열로 두 개의 눈을 고정시킨다. 책상 위에 간신히 놓여 있는 출구는 인터넷이란 바다를 담고 있고, 백과사전과 쓰잘 데 없는 책 몇 권으로 축조된 주춧돌 위에 올려진 다른 하나는 지금 멀건 눈빛으로 그와 마주한 놈이다. 두 출구 모두 한때는 신성한 것으로 출발되었으나 그에게 도착할 때는 이미 폐인이 된 몸이었다.

책 위에 놓인 놈은 리모컨에 의한 무조건적인 복종이 거슬리는지 수시로 반란을 조장하여 그와의 거리를 멀게 했다. 그는 그것이 속에 품고 있는 세상을 보기 위해 손가락에 힘을 가해 번호를 찍어 댔고, 그것은 덜덜거리며 무위의 반항을 했다. 화면을 비춰주다가 심심하면 먹통을 만들어 그를 농락하기 일쑤였다. 놈이 심술을 거두고 멀쩡히 화면을 드러내도 그는 항상 놈과 연관되는 수요일을 짚어 본다. 막상 수요일이 와도 흙으로 빚은 듯한 고물 매입원 부부에게 텔레비전을 들고 가지 않았다. 놈이 비어 버린 텅 빈 방안에 그를 버릴 곳을 찾지 못해 청승 떠는 그를 보기 싫었다. 6개월 전 샛바람이 부는 봄날 아침, 놈과 조우했다.

주인집 여자는 먼지털이 같은 단발한 파마머리를 그의 방으로 내밀고 겸연쩍게 웃었다. 그 웃음을 따라 주인집 현관 앞에 놓인 낯선 물건을 봤다. 상자처럼 생긴 새까만 물체가 얌전하게 있었다. 옆에 놓인 손바닥만한 물건도 큰 놈처럼 직사각형으로 생겨 큰 놈이 방금 낳은 새끼 같았다. 여자는 한참이나 물건과 그를 찾아온 사유를 늘어놓았다. 슬리퍼에 치마를 꿰어 차듯 걸친 여자는 오십 중반의 인생 연륜으로도 어린아이같이 주절거렸다.

"그러니 저 텔레비전을 어쩌란 말인가요."

"우리 딸애가 이번 회사에서 아주 싼값으로 새 것을 살 수 있다기에, 그러니까 우린 새 것을 사니 저걸 총각이 가지라는 말이지."

그녀가 언제부터 그에게 말을 놓았고 그가 그걸 수용한 건지 몰랐다. 그의 나이 서른일곱에 방 임대 계약서에서 본 그녀의 주민등록번호로 나이를 잡아빼 보았다. 18이란 숫자에 그는 여자의 반말을 받아들였다.

"그렇지 않아도 텔레비전이 없어 허전한 것 같았는데. 보니 멀쩡한데요 뭐."

"볼만하고말구. 봐 아직도 멀쩡해. 리모컨이 좀 낡아서 그렇지"

닳고 흠집투성이인 텔레비전 외피를 보며 거뜬하다는 말의 뜻을 판단해 봤다. 건전지 뚜껑 입구가 탈착되었는지 리모컨은 검은 테이프로 허리를 감고 있었다. 테이프를 비켜가며 드러난 콩알만한 고무 버튼들도 손에 닳아 반질거렸다.

"고물 가전제품 매입자한테 푼돈 받고 주는 게 아까워 총각한테 주는 거야. 공짜로 주면 서로가 부담스러우니 그냥 삼만 원만 줘."

텔레비전을 갖고부터 싼 게 비지떡이란 것을 알았다. 선을 연결시키고 리모컨을 작동했으나 컬러가 불안정하고 고르지 않았다. 음성도 질질거렸다. 슬그머니 성질이 났다. 주인집 여자라 정중하게 질문했다.

"아 참 깜박했네, 여긴 유선 넣어야 해. 그 방에도 유선 깔아야 보이지. 연락해 줘, 유선 깔라고?"

쓴맛을 곱씹은 그는 점심 무렵에 닥친 우람찬 사내를 방에 받아야 했다. 사내는 지붕을 오가며 난리를 친 후 창문의 틈을 절개시켜 검은 선을 방으로 밀어 텔레비전에 연결했다. 사내는 자신이 한 일에 대한 능력을 보여주기라도 할 듯이 당당한 모습으로 리모컨을 작동했다. 화면은 나오지 않았다.

리모컨을 손으로 내리친 사내는 때가 낀 검은 비닐 테이프를 뜯어내고 건전지를 고정시킨 후 파란 테이프로 감았다. 사내가 긴장된 표정으로 리모컨을 갈아야겠다고 중얼거리며 버튼을 누르자 쥐 죽은 듯이 웅크린 놈은 화면에 그림들을 펼쳐 냈다. 사내는 눈 깜박할 사이 채널을 바꾸며 자신이 한 일에 대한 성취감을 확인했다. 주인여자는 그와 마주칠 적마다 새로운 인사말을 달았다.

"텔레비 잘 나오지. 아직 새 것인데, 곱게 써."

놈은 투박한 선머슴 같은 눈으로 그를 봤다. 놈이 보여줄 흥미거리에 유혹되지 않을 것이다. 놈을 처단할 자격이 있자 여유마저 일었다. 놈이 무한한 쾌락을 제안해도 타협할 필요가 없다. 한편으로 놈이 없는 생활대를 판단해 봤다. 집에서 머무적거리는 그에게 놈은 유일한 세상의 정보원이고 친구였다. 증오와 자존심을 찾기 위해 녀석의 몸속에 은닉하고 있는 수많은 오락 정보물을 그는 포기해야 한다. 놈을 없애고 말 잘 듣는 다른 놈을 구하려고 하나 그럴 여건이 되지 않았다.

농사를 짓는 아버지가 평생 한 일은 없다. 시덥지 않은 대학을 졸업 후 호주로 유학을 가야 한다는 아들의 말에 가난한 무지렁이 농사꾼은 승낙했다. 영문학을 전공 후 귀국하여 서른두 살의 파란 희망을 가졌다. 학원강사 자리를 임시직으로 보낸 뒤 관광회사 해외팀에 들어갔다가 2년 뒤 직장을 잃었다. 1년 동안 버티다가 지금의 단칸방으로 밀려왔다.

줄기차게 방에 처박혀 있는 그에게 텔레비전은 그를 원점으로 돌아가게 하는 시간이었다. 놈은 그동안 은닉한 결함 증세들을 드러냈다. 리모컨은 말을 잘 안 듣고 수동 버튼도 작동을 하지 않았다. 전원도 제멋대로 꺼지고 화면조차 자기 성질대로 파문을 날렸다. 스피커도 외계인 말을 내질러 대며 단둘이 마주하는 그를 괴롭혔다. 놈의 몸체를 주먹으로 치거나 리모컨을 바닥에 팽개쳐 놈에게 관심을 갖는 것을 알려줄 때 놈은 전혀 예기치 않게 정상적으로 작동을 했다. 놈을 부셔 버리고 싶은 파괴심도 놈이 정상으로 돌아오면 사라지고 타협이 됐다. 놈이 순탄하게 작동했다면 놈의 하는 일에 고마움을 모를 일이었다.

세상은 알고 보면 작은 거울 속에 비치는 형상이다. 그 형상에 들어가면 그것은 바로 그의 세상이 된다. 그가 그곳에서 움직이면 그것은 사회가 된다. 텔레비전 채널은 그가 선정할 수 있는 세상을 주었다. 싫으면 과감하게 거부할 수 있는 자유도 부여했다. 그 중에 그는 내쇼날지오그라픽 채널을 좋아한다. 가상이 아닌 본질적인 것으로 출발하여 사실적으로 결론 내리는 프로그램에 그를 대입시킨다. 가상과 허위로 일순간적인 적용을 위해 주어진 시간을 제압하는 드라마나 오락 프로와는 전혀 다른 가치를 준다. 드라마나 오락 프로에 빠져 입을 벌리고 시청하는 것을 부러워한다.

세상은 모두 그 부러운 것으로 꽉 찼다. 그러나 그는 그걸 소유하지 못한다. 일상적이면서도 그가 소유하지 못한 것들이 널려 있는 세상, 그가 알지 못하고 이해하지 못하는 것들에 대해 알 필요성을 느끼지 못한다. 팝페라의 파생물에 팝송과 오페라를 혼동하지 않고, 성채 같은 저택의 인물들을 중심으로 전개되는 드라마에 생경함을 느끼지 않았다. 해외 취재 다큐멘터리나 외국 원정 프로는 너른 세상을 보여주어 관심이 간다. 그러나 후진국에 들어가 원시적인 생활을 하는 사람들을 대상으로 제작된 탐문 프로는 그를 우울하게 만든다. 화려한 차림새로 그들을 동정하는 듯 잘사는 나라 사람이라고 내세우는 리포터를 볼 때 비애를 느낀다. 머리에 든 것은 지 잘난 화려함뿐이다. 강한 것에는 늘 과욕과 과시성이 따른다. 그것들을 적절하게 분리 배합하지 못할 적에 오만이 나온다. 황량한 황갈색의 땅 오스트레일리아는 그의 청춘이었다.

4년 동안 전공한 영문학은 귀국 후 검불이 되어 그냥 흘러다녔다. 외국 유학파라는 오만한 마음은 현실에 융해되어 찾을 수 없었다. 거추장스러운 삶의 방식을 가르치는 그 묘한 직장에 단련될 수 없는 그였다.

"자네가 해야 할 일은 셰익스피어나 버지니아 울프의 헛소리를 읊는 것이 아니라 관광객을 모집하는 일이야. 자네의 유창한 영어는 관광객을 안내하는 것이 아니라 외국인 관광객을 유치하는 데 필요한 거야."

여행사 조사장의 말은 긍정적이었다. 여행사 직원의 개념을 뗀 그의 입장에는 모순적 논리였다. 칡넝쿨처럼 엮어지는 관능적인 온실에서 그는 견딜 수 없었다. 원시림으로 뿌리를 내리기 위해 노력했으나 지구 환경은 오염되고 있었다. 한겨울에 개나리가 피고 코스모스가 봄에 입을 열었다. 중국의 고비사막에서 날아온 먼지가 안개를 만들어 갈 길을 모호하게 방해했다. 계절이 절기를 무시하고 멋대로 왕래한다고 불만을 살 시대는 지난 것을 알았다. 그러나 간혹 익숙한 것에 대한 배신행위에 분노를 일으킬 필요가 있다.

그것이 비록 웅얼거림으로 끝날지라도 때에 따라 능청스럽게 변모하는 자연에 대한 반항이 될 수도 있다. 놈은 그의 모든 흥미주의를 증오로 변환시켜 놓았다. 이제는 그 이상 놈에 대해 분노를 하지 않아도 될 것이다. 현실에 그가 느끼는 그 모든 것들의 물결은 그를 기계로 만들기에 충분했다.

"고칠 수 없다니깐요. 그냥 새로 사세요. 아직도 이 모델이 있어요? 거 참 신기하네."

견디다 못해 동네 대리점을 방문한 그에게 종업원이 리모컨을 살핀 뒤 허공에 들고 까불었다. 대리점 안의 사방에 틀어 놓은 초대형 신형 텔레비전들이 일사불란하게 똑같은 화면을 내보이며 그를 쏘아봤다. 유난히 뽀얀 살갗을 가진 남자의 얼굴을 외면하고 리모컨을 건네받았다.

출입구 옆 벽에 진열된 화면이 들어왔다. 소형 영화관이라고 광고하는 평면 직사각형 대형 텔레비전이었다. 실버 컬러의 외곽 속에 든 브라운관은 다이아몬드처럼 반짝거렸다. 고속 촬영한 붉은 장미가 봉오리에서 개화를 반복했다. 일순간에 오므라진 봉우리가 금시 만개를 했고, 이슬로 여겨지는 물방울이 실물처럼 붉은 잎에서 흘러내렸다. 꽃술에 내려앉아 꿀을 빠는 벌의 날개조차 선명했다. 그는 그것을 가질 수 없는 이유를 몇 날이고 나열할 수가 있다. 그러나 아무리 하얀 피부를 가진 계집애 같은 종업원한테 이야기를 해봐도 그를 이해할 수 없을 것이다. 상대가 원하는 것은 해명이 아니라 그들이 원하는 것을 들어주느냐는 일뿐이다. 텔레비전을 놓을 자리도 없을 정도로 좁은 단칸 셋방에 그가 산다는 것을 알아도 그들은 상관없다. 그들은 그가 텔레비전을 깔고 앉아도 시청할 수 있는 방법을 알려줄 것이다.

"최신형 모델이죠, 요즘 모두 들여놓는 거죠. 36개월 무이자 할부입니다."

그의 눈길을 따라 자리를 옮긴 남자는 막 개화되는 백합 잎사귀를 만졌다. 꽃은 남자의 손에서 마술이라도 부리는 듯이 봉오리를 맺는 것을 반복했다. 사방에서 번뜩거리는 모든 크고 작은 텔레비전 화면에 똑같은 백합이 남자의 손아귀에서 피어났다. 그의 방에 있는 텔레비전도 여기에 오면 저렇게 실물처럼 맑은 화면으로 백합을 피워낼 것 같았다.

그는 가게 안에 있는 모두가 새 것인 것을 알았다. 새 것은 누구에게도 호응을 받는다. 남자는 마술을 하는 거다. 리모컨 몸체에 있는 테이프의 접착액이 묻어나는 찍찍한 손을 바지에 문질러 닦으며 집으로 왔다. 그날 놈은 신통하게도 화면을 보여주었다. 80여 개나 되는 채널 중에 선별할 수 있는 세상을 그가 가지게 된 것이다.

놈의 모습이 처량하다. 놈의 몸체는 이미 에너지를 받아먹을 링거의 전류관이 뽑혔다. 테이프가 풀린 리모컨은 건전지를 뱉어 내고 뺑

하니 속을 드러내고 널브러졌다. 전기를 꼽고 리모컨을 정상으로 원위치시키고 유선 안테나 선을 이어주어야 놈도 재주를 부릴 수 있다. 놈이 아무리 첨단 지능으로 제작되었다 해도 이제는 먹통이 되어 버렸다. 놈을 보았다. 회색의 브라운 액정에는 컬러가 없다. 놈의 눈길이 비련으로 감돌고 금방이라도 눈물을 뚝뚝 떨어뜨릴 것 같다. 그런 애정적인 표현에는 속지 않을 정도로 그는 단련되었다. 그런 슬픔에 그는 눈물이 나오지 않을 것이다. 뭔가의 석연치 않은 애정에 목이 메인다.

고물 가전제품 매수원의 자동차가 동네의 골목 입구에 정차하는 날은 매주 수요일 오전이다. 철판 몸체가 온통 찌그러진 1톤 트럭은 고물 전자제품들을 뒤에 싣고 그가 세든 연립주택의 골목 입구에 붙어선다. 도장된 잉크색 페인트가 군데군데 벗겨진 차체에는 황색 녹이 늙은이의 얼굴에 난 검버섯처럼 피었고 운전석에 탄 중년 남녀도 고물상에 내버린 마네킹처럼 표정이 없었다. 운전석과 뒤의 적재물 칸 사이를 경계해 놓은 철대로 된 보호 창살 꼭대기에 솟대 위의 기러기처럼 스피커가 달렸다. 스피커는 동네에 진입하기 전부터 틀어 놓은 호객 소리를 지겹게 반복했다. 고저가 없는 일률적인 억양의 읊조림은 짜증을 도발시켰고, 말하기조차 귀찮은 듯한 무기력한 여자의 녹음 음성은 거부감을 나타냈다. 수많은 재생에 늘어진 테이프는 원음을 잃고 주절거리는 염불 소리로 변성시켰다.

이곳에 이사온 후 일 년 여를 들어온 그 음성은 낡아갈수록 귀에 익었고, 발음에 관계없이 매주 수요일마다 어김없이 방의 전자제품들을 살펴보게 했다. 그때마다 고물과 연관되어 나타나는 것은 고물이 아니라 고물장수 부부였다. 조수석에 앉아 있던 갈색 흙으로 빚은 듯한 여자의 마른 얼굴에는 세상을 보는 표정이 없었다. 그녀의 혼이 이미 녹음된 음성으로 바뀌져 버린 것인지 주근깨로 보인 점들이 드러난 화장 안한 얼굴에는 스산한 기가 흘렀다. 운전대의 남자도 마른 장작처럼 드러난 광대뼈를 쳐들고 목각처럼 앞만 보았다. 옆집에서 내놓은 냉장고를 옮기러 온 두 남녀가 냉장고 주인과 흥정하는 것을 보고 그들의 눈에는 고물만 보인다는 결론을 내렸다. 무엇 때문에 남자가 녹음을 하지 않고 여자가 한 것일까. 점퍼 차림 남자의 무뚝뚝한 표정에 흐르는 숙기와 심드렁한 여자의 음성이 그 답을 말해준다. 녹음을 서로 안 하려고 다투다가 여자가 한 것 같았다. 주민들도 소음에 가까운 그 소리에 습관이 되었는지 스피커 소리에 맞춰 낡거나 고장난 가전제품들을 내놓았다. 그도 주민이 됐다.

마지막 기회, 그는 지금까지 그런 기회를 가져보지 못했다. 놈과의 이별을 위해 한 번 놈의 농간을 보고 싶다. 놈이 그런 기회를 기다리는지 모른다. 놈의 몸체에 붙은 선에 전지를 주입시키고, 에너지를 받을 공급선인 유선을 이어준다. 내장을 드러내고 누워 있는 리모컨에 건전지를 넣고 테이프로 봉한다. 전원을 넣자 놈이 미친 짓을 보였다. 단 한 번의 클릭에 가게에서 피워 내던 맑은 화면으로 홈쇼핑 광고를 보여준다. 그는 손끝에 익숙한 숫자를 재빠르게 눌렀다.

내쇼날지오그라픽이 세렝게티를 펼쳐 낸다. 귀를 쫑긋거리며 풀을 뜯는 톰슨가젤의 무리들이 건조기의 마른 풀 사이로 드러난다. 관조 주체물은 풀 사이에 웅크리고 있는 치타 무리이다. 세렝게티 세계를 볼 적에 늘 느끼는 대로 관심 있는 주체자를 정할 수가 없다. 갓난아이처럼 순진하고 연약한 가젤 무리 중에 누가 치타의 밥이 되는지를 살펴본다. 그러나 생존경쟁의 윗부분 먹이사슬로 이루어진 초식동물 가젤이 편히 살기를 바란다. 한편으로 치타가 어떻게 가젤을 잔인하게 사냥하는가를 기대한다. 약한 자는 아무리 정직하고 시를 이해하고 낭만을 좋아한다 해도 그것의 의미는 생존에 도움이 되지 않는다. 가난한 선비는 딸깍발이로 유린되고 꼴불견으로 취급된다.

치타는 맞바람을 받으며 풀 속을 가볍게 전진한다. 가젤을 잡기 위해 입에 군침을 흘리는 것보다 갈기가 설 정도로 긴장하여 조심스레 나아간다. 유연한 등은 사냥을 위해 진화된 양 땅에 붙을 듯이 내려지고 흡사 악어처럼 배를 지면에 접착한 채 앞으로 나아간다. 위장색으로 보호된 얼룩진 발은 풀잎마냥 흐늘거리며 가볍게 땅을 딛는다. 그러나 몸체는 작은 소리에도 깨어져 버릴 듯이 고도로 긴장되었다. 가젤이 달아나는 것에 대한 두려움이 충만됐다. 죽음을 눈앞에 두고도 가젤은 그런 긴장이 없다. 남을 죽여야 생존하는 처참한 생존 방법이 가젤에게는 필요치 않았기 때문이다. 가젤이 부여받은 것은 자신을 보호해야 할 경계심뿐이었다. 죽지 않기 위한 경계심과 죽이기 위한 포획심이 넓게 펼쳐진 대자연 속에서 두 칼날로 작용한다. 그는 그 두 칼날 중에 하나가 되지 않으면 안 되었다.

"빌어먹을, 기껏 돈 들여 공들였는데 엿 먹고 오냐! 도대체 과장이 한 일이 뭐야. 우리 회사가 자네를 써야 할 이유를 행동으로 말해보란 말이야!"

필리핀 민간단체의 한국관광 유치를 다른 여행사에 빼앗기자 조사장은 그의 책상으로 와 기획서류를 집어던졌다. 그들이 단체 여행을 계획하고 있다는 정보에 영어를 잘한다는 이유만으로 그 프로젝트의 책임자가 되었다. 그러나 조사장이 보는 그런 융통성이나 타협점을 벨 수 있는 칼날을 그는 지니지 못했다. 특히 공격적인 협상력은 이미 그에게는 없었다.

언어의 최고봉을 섭렵하는 셰익스피어를 전공했으나 말주변이 없었다. 초자연적인 예술성을 가진 셰익스피어의 언어를 듣고 이해하는 데는 빨라도 그가 그것을 인용하거나 실생활에 응용시키는 것은 무리였다. 이해하는 것과 실행하는 것은 엄청난 차이가 있다. 조사장이 필요한 것은 그가 습득한 학문이 아니라 처세술이었다. 필리핀 관계자와 수많은 통화와 이메일, 팩스 그리고 두 번의 필리핀 실지 방문을 가졌으나 그들 또한 다른 칼날로 다른 곳을 베고 있었다. 그는 그들을 정중하게 대했으며 조금이라도 결례되지 않도록 조심했다. 필리핀 담당국장은 월석처럼 얽은 자국이 그득 찬 얼굴로 담담하게 그를 대했다. 국장이 유피를 졸업하고 예일에서 수학한 정보를 받아 인간적으로 대했다. 그러나 국장이 마지막으로 던진 질문에 사회와 인간 관계의 적절한 함수를 풀지 못한 것을 알았다.

"당신 회사가 이번 여행을 주선하면 당신 회사가 우리에게 해줄 수 있는 것은 무엇인가?"

화면의 가젤은 바람이 부는 쪽을 보지 못했다. 가젤의 후각은 자신의 냄새를 반대쪽으로 날릴 뿐 다가오는 상대의 냄새를 느낄 수 있는 방법을 배우지 못했다. 풀 속을 헤치고 자신의 움직임을 바람으로 위장한 치타는 가젤에게 물을 것이 없다. 귀와 짧은 꼬리를 번갈아 쫑긋거리는 가젤은 무리와 조금 동떨어진 곳에서 바람의 노래를 듣는다. 워즈워드가 읊조리는 시를 암송하고 풀잎이 불어 내는 웅성거림에 시를 느끼는지 모른다. 태양이 내리쬐이는 평원에 지평선이 그어지고 지평선과 맞닿아 구름이 흐른다. 누군가가 평화로움을 느끼고 장시를 지을 수도 있는 분위기 속에 긴장감이 교묘히 숨겨져 있는 것을 알지 못한 자들이 많다.

"우리는 당신들의 한국관광에 당신들이 든 여행자금에 대해 절대 후회하지 않게 할 것입니다."

그의 답변에 굴곡진 모과처럼 생긴 상대의 얼굴은 납득이 안 되는 듯한 웃음을 지었다. 그가 배운 모든 인간을 다루는 지식에 대해 그 자신이 그 사용 용도를 변형할 줄 모른다는 것을 몰랐다. 삶에 대한 예의와 이해는 정말로 복잡하다. 국장에게 3천 불 정도의 인센티브를 제공할 뜻을 보여야 하는 그 단순한 답을 몰랐다. 국장이 지칭하는

3인칭을 1인칭으로 알아채지 못한 그는 셰익스피어를 이해하지 못하는 저수준자가 되어 버렸다. 그들의 일 주일 체류 비용을 최대한으로 줄여주어도 고마운 표정을 짓지 못하는 담당국장의 처신도 그의 판단 밖에 있었다. 결과에 대한 반응은 사장이 내렸다.

"빌어먹을, 갈로스로 그 자식 오입 좋아하고 뇌물에 환장한 자식인 줄 알면서도 그걸 구워 삶지 못해! 추진비 사백만 원 엿 사먹고 거기 앉아 있을 염치가 나! 유학 좋아하네, 그 머리로 박사학위 백 개를 가진들 뭘 해, 쓰레기지. 빌어먹을 것! 내가 영어를 배워야지, 참 내 더러워서 씹팔!"

드디어 가젤의 무리가 침입자의 접근을 알아차리고 메뚜기처럼 뛰기 시작했다. 목표물인 가젤도 덩달아 달렸다. 치타의 몸이 비호처럼 목표물을 쫓았다. 치타가 스치는 가까운 곳에 가젤이 있어도 치타는 한눈팔지 않고 한 녀석을 쫓았다. 그들의 거래에 익숙한 것인지 다른 가젤의 무리는 멈춰 선 채 치타와 동료의 법칙을 쳐다봤다.

지그재그로 뛰어 달리는 가젤은 자신의 지혜를 모두 펼쳐 추적을 벗어나려 한다. 그러나 치타의 살아가는 삶의 지혜는 가젤보다 한 수 위였다. 그것은 누구의 두뇌가 명석한 것을 구별 짓는 것이 아니라 그들이 자연으로부터 보고 배우고 판단하는 것이 달랐을 뿐이다.

가젤의 지그재그식 도망은 직각이 가까울 정도로 경직된 반면에 치타는 곡선으로 된 유연한 몸으로 가젤을 쫓았다. 치타의 몸놀림은 바람에 누워 드는 풀줄기처럼 부드러웠고, 햇살에 비쳐 나는 얼룩점들이 명주처럼 고왔다. 그 엄청난 품격과 위상을 갖고 있는 치타의 먹이 추적에는 죽음을 동반한 아름다움이 있었다. 세렝게티가 아름다운 것은 고고한 초원과 평원이 주는 대자연적인 근원이 아니라 먹이사슬이 순행되는 동물들의 삶의 법칙이 있기 때문이다.

가젤이 급커브를 돌 순간 극히 아름다운 빛깔 하나가 가젤을 덮쳤고, 눈 깜짝할 사이 치타의 이빨에 목이 물린 채 짧은 평원에서의 아름다운 추억을 닫아 버렸다. 치타의 동료가 어슬렁거리며 다가와 가젤의 몸을 해체할 적에야 가젤의 무리는 풀을 뜯는다. 세렝게티는 평화 속에 잠기고, 그 평화는 살육이 펼쳐지는 또 다른 시작의 알림이었다. 순간 세렝게티가 사라지고 신사복 광고가 시작됐다. 일순간에 세상이 바뀌었다. 텔레비전에 낯익은 남자 탤런트가 옷을 사라고 광고한다. 치타와 탤런트의 차이는 없다. 탤런트가 입은 옷은 광고하는 제품이고 치타의 우아한 얼룩 가죽은 사냥물을 속이기 위한 위장물이다. 가젤을 살펴대는 치타의 눈빛이 탤런트의 눈에 담겼다. 그는 무리를 이탈한 가젤이 되어 그 눈을 본다. 치타가 언제 바람처럼 그의 목덜미를 물어 버릴지 모른다.

그는 리모컨 버튼을 눌렀다. 채널이 바뀌는 대신 화면이 나오지 않았다. 이번에는 리모컨이 문제가 아니라 채널이 전환되는 순간 모니터가 발광한 것이다. 이미 리모컨은 그 사명을 충실히 응한 것이다. 전파가 잡히지 않는 것은 안테나와 관계 있고, 유선의 접촉 불량이 먼저였다. 작은 창으로 홈을 파고 밀어 넣은 유선 끝을 따라 몸체 뒤에 접속된 이음부를 다시 뽑아 조립했다. 그래도 놈의 반항심을 주저앉힐 방법을 발견치 못했다.

몸체 아래에 부착된 수동식 채널 버튼을 눌러보나 둔감한 반응과 함께 희멀건 줄을 긋는 전파가 화면에 가득 찬다. 전원은 들어오는데 화면이 나오지 않는다. 이제는 놈을 그대로 두는 것이 아니라 타격으로 놈의 정신을 차리게 할 일만 남았다. 주먹으로 몸체의 한 귀퉁이를 쳐댔다. 너댓 번을 치자 화면이 정상으로 나왔다. 무대에서 노래하는 가수의 모습이었다. 그 모습을 확인키도 전에 다시 전파선만 올려댔다. 출고 년도에 찍힌 년수로 13년이 된 놈이다. 사전 제품상으로 이미 노화가 든 상태였다. 놈이 죽어가는 암시를 먹통으로 알리려는지 모른다. 놈의 비정상적인 발광에 분노가 일었다. 화장실 한쪽에 놓여 있는 텔레비전을 포장한 빈 박스를 볼 적마다 느껴지는 울분이었다.

원형의 스테인리스 관으로 감방 창살처럼 붙여 놓은 그의 키만한 대문을 들면 사람 왕래도 겨우 할 정도의 마당이 있다. 대문 바로 앞이 주인집 현관이고 마당 한 구석에 회색 섀시로 된 외짝 문이 그의 방 출입구이다. 주인집과는 같은 벽에 이어져 있으나 동떨어진 출입구로 인해 절해고도가 되어 버렸다. 방문 옆은 담장이 지나고 방의 벽과 담장 사이의 공간을 막아 단칸방의 화장실이 있었다. 그 속에는 단칸방의 보일러 기계까지 들어앉아 변기 하나가 겨우 빈 바닥을 차지했다. 나머지 공간에는 주인집의 허드레 물건들이 채워져 있고, 빈 박스와 공구류, 판자조각과 빈 병들이 공간에 수납됐다. 문을 닫으면 담장으로 나 있는 쟁반만한 구멍이 조밀한 빛을 받았으며, 환풍기가 그 공간마저 막아 버려 화장실에 앉으면 흡사 상자 속에 든 것 같아 불안했다. 그러나 본능은 그 어떤 외적 두려움에도 적응되어 용변을 보는 데는 지장이 없었다. 밀폐된 그 속에 있을 적에 오히려 편안했다. 그에게 보이는 세상이 한계가 있고, 그는 그 이상의 다른 세상을 보지 않아도 되었다. 남들이 꺼릴 줄 모르는 장소에서 존재한다는 것은 신나는 일이다.

텔레비전을 얻은 이튿날 갑자기 화장실 안이 복잡했다. 병을 쌓아둔 안쪽으로 새롭게 입수된 박스 탓이었다. 박스는 사람이 들 정도로 컸고, 텔레비전 크기도 짐작됐다. 변기에 앉으면 우측 엉덩이 부분에 박스가 위치한다. 일부러 보지 않으면 볼 수 없다. 눈앞에 마주하는 거무스름한 섀시 문 사이로 비치는 바깥의 밝은 빛깔을 세어 봐도 옆에서 그를 주시하는 놈의 기척을 뗄 수 없다. 그를 그냥 지켜보는 것이 아니라 그의 배변 모습을 조롱하는 모멸감을 부여했다. 그도 모르게 빈 병과 잡지책 같은 잡동사니 위에 올려놓은 박스에 눈이 간다. 허리가 틀려지고 어깨가 45도 정도의 회전을 하며 고개를 위쪽으로 약간 비스듬히 꺾어 그것을 본다. 누르스름한 종이 박스의 반질거림과 눈에 익은 영어 문자들의 나열이 이방인처럼 그를 대한다. 습기에 회칠이 생채기처럼 일어난 벽면과 서툰 미장이가 바른 울퉁불퉁한 낮은 천장이 박스를 내리눌렀다.

등 뒤의 벽에 달린 먼지에 휩싸인 보일러까지 볼 용기가 없다. 그것
마저 본다면 그는 나팔꽃처럼 외줄을 타고 내려와 보일러 옆벽에 걸
려 있는 우중충한 백열전등을 봐야 하고 붉은 비닐 끈에 몸통을 관통
시킨 채 무릎에 닿을 듯이 걸려 있는 좌측 벽 옆 두루마리 화장지를 안
볼 수 없다. 백색 바탕이 때로 인해 회색으로 변질된 변기를 살펴보
고, 그 다음 초콜릿색 플라스틱 슬리퍼를 덮어 내리는 팬티가 드러난
옷과 허벅지와 무릎 살을 드러내고 변기에 걸터앉아 좌절과 그에 대
한 궁색한 변명을 모색하느라 노력하는 사내의 모습을 봐야 한다. 화
장실을 나가면 자신의 공간을 찾지 못해 낯선 곳을 헤매는 그였다.

새로운 세상, 정치인들은 늘 그렇게 말했다. 그들이 침을 튀겨가며
외쳐 대던 새로운 세상은 그들이 권리를 남용하는 자신들의 세상일
뿐이다. 그가 셰익스피어를 말하고 그걸 듣고 그 철학성에 감동되어
삶에 대한 위트와 유머와 정직성이 인정받는 그런 사회를 찾을 적에
다른 한편으로 그는 로맹가리와 헤밍웨이와 고흐의 삶을 논했다.

"세상은 지식으로 살아갈 수 없다는 것을 모르나? 지식이란 살아가
는 데 편리하기 위한 방법을 일깨우게 해주는 처세술일 뿐이지, 자네
한테 밥을 주는 것이 아니네. 차라리 교육자가 되게. 여기는 자네가
머물 곳이 아니네. 잘 판단했네."

사표를 낼 때 조사장은 재빨리 철학자가 되었다. 조사장은 자신의
자리에 앉아 우두커니 서 있는 우둔한 사람한테 아주 점잖게 설명을
할 줄 알았다. 파랑 바탕에 분홍색 점들이 아메바 같이 기어다니는 넥

타이를 한 마디 정도 풀어 제친 와이셔츠 차림의 남자는 한 손을 유연하게 움직이며 그를 조정했다. 걷어 올린 와이셔츠 소매 깃이 저돌적으로 보이나 조사장은 등을 눕힌 의자에서 일어나지 않았다. 주종 관계의 결별을 하여도 선상의 위치를 고수하며 예의까지 보였다.

박스가 오고부터 좁은 화장실 실내는 좁쌀처럼 작아졌다. 시장 본 비닐 봉지를 들고 대문을 들어서는 주인여자와 마주친 것은 꽤 오랜 날이 흐른 뒤였다.

"그걸 왜 버려, 보관할 적에 박스가 없음 안 돼, 접지도 마. 물건 담을 거니."

무난한 타협을 찾으려 노력했으나 주인여자는 새 텔레비전의 주인이었다. 여자가 현관문을 들기 전에 떨구고 간 말에 그는 방에 있는 텔레비전을 박살내 버릴 용기를 배웠다.

"근데 전에 사람은 냉장고 박스를 넣어 두고도 잘만 사용하드니만. 무슨 요구가 그리 많아. 셋집 사는 주제에."

"고장난 텔레비전, 전축 삽니다. 비디오 삽니다. 냉장고, 컴퓨터 삽니다. 에어컨 삽니다. 세탁기 삽니다."

스피커 소리가 우울하게 들려왔다. 이미 삶에 염증을 느낀 여인네가 자신을 죽이든지 살리든지 관계없다는 신호를 보내는 것 같다. 그러나 그 음성만이 앞에 흉물로 떨고 있는 텔레비전을 처리할 수 있다. 그는 세상이 흉물을 안으려 한다면 그것을 예속시키는 그 세상을 포기할지라도 자유롭고 싶었다. 해체되어 너덜거리는 리모컨을 텔레비전 위에 얹었다. 전원과 유선을 이탈시킨 놈의 몸체를 앞에 놓았다. 이제야 놈은 고장날 일도 반발할 일도 없는 먹통이 된 것이다. 문명의 이기주의는 문명의 외면으로 말살된다. 텔레비전이 발명되지 않는 시대에는 그로 인해 고민할 아무런 사유가 없다. 사람은 자유를 위해 무엇을 하는 것인가. 순간 그의 뇌리를 스치는 인물이 나타났다. 셋 다 자유를 가졌다. 로맹가리와 헤밍웨이를 비교해 보았다. 길고 짧은 것이 차이이다. 권총은 짧고 엽총은 길다. 소리는 같고 모두 다 고뇌를 날렸다. 그러나 고흐는 빈 창자인 채로 영원한 굶주림을 해결했다. '까마귀가 나는 밀밭'에서 고흐는 고독과 슬픔과 처절한 절망을 피워 낸다. 허기진 몸이 일으킨 미적 조화였다. 관자놀이를 꿰뚫는 납알을 밀어내는 압축력에 놀라 까마귀는 일시에 날아오른다. 고흐의 까마귀는 늘 그 자리에 있으나 그는 까마귀를 못본 지 오래됐다. 못본 것은 그것만이 아니다. 별과 달과 태양과 밀밭과 친구와 돌과 강아지와 토끼와 겸상에 차려진 갓 지은 따뜻한 밥과 반찬 그리고 아버지……. 시계의 정각 시마다 자유를 잃어도 시간에 구애받고 그를 던지고 싶다. 뒤엉킨 세월과 시간들, 그가 나열한 시간들의 난무는 그를 위해 전개된다.

탕-, 푸드득-.

헤밍웨이와 로맹가리와 고흐의 검지는 후회를 하지 않았다. 그들은 멀리 가지 않고 그들이 고뇌로 평생 동안 작성해 놓은 수많은 이력서 속으로 이사를 한 것뿐이다. 나는 그런 이력서를 써 놓은 것인가.

그는 텔레비전과 리모컨을 들고 일어났다. 고물 트럭 운전대에 앉아 지겹게 들어온 자신의 음성을 듣고 있는 부부의 모습이 보였다. 텔레비전과 함께 덤으로 가져가는 그에게는 총이 없었다.

헐벗고 굶주린 정신에 대한 보고
—강준용 씨의《숭선에서》—

방민호(서울대학교 국문과 교수 · 문학평론가)

강준용 씨에게는 "전설의 소설가"라는 닉네임이 붙어 있다.

"순수문학을 목숨처럼 사랑했기에 하루 라면 한 끼로 얼음장 같은 세 평 남짓한 방안에 30여 년을 틀어박혀 곱은 손 입김으로 녹이며 글을 쓰던 소설가", "전설 같은 소설가"가 바로 강준용 씨라는 것이다. 그에게 따라붙는 이러한 수사는, 비록 그가 유행을 타는 여느 작가들만큼 많은 독자들을 거느리고 있지는 못하다 해도 열도에서만은 남부럽지 않게 그를 깊이 사랑해 주는 사람들에 둘러싸여 있음을 의미한다. 이것은 물론 그들에 의해서 문학에 대한 그의 열정이 뜨겁고 순수한 것으로 인정되고 있기 때문일 것이다.

돌이켜 보면 벌써 오래된 일이다.

2001년경에 필자는 그의 장편소설《별나라를 지나는 소풍》에 대해서 우리 사회의 경제적 고난과 정신적 타락을 탁월하게 표현한 작품이라고 평가한 적이 있었다. 2001년경이라면 1990년대 문학의 여파가 그대로 밀려와 바로 그대로 새로운 세기의 문학이 될 수 있는 것 같은 포즈를 취하고 있을 때였다.

그때 강준용 씨는 필자에게 전혀 알려지지 않은 작가였다. 그 무렵 그는 이미《스콜》,《오색줄무늬 왕사탕》같은 장편소설, 창작집을 펴낸 상태였지만 유행적 사조와 거리를 두고 있었던 까닭인지 독서 대중의 관심권 바깥에 머물러 있었다.

　필자 역시 독서가 넓지 못한 한 사람의 비평가일 뿐이었다. 그런 필자의 눈에 우연히 들어온 작품이 바로 《별나라를 지나는 소풍》이었다. 이 작품은 음료 회사의 무자료 덤핑 거래를 중심으로 뒤얽힌 사건들을 통속적인 필치로 묘사해 나간 것이지만, 필자가 보기론 결코 통속적이지 않은 시선이 그 안에 스며들어 있었다. 시대와 인간을 꿰뚫어 보려는 어떤 시선의 존재, 필자는 이것을 가리켜 "물질에 사로잡힌 우리의 영혼이 이 작품 속에 거울처럼 덩그러니 놓여 있"노라고 했다.

　《별나라를 지나는 소풍》의 그는 1990년대에서 2000년대로 이어지는 포말과 장식의 시대를 스탠드의 외야에서 날카로운 시선으로 꿰뚫어 볼 줄 아는 작가였다. 그는 시대가 선사한 '얇음에의 강요'를 견디지 못하는 정신적 기질의 소유자로 '주류적' 문단 경향과 거리를 두고 무소유라기보다 '불소유'의 시각에서 물질에 의해 황폐화된 사회와 인간을 그렸다.

　그러고 나서 오랫동안 그의 작품을 접하지 못했던 것 같다. 이번에 그가 새 창작집 원고를 보내왔을 때 필자는 몹시 반가우면서도 안타까웠다. 남을 문학이라면 구태여 묶어 놓지 않아도 꼭 읽힐 것이라는 게 그의 문학적 신념이라지만, 작가는 역시 크든 작든 독자라는 물 속에서 살아가야 행복한 법이다. "처연한 순수문학의 정수로 외길을 걷던" 사람으로 그를 기억하는 사람들이 있음은 물론 반가운 일이다. 그러나 힘들고 외로운 고행 길에서 돌아와 독자들과 마주 앉았을 때 작가는 자기 생명의 가치를 새로 느낄 수 있게 되는 것이리라. 떠남으로써 더 새파랗게 살아가는 길이 없는 것 아니로되, 그럼으로써 얻은 것이 독자들에게 나누어지는 장면이야말로 길 위에서 그가 매일 상상하던 일이 아니었을까.

이 창작집에는 모두 열 편의 작품이 실려 있는데, 이들은 모두 물신적인 세계의 외부에서 인간 문제를 사고하려는 시각을 드러낸다. 이러한 면모는 「핸드폰 핸드폰」, 「금고기를 보내며」, 「무의 셈본」, 「편의점에서 긋는 곡선」, 「승선에서」, 「텔레비전 버리기」 같은 작품들에 고루 삼투되어 있는데 이 가운데 특히 「승선에서」는 한국 사회에 대한 총체적인 성찰을 보여준다는 점에서 주목된다.

여기서 강준용 씨는 "경계"라는 화두를 제시한다. "비 오는 날, 비가 오지 않는 경계선을 보고 싶어했다."라는 문장으로 시작되는 이 작품은 비가 내리는 곳과 비가 내리지 않는 곳이라는 은유적인 대비를 실마리 삼아 이야기를 전개해 나간다. 두만강 상류를 따라 거슬러 올라가는 여정은 "경계"에 대한 성찰의 과정을 상징하는 것으로 풀이된다. 여기에는 두 개의 "경계"가 있다. 하나는 연령이라는 자연적 경계다. 이 작품에서 '나'는 자신이 통과해 온 나날을 가볍게 압축해서 보여주는데 그 의미는 다분히 인생론적인 중량을 담고 있다.

젊은 시기의 경계선 통과는 신비적인 흥분으로 내 몸을 들뜨게 했다. 무심코 통과한 30대에는 찬사를 받을 정도로 사회생활에 만족했기에 관심 없이 스쳤다. 세 번째 통과한 사십대는 빗속과 마른 선에 대한 분역 지구에 깊은 회의를 느꼈다. 빈곤에 젖은 나에게 마지막 통과한 경계선의 의미는 무의미했고, 마른 옷이나 진 옷이나 내게는 그걸 고를 여유가 없었다.

인생의 여러 "경계"를 통과해서 현재에까지 다다른 그는 방우달이라는 조선족 지인의 안내를 받으며 숭선까지 여행하는 과정에서 다른 하나의 경계를 경험하게 된다.

두만강 최상류 마을 중 마지막 마을은 숭선이라는 말을 듣고 도리어 내가 그쪽을 택했다. 마지막에는 분명 무언가의 경계가 있고, 그것은 내가 서울이란 거대한 철로 된 상자 속을 빠져나갈 수 있는 구멍일 수도 있다는 판단이 들었다. 붉은여우가 재주를 넘어대는 그 경계선이 있는 서울, 무료로 서커스 곡예술을 관람시켜 준다 해도 입장치 말아야 할 곳이었다. 신비스러움이 벗겨지며 시시한 권태가 따른다.

이로써 '나'의 마음을 사로잡고 있는 "경계"의 본질이 모습을 드러낸다. 그것은 "서울"이라는 이름을 가진 철갑상자다. 그리고 그것은 "붉은여우가 재주를 넘어대는" 곳이다. 여기서 "붉은여우"란 '나'와 인연을 맺었던 여인을 가리키는 것이지만 동시에 상징적 의미가 혼재되어 있다.

여우는 흔히 조화를 부리고 사람을 홀리고 세상을 현혹시키는 이미지를 가진다. 또 붉은 빛은 정열, 정욕, 유혹의 이미지를 가진다. 작가는 여기서 여우에 붉은 털을 입혀 "붉은여우"라는 여인을 만들어 내고 있는데 이것은 "서울"이라는 이름에 의해 대표되는 한국 사회의 물질중심적인 메커니즘을 상징하게 된다.

"서울"에서 '나'는 우연히 보험설계 일을 하는 여인을 만났었다. 그녀는 이혼 전력이 있는 35세의 독신녀, 이 작품은 두만강을 거슬러 숭선까지 가는 여정과 함께 그녀와의 만남과 헤어짐을 또 다른 이야기의 축으로 삼는다. 그녀의 원룸은 "서울"이라는 물신적 메커니즘의 원리, 그 욕망과 유혹이 지배하는 곳이다. 그녀의 원룸은 전설에 나오는 여우굴처럼 기괴하다. 이 작품은 과연 이 여우굴의 중력권에서 얼마나 멀어질 수 있는가를 심문한다.

숭선행은 이러한 실험을 대신하는 의미를 가진다. '나'는 방우달을 따라 강 건너로 "북조선"이 바라보이는 여정을 이어간다. 그리고 마침내 숭선 건너편은 바로 "북조선 삼장마을"이다. "주체사상 독려 구호가 붉은 글자로 매달린 선전 철탑이 높이 선 채 숭선을 보고 서 있"다.

여기서 '나'는 "서울"이라는 철갑상자에 적응하지 못한 자의 사고법으로 "붉은여우"와의 관계를 되돌아본다.

첨단문명과 교활한 문화로 물든 사람들이 사는 곳에서부터 온 나란 관조자가 그 어떤 술수로든 넘지 못할 경계선을 보고 있었다. 경계선 저쪽에는 나를 홀리는 붉은여우가 없을 것 같았다. 나는 내가 바라는 희망들이 내 곁이 아닌 다른 곳에 존재한다고 여겼다. 늘 경계선을 넘으려 한 것도 그것 때문일 것이다. 내가 본 그리고 내가 겪은 현재에서는 희망을 발견할 수 없다고 판단한 것은 왠지 모른다. 풍부한 물질과 첨단 문명 속에 존재하는 나를 발견키 위해 나는 붉은여우가 거주하는 경계선을 넘었다. 그러나 나는 이 사회가 내세우는 그 문명으로 인해 근거지를 찾지 못하고 헤맨다.

나아가 '나'는 황량한 삶을 이어가면서 "습기 찬 음습한 반지하방에서 벌레처럼 서식하는 나를 보았다"고 술회한다. 그것이 바로 '나'의 숭선행의 감춰

진 동기였다. '나'는 방우달의 초청에 응해 서둘러 비자를 받아 연변으로 날아 갔고 이제는 숭선이라는, 이 세계의 끝자락으로까지 나아간다. 숭선에서 한 발을 더 내디디면 북한 땅 삼장마을이다. 그곳에 무엇이 있는지 모르지 않는 '나'다. 그러나 '나'는 "강 건너에 무엇이 있는지를 알지 못한다."고 한다. "비 허구성으로 드러난 외경에서 경계선에 대한 해답이 있을까" 자문한다. 과연 "서울"이라는 "붉은여우"의 중력장을 넘어서면 무엇이 나올까. 그것은 주체 사상 선전철탑이 웅변하는 사회밖에는 없는 것일까? "경계선" 너머 저쪽에 대한 사유는 과연 불가능한가?

「**숭선에서**」는 한국 사회의 물신적 메커니즘에 대한 근본적 회의를 바탕으로 새로운 삶의 가능성에 대한 물음을 시도한 문제작이다.

강준용 씨의 소설은 그만이 구사할 수 있는 문법적 장치들을 보여주지만, 이보다 더 중요한 것은 주제의식의 방향과 깊이일 것이다. 그의 소설의 주인공들은 대부분 사회적 삶의 중심부에서 밀려난 사람들인데 이것은 바로 작가가 스스로 서고자 하는 위치이기도 할 것이다. 그는 소외된 인물들의 심리 세계를 심층적으로 묘파함으로써 그들 하나하나가 실체적인 존재라는 사실을 부각시키는 효과를 얻어낸다. 그들은 하나같이 훼손된 삶을 살아가면서도 인간다운 삶의 회복을 갈구한다. 이러한 동경적 희구로 인해 그들의 불행한 삶은 더욱 더 커다랗게 부각된다. 훼손되기 이전의 상태를 향한 그리움은 주인공들의 행위 방향을 규정하는 요인으로 작용한다.

「**핸드폰 핸드폰**」 같은 작품은 이러한 양상을 잘 보여준다. 이 작품의 주인공은 20년이나 잡지사를 전전하고도 어딘가에 안착하지 못한 가장이다. 신용불량자인 그는 더 나은 핸드폰을 원하는 딸의 욕망에 시달린다. 현실에는 그가 설 자리가 없다. 현실 질서에 성공적으로 편입되지 못한 그의 삶은 그를 극심한 정신적 피로 속으로 몰아넣는다. 이러한 상황에서 그가 빈번하게 떠올리는 것은 유년의 냇가에서 살고 있던 아름다운 피라미의 기억이다.

유속이 강한 여울에 파리 낚시를 드리워 놓고 놈들이 입질하길 기다린다. 맑고 투명한 여울살을 가르고 물의 흐름에 역행하는 날렵한 피라미는 내 몸의 때가 절로 벗겨질 듯이 찬란하다. 놈들의 무리가 물살의 파문 아래 어른거리는 것을 식별할 수 있을 정도로 나는 놈들과 친숙하다. 구슬프게 흐느끼는 음파의 파장처럼 햇살이 일렁이는 수면을 투과하여 물속으로 녹아들 때 놈들은 물보라로 만든 실루엣의 커튼을 걷고 신비스러운 실체를 드러낸다. 굴절된 햇살이 놈들의 무리들을 슬쩍 비추면 은빛 찬란한 놈들의 몸체가 거울에 반사되는 빛처럼 번쩍거리며 나를 벅찬 감정으로 몰아넣는다. 놈들은 그 경쾌하고 신비한 은빛으로 내 미끼를 물고, 나는 은빛 하나를 낚아챈다. 밖으로 끌려 나온 놈은 신비하기 그지없다.

은빛 비늘에 가는 회색 줄무늬를 양쪽에 박은 날렵한 몸체가 백 미터 출발을 앞둔 주자의 유니폼처럼 금방이라도 바람을 가를 듯하다. 낯선 세상을 본 두려움에 파르르 몸을 떠는 놈의 경악에 애처로움보다 허공에 날리는 은빛 날개의 우아함에 황홀감을 느낀다. 그러나 나는 놈의 아가미에 손가락을 넣어 고정시킨 뒤 엄지로 아가미 밑 가슴을 눌러 그대로 배를 갈라 내장을 훑어 낸다. 인간 세상이 싫은지 뭍으로 나오면 금방 죽어 부패되는 놈을 위해 신비한 아름다움을 보존케 하는 의식이다. 놈은 배를 갈리고 나

부라진 뒤에도 생전의 아름다움을 유지한다. 반듯한 돌 위에 진열되어 말라가는 놈들은 아직도 살아 있는 우아한 형태로 나를 유혹한다. 오염되지 않는 물에서만 존재할 능력을 얻은 피라미는 하급수에서는 생존하지 못한다. 오급수 이하인 인간 세상에 나와 물 속의 형태 그대로 박제가 된 놈을 보고 나는 경탄을 한다. 놈들은 죽어서도 자신의 몸체를 변질하지 않는 신비성을 지닌 것이다.

아름다운 피라미를 잡던 어린 시절의 '나'는 피라미와 마찬가지로 아름답고 싱싱한 삶을 살아가는 존재였다. 그러나 지금 이 피라미의 아름다움을 가장하고 있는 것은 딸아이의 "은색 핸드폰"일 뿐이다. 현대적인 인공 세계의 피라미인 핸드폰들은 살아 있는 피라미들보다 정교하고 값나가게 생겼다. 이런 가짜 피라미들이 화려한 외관을 과시하고 있는 것이 바로 현대요, 이처럼 물신적인 아름다움을 과시하는 핸드폰을 향한 욕망 때문에 원조교제에 나서야 하는 것이 현대의 딸들이라는 것, 이러한 인식 위에서 '나'는 비스킷에 달라붙은 개미들에 유황불을 붙이는, 복수를 대신하는 잔인한 대리 충족적 유희를 벌인다. 이 유황불 속에 누워 있는 것은 한 마리의 "은빛 피라미"다.

「금고기를 보내며」와 「무의 셈본」 역시 이러한 회귀열이 바탕을 이루는 작품들이다. 「금고기를 보내며」의 주인공은 직장생활 18년 동안 가장의 직무를 다하면서 살아온 '헐벗은' 샐러리맨이다. 그의 꿈은 "마흔일곱 살의 고릴라"가 된 아내와 "두 마리의 어린 새끼들"이 살아가는 "서른세 평의 우리"의 윤리에 굴종해야 하는 삶에서 벗어나는 것이다. 이 자유에 대한 동경을 작가는 다음과 같이 묘사한다.

느닷없이 바다가 그리웠다. 너른 바다를 향해 나가고 싶었다. 그때였다. 그의 앞에 검푸른 노도가 달려들었다. 항상 그를 덮치려고 위협한 격랑의 파도였다. 차를 몰아 바다를 향해 나아갔다. 세상의 소음을 소멸시키기 위해 파도 소리가 크다는 생각이 들었다. 정말로 파도 소리 외에 아무것도 들리지 않았다. 그를 찾는 아내의 음성도 그를 부르는 아이들의 목청도, 그리고 월말마다 그를 기다리며 애걸해 대는 뭇사람들의 발성도 먼 시절에 지나간 바람소리로 남아 흘렀다. 그는 등지느러미를 바짝 세우고 파도를 향해 유형의 몸짓을 띄웠다. 윤활유가 발린 통로를 지나듯이 그의 몸이 날쌔게 파도를 갈랐다. 둘째놈은 아직도 제 어미의 뱃속에서 그를 투시하며 있었다.

「핸드폰 핸드폰」과 「금고기를 보내며」를 일괄해 보면 자연과 인공, 살아 있는 생명과 박제화된 생명의 대립적 관계에 주목하고 또 그것을 즐겨 탐색하는 강준용 씨의 경향적 특성이 뚜렷하게 나타난다. 「무의 셈본」은 이러한 대립적 양상을 정리해고 당한 실직자의 삶을 통해 드러낸 작품이다. 여기서 주인공은 직장 상사의 계략에 빠져 정리해고를 당하고는 복직될 때를 기다리는 무위한 삶을 이어나간다. 그의 삶과, 치매에 걸려 실버타운 신세를 지고 있는 어머니의 삶은 박제화된 생명이라는 점에서 서로 겹쳐진다. 그러나 동시에 어머니와 주인공만의 세계는 "소외된 공간"과 달리 "그의 편만이 존재"하는 세계, 소외가 없는 세계다. 실버타운에서 집으로 도로 모셔진 어머니는 「금고기를 보내며」에 그려진 것과 같은 중산층 가정의 이기주의적 생리에 희생당하고 만다. 아파트 베란다에서 떨어져 죽어 버린 것이다. 어머니의 죽음은 박제화된 생명의 죽음이라는 점에서 정리 해고된 채 절망적인 삶을 이어가고 있는 '나'의 죽음으로 연결된다.

> 어디선가 무슨 소리가 들렸다. 바람 소리가 염불처럼 웅얼거리며 셈을 세는 어머니의 음성을 만들었다. 그는 이끌리듯이 베란다로 나가 문을 열었다. 어둠을 휘젓던 바람이 그를 향해 불어쳤다. 박하에 혼류된 냉물을 뒤집어쓴 것처럼 정신이 맑아졌다. 온갖 고뇌와 갈등으로 오염된 그의 몸체가 그 바람에 녹는 것을 만끽하며 베란다의 난간에 올라섰다. 별이 든 밤하늘이 그를 향해 펼쳐졌다. 순간, 그는 몸 속에 잔재해 있는 불규칙적인 사고가 다림질 받은 이불 홑청마냥 펴지는 걸 느꼈다. 하나 둘 다섯, 그는 우습잖게 헤어지는 셈을 하면서 어둠과 바람을 향해 몸을 띄웠다.

이 작품의 결말이 보여주는 주인공의 투신행위는 박제화된 생명의 죽음을 통해서 훼손되기 이전의 삶으로 그 자신을 되돌리고자 하는 의식을 상징적으로 드러낸 것이다. 이기심과 욕망으로 점철된 현대 자본주의의 메커니즘을 근본적인 비판적 시선으로 조명하면서 인간 본연의 생명력의 회복을 환기시키는 것, 이것이 강준용 씨의 소설에 일관된 하나의 주제의식이다. 그 주제의 심각함이나 정신적 태도의 완강함에서 강준용 씨는 젊은 세대의 작가가 보여주지 못하는 삶과 문학의 모럴을 제시하고 있다고 할 수 있을 것이다.

한편 이 창작집에 실린 작품들 가운데 가장 예외적인 작품을 꼽아야 한다면 그것은 「바람바퀴를 단 기형물」이 되어야 할 것이다. 이 작품은 병리적인 삶을 살아가고 있는 한 개체적 인간의 내면세계를 묘사한 작품이다. 강준용 씨의 창작적 특질 가운데 하나는 리얼리티의 경계를 넘나드는 묘사로 '외계의 형상'을 '내계에 삼투' 시키고 반면에 '내계의 심리를 외계에 투영' 시킴으로써 인간 개체가 겪어 나가는 내면적 드라마를 깊이 있게 표현해 내는 것이다. 「핸드폰 핸드폰」, 「금고기를 보내며」, 「무의 셈본」 등은 이러한 창작방법이 잘 드러나는 작품들인데, 「바람바퀴를 단 기형물」은 그러한 유형의 창작 방법을 대표하면서 죄책감과 자의식 속에서 살아가는 한 인간의 형상을 심층적으로 묘사한 것이다.

이 작품은 한때의 잘못으로 소녀의 삶을 유린한 기억에 사로잡혀 살아가는 사람의 이야기다. 여기서 '나'는 한쪽 팔을 쓰지 못하는 여인과 함께 살아간다. 그러나 그것은 서로 영혼의 교감을 나누는 동거가 아니다. '나'는 '나'의 내면 속에서, 그리고 기억 속에서 살아갈 뿐이다. '나'는 자폐적인 삶이 부과하는 정신적인 분열까지 경험한다. 정상적인 사회적 삶을 영위하지 못하고 고립된 '나'는 유폐된 공간에서 "공허한 물질들이 신기루처럼 떠도는 방안에서 미립자의 찌기를 모아 한 인물을 만들어" 낸다. 그는 '나' 스스로 묻고 또 대답하는 '나'의 분신과 같다. 그런 "미립자의 사내"가 '나'에게 묻는다.

"어이 친구, 자네야말로 임신한 소녀를 만나지 않았다면 함께 사는 여자
와 살았겠는가."
미립자의 사내가 나를 바라보며 능글거렸다.
"아마―."
나는 그랬을 거라는 말을 잇지 못했다.

"넌 지금 그랬을 거지라는 말을 안 하지. 니가 하는 말에 변명할 대책을 강구하지 말어. 니가 할 수 있는 가장 편안한 길은 니가 진실의 소리를 말하는 거야. 니 가슴에 새겨지는 그 활자를 그대로 발설하는 거야. 그걸 지우려 하지 마. 지우면 넌 그 순간부터 지운 것을 후회하면서 지운 것을 재생시키느라 고통을 받을 거야."

미립자의 사내는 아직도 땅에 발을 붙이고 있지 않았다. 그의 몸은 허공에 한 치 정도 떠 있었다. 그의 발바닥에 달린 작은 추진 로켓이 그를 부유시킨다고 생각했다.

'나'로 하여금 이토록 죄책감에 시달리게 만든 것은 한 소녀를 파멸로 몰아간 기억이다. 직장생활을 접고 부모에게 물려받는 재산에 기대어 무위의 삶을 살아가던 '나'는 유산으로 남겨진 과수원을 처분하러 평택에 갔다가 과수원지기집 딸을 만나게 되고 그녀를 범하게 된다. 소녀는 임신한 사실이 동네에 알려지면서 그만 세상을 버리고 만다. 작가는 소녀를 유린한 기억 때문에 정상적인 삶을 영위해 나갈 수 없는 사내의 고통을 그려나간다. 사회적인 삶을 버리고, 한쪽 팔을 쓰지 못하는 여인과 함께 어떤 '죄'의 대속(代贖)만을 추구하면서 살아가는 삶. '나'의 마음은 생의 꽃을 피워보지도 못하고 세상을 떠나야 했던 소녀의 잦은 방문에 시달린다. 세상에는 어떤 다른 부류의 인간과는 달리 '죄'의 기억을 버릴 수 없는 종류의 인간이 있으며 '나'는 바로 그런 종류의 인간이다.

'나'와 여인의 동거가 가능했던 것은 그것이 '죄'로 인한 영혼의 고통을 견딜 수 있게 해주었기 때문이다. 고통으로 '죄'를 대신하는 것, 그럼으로써

'죄'로부터의 자유를 꿈꾸는 것. 「바람바퀴를 단 기형물」은 이런 독특한 내면적 메커니즘을 가진 한 개체적 인간을 제시한다.

이 작품의 마지막 결말이 아주 인상적이다. 여기서 '나'는 모처럼 아파트를 나섰다가 자기와 함께 동거하는 여인의 모습을 발견한다. 비가 내리고 있었다. 슈퍼 앞에서 '나'는 파란 우장을 입은 그 여인을 발견한다. 한쪽 팔로 우유 배달 수금을 다니는 그녀는 작은 수레를 끌고 가다가 수레와 함께 그만 넘어지고 만다. 수레며 우유통들이 보도에 나뒹구는 참상을 수습하려고 한쪽 팔을 쓰지 못하는 여인은 안간힘을 쓴다. 차마 외면해 버릴 수 없는 사태에 '나'는 그녀를 도와 물건들을 수습한다. 바로 이 대목에서 한쪽 팔을 쓸 수 없는 여인의 형상은 임신하여 '나'를 찾아왔던 소녀의 형상에 겹쳐진다.

드르륵ㅡ. 황장윤 씨가 창고에 갔을 때 임신한 소녀는 엎드려 있었다. 황장윤 씨는 창고 안에 농약을 둔 것을 후회했다. 임신한 소녀의 머리맡에 있는 농약병은 비어 있었다. 나는 수레에 농약병을 주워 담았다. 우유는 없다. 갑자기 내 몸이 가벼워졌다. 발이 구름을 딛는 듯 푹푹 꺼져 들었다. 허공의 땅을 지나는 수레바퀴도 바람으로 만들어졌다.

"미안해요, 미안해요."

함께 사는 여자는 옆을 따르며 비틀어진 손을 떨었다. 아이를 지워 버리고 절뚝거리며 과수원으로 들어가던 임신한 소녀가 내 옆에 있었다. 나는 발목이 없는 나의 기형을 함께 사는 여자한테 설명하지 않았다. 나는 그저 분산된 내 영혼에 자유를 주고 싶었다.

"나는 그저 분산된 내 영혼에 자유를 주고 싶었다."라는 마지막 문장은 「바람바퀴를 단 기형물」이 "자유"에 관한 이야기임을 알려준다. 과연 인간은 어떻게 자유롭게 되는가.

강준용 씨는 병리학적인 삶을 살아가는 개체적 인간의 내적 메커니즘을 통해서 인간의 "자유"라는 것이 영혼에 관계된 것이며, '죄'에 관한 것임을 알려준다. 또 그럼으로써 관계에 구속된 인간 존재의 삶의 조건에 관해 생각하도록 한다.

필자가 이 글을 쓰고 있는 동안에도 강준용 씨는 어딘가 쉽게 연락이 닿지 못하는 먼 곳으로 떠나가 있다고 한다. 아마도 그는 「승선에서」의 주인공처럼 "서울"의 유혹과 욕망이 미치지 못하는 경계 너머의 세계를 향해 나아가고 있는 것이 아닐지……? 이러한 상상은 강준용 씨의 문학이 인간 본연의 생명에 대한 애착과, 자유에 대한 의지를 내포하고 있음을 깨닫게 한다.

강준용 씨가 보여주는 세계에 비추어 보건대, 우리가 살아가는 세계는 자유롭지도 풍요롭지도 못하다. 이 세계는 물신적인 영혼들로 넘쳐나지만 뜻밖에 헐벗고 굶주려 있다. 물질적으로뿐만 아니라 정신적으로도 그렇다. 가난을 두려워하지 않고 자본주의의 생리에 적응하지 않으려는 강준용 씨의 삶의 방식이나, 그런 삶이 바탕이 되어 나타난 그의 소설들은 거품의 시대를 살아가는 우리들에게 부조리와 '죄'의 깊이를 생각하게 한다.

'본능적 욕망의 덫' 과 '인간 가치의 상실'

이태동 (서강대학교 명예교수 · 문학평론가)

1

20세기 아일랜드의 위대한 작가 제임스 조이스는 그의 첫 창작집 《더블린 사람들》을 쓰고 난 후 다음과 같이 말했다.

"나의 의도는 조국의 도덕적 역사의 한 장(章)을 쓰는 것이었다. 그것을 위한 풍경으로 더블린을 선택했다.

왜냐하면 그 도시는 마비의 중심이기 때문이다."

작가 강준용의 소설집 《숭선에서》 역시 현실적 물질주의로 마비된 도시, 서울의 풍경을 그의 독특한 시각과 수사학을 통해서 탁월하게 그리고 있다. 물론 이 소설집에 엮어져 있는 작품들은 각각 독립된 하나의 단편이기 때문에 그것들 사이에 얼마 간의 변이는 보이고 있지만, 근본적인 주제는 인간이 기계 문명과 물질에 대한 본능적인 욕망의 덫에 걸려 전통적으로 지켜왔던 인간 가치를 상실한 결과로 나타나는 현상에 초점을 두고 있다.

그러나 이 소설집은 위에서 언급한 우울한 측면만을 그리고 있는 것이 아니라, 그것이 가져온 어둠을 극복하려는 인간 의지를 그것과 병치(倂置)시켜 비교함으로써 휴머니즘이 무엇인가를 다시금 확인시켜 주고 있다.

2

이 소설집에 실려 있는 첫째 작품, **「핸드폰 핸드폰」**은 작가 강준용이 도스토예프스키처럼 물질적인 유혹에 움직이는 인간을 개미 떼의 움직임에 비유하고 현대 문명의 이기인 핸드폰이 제공하는 달콤한 유혹에 걸린 자는 죽음을 맞게 되고, 그것에서 벗어난 자는 살아남을 수 있다는 것을 화자(話者)의 개인적인 경험을 통해서 극적으로 제시하면서 기계화로 인해 인간이 로봇으로 되어가고 있는 현실을 비판적으로 그리고 있다.

그래서 딸아이의 핸드폰을 구입하기 위해 거리로 나온 그는 버섯구름마저 연상시키는 악몽과도 같은 현대 문명의 터널 속에서 현기증마저 느낀 후, 딸아이가 상징하는 인간이 핸드폰이 상징하는 현대 문명의 유혹의 덫을 벗어나지 못해 유황불에 타서 죽게 될 것이란 생각에 절망한다.

작품 **「숭선에서」**는 앞에서 논의한 작품의 인물과 풍경을 달리하지만, 우리에게 가장 소중한 인간 가치가 지나친 물질적인 욕망에 의해 무참히도 황폐화된 현실적 상황을 적나라하게 그리고 있다. 일류 대학을 나왔으나 치열한 경쟁을 요구하는 회사 일에 적응하지 못해 실직을 한 화자는 바람난 아내가 집을 나간 후, "습기 찬 음습한 반지하방"에서 부르주아적인 룸펜 생활을 한다. 그는 설상가상으로 "붉은여우"인 보험 설계사를 만나 그가 지켜왔던 경계선을 넘어 화려한 그녀의 원룸에서 동거 생활을 하게 되는 운명을 맞게 된다.

내가 본 그리고 내가 겪은 현재에서는 희망을 발견할 수 없다고 판단한 것은 왠지 모른다. 풍부한 물질과 첨단 문명 속에 존재하는 나를 발견키 위

해 나는 붉은 여우가 거주하는 경계선을 넘었다. 그러나 나는 이 사회가 내
세우는 그 문명으로 인해 근거지를 찾지 못하고 헤맨다.

그러나 그는 붉은여우가 모든 인간적인 예의를 버리고 그 자신이 처해 있는
상황을 이용해서 그의 교수 친구에게 값비싼 보험가입을 강요한다는 사실을
알았을 때 절망한다. 그 결과 그는 다시 경계선을 넘어 "습기 찬 반지하방에서
벌레처럼 서식"하게 된다. 그래서 그는 잔인한 도시인 서울을 떠나 자작나무
숲을 지나 서 있는 오염되지 않은 땅, 숭선으로 가서 평화롭고 조화로운 자연
을 품에 앉고 있는 두만강 건너 마을을 바라보며, 또 한 번 경계선을 넘어 새로
운 삶을 꿈꾼다.

완벽한 구성과 통일된 주제, 주제의식이 탁월한 조화를 이루고 있는 수작
「무의 셈본」 역시 치열한 경쟁을 위주로 한 한국 현대사회를 지배하고 있는 물
신주의(物神主義)가 인간을 어떻게 마비시켜 죽음으로 몰아넣는가를 설득력
있게 제시하고 있다.

이 작품의 화자가 회사의 구조 조정으로 물러나게 되자, 그의 부인이 대학가
부근에 분식점을 열어 돈을 벌게 된다. 그러나 아내가 돈을 벌어들이는 일에
만 정신을 쏟게 됨에 따라, 가정은 급속도로 무너지게 된다. 그녀가 실직한 남
편에 대한 존경심을 버리게 되자, 값싼 대중문화와 컴퓨터 게임에 빠지게 된
아이들마저 정상적인 궤도를 이탈하는 모습을 보인다.

이렇게 전통적인 가치가 물질 만능주의로 무너지는 과정을 치매를 앓고 있
는 화자의 어머니가 동전을 셈하는 상징적인 은유를 통해서 나타내고 있는 것
은, 실로 놀라운 문학적 성취가 아닐 수 없다. 치매를 앓고 있는 어머니가 동전

을 "하나, 둘, 다섯"으로 셈하는 것은 자신을 감옥이나 다름없는 실버타운으로 보낸 며느리가 사랑과 이해와 같은 인간 가치를 외면하고 돈 모으는 일에만 정신을 집중하는 것이 잘못된 길이란 것을 나타내기 위한 저항적인 몸짓인 듯하다. 이것뿐만 아니다. 그것은 결국 치매를 극복해 가는 시어머니는 물론 인간적인 사랑을 잃지 않았던 남편까지 죽음으로 몰아넣는 결과를 가져와서, 우리에게 놀라움이라는 미학적 감동을 준다.

과거의 목가적인 전원생활을 되돌아보게 하는 작품, 「붉은 색실로 지은 시간」은 전통적인 윤리가 현대화 물결과 함께 밀려온 기계문명에 의해 파괴되는 과정을 아쉬움과 짙은 향수 속에 시정(詩情)적으로 묘사하고 있다.

이 작품에 나오는 "누님"은 화자에게 잊을 수 없는 마음의 고향 같은 존재이지만, "봉제 공장에 취직이 되어 서울로 갔다"가 3년 후 귀향을 해서 대추나무에 목을 매달아 자살을 한다. "봉제 공장에서 직업병을 얻은" 그녀가 회사의 높은 사람의 아이를 낳아 빼앗기고, 버림을 받은 후 고향집으로 돌아와야만 했었기 때문이다.

이 작품의 플롯은 이와 같이 단순한 비극적인 사건으로 되어 있기 때문에 감상적으로 흐르기 쉽다. 그러나 플래시백(flashback) 기법과 불가항력적인 시대적인 흐름에 저항해서 전통적인 윤리적 가치를 지키려는 아버지의 처절한 노력에서 오는 긴장감에 대한 리얼한 묘사와 창백한 누님의 내면적인 고통과 슬픔을 지적인 언어로 형상화한 붉은 노을의 시간과 코스모스 꽃의 이미지들이 이 작품을 미학적인 수준으로 끌어올리고 있다.

또 다른 한 편, 「바람바퀴를 단 기형물」은 페미니즘적인 요소를 강하게 나타내고 있는 작품이다. 이 작품의 화자는 부유한 집안의 아들로 태어나 일은 하지 않고 가난하고 연약한 여인들을 자신의 성적 노예로 만들어 파괴한다. 그런데 중요한 것은 화자의 비도덕적인 문제로 야기되는 심리적 갈등 문제를 지극히 난해한 은유적인 방법은 물론 거울의 기능을 하는 병치적인 대위법(對位法)을 통해서 미묘하게 조명하고 있다는 것이다.

이를 테면, 어릴 때부터 정직하지 못했던 화자는 과수원지기의 딸을 임신하도록 만들어 결국 죽음으로 몰아넣는다. 그러나 그는 또 기형적인 손을 가진 가난한 우유 배달부를 끌어들여 성관계를 맺고 함께 산다. 그러나 함께 사는 여인의 기형적인 모습에서 임신했던 소녀의 어려움을 발견하고 어깨에 무거운 짐을 느낀다.

그러나 그는 임신한 소녀가 그의 정체를 밝히지 않고 농약을 마시고 자살을 했을 때 가벼움을 느낀다.

"드르륵-. 황장윤 씨가 창고에 갔을 때 임신한 소녀는 엎드려 있었다. 황장윤 씨는 창고 안에 농약을 둔 것을 후회했다. 임신한 소녀의 머리맡에 농약병은 비어 있었다. 나는 수레에 농약병을 주워 담았다. 우유는 없다. 갑자기 내 몸이 가벼워졌다. 발이 구름을 딛는 듯 푹푹 꺼져 들었다. 허공의 땅을 지나는 수레바퀴도 바람으로 만들어졌다.

"미안해요, 미안해요."

함께 사는 여자는 옆을 따르며 비틀어진 손을 떨었다. 아이를 지워 버리고 절뚝거리며 과수원으로 들어가던 임신한 소녀가 내 옆에 있었다. 나는 발목이 없는 나의 기형을 함께 사는 여자한테 설명하지 않았다. 나는 그저 분산된 내 영혼에 자유를 주고 싶었다.

「**편의점에서 긋는 곡선**」은 위에서 논의한 작품과 유사한 범주에 속한다. 그러나 전자보다 단편소설의 미학을 보다 탁월하게 구체화한 보기 드문 탁월한 수작이다.

이 작품은 인간 의지의 힘으로 어둠을 여는 건강한 도덕성을 가지고 있다는 점도 돋보이지만, 치밀한 갈등 구조를 가지고 독자들을 긴장감 속에 끝까지 끌고 가서 도덕성을 지닌 놀라운 반전의 효과를 보여주는 작가의 재능은 주목할 만하다. 물론 이 작품의 주제는 페미니즘 색채를 강하게 나타내고 있지만, 그것에만 한정되고 있는 것은 결코 아니다. 즉, 이 작품은 그가 다른 작품에서도 집요하게 추구한 자연주의적인 욕망의 덫에 걸려 갈등하는 인간의 딜레마 문제를 취급하고 있다.

서른다섯의 나이에 직장을 잃은 주인공은 언제부터인가 관조자가 없는 편의점을 찾아가 습관처럼 컵라면을 먹으며 포만감을 느끼지만, 그는 실제로 김밥을 만들어 편의점에 납품을 하고 팔아 수익을 얻는 아내의 노력에 기대어 생계를 유지하고 있다. 그는 이렇게 김밥을 만드는 아내와 성생활을 하면서도, 새벽이면 어김없이 편의점에 나타나 컵라면을 먹으며 어둠을 열기 위해 강인한 의지로써 사법고시를 준비하는 여자를 보고 싶어한다.

즉, 그는 김밥을 싸는 아내와 컵라면여자와의 사이에서 갈등하는 모습을 보인다.

밝음과 어둠이 직선과 곡선으로 변환되어 그의 시각에서 회오리바람을 일으킨다. 그 교차하는 중앙부에 앉아 폭풍의 핵이 움직임에 따라 유동하는 그를 보았다. 그가 나아갈 방향은 부정확했고, 단지 내를 그윽하게 밝히는 미명이 그의 진보를 교란시켰다.

그러나 「호떡 굽는 날」은 지식인에 속하는 주인공이 회사가 망한 후, 가족의 생계를 위해서 호떡을 구워 팔기 위해 어두운 밤 수레를 끌고 나와 우여곡절 끝에 자리를 잡아가는 과정을 사실적으로 묘사한 사회적 리얼리즘에 속한 작품이다. 여기서 주인공은 어린 시절에 깨어져 땅에 묻혀 있던 사기 그릇 조각으로 벌레들을 짓이기듯, 물질적인 현실적 어려움을 극복하기 위해 무서운 결의를 보이는 것은 비장하기까지 하다. 그래서 작중 인물의 현실 인식에 대한 작가의 묘사는 높이 살 만하다. 그러나 그들로 하여금 지식인의 색채를 세탁하기 위해 현상을 너무나 단순화시켜, 대학 시절에 쌓은 교양을 크게 잘못된 것으로 부각시킨 것은 아쉬움으로 남는다.

「하일 히틀러」 역시 보기 드물게 우수한 작품으로서, 한국 현대사회를 지배하고 있는 물질주의와 그것이 가져온 환경 파괴가 인간 의식에 어떠한 외상 (外傷)을 가하고 있는가를 극적으로 그림으로써 우리들에게 적지 않은 충격을 주고 있다.

작가 강준용은 이 작품에서 우리가 살고 있는 서울이 강자가 약자를 무참히 살해하는 「쉰들러 리스트」에 비유하면서, 일산으로 가는 전철을 "눈 덮인 아우슈비츠로 가는 열차로 바뀌었다"고 말하기까지 한다. 실제로 일산으로 가는 전철에서 의자에 앉아 있는 "초록여자"는 남자인 작중인물을 경계한다. 그러나 회사의 팀장인 그는 부하 직원인 곽소애의 유혹으로 미사리 쪽 한강 둔치로 가서 성추행 사건을 일으켜 감당하기 어려운 고소를 당한다. 그래서 그는 가정을 해체해야 하는 위기를 맞게 되고, 회사를 나갈 수 없어서 움츠린 생활을 하던 중, 무역회사를 경영하는 친구의 클레임 당한 물품을 정리하는 일을 하게 된다.

이때 친구는 그를 점심에 초청하며 다음과 같이 심각한 말을 한다.

"회나 먹고 그 좁은 속 회쳐 버렷! 그년이 앙큼한 게 아니고 니가 순진한
거야 임마.
세상은 전쟁터야, 넌 총맞은 거야. 그년이 빨리 쏜 거지. 정정당당 좋아하
네. 뒈지 는데 도리 찾아 뭘해. 저기 지나는 사람들 모두 총 가졌어. 빵－
빵－빵－. 내가 쏘지 않으면 내가 죽어 임마!"

다음 순간 그는 그들이 찾아간 음식점 앞에서 "하일 히틀러!" 라고 소리치는
사내를 만나게 되어 큰 당혹감을 느끼게 된다. 그 음식점 종업원에 따르면, 하
일 히틀러는 원래 고등학교 독일어 선생이었고, 그 동네 논밭을 가지고 있었
다고 한다. 그러나 개발 바람이 불자 그가 "그것을 팔아 부자가 되었는데, 돌아
버렸다." 그가 살던 집과 논밭이 있던 곳이 음식점 거리로 변하게 되었기 때문
이다. 정신 착란을 일으킨 그는 그 식당가를 떠나지 않고 바람에 날리는 비닐
봉지와 쓰레기 등을 치우면서 그 주변을 깨끗이 청소하는 것은 그곳이 아직 자
기 집의 마당이고 논밭이라고 착각하고 있기 때문이다. 또 그가 음식점을 찾
아오는 사람들을 "하일 히틀러!" 라고 부르는 것은 그가 단순히 집을 잃고 방
황하는 미친 사람이 아니라 곡식이 익은 자신의 가을 들판에 날아드는 새들을
쫓는 천진난만한 아이임을 말해주고 있다.

「금고기를 보내며」는 위의 작품과 대칭적인 내용을 담고 있다. 여기서 작가
는 본능적인 충동을 절제하지 못하고 지나친 물질적 탐욕에 몸을 맡기게 되
면, 평화를 잃고 자멸하게 된다는 것을 시간을 초월한 동화적인 상상력을 통

해서 보여주고 있다.

주인공의 아내는 주어진 현실에 만족하고 절제의 미학을 가졌다면 행복한 가정생활을 누릴 수 있었지만, 그녀의 지나친 욕망이 인간 가치를 상실하게 만들었다. 그 결과 아내는 그 자신을 동물이나 다름없는 형태로 변신하게 만들었을 뿐만 아니라, 금고기가 상징하는 하늘로부터 부여받은 천부적인 재산마저 잃게 되고, 끝내는 남편으로 하여금 천진한 아이들까지 뒤에 두고 바닷속으로 차를 몰고 들어가게 만든다.

마지막으로 「텔레비전 버리기」는 주인공이 3만 원을 주고 구입한 중고품 텔레비전이 못쓰게 되어 버리는 과정을 소설로 만든 것이다. 그러나 이 작품이 예술로서 성공한 것은 작가가 "텔레비전 버리기"를 주인공이 상업주의적인 경쟁사회에서 기능 상실로 버림을 당하는 과정을 비춰 주는 거울의 이미지 내지 객관적 상관물이 되고 있기 때문이다. 그는 세 들어 사는 주인집 아주머니로부터 중고품이라는 말과 함께 넘겨받은 텔레비전이 제 기능을 하지 못하게 되자 그것을 수용할 수 없는 공간 때문에 고물 장수에게 팔아 버린다. 더욱이, 그가 내쇼날지오그라픽 세렝케티의 장면을 이야기하면서 그 중고 텔레비전을 처리하는 과정을 통해서 자신의 실직 과정─즉 그는 호주에서 영문학을 공부하고 돌아와서 관광회사에 취직을 했으나 정글 법칙이 지배하는 회사 생활에 적응하지 못하고 사표를 쓰게 된다─을 설명하고 있는 것은 위의 사실을 간접적으로 뒷받침해 주고 있다. 또 주인공이 텔레비전을 고물 장수에게 넘기는 것이 그것의 파기 즉, 죽음을 의미하듯이, 그는 실직한 상태로 질식할 것 같은 비좁은 공간에 머물기보다 고흐와 헤밍웨이처럼 자살을 해서 자유로워질 수 있기를 원한다.

3

지금까지 살펴본 바와 같이 소설집 《숭선에서》만큼 인간 가치를 지키는 것이 얼마나 중요한 일인가를 말하기 위해 지나친 물질주의에서 비롯된 정글 법칙이 지배하는 우리 사회의 실상을 정확히 묘사한 작품집도 우리 주변에서 쉽게 발견하기 어렵다.

그래서 작가 강준용은 다크호스로써 우리가 피상적으로 알고 있는 것보다 훨씬 더 우수하고 한결 수준 높은 숨은 예술가라고 말할 수 있다. 실제로 그는 이 소설집에서 우리 사회에서 휴머니즘을 억압하는 광적인 물질주의 내지 상업주의가 가져온 반인간적인 현상을 사실주의적이면서도 지적으로 묘사하는 데 있어서 남다른 재능을 보여주고 있다.

이것뿐만 아니다. 그는 일정한 관념과 이미지를 통해서 작품에 통일성을 부여함은 물론 소설의 전개 과정에서 지적인 충격을 가져다주고 있는 것을 우리는 경험으로 알 수 있다.

그러나 다른 한편으로 그는 관념들과 현학적인 언어들을 다른 경험과 유기적으로 결합시켜 자연스럽게 구체화하지 못한 채, 경직되게 남아 있게 만든 것이 무척 아쉽다. 그러나 이것은 어디까지나 "옥에 티"에 지나지 않는다.

"강준용의 소설" 읽기

임헌영(중앙대학교 국문과 겸임교수·문학평론가)

1. 산업사회에서 탈락당한 남성상

"작가는 작품으로 말할 뿐이다"란 구호를 앞세우는 작가 강준용은 1986년 단편 「철석골의 막장」으로 『월간문학』 신인상 가작 당선으로 등단한 뒤 꾸준히 활동해 왔다. 그는 산업사회에서 버림받은 인간상을 즐겨 등장시켜 그들의 비현실성을 냉혹한 상상적 리얼리즘의 기법으로 묘파해 내는 데 특출한 솜씨를 발휘한다.

비현실적인 무능력한 인간상 창출에서는 단연 남성상이 돋보인다. 가령 「핸드폰 핸드폰」에서는 "고등학교 일 학년인 딸아이가 왜 아비도 없는 핸드폰을 가져야 할까."란 너무나 쉬워서 아무도 의문을 제기하지 않는 "이 물음에 대한 내 자신의 해답을" 통해서 세상보기를 시도한다.

주인공은 "20년 동안 잡지사를 전전했으나 안착하지 못한" 인물인데, 그는 그 이유를 "무능하거나 팔자소관으로 돌리지도 않았다. 한자리에 버티고 있어야 할 여력이 없는 것을 알았다. 내 자리를 지키게 할 상부에 대한 아부와 쫓겨나지 않도록 방패막을 쳐줄 후견인과 배경이 없다. 아니 그것들을 만들 수 있는 재력이 없는 거였다."고 횡설수설한다. 요컨대 못된 걸 후견인(빽)이나 재력이 없다는 해명인데, 어쨌건 그는 "길바닥에 널린 돌처럼 아무렇게나 나뒹굴어"가며 "불혹의 나이도 기울고 있는 지금까지도 이리저리 연줄을 달아 번역이나 잡지기획을 봐주며 아주 위태로운 일상생활의 외줄을 타고 있는" 처지이다.

그러면서도 "돈 많은 졸부의 자서전 대필을 할 일이 있다기에 방금 잡지사"에 들렀지만 "졸부는 내가 이름난 글쟁이가 아니기에 꺼림칙하다는 전갈"이었고, 이에 "잡문은 문인들보다는 훨씬 유리하게 쓸 수" 있지만 구태여 애걸복걸하지 않는다. 그는 2000년대판 이상의 「날개」의 사나이처럼 아무런 목적도 지향성도 없이 단순한 육신의 흐느적거리는 생존본능에만 의지한 채 도심을 떠돌며 현실과 환각을 넘나들기를 거듭한다. 그러면서 그의 시선에 비친 오늘의 세태는 비윤리적인 행위들이 대개는 핸드폰을 통해서 감행되는 것으로 내비친다. 고교 입학 선물인 핸드폰이 결국은 "유황 속에 널브러져 있는 은빛 피라미"의 시신처럼 현대사회의 반인간적인 작동을 한다는 걸 작가는 비판적으로 접근하고 있다.

자신이 부정하는데도 불구하고 무능력자라고밖에 할 수 없는 이런 산업사회의 잉여인간상의 절정은 「텔레비전 버리기」에서 극에 이른다. "4년 동안 전공한 영문학은 귀국 후 검불이 되어 그냥 흘러 다녔다. 외국 유학파라는 오만한 마음은 현실에 용해되어 찾을 수 없었다. 거추장스러운 삶의 방식을 가르치는 그 묘한 직장에 단련될 수 없는 그"는 여행사에서 조사장으로부터 이런 요청을 받는다.

"자네가 할 일은 셰익스피어나 버지니아 울프의 헛소리를 읊는 것이 아니라 관광객을 모집하는 일이야. 자네의 유창한 영어는 관광객을 안내하는 것이 아니라 외국인 관광객을 유치하는 데 필요한 거야."

「**핸드폰 핸드폰**」의 주인공이 사회의 실전에서 패자로 전락하듯이 이 주인공도 마찬가지다. 필리핀 민간단체의 한국관광 유치를 다른 여행사에 빼앗긴 그는 "언어의 최고봉을 섭렵하는 셰익스피어를 전공했으나 말주변"은 없고, "초자연적인 예술성을 가진 셰익스피어의 언어를 듣고 이해하는 데는 빨라도 그가 그것을 인용하거나 실생활에 응용시키는 것은 무리였다."

필리핀 관계자와 수많은 통화와 이메일, 팩스 그리고 두 번의 필리핀 현지 방문까지 해가며 거리를 좁혔으나 마지막에 이르자 "이번 여행을 주선하면 당신 회사가 우리에게 해줄 수 있는 것은 무엇인가?"라고 상대가 물었는데, 누구라도 그 업계인이라면 "3천 불 정도의 인센티브를 제공할 뜻을 보여야 하는 그 단순한 답"을 모른 그의 대답은 "우리는 당신들의 한국관광에 당신들이 든 여행자금에 대해 절대 후회하지 않게 할 것입니다."라는 싱거운 울림이었다. 참담한 실패 앞에서 조사장은 열을 올린다.

> "빌어먹을, (……) 그 자식 오입 좋아하고 뇌물에 환장한 자식인 줄 알면서도 그걸 구워 삶지 못해! 추진비 사백만 원 엿 사먹고 거기 앉아 있을 염치가 나! 유학 좋아하네, 그 머리로 박사학위 백 개를 가진들 뭘 해, 쓰레기지. 빌어먹을 것! 내가 영어를 배워야지, 참 내 더러워서 씹팔!"
>
> ─「텔레비전 버리기」

그런데 왜 소설 제목은 「**텔레비전 버리기**」냐. 서른일곱의 이 빙충맞은 영문학 박사가 세들어 살고 있는 57세의 주인댁 여자가 새 텔레비전을 들어오면서 고물을 그에게 넘겨준 텔레비전을 뜻한다. 인심을 팍 쓰는 듯한 그게 전혀 작동도 안 되기에 버려야 할 것임은 정해진 이치겠고, 그 고물 텔레비전처럼 이

사나이도 폐기처분될 신세임을 짐작하기는 그리 어렵지 않다.

두 편 다 산업사회에 적응력을 상실한 지식인의 비극을 희극적으로 접근하고 있는데, 이런 희화화가 강준용의 기교적 특색의 하나다.

「호떡 굽는 날」도 굳이 분류한다면 여기에 속한다. 불문과 출신 아내와 아이를 둔 40대의 실직자 '나'가 호떡 굽는 수레를 끌고 이 거리 저 거리에서 쫓겨 다니는 모습은 영락없는 한 폭의 경제난이 가져다 준 희화다.

2. 붉은여우처럼 군림하는 여인상

수동적인 남성상과는 대조적으로 여인상은 능동적인 공세 지향성이다.

「숭선에서」의 숭선은 중국 동북지역에 있는 두만강의 변방 지역이다. 그곳을 찾아간 주인공은 "비오는 날, 비가 오지 않은 경계선을 보고 싶어"한다. 월북이라도 할 셈인가. 그게 아니라 화자이자 주인공인 '나'(유씨)는 인생의 중반 지점에서 "비 소식을 알리는 날에는 그 지역 어디인가에 비가 내리지 않는 경계선"에서 "내 몸을 경계선에 맞추고 반은 비를 맞고, 반은 햇볕에 쬐이는 상상"에서였다.

이 기묘한 현실도피 의식은 앞의 작품에 등장하는 남성상과 다를 바 없는 무능력자로 부각된다. 바람난 아내와 그 상대 남자를 고소했지만 그들이 출옥 후 너무나 떳떳하게 살아가자, 일류 대학 출신의 좋은 직장인임에도 그는 폐인처럼 살아간다. "남에 대한 호의와 배려를 무시하는 데 익숙한" 주인공인 화자 '나'는 어느 밤의 혹한 속에서 어려워하는 한 여인을 집까지 데려다 준 인연으로 깊은 관계를 맺었는데, 그녀는 "나 보험 설계사에요. 아저씨도 혼자 살아요? 에그, 불쌍하네. 전 35살. 한 번 이혼했죠. 남자가 능력이 없어 차 버렸죠. 보험, 보험. 살아가려니 할 수 없죠. 아저씬 실업자니 내 고객이 될 수 없네요, 날 만족시키지 못하면 당신을 쫓아낼 거예요."라고 털어놓는다.

그는 "불화산처럼 뿜어 대는 욕정의 유혹을 이기지 못하고 발정난 개로 변해 버렸"고, 이내 자신의 누추한 집을 버려둔 채 '붉은여우'로 불리게 될 그녀와 동거에 들어가 얼마간은 행복한 듯이 보였다.

> 붉은여우의 원룸의 경계를 넘은 순간, 내 생활도 경계선 밖과는 전혀 다르게 변했다. 내게 경계란 의미는 두 개의 다른 세상이 혼합되지 않게 신이 쳐 놓은 방벽과 같았다. 사람들의 사고의 경계는 상극적인 의식 세계로 존재한다. 음양의 법칙과도 유관하며, 삶과 죽음의 세계도 경계로 그어졌다. 비를 맞거나 맞지 않은 조건도 그 경계선으로부터 시작되었다. 그러므로 비오는 경계선은 교묘히 위장한 채 토종꿀보다 달콤한 향기로 나를 유혹했다. 이런 나의 감정은 그 어떤 초자연을 해부할 줄 아는 천재적인 과학자나 전장에서 구사일생으로 살아온 전사도 완벽한 해석을 내릴 수 없다. 세상의 온갖 아름다운 언어로 율을 내는 문학인이나 성악가도 내가 고대하는 경계에 대해 찬미하지는 못할 것이다.
>
> ― 「숭선에서」

이 말은 곧 그 경계선을 넘으면 또 다른 '나'의 삶이 전개된다는 뜻과 통하며 그건 이미 예견될 상징이다. 붉은여우가 그를 미리 다 파악하고는 유인작전에 말려든 흑막을 모른 채 그는 "그동안 당신이 기피한 동창과 가족, 회사동료까지 다 부르세요. 한국 최고의 일류 식당에서 가장 화려한 회식을 마련할 테니까요."라는 붉은여우의 청을 감지덕지 수용한다. 이쯤 되면 능란한 독자들은 붉은여우가 남자의 인맥을 보험으로 유인하겠구나 짐작할 터인데, 소설도 그대로 독자의 상상을 따른다.

이내 남자는 절친했던 '부교수 친구'로부터 "우리 친구 안 든 사람 없다. 우리가 너보고 보험 든 거지 니 여자보고 든 거야? 우리 사정 맞게 요구하라고 해라. 무조건 몇 억대를 들라고 하니 마지못해 들었으나 내가 좀 벅차다. 좀 낮은 금액으로 해달라고 해줘. 니가 새롭게 출발하기 위해 자금마련을 한다고 비밀로 해달라고 했으나 내가 좀 살아야겠다. 차라리 얼마씩 갹출하는 것이 좋을 것 같다. 친구들 모두의 생각이다. 정말 복잡하다."는 말을 듣는다. 당연히 분노한 남자가 붉은여우를 공박했을 테고 이에 질세라 여우는 남자를 반박했을 터인데, 그런 말은 구태여 소개하지 않아도 누구나 짐작할 만한 사연들이다. 이래서 이 남자는 중국 동북지방으로 훌쩍 떠난 것인데, 그럼에도 여전히 삶에서의 '경계선' 이론은 좀 묘연하다.

> "당신은 사람이 많은 사회가 싫은 게 아니라 남에게 진 것이에요. 졌기에
> 당신은 소유할 것이 없죠. 자신이 소유하는 것이 없는 장소에서의 자신의
> 존재는 불필요한 것이죠. 당신 친구들은 내 고객이고 그들은 나의 생활을
> 향상시켜 주는 귀중한 자양분일 뿐이에요. 당신이 내게 관여할 일이 아니
> 죠, 교수 그 사람 더럽게 비열하네."
>
> – 「숭선에서」

이 말이 인간인 '나'와 붉은여우의 삶의 경계선일 터인데, 그렇다고 "나는 풍요 속의 프롤레타리아가 될 용기가 없었다. 룸펜에게는 늘 부르주아 사고가

따르기 마련이다. 그것의 맛은 잘 양념된 바비큐처럼 한번 맛들이면 잊지 못할 것이다."고 그 본심을 드러내기도 한다. 결국 경계인이란 이 남성상은 위에서 본 남성들과 다를 바 없는 무능의 대명사인지도 모른다.

「금고기를 보내며」는 "이십육 층의 거대한 성냥 곽 하나가 무섭도록 땅"에 박혀 있는 서른세 평의 아파트 우리에서 "마흔일곱 살의 고릴라는 비계질의 살점을 출렁대며" 그를 기다린다. '비계질'은 아내이고 '그'는 남편이다. 이미 강준용 소설의 기법과 독법에 길이 든 독자라면 이 정도의 구도만 파악해도 이내 이 소설의 전개와 결론은 머리에 떠올릴 수 있다. 여자는 욕망의 기계로 남편을 쪼아댈 것이고, 아내는 끝없는 욕망의 분출로 남자를 요절낼 터이다. 소설의 성패는 이를 얼마나 구체적으로 실감나게 묘사하느냐에 달렸다.

남자가 세 살 어린 데다 몸집도 반밖에 안 된다는 식의 구성은 공식에 속한다. 중, 고등학교 각각 1학년인 아들들이 아비의 설움을 나잇살에 어울리지 않게 잘 읽어낸다는 건 그리 중요하지도 않다. 첫아이가 다섯 살로 유치원 문 앞을 기웃거릴 때 "아내는 다른 사람이 되어 버렸다." "그 가냘픈 몸이 육중한 거구로 변하고 똥돼지 같은 몸의 형질에 따라 성질도 더럽게 변했다. 추물로 변한 것이 그의 잘못이라도 되는 양 그를 보면 못 괴롭혀 안달이 났다. 그리고 밤낮없이 뭐든지 먹어댔으며, 갖고 싶은 것이 있으면 단번에 들여놓았다."

그녀의 소유욕에 경계선이 없어지더니 급기야는 "밤만 되면 겹겹이 겹쳐진 살점을 출렁거리며 그를 짓눌러 댔다." 어느 날 그는 그녀의 등살에 거짓으로 정액을 유출하는 시늉을 내며 삽입된 아랫도리를 그녀한테로 깊게 밀착시키며 쾌락의 신음을 질렀는데, 그녀는 "연극하지 말어! 난 당신을 느낄 수 있어, 당신 정액의 온도도 알 정도야. 그건 당신이 내 속으로 들어온다는 뜻이야. 난 그걸 받아들이는 거야. 우린 사랑하잖아."라고 말하는데 이 대목은 이 둘 사이의 피착취와 수탈의 관계를 상징한다.

그 팽팽한 길항 관계가 끝내는 터져 갈등으로 치닫는 건 당연지사(부부 싸움 장면은 일품이다)이고, 이런 부부 관계를 작가는 전설 속의 금고기로 풀이해 준다. 재밌고 실감 넘치는 작품이다.

3. 가족 분해의 양상

여기까지 소설이 남자와 여자 문제를 주체적으로 다뤘다면 「무의 셈본」은 부부와 그 부모 세대인 노인문제를 포괄적으로 다루고 있다. 남자는 위에서 익히 봐온 순진해 빠져 무능력자 평을 들을 만한 인간상에서 조금도 어긋나지 않으며, 이와 대조적으로 여자는 주조(鑄造)해 낸 듯이 붉은여우상이다.

주인공 윤부장은 잘 나가는 그룹의 인사부장이지만 정리해고 때 모양새를 갖추고자 인사부장 자신이 그만둬야 한다는 나전무의 말에 속아 사직, 복직을 기다리는 순진파지만 아내는 그런 남편을 공격하는 유형이다. 궁지에 몰려 분식점을 내어 아내가 돈벌이에 나섰고, 가벼운 치매 증세인 어머니는 실버타운으로 가게 되었다.

여기까지는 강준용 소설의 공식 그대로다. 실버타운에서 매를 맞았다는 장면은 좀 비현실적으로 보이기도 하는데, 어쨌건 소설에서는 매 맞은 어머니를 보다 못해 아내의 반대에도 불구하고 귀가시켰으나 어머니는 아들과 며느리의 갈등을 견디지 못해 투신자살하고 말았다는 결말은 이 작가가 한국의 노인 문제를 얼마나 심각하게 여기는가를 감지할 수 있는 장면이지만 윤부장도 따라 투신했다는 대목은 어딘지 모르게 지나치다는 생각이 든다.

입양아 문제를 다룬 「**붉은 색실로 지은 시간**」 역시 눈물샘을 자극하기에 충분한 작품이다. 로자린 슈가란 여인이 한국의 생모를 찾아오지만 정작 그 집 안에서는 가문의 명예만을 고려한 채 끝까지 은폐하여 허망하게 떠난다는 줄거리는 신문 사회면 감이다. 그런데 작가는 여기에다 '나'(박석조)의 추억과 누나(박석녀)를 겹쳐 회상하면서 보수적인 가치관으로 일관하는 아버지를 개입시켜 누나의 아름다우나 안타까운 자살의 추억을 한 뜸 한 뜸 엮어 나간다. 대학생인 '나'와 봉제 공장 여공인 누나의 대비와 그 인생역정이 우리의 지난 성장기였음을 상기토록 만든다. 아름다우나 슬픈 작품이다.

위의 두 작품이 부모나 자식들에 의한 가족분해를 그렸다면 직장 여성의 성폭행 문제도 가족 분해의 한 요인이 된다. 이 문제를 다룬 「**하일 히틀러**」는 재미있게 읽히면서도 작가의 여성관을 약간 흐릿하게 만든다. 중학 교사인 아내와 살아가는 40세인 '나'는 우연한 계기에 곽소애와 성관계를 가졌는데, 이게 빌미가 되어 해직, 친구의 무역회사 막일꾼을 하게 되었다는 줄거리인데, 남자가 억울하다는 것인지, 여자가 너무 악착스럽다는 건지 애매하다. 거리 청소부 하일 히틀러의 정체도 애매하기는 마찬가지다. 사건 전개가 단순해 편안하게 읽히면서도 어딘지 주제의식이 약하다는 인상이다.

'붉은여우'의 경계선을 넘어서

김성수(연세대학교 국문과 교수 · 문학평론가)

1

현상의 이면을 탐색하는 의식의 내시경으로서, 소설은 이야기의 형식을 통해 시대의 풍경을 담아내고 현실적 삶의 여러 양상을 포착해 낸다. 문학이 현실을 반영한다는 명제는 그래서 여전히 가능하고 유효하다. 문학이 현실을 비추는 거울이라고 할 때, 이즈음의 세태를 반영하는 사회적 현상 가운데 실업(失業)과 실직(失職)의 문제만큼 '지금-여기'에서 우리가 당면하고 있는 사람살이의 모습을 핵심적으로 제시해 주는 사안도 없을 것이다.

1997년의 외환위기를 지나오면서 우리 사회는 지난 10년 동안 사람살이의 형식과 내용 면에서 값비싼 대가를 치르며 자본주의 체제의 냉혹한 논리를 학습해 오고 있다. 소득의 양극화가 불러온 빈부의 격차는 이른바 '중산층'이라는 용어를 우리의 의식에서 희석시켰으며, 1990년대 중반 1인당 국민소득 1만 달러 시대를 맞이하면서 너나없이 '우리는 중산층'이라는 슬로건을 내걸며 샴페인을 터뜨렸던 기억도 사라지게 하였다. 이 과정에서 형성된 우리 사회의 우울한 징후들은 자고 일어나면 천정부지로 치솟는 특정 지역의 아파트값이거나, 아니면 자본주의의 편재화에 따른 사회적 양극화의 심화 현상으로 노출되고 있다. 나아가 노동 시장의 고용 구조 악화는 실업의 일상화를 고착시켰으며, 이후 실업자를 지칭하는 자조적 용어들만 횡행하는 결과를 초래하였다.

외환위기 이후 지난 10년의 세월을 지내오면서 우리 사회는 일자리를 찾지 못하는 고학력 실업의 청년들과, 구조조정의 희생자로 일자리를 잃어버린 장년층 실직자들의 무력한 모습을 아주 익숙한 풍경으로 양산해 내고 있다. 그리하여 지난 10년에 걸쳐 급속도로 형성된 소득구조의 양극화와 지속적인 실업의 양상은 압축 성장에 따른 '풍요 속의 빈곤'을 만연시키며 사회 구성원 모두에게 집단적 아노미 현상을 불러일으키고 있다. 일제강점기의 사회상을 묘사한 우리 문학의 주요 주제 가운데 하나가 실업자와 궁핍화의 생활상에 대한 관심이었으며, 한국전쟁 이후나 1960~70년대의 경제 개발 과정에서도 소외된 사람들의 가난이나 실업과 관련된 문제는 작가들이 관심을 두고 천착한 오랜 주제이기도 하였다. 이런 맥락에서 이미 여러 작가들이 우리 시대의 실업자 문제를 문학적 탐구의 주요 과제로 부각시킨 사례가 있지만, 강준용의 소설집 《숭선에서》에 수록된 10편의 작품들이 제기하는 문제 역시 우리 사회의 실업과 실직에 따른 삶의 실존성에 대한 질문과 성찰을 주요 화제로 삼고 있다는 점에서 관심을 불러일으킨다.

강준용의 작품집 《숭선에서》 전체를 관통하고 있는 모티브는 대략 이렇게 정리해 볼 수 있을 것이다.

우선 주인공 화자로 등장하는 남성 인물들의 실직과 그에 따른 실업자 생활의 양상, 그리고 그에 이어지는 가족의 위기와 파탄이 다양한 스펙트럼으로 펼쳐진다. 실직한 남성들은 새로운 일을 모색하고 재기를 꿈꿔보지만 그럴수록 좌절과 체념의 늪으로 점점 빨려 들어가며 무능함을 스스로 확인해야 하는 상황에 내몰린다. 이런 상황을 구원하기 위해 등장하는 '릴리프 투수'는 대부분 아내나 여성들이다. 아내와 여자들은 남편과 남자들을 대신하여 분식집을 내고, 김밥을 말아 편의점에 납품하며, 피부관리사나 분장사, 보험회사의 판매원, 또는 우유배달부·수금원 생활을 하며 억척스러운 삶을 꾸려나간다. 여자들이 생활 전선에 투입되면서 가계의 상황이 회복되지만, 실직과 백수로 나날을 소비하는 남성들은 경제력을 상실한 채 한없이 초라한 존재로 인식될 뿐이다. 그래서 아내나 여성들은 "처절하게 가정이라는 보금자리를 지키는 파수꾼"(43쪽)이자 경제 활동의 주체로 부상하는 반면, 남성들은 그 객체로서 "아내한테 굴종해야 하는 방법을 모색"하는(52쪽) 처지로 전락한다. 자연스럽게 여성들이 가족의 경제를 책임지면서 가정을 이끄는 힘은 아버지에서 어머니 쪽으로 넘어가기에 이른다. 그러니까 실직을 하고 기약 없는 실업 상태로 무력한 나날을 소일하는 현실의 패배자인 남성(아버지/남편/남자)을 대신하여 여성(어머니/아내/여자)이 삶을 부양하는 양상을 작가는 이번 작품집의 주요 모티브로 활용하여 이야기를 구성한다.

2

10편의 작품 전체에 일관되게 드러나고 있는 특징은 이런저런 이유로 직장에서 퇴출되어 실업자 상태로 무력한 나날을 보내고 있거나, 아니면 백수 생활을 하는 인물들이 주류를 이루고 있다는 점이다. 「핸드폰 핸드폰」에서, '나'는 20년 동안 잡지사 일을 해오고 있으면서도 안착하지 못한 채 불혹을 넘긴 나이에도 번역이나 잡지 기획을 봐주며 외줄을 타듯 불안한 삶을 살아가는 인물이다. '나'는 핸드폰을 사달라는 딸아이와의 약속도 쉽게 지키지 못하는 무능한 아버지이며, 카드 결제를 하지 못해 결국 은행으로부터 신용불량자 통보를 받기에 이른다. 「숭선에서」는, 아내와 회사 동료가 바람을 피우게 된 일로 회사를 나와 실업자가 된 일류대학 출신의 '나'가 우연히 밤길에서 술에 취한 보험 설계사 여성을 부축하여 바래다 준 인연으로 그녀와 동거하다가 1년만에 무능하다는 이유로 버림을 받는 이야기이다. '나'는 현실의 논리를 이해하지 못하는 무능력자로 자신을 비난하며 떠나가 버린 그 여자('붉은여우'의 부정적 이미지로 기억되는 보험 설계사)에 대한 기억을 떠올리면서, 그녀의 이미지와 백두산 근처의 '숭선'의 정경을 중첩시켜가면서 삶과 운명을 가르는 어떤 '경계선'에의 의미를 반추한다. 이 작품에서 작가는 자본주의적 현실의 냉혹한 논리와 결합하지 못하는 '나'의 의식에 관한 이야기를, 물신성의 생존 논리로 무장한 '붉은여우'가 재주를 넘는 서울이라는 공간과 '숭선'에서의 '비오는 경계선' 이미지를 교차시켜 전개하고 있다.

실업자 모티브는 「무의 셈본」에서 회사에 정리해고 바람이 불면서 예상되는 소요를 완충해 줄 역할을 하기 위해 어쩔 수 없이 위장 정리해고 되었다가 결국 회사로부터 부름을 받지 못하고 실업자로 전락하여 "무능과 무시의 철책에 갇힌"(67쪽) 하루하루의 생활을 영위하는 인물의 이야기에서도 지속된다. 실직하여 아무 일도 하지 못하는 아버지는 더 이상 가족에게 환영받지 못하는 '잉여 인간'으로 취급될 뿐이다.

아이들의 방문은 꼭 닫혀 있다. 그가 그들처럼 안방으로 들어가 문을 닫고 나오지 말라는 묵시의 시위였다. 안방으로 들어갔다. 그의 옷들로 가득 찬 장롱이 아내의 전용물로 여겨졌고, 텔레비전도 아내가 켤 때까지 작동되지 않을 것 같았다. 사물의 존재에 있어 그 실체는 관망자의 사고로부터 달라진다. 언제부터인가 안방은 아내의 점령지로 비쳤다. 이불을 펴고 누웠다. 화장대 위의 화장품과 그가 비교되었다. 아내한테 그의 존재가 화장품과 같았다.

– 「무의 셈본」, 86쪽

"아빠는 휴직한 것이 아니라 쫓겨난 거예요. 사회의 경쟁에서 밀려난 거란 말이에요. 중요한 것은 할머니는 없고, 엄마가 분식을 팔아 그 코 묻은 돈으로 우리가 살아가고 있다는 거예요!"(82쪽)라고 항의하는 대학생 딸은 물론이거니와, 고등학생인 아들조차도 아버지를 함부로 대한다. 실직이라는 상황이 가족 구성원에게서조차도 소통을 거부당하는 상황으로 내모는 비정한 현실은 '나'를 "치매에 걸려 가족들로부터 소외당하는 어머니"(96쪽)와 동일한 존재로 취급하는 아내와 아이들의 적대적 태도에서 더욱 심화되기에 이른다. 가족들의 이런 정신적 풍경은 치매 환자인 어머니가 끝내 아파트 베란다에서 투신하여 자살을 하고, 뒤이어 '나' 또한 투신을 하는 장면에서 극점을 이룬다.

피부 관리실의 고정 화장사이자 방송국 분장사로 분주한 일상을 살아가는 여자와 결혼하여, 여자가 마련한 아파트에 얹혀살고 있는 무기력한 '나'(「**붉은 색실로 지은 시간**」), 의식주가 충분히 해결되는 경제력을 갖추고 있으면서 40대 초반의 나이에 백수 생활을 하고 있는 남자(「**바람바퀴를 단 기형물**」), 서른다섯의 왕성한 나이로 직장을 그만둔 이후, 집 근처의 24시간 편의점에서 밤을 낮 삼아 컵라면을 먹으며 소일하면서, 새벽 시간에 편의점에 들러 컵라면으로 요기를 하는 여자와 무료한 대화를 나누는 남자의 이야기(「**편의점에서 긋는 곡선**」)에서도 실직과 백수 생활의 무력하고 단조로운 일상이 반복된다. 마흔 살의 '나'는 회사에서 한순간의 실수로 성추행을 하여 쫓겨나고, 교사인 아내는 그 일이 창피하여 딸을 데리고 집을 나가 혼자가 된 '나'가, 무슨 사연인지 전직이 고등학교 독일어 교사였을 것으로 추정되는 한 정신 이상 사내를 목격하면서, 자신도 모르게 예의 그 히틀러를 닮아가고 있음을 느끼는 이야기(「하일 히틀러」)에서도 작가는 실직자의 반복된 일상과 이상 심리를 희화적 상황에 대입하여 보여준다.

그러나 무엇보다도 이 작품집 전체에서 실직의 문제는 「텔레비전 버리기」에서 절정을 이룬다. 이 작품의 화자인 '나'는 영문학을 전공하고 대학을 졸업한 후 호주에 유학을 다녀온 인물이다. 32세의 나이로 학원에서 임시강사를 하다가 관광회사 해외영업팀으로 들어간 '나'는 직장을 잃고 다시 일자리를 찾기 위해 버티다 단칸 지하방에서 전세를 살며 무료한 나날을 소비하는 37세의 백수이다. 주인집 여자가 그에게 강제로 떠맡기다시피 한 고물 텔레비전에 빗대어 백수 생활의 단조로운 일상을 그리고 있는 이 작품은, 정글의 법칙이 지배하는 아프리카의 세렝게티 평원처럼 자본주의적 현실의 논리와 타산에 자신의 정신과 육체를 충실하게 맞추지 않으면 살아가기 어려운 현실의 엄혹함을 역설적으로 보여준다. 관광회사의 해외영업팀에 재직하던 시절 사장이 '나'에게 요구했던 것의 핵심은 "초자연적인 예술성을 가진 셰익스피어의 언어를 듣고 이해하는" 학문적 능력이 아니라, 현실에서의 '처세술'로 관광객을 유치하여 회사의 매출을 얼마나 많이 올릴 수 있느냐 하는 데 있었다. 그러나 '나'는 그 현실의 논리를 간파하지 못해 관광객 유치에 실패를 함으로써 회사로부터 해고를 당한다. 고장이 난 텔레비전, 전축, 비디오, 냉장고, 컴퓨터, 에어컨, 세탁기 등처럼 거의 쓸모없게 된 물건에 비유된 '나'의 삶은 로맹가리와 헤밍웨이와 고흐와 같이 모두 권총 자살을 한 작가들과 마찬가지로 한순간에 사라지거나, 아니면 고물상 트럭에게 낡고 고장 난 전자제품을 떠맡기듯이 자신의 존재를 투기 처분하지 않으면 안된다는 심리적 공황에 직면한다.

한편, 「금고기를 보내며」는 자본주의의 소비 체제가 강요하는 과잉 욕망의 파시즘적 상황을 우화적 장치를 설정하여 그리고 있는 작품이다. '나'는 18년째 일류 회사에서 일해오면서 인정을 받아 부장 자리까지 오른다. 그러나 '나'는 아내의 과도한 소비 욕망으로 인해 "눈을 감고 백 억짜리 수표 한 장이 생기길 금고기한테 빌어야만"(215쪽) 하는 처지로 전락해 간다.

이 작품에서 작가는 과도한 욕심 때문에 황금알을 낳는 게사니의 배를 가르는 동화 속의 어리석은 부부 이야기처럼 금고기의 배를 쨌다는 모티브를 활용하여, "모든 소원을 들어주는 금고기를 다스리는 여왕"(226쪽)이 되고 싶은 아내의 과잉 욕망과 비정상적 소비 행태를 통해서 자본주의적 과잉 소비의 뒤틀린 욕망을 풍자한다.

3

강준용의 작품집 《숭선에서》는 자본주의적 시간의 나날 속에 패퇴하고 스러져가는 인물들의 무력한 일상과 그로부터 야기되는 의식의 음영(陰影)을 그리고 있다. 그럼에도 작품집 전체를 통해서 작가가 추구하는 진정한 삶의 방향은 오늘의 자본주의 체제가 강요하는 소비의 파시즘적 경계선 저 너머에 존재할지도 모를 어떤 유토피아적 가능성을 향하고 있다. 작가는 소비의 파시즘, 욕망의 파시즘이 지배하는 자본주의의 소비 체제로부터 낙오되고 일탈한 인물들의 이야기를 통해서 경계의 이쪽(현실)과 저쪽(이상) 그 어느 쪽에도 안착하지 못한 채 삶의 위태로운 현실을 부유하는 도시적 유랑민의 초상을 인화해 내고 있다.

「호떡 굽는 날」에서, 회사가 문을 닫으면서 실직을 하게 된 '나'는 40대의 어정쩡한 나이로 취업을 하기 위해 여러 차례 노력을 하지만 일자리를 얻지 못하고 실업자로 근근히 살아간다. 아내 또한 돈을 벌기 위해 일을 나갔다가 허리를 다쳐 자리에 눕게 된다. '나'나 아내는 모두 대학을 나온 이른바 인텔리들이지만, 실직이라는 현실의 상황 안에서는 그저 무력한 잉여적 존재에 불과할 뿐이다. "헤겔과 사르트르와 바흐와 고흐가 미래의 삶을 밝게 한 대학 시절, 내가 사랑한 여자는 버지니아 울프와 보봐리의 관념에 젖어 나와 함께 낙엽이 떨어지는 이유보다 아름다움을 논했"(171쪽)으며, "워즈워드를 읊조리며 밤새 걸어다닌 유년의 추억들"(173쪽)을 뒤로 한 채 돈을 벌기 위해 무엇이라도 해야 한다. 그래서 '나'는 중학교 시절에, 어려운 처지에 있었던 동급생 친구를 위해 모금 운동을 벌여 그 돈으로 호떡 장사를 해 도움을 주었던 경험을 살려 사람들이 많이 다니는 은행 공터에서 호떡을 구워 파는 장사를 시작하지만 주변 상인과 은행 경비, 폭력배 등의 압력으로 이리저리 쫓겨 다닐 수밖에 없는 처지가 된다. '나'는 절망적인 현실로부터 도피하기 위한 최후의 선택으로 간혹 자살 충동을 느끼기까지 한다.

그러나 여기서 한 가지 주목해야 할 것은 무엇보다도 작품집 전체를 통하여 작가가 어떤 '경계선' 너머에 있을지도 모를 진정한 삶의 지점을 모색하고 있다는 점이다. 「숭선에서」의 다음과 같은 대목은 작품집 전체가 지향하는 주제랄까, 작가의 의도를 압축하여 보여준다.

넘고 싶어도 갈 수 없는 경계선이 뚜렷이 보였다. 첨단 문명과 교활한 문화로 물든 사람들이 사는 곳에서부터 온 나란 관조자가 그 어떤 술수로든 넘지 못할 경계선을 보고 있었다. 경계선 저쪽에는 나를 홀리는 붉은여우가 없을 것 같았다. 나는 내가 바라는 희망들이 내 곁이 아닌 다른 곳에 존재한다고 여겼다. 늘 경계선을 넘으려고 한 것도 그것 때문일 것이다. 내가 본 그리고 내가 겪는 현재에서는 희망을 발견할 수 없다고 판단한 것은 왠지 모른다. 풍부한 물질과 첨단 문명 속에 존재하는 나를 발견키 위해 나는 붉은여우가 거주하는 경계선을 넘었다. 그러나 나는 이 사회가 내세우는 그 문명으로 인해 근거지를 찾지 못하고 헤맨다.

― 「승선에서」, 248~249쪽

　작가는 작품집 전체를 가로지르며 "교활한 문화"나 "풍부한 물질과 첨단 문명" 저 너머에 있는 '희망' 의 거처로 나아가기 위한 임계점(臨界點)으로서 어떤 '경계선' 을 상정하고 있다. 이를테면 화자가 유년 시절의 기억을 통해서 불러내고 있는 '버들치', '모래무지', '피라미' 등에 대한 이미지는 화자에게 강이 "삶의 마지막 경계선"이며, "내가 미련 없이 버리고 건너 버린 그 경계선 저쪽, 이쪽을 경험하기 위해서는 상실치 말아야 할 지역"(245쪽)으로 부각된다. 그러나 작가가 그리는 꿈은 단지 과거의 공간, 과거 시간으로의 회귀라는 방식으로 추구되는 것이 아니라, 미래의 어떤 시간과 장소를 상정하고 있다. 이것은 냉혹한 자본주의적 체제 안에서도 경계선 '저쪽' 을 향하는 희망의 끈을 놓지 않겠다는 작가의 단단한 의지가 표명된 것으로 이해할 수 있다. 이 새로운 가능성으로서 '경계선' 너머에 대한 끊임없는 열망은 아마도 작가가 피력하고 있듯이, 비록 "이 사회가 내세우는 그 문명으로 인해 근거지를 찾지 못하고" 어떤 경계선 안에서 헤매고 있을지라도, 진정한 '나' 를 발견하기 위해 "붉은여우가 거주하는 경계선"을 넘어서 그 "경계선에 대한 해답"(251쪽)을 찾아 나서는 여행을 멈추지 않을 때에만 실현될 수 있을 것이다.

전설의 소설가에 대한 단상(斷想)
-강준용을 말하다 -

유 민 (소설가)

작가 강준용은 1952년 12월 8일, 경북 영양 서부동에서 출생하였다.

1978년부터 여러 산사(山寺)를 찾아 칩거하며 집필한 「날개」, 「개의 행복」, 「한 잎의 진실」, 「무인도」 등 많은 희곡작품을 무대로 올리며 극단 『집시』의 멤버로 연극 생활에 몸담기 시작했는데, 당시에 극단이 전무(全無)했던 삭막한 청춘의 거리 서울 대학로에 다양한 연극집단을 활성화하는 데 전위(前衛) 역할을 했다. 강준용 출현 이후 극단들이 우후죽순으로 생겨나기 시작했고, 현재 대학로는 극단을 중심으로 한 다양한 문화의 메카(Mecca)가 되었다.

1986년까지 많은 희곡작품들을 무대로 올린 강준용이었지만, 하루 라면 한 끼로 겨우 살아가는 비참한 생활을 할 수밖에 없었다. 극단이라는 예술적 표현이 전위 이외의 대중화될 수 없는, 아직은 어두운 시대였다. 그럼에도 불구하고 문학을 향한 강준용의 열정은 식을 줄을 몰랐다.

희곡작품을 창작하고 무대에 올리면서도 쉬지 않고 소설습작을 했던 강준용은 당시 한국에서 달동네로 불리던 신림동, 봉천동 같은 빈민촌을 전전하며 소설작품을 썼고, 당시에 수준 높은 작품이 아니면 '등단불가' 라는 엄격한 신인추천제도로 유명했던 『월간문학』에 「칠석골의 막장」, 「하얀 궁전」이 당선

되어 본격 순수소설가로 진로를 변경했다.

　희곡작가에 이어 순수문학 소설가로 공식 등단한 강준용은 이때부터 두문
분출, 빗물이 뚝뚝 떨어지는 빈민촌 판잣집에 틀어박혀 소설쓰기에 몰두했다.
일체의 잡문(雜文)을 거부하고 의식적인 순수문학작품만을 고집함으로 인해
비참한 생활고에 시달릴 수밖에 없었다. 원고지 살 돈이 없어 견지를 구해다
가 글을 썼고, 삭풍이 부는 한겨울 얼어 버린 손가락을 입김으로 녹이며, 하루
에 라면 한 끼, 또는 된장을 푼 콩나물국에 간장으로 반찬을 삼아 한 끼의 식사
로 배고픔을 달래야 했다.

　절망적인 삶이었다. 누수(漏水)와 검은 곰팡이에 점령되어 버린 네 평 남짓
한 집필실, 판자 틈새로 몰아치는 삭풍, 라면 한 봉지 끓일 불조차 없는 생활의
연속에서도 「바람바퀴를 단 기형물」, 「핸드폰 핸드폰」, 「숭선에서」 같은 단편
을 비롯한 장편소설 《스콜》, 《천재의 울음》, 《별나라를 지나는 소풍》 등 90여
편의 주옥같은 작품들을 발표하기에 이른다.

　한 치도 흐트러짐 없이 작품 집필에 매진하는 그를 보고, 문인들은 혀를 내
둘렀다.

　2000년 9월에 작고한 한국 현대문학의 정상을 지킨 거목이자 문학예술적
인 삶 때문에 작가정신의 사표(師表)로 불리던 「소나기」의 작가 황순원 선생은
열여섯 살에 문단에 데뷔한 이래 세상을 떠나는 날까지 잡문을 쓴 일이 없었
다. 또한 신문 연재소설 청탁을 비롯한 일체 인터뷰 요청에도 응하지 않은 소
설가라고 알려져 있는데, 강준용 소설가가 거장 황순원을 닮았다고 해도 이의
를 제기하는 문인들이 없다는 것은 그만큼 그가 흔들림 없이 순수문학의 길을

걸어왔고 한국문학의 중심에 서 있다는 것을 증명하는 표상이다.

순수의 연푸른 청초(淸楚)가 몇 푼의 유혹 때문에 누렇게 말라비틀어지는 문학인들을 바라보며 강준용은 강하게 부르짖었다.

"작가는 오직 작품으로만 말할 뿐이다."

바로 이 불후의 명언이야말로 그의 소설문학의 자부심이요 오기이며, 소설 작가로서의 생명임을 간파했다. 그는 자신이 내뱉은 명언을 실천하며 초심(初心)을 잃어가는 문학인들에게 한 시대를 관통하는 날카로운 순수문학 예술가의 자부심으로 고독과 절망적인 삶을 돌파할 것을 요구했다.

잡문에 눈을 돌리지 않고 더 깊은 칩거를 통해 하루 한 끼의 라면으로 배고픔을 때우며 오직 순수문학소설의 창작을 위해 영혼을 불태운 그야말로 이 시대의 살아 있는 마지막 전설의 소설가라고 단언할 수밖에 없다. 《달과 6펜스》의 스트릭랜드처럼, 이상의 《날개》와도 같은 열정처럼…….

강준용은 작품을 집필하면서 늘 굶주렸던 것만은 아니었다. 그의 광기와도 같은 문학에 대한 열정은 장편소설 《스콜》과 소설집으로 커다란 보상을 받는다. 그러나 그는 그 보상마저 다음 작품을 집필하기 위한 투자로 현실적 안락을 과감히 버림으로써 또다시 가난한 문인으로의 길을 원했다. 좀 더 넓은 세계를 가슴에 품고 돌아온 그는 바로 《별나라를 지나는 소풍》을 집필하며 후반기 새로운 문학세계를 열어가기 시작했다. 그의 소설세계는 광활한 지역으로 뻗어나갔고, 중국 대륙을 취재하며 한국의 아픈 역사를 가슴에 품고자 했다.

문학예술적인 삶을 살아가는 작가들과 함께 전 세계를 향해 고급문학을 알리고자 했다.

내가 강준용을 처음으로 만난 것은 제3회 한민족글마당 시상식 및 신인추천상에 참가해서였다. 시상식 회합에 막 도착하자마자 그는 "강준용입니다." 하고 덥석 내 손을 잡더니 십년지기처럼 흔들었다.

산발에 가까운 허연 머리와 낡은 옷차림 때문인지 별 볼일 없는 추레한 늙은 소설가처럼 보였는데, 그의 얼굴을 정면으로 보는 순간 섬뜩한 날카로움이 내 가슴팍을 싹둑 베이고 지나감을 느꼈다. 순간 붉은 핏물이 뚝뚝 흘리는 듯하여 나도 모르게 가슴팍을 움찔거렸다.

'저 추레하고도 늙은 소설가의 눈동자에 어린아이처럼 맑고 온화한 모습이 담겨 있다니, 참으로 놀라운 일이구나!' 하고 생각할 때였다. 온화한 눈빛에서 거역할 수 없는 순수문학을 향한 검붉은 용암이 흐르고 있었다.

단단한 지표를 뚫고 미친 듯 폭발해 솟구쳐 흐르는 광기, 강렬함이 섬뜩한 비수보다도 더 예리한 날카로움으로 문학을 향한 무뎌진 내 가슴을 거침없이 도려내고 있었다.

말로만 듣던 강준용이라는 소설가.

'아, 저 소설가는 사람이 아니다. 자신의 영혼을 소설문학에 팔아 버린 괴물이다. 어떻게 밤하늘 찬란히 빛나는 샛별보다도 더 밝고 맑은, 그야말로 순수한 영혼을 가진 이가 광기에 사로잡혀 글을 쓸 수가 있단 말인가.'

갑자기 초라해지는 자신을 주체할 수 없어, 나는 그 자리에서 조그맣게 오그라들어 버렸던 기억을 떠올린다.

많은 소설가들이 얼마 되지 않은 원고료 때문에 배고픔과 굶주림에 허덕임은 한국문학이 자본주의의 구조적 모순에서 과감히 탈출하지 못하기 때문이라는 사실을 문학인들은 잘 알고 있다. 그러기에 이 땅의 많은 소설가들이 생활고에 시달리다 못해 초심(初心)의 순수함을 끝내 지키지 못하고 자본의 요구와 강압에 못이겨 현실에 타협하고 말았다.

그러나 하루 라면 한 끼로 순수문학의 집요한 문학예술정신을 흔들림 없이 지켜내며 살아온 강준용, 그에게 현실과의 타협이란 없었다. 근 30여 년의 세월을 된장 푼 콩나물국에 간장 한 종지, 그리고 밥 한 끼로 하루를 연명할 자 누가 있겠는가.

강준용 문학이 숭고하다는 것은 〈작가는 작품으로만 말할 뿐이다〉 라는 피맺힌 절규를 내뱉으며 30여 년의 긴 세월을 주옥같은 작품을 발표하면서 순수문학의 외길을 수도자처럼 걸어온 그 열정과 자존심 때문이었기에 가능했던 것이다.

요즘 들어 강준용이란 작가를 알고 있는 사람들, 그리고 독자들이 말들이 많아졌다.

"이제 강준용 소설가는 천천히 세상 밖으로 나와야 한다. 너무 오랜 세월 흙 속에 묻힌 진주처럼 침거라는 동굴 속에 묻혀 세상에 알려지지 못했다."고 말이다.

그들은 이제 덮인 흙을 깨끗이 닦아내 영롱히 빛나는 흑진주의 찬란한 빛을 맛보겠다는 열기로 가득차 있다.

그 한편으로 강준용을 사랑하는 독자들은 30여 년의 세월을 골수(骨髓) 같은 순수문학의 외길을 걸어온 그가 이제 죽음과 싸우며 창작의욕을 불태우고 있음을 느끼고 있다. 오랜 독신 생활과 불규칙한 식생활로 인한 건강이 그의 쉰여섯 해의 짧은 세월을 옥죄고 있다. 한겨울 물을 데울 불조차 없어 얼음물로 양치질을 하느라, 질긴 육질을 씹어보지 못했던 이력 때문에 그의 이는 흔들리며 밥알조차 씹어 삼키기 힘든 상태가 되고 말았다. 그의 내장은 소화불능을 넘어 기능 멈춤으로 이어지고 있으며 구성된 뼈마디의 살들조차 이제 껍질만이 남았다. 그런 강준용을 바라보는 독자들은 안쓰러워 마음만 애태우고 있다. 그러나 그는 순수문학에 대한 열정과 광기를 접지 않고 있다.

내가 바라본 강준용은 《달과 6펜스》의 스트릭랜드의 길을 원하고 있음이 분명하다. 마지막 남은 영혼을 아낌없이 불태워 기필코 불후의 명작으로 승화시키고야 말겠다는 저 광기의 소설가는 겨울이 다가오는 이 계절에 연탄 한 장 없는 초라한 방구석에서 한순간마다 흔들리는 자신을 추스르며 마지막 남은 손끝의 미세한 온기마저 원고지의 빈칸을 가득 채우게 됨을 감사하며 스스로 불태우고 있는지도 모른다.

강준용 소설가를 위한 『초설회』가 태동했고, 그 첫걸음을 시작하고 있다. 늦은 감이 있지만 다행한 일이다. 『초설회』를 중심으로 강준용문학이 한층 발전되고 현 시대의 고급독자들이 목마른 갈증을 푸는 단비가 되길 기원한다.
『초설회』를 결성한 김혜숙 회장에게 참으로 감사하다는 말을 전하고 싶다.

또한 오랜 겁(劫)의 세월을 지나 강준용 소설가와 함께 소중한 인연을 맺은 이유출판사 김래수 사장님과 정숙미 기획실장님의 애정과 정성을 잊지 않을 것이다.

순수문학을 목숨처럼 사랑했기에

하루 라면 한 끼로 얼음장 같은 세 평 남짓한 방안에 30여 년을 틀어박혀

곱은 손 입김으로 녹이며 글을 쓰던 소설가가 있었다.

한때 땅을 밟지 않고 살았을만치 남부러울 것 없던 부잣집 아들이었던 그.

연극에 미쳐 대학로를 평정하고 뒤이어 소설에 미쳐 세상과의 소통을 단절

했던 청년.

이디오피아 난민을 본 적이 있는가?

뼈대만 남은 그들의 처절한 삶.

그를 떠올리면 이디오피아가 겹쳐진다 그를 볼 때마다

《달과 6펜스》의 스트릭랜드를 떠올린다.

광기와 죽음 앞에서조차 처연한 순수문학의 정수로 외길을 걷던 문학청년

그가 바로 강준용이다.

세상과의 소통을 단절했던 강준용,

이제 우리는 그 전설의 소설가를 만나러 간다.

그의 주옥같은 글들과 그의 삶을 만나러 간다.

※ **편집자 주** : 유민(본명 김성군)은 2005년 "한민족글마당" 소설 부문 신인상 수상,
2006년 경향신문 신춘문예에 단편소설 「베드」가 당선되어 문단에 나왔다.

"작가는 작품으로 말할 뿐이다!"

1. 작가에 대하여

강준용(Kang, Jun-Yong / 1952. 12. 8~)

한국동란의 총성이 이따금 산촌의 작은 면 소재지를 울리는 1952년 섣달 초
여드레 자정이 막 지날 무렵, 경상북도 영양군 영양읍 서부동 219번지의 아담
한 초가집 안방에서 강준용은 삭풍의 겨울바람을 첫 호흡에 담았다. 아버지
강동일은 면 내에서 작은 사업을 하였고, 영양남씨 종가의 막내딸인 어머니
남경화는 다섯 번째의 자식을 순산했다.

유년 시절 사업이 좀 번창한 아버지는 인근 면 소재지에 있는 곡강에 기와
공장을 냈다. 작가는 온식구가 매달린 기와 공장에서 지내며 노동보다 산골의
자연에 친근하게 지냈다.

기와로 재산을 모았는지 아버지는 정치로 뛰어드셨고, 집안에는 내로라하
는 민주당 출신 정치인들이 줄을 이었다. 4·19때 아버지는 군내 사람들을 모
아 경찰서를 쳐들어갔다. 작가는 어머니가 주는 주먹밥을 먹으며 동네 아이들
과 군중들 뒤를 따랐다

영양초등학교에 들자 아버지는 소를 삼 백 마리 이상 가진 재산을 모았다.
항상 흙을 좋아한 아버지는 주위의 농지를 사들여 군내 유지가 되었다. 초등
학교 3학년 때 아버지는 근처 250번지의 터에 대궐 같은 기와집을 지었고,

219번지의 작가의 출생 터는 빈 집으로 남았다. 초등학교 졸업무렵 다섯 형제는 객지 생활로 집을 비웠다.

서울 유학 한 명도 시키기 어려운 시대에, 농부가 된 아버지는 네 자식을 서울로 유학시켰다. 하지만 병약한 작가만이 시골에서 부모와 함께 지내며 형제들이 서울에서 방학을 받아 내려오길 기다렸다. 형제는 많으나 언제나 혼자서 생활했으며 만화와 동화책을 좋아했고, 영화와 악극단을 관람하길 즐겼다. 주위는 모든 것이 자연이었다. 언제나 산과 들에서 마음대로 뛰어놀며 활발한 유년을 보냈다. 중, 고등 생활도 자연의 틀에서 벗어나지 않았다.

청년 시절 남들처럼 고뇌하고 사랑하며 글을 쓰면서 푸른 잎새를 떨구었다. 1978년 산사를 떠돌다 쓴 희곡을 갖고 연극 생활로 들어선 작가는 소설을 습작하면서 희곡을 써 나갔다. 극단 『집시』의 멤버로 희곡을 무대에 발표하면서 1985년, 그동안 9년간의 서럽고 괴롭고 힘든 생활을 보낸다. 토큰이 없어 걸어다니는 날이 번잡하고 라면 하나로 거짓말처럼 살아가는 날이 허다했다. 한겨울에도 불 한번 피우지 못한 신림동 산동네 생활 5년, 그 긴 고통의 세월 속에서도 작가는 소설 습작을 했다. 그 와중에도 작가의 희곡작품은 전국을 떠돌아 다녔다. 「날개」, 「개의 행복」, 「한 잎의 진실」, 「무인도」 등 작가의 창작품이 장기간 무대에 올랐으나 생활에는 나아진 것이 없었다.

중년 시절 1986년 단편 「철석골의 막장」이 『월간문학』에 가작으로 당선되었다. 희곡에서 소설로의 전환점이 된 거였다. 1987년 희곡 「개의 행복」이 『예술계』의 신인상 당선으로 문단의 늦깎이로 입문한다. 그리고 88년 봄 『월간문학』에 단편소설 「하얀 궁전」이 신인상으로 당선된다. 이때부터 단·중편을 문예지에 발표하기 시작, 잡문에 외도하지 않고 10년 동안 문학작품만 창작했다. 덕택에 못먹어 살이 찌지 않았고, 1993년 발표한 장편 《스콜》이 작가의 비참한 지난 시절을 다소나마 배상해 주었다. 그후 대만과 호주, 뉴질랜드, 필리핀, 홍콩 등지를 다니며 집필할 기회를 가졌다. 현재까지 잡문을 쓰지 않고 문학작품만 고집하는 멍청이가 되어 버렸다. 결혼은 하지 않았고, 아직도 작은 방에서 혼자 문학작품의 자식을 만들고 있다.

중·후년 시절 새천년 들어 장편 《별나라를 지나는 소풍》이 후반 문학을 열게 했다. 두 권 분량의 원고지 2,000여 장의 글자 속에 작가의 삶과 철학을 대비시킨다. 늘 달고 다니는 생활고가 가장 어려운 시기가 시작되고, 단편과 중편의 작품을 꾸준히 문예지에 발표했다. 2001년 후반 중국 연변 지역을 처음 여행했다. 특히 연길에서 남방 운남까지 3박 4일의 기차여행을 했고, 중국 대륙과 조선족 작가에 깊은 관심을 둔다. 문학예술적으로 살아가는 문학인들과 교류를 위해 "한민족글마당" 이란 인터넷 문학 발표장을 뜻있는 측근 문인들과 제작, 전세계에 고급 문학 보급을 시도했다.

그후 총 3차례의 연변 방문을 하였고, 문학적인 조선족 벗들을 사귀었다. 청탁 아니면 글을 주지 않는 거지같은 성깔탓에 끝없는 생활고와 전쟁을 치루고 있다. 의식적인 문학에 심취하여 이제야 소설문학이 뭔지를 대강 알게 된다. 지금까지 90여 편의 작품을 발표하고 난후에 느낀 결과이다.

문학 생활 근 30여 년, 2007년 11월 현재 전 재산은, 책과 그릇 몇 개가 전부이다. 갈 곳도 오라는 곳도 없는 홀홀 단신 부랑신세, 아직도 글을 쓸 수 있는 여력을 주신 신께 감사할 뿐이다.

2. 작품 연보

1986. 8	「철석골의 막장(단편소설)」-「월간문학」 신인상 가작 당선
1987. 4	「개의 행복」-「예술계」 신인상 당선
1987. 9	「무인도(희곡)」-「예술계」 발표
1988. 4	「하얀 궁전(단편소설)」-「월간문학」 신인상 당선
1988. 6	「허공에 걸린 삽화(단편소설)」-「예술계」 발표
1988. 7	「간이역 이중주(희곡)」-「현대문학」 발표
1988. 10	「반쪽의 유희(중편소설)」-「동서문학」 발표
1988. 11	「바닥에서 우는 아이(단편소설)」-「문학정신」 발표
1989. 2	「채점(단편소설)」-「문학과 의식」 발표
	「태양이 뱉어낸 그늘(중편소설)」-「법치신문」 연재 발표
1990. 1	「멍(단편소설)」-「월간문학」 발표
1990. 9	「줄(단편소설)」-「예술계」 발표
	「살아남기 위한 곡예(단편소설)」-「현대문학」 발표
1990. 10	「찌러기의 땅(단편소설)」-「농민신문」 연재
	「그 아름다움의 착지(단편소설)」-「서울신문」 퀸 발표
	「무거운 쪽으로 기우는 저울(단편소설)」-「스포츠서울」 발표
1992. 4	「도화집(단편소설)」-「예술세계」 발표
1992. 8	「오색줄무늬 왕사탕(중편소설)」-「월간문학」
1993. 3	《스콜(장편소설)》-훈민정음출판사 출간
1993. 9	「리자가르시야(단편소설)」-「계간문예」 발표

1993. 10　《오색줄무늬 왕사탕(소설집)》-훈민정음출판사 출간
1994. 3　「어떤 사내의 달(단편소설)」-삶과꿈 발표
1994. 4　「추설(단편소설)」-「문학사상」 발표

1995. 2　「불법주차(단편소설)」-「예술세계 발표
1995. 8　「빗나가 꽂히는 여름(단편소설)」-「월간문학」 발표

1996. 5　《천재의 울음(장편소설)》-훈민정음출판사 출간

1999. 7　「점령된 사회(단편소설)」-계간 「한국소설」 발표

2000. 9　「무의 셈본(단편소설)」-「제3의문학」 가을호 발표
2001. 1　「금고기를 보내며(단편소설)」-「예술세계」 발표
2001. 4　《별나라를 지나는 소풍(장편소설)》-출간
2001. 7　「핸드폰 핸드폰(단편소설)」-「월간문학」 발표
2001. 12　「붉은 색실로 지은 시간(단편소설)」-계간 「작가」 발표

2002. 4　「바람바퀴를 단 기형물(단편소설)」-발표
2002. 6　「호떡 굽는 날(단편소설)」-「월간문학」
2002. 7　「나를 찾는 술래(중편소설)」-계간 「불교문예」 여름호
2002. 11　「편의점에서 긋는 곡선(단편소설)」

2003. 12　「하일 히틀러(단편소설)」-「월간문학」

2004. 3　「선그라스를 낀 동지(단편소설)」-「한국소설」

2005. 2　「숭선에서(단편소설)」-「월간문학」 2월호
2005. 12　「텔레비전 버리기」